어떤 계모님의 메르헨

Which stepmother's Mäcrhen

냥이와향신료 장편소설

어떤 계모님의 메르헨 Ⅱ

냥이와향신료 장편소설

초판 1쇄 찍은 날 | 2018년 12월 21일
초판 2쇄 펴낸 날 | 2021년 3월 31일

지은이 | 냥이와향신료
펴낸이 | 권태완 우천제

편집책임 | 박은정
편집 | 박가연 김효주 천희진 유안진

펴낸곳 | (주)케이더블유북스
등록번호 | 제25100-2015-43호
등록일자 | 2015. 5. 4
WFN | 제3-036호

주소 | 서울특별시 구로구 디지털로31길 38-9 에이스테크노타워 1차 401호
전화 | 02-867-4626 팩스 | 02-866-4627
E-mail | cl_production@naver.com

ISBN 979-11-293-2340-8 04810
979-11-293-2338-5 (set)

어떤 계모님의 메르헨 II

Which stepmother's Mäcrhen

냥이와향신료 장편소설

위즈덤북

Contents

Chapter 7
그해 여름 (2)

“만나 뵙게 되어 영광입니다, 사자들의 어머니.”

……이쯤이면 저런 유의 괴상망측한 인사말은 전 세계 왕족들의 필수 교양이 아닐까 싶어진다.

궁중 오케스트라단과 음유시인들의 흥겨운 반주 소리가 울려 퍼지는 시끌벅적한 연회장 한복판에 불쑥 나타나 내게 저러한 속 메슥거리는 인사를 건넨 인물은 다름 아닌 사파비국의 알리 파샤 왕자였다.

뜨거운 섬나라의 왕자답게 깊게 그을린 구릿빛 얼굴과 연두색 머리카락, 반짝이는 담황색 눈망울 등이 상당히 이국적인 분위기를 풍겼다. 이제 갓 열여섯이라고 들었으나 큰 키에 비해 다소 귀염상인 얼굴 탓인지 나이보다 더 어려 보였다.

“저야말로 영광입니다, 왕자 저하. 이쪽은 제 여식입니다. 레이첼?”

“안녕하세요, 왕자님. 레이첼 폰 노이반슈타인입니다.”

내 곁을 맴돌면서 내가 마시는 술잔을 매의 눈으로 노리고 있던 레이첼이 풍성한 치맛단을 한 손으로 살짝 잡으며 우아하게 인사를 올렸다. 집에서의 모습은 상상도 할 수 없을 만큼 완벽한 꼬마 숙녀였다. 하나뿐인 따님께서 이러한 요조숙녀 행세를 하는 모습을 구경하는 건 근래 나의 소소한 낙 중 하나랄 수 있겠다…… 아니, 근데 잠깐만.

"과, 과연 제국 여인들의 미모는 신도 홀릴 만하다는 말이 맞는 말이었군요."

눈을 휘둥그레 뜨고 레이첼을 응시하던 이국의 왕자께서 뜬금없이 더듬거리며 내뱉은 저 굉장한 찬사에, 레이첼의 상큼한 얼굴 역시 붉게 달아오르기 시작했음은 두말할 것도 없었다. 오호라?

"어, 그러니까, 레, 레이첼 영애? 이 아름다운 이국에서의 첫 춤을 영애와 함께하는 영광을 제게 주시겠습니까?"

……아무래도 이 왕자님은 겉보기보다 훨씬 더 순진한 소년이신 것 같다. 구릿빛 얼굴을 참으로 볼만한 색으로 물들인 채 우물쭈물 아무렇게나 던지고 보는 폼이 실로 풋풋하기 짝이 없었다.

레이첼의 반짝이는 녹색 눈망울이 나를 바라보았고, 이에 나는 웃으며 머리를 끄덕여 보였다. 잠시 후 나의 딸내미와 이국의 순진한 왕자님이 사이좋게 손을 잡고 댄스 플로어로 향하는 진풍경이 펼쳐졌다. 아아, 이 얼마나 풋풋하기 짝이 없는가?

"막내 영애께선 볼 때마다 더 고와지네요."

"아, 레이디 뉘른베르. 잘 지내셨나요?"

"덕분에요. 황후마마께서 부인을 기다리고 계시는 것 같은데……."

"……."

하여간 그놈의 황후께선 이런 자리에서까지 나를 괴롭히지 않으면 좀

이 쑤시시나 보다. 심드렁한 기분으로 공작 부인을 따라 걸음을 옮기자 아니나 다를까, 눈부시리만치 화려하게 꾸며진 발코니의 분수대에 걸터앉아 시녀들의 부채질을 받고 있던 엘리자베트가 곧장 픽 하는 비웃음을 흘렸다.

"하여간 거만하기 짝이 없군. 그댄 꼭 내가 친히 불러야만 행차하시는가?"

"아쉬운 쪽이 지는 법이라 하였습니다, 마마."

"오늘도 드레스 취향이 말도 안 나올 만큼 촌스럽군. 하나 꼴에 입맛은 까다로운 듯하니 이거나 좀 들어보게."

"마마께서 먼저 드시면 들어보겠습니다."

"왜, 내가 그대를 독살이라도 할 것 같은가?"

"충분히 가능한 일 아닙니까. 그런데 왜 여기 나와계십니까? 외국 귀빈들도 많은 마당에."

"그대의 맹랑한 여식과 꽃가루 흩날리는 중인 풋내기 왕자가 끌고 온 사신단을 보았는가? 그대라면 그대의 부군이 남의 나라 여인들과 추파 나누는 꼴을 그냥 두고 볼 수 있겠나?"

"이런, 송구합니다."

"흥. 마음에도 없는 소리는."

"완벽하게 진심입니다."

나와 엘리자베트가 이런 식의 그럭저럭 화기애애한 대화를 나누며 외국산 과자를 깨작대는 동안 하이데는 부채로 입가를 가리며 슬쩍 웃고 있었다. 끄응, 나도 내가 어쩌다 이런 상황에 처하게 되었는지 도무지 모르겠…….

"참, 레이디 노이반슈타인, 큰 영식께서도 이번 검술 대회에 참석하나요?"

"벌써부터 우승 자리 따놓은 것처럼 빼기는 중이랍니다. 공자도 마찬가지겠지요?"

"예, 물론……."

"참 볼만한 쇼가 되겠군그래. 사자와 늑대라니, 분명 같은 늑대의 피가 섞였는데 어째서 내 아들만 그쪽으로 영 소질이 없는지 모르겠어."

엘리자베트가 말하는 아들이란 레트란 황자를 가리키는 거였다. 이복형 테오발트와 달리 워낙 병약하고 신경질적이라 대외적으로 모습을 드러내는 법이 좀처럼 없다는 2황자 말이다.

"그래도 황자 전하께서는 다른 방면으로 소질이……."

"어설픈 위안은 넣어두시게, 올케님. 내가 기대를 걸어볼 자식이 있다면 차라리 태자 쪽이겠지. 검 휘두르다 나자빠질 건 양쪽 다 매한가지지만……."

신랄하게 혀를 차 보이는 엘리자베트의 파란 눈에는 묘하게 씁쓸한 기운이 배어 있었다. 그리고 나는 두 황자가 검을 들고 싸우다가 어설프게 나자빠지는 모습을 상상하려다 그만두기로 했다. 뭐 하늘의 제왕을 상징으로 삼고 계시는 황가의 자제분들이니 굳이 검술 같은 건 필요 없겠지.

"아무튼 간에 공자더러 황궁에 좀 자주 방문하라고 이르게. 종형제들끼리 사이가 그리 냉랭해서야 되겠는가?"

이 일침에 병약한 공작 부인께서는 뭐에 찔린 것처럼 움찔하더니만 대뜸 한숨을 푹 내쉬어 보였다.

"마마께서도 아시다시피……."

"오만방자한 조카 녀석이 태자를 볼 때마다 못 잡아먹어 안달이라는 사실은 나도 아네. 하지만 언제까지고 그리 내버려 둘 순 없진 않나. 그러고 보니 요즘 노이반슈타인 부인의 시건방진 장남께서 내 조카와 죽이 잘 맞는 것 같더군. 혹 부인이 태자만 따돌리라 시킨 건가?"

"바로 맞추셨습니다. 모름지기 제국의 후계자시라면 고독의 맛도 좀 아셔야죠."

"흥, 참 그럴싸한 논리로군."

한참 그런 식으로 만담을 나눈 뒤 나는 우리 집 사자 새끼들이 어쩌고 있나 확인하려 물러났다. 야단스럽게 굴려는 건 아니었으나 그래도 아직까지 영 마음이 안 놓이는 건 어쩔 수가 없다. 그것들이 워낙 사고뭉치여야 말이지…… 크흑.

보아하니 레이첼은 알리 파샤 왕자와 어지간히 죽이 잘 맞는 것처럼 보였다. 아무래도 저 왕자께서 우리 딸내미한테 첫눈에 반한 것처럼 보이는 건 내 착각일 뿐일까?

레온으로 말하자면 또래 영식들과 한데 모여서 굉장히 학구적으로 보이는 표정을 한 채 열띤 대화를 나누는 중이었고, 엘리아스는 요즘 들어 언제나 그러하듯 영애들 틈에 끼어 희희낙락하고 있었다.

에휴, 저 화상. 그래, 차라리 저러는 걸로만 그친다면 소원이 없겠다. 다른 허튼 짓거리에 한눈팔지만 않아준다면 말이다. 설마 우리 엘리아스가 진짜로…….

"백조의 홀에 얽힌 전설을 들어보신 적 있습니까?"

"……예하?"

깜짝이야. 대체 어느 틈에 다가온 건지 내 곁에 서서 불쑥 뜬구름 잡는 질문을 던진 인물은 전혀 예상치도 못했던 사람이었다. 그도 그럴 것이 여태껏 내 생을 다 합해서 손가락으로 겨우 꼽을까 말까 한 대화를 나눠본 분이었기 때문이다.

놀라워하고 있는 나와는 달리 침묵의 종께서는 특유의 검은 시선으로 내 얼굴을 물끄러미 응시하나 싶더니 재차 말을 이었다.

"이 연회장은 300년 전까지만 해도 백조의 홀로 불렸었다죠. 본래 황후의 개인 공간으로 쓰였으니."

그 사실은 나도 대강이나마 알고 있었다. 단 이 장소에 얽힌 그 전설이라는 것에 대해선 금시초문이었다. 아니, 그나저나 이분이 웬일로 나한테 이렇게 길게 말을 거시는 걸까? 드디어 그간의 미스터리했던 시선에 대한 의문이 좀 풀리려나?

"흥미로운 이야기네요. 그런데 전설이라면……?"

"백조의 홀이 폐쇄되기 전에 황후로 들어왔던 어떤 여인에 관한 이야기죠."

젊은 나이에 벌써부터 차기 교황감 소리를 듣는 전도유망한 성직자답게, 날카로운 듯하면서도 기도문을 읊는 듯한 오묘한 음성이었다. 나는 그저 귀를 기울이고만 있었다. 성격을 종잡을 수 없는 침묵의 종께서 내 눈을 빤히 들여다보며 이렇게 말할 때까지는 그랬다 이 얘기다.

"의붓아들인 황자와 정을 나누다 황제에게 들통나 그 자리에서 살해당한 젊은 황후에 대한 전설, 들어보신 적 있습니까?"

순간 문자 그대로 피가 차갑게 식는 감각이 일었다고 해야겠다. 순전히 옛날이야기를 들려주는 것뿐이라고 치부하기엔 지나치게 악의적인 느낌이라고 하나.

나도 모르게 눈이 가늘어졌다.

"머릿속에 그렇고 그런 생각만 가득한 사람들이 지어낸 헛소리인 줄 알았는데요. 예하께선 의외로 뜬소문에 관심이 많으신가 봅니다."

"진정한 신의 종이라면 세속에 관하여 누구보다도 잘……."

리슐리외 추기경이 경건하기 짝이 없는 어조로 이으려던 다음 말이 무엇이든 간에, 그것은 불쑥 들려온 극히 불량스러우며 태평하기 짝이 없는 목소리에 뚝 끊겨 버렸다.

"아, 깜짝이야. 당신네들은 대체 왜 굳이 이런 자리에서까지 온통 시커멓게 덮어쓰고 있는 겁니까? 암살자인 줄 알고 집어 던져 버릴 뻔했잖습니까."

신성한 성복을 두고 암살자 운운해 대며 이쪽으로 다가온 노라의 모습은 마음만 먹으면 진짜로 추기경들 서너 명 따위 가볍게 집어 던질 수 있을 만큼 위압스러워 보였다. 저 산만 한 덩치로 저리 말해대니 농담도 진담처럼 들릴 지경이다. 그래서인지 리슐리외 추기경은 인상을 약간 찡그려 보이더니 그 시커먼 성복 자락을 휘날리며 자리를 떠버렸다. 그 아련한 뒷모습을 묵묵히 지켜보던 노라가 한 손으로 머리를 긁적이며 나를 쳐다보았다.

"제가 뭔가 실수한 건 아니죠?"

"……아니. 잘했어."

"다행이네요. 누나 표정이 영 좋지 않아 보였는데."

둘만 있을 때는 냉큼 누나라고 불러대는 건 여전했다. 여전해서 다행이라는 마음이 인다면 우스운 일일까? 나는 반짝이는 파란 눈동자를 올려다보며 미소를 지었다.

"넌 이런 자리에선 영 재미를 못 느끼나 보네."

"뭐, 누나도 비슷해 보이는데요. 전 이런 지루하기 짝이 없는 연회보다는 길바닥 축제가 더 성향에 맞는 것 같거든요."

"길바닥 축제?"

"축제 거리 쏘다니는 거 말이에요. 내일이 정점일 텐데 한번 나가보실래요? 저 덜떨어진 사자 새끼도 비슷한 계획을 품고 있는 것 같던데."

그 덜떨어진 사자 되시는 제레미는 사파비국에서 온 무희들이 이국적인 춤을 선보이는 중인 무대 근처 자리에 진지한 표정을 하고 서서 황궁근위대장과 말을 나누고 있었다. 역시 이번에도 황궁근위대 쪽으로 진로를 고려하는 중일까? 다만 이번엔 황태자의 검이 되지는 않을 것 같은데…….

우리의 시선을 느꼈는지 문득 고개를 돌린 제레미가 씩 웃으며 경쾌하게 손을 흔들어 보였다. 어이구, 그래. 우리 예쁜 큰아들.

"나쁘지 않을 것 같지만…… 위험하진 않을까?"

"저희 두 놈 거느리고 다니시면 위험할 일은 없을 텐데요."

맞는 말이었다. 나는 잠깐 킥킥 웃다가, 이내 머릿속을 퍼뜩 스치고 가는 어떤 생각에 조심스레 질문을 던졌다.

"저어, 노라. 혹시나 싶어서 물어보는 건데, 너 요즘 들어 영식들 사이에서 유행한다는…… 그거 아니?"

"네."

"……그러니까 내가 말하고자 하는 게 뭐냐면."

"네, 뭔지 압니다. 그런데 그건 왜요? 저 느림보 고양이 새끼가 그런 취미에 맛들린 것 같진 않던데."

팔짱을 끼고 선 노라가 푸른 눈을 신중하게 내리깔며 나를 바라보았다. 나는 잠깐 망설이다가 느릿느릿 말을 이었다.

"그게, 아직 확실하진 않은데…… 우리 엘리아스가 아무래도 그쪽으로 빠진 것처럼 보이거든. 매일 저녁 시간만 되면 어디론가 사라지는데 데이트하러 가는 것 같진 않아."

"……."

"큼, 물론 네가 보기에는 내가 너무 야단법석일 수도 있지만……."

"미행 붙여보셨어요?"

"붙여보긴 했는데 어떻게 눈치챘는지 매번 따돌리고 사라진다는 거야. 직접 다그쳐 보면 절대 아니라고만 하고……."

가벼운 투로 말하고 있긴 했지만 사실은 요즘의 내 최대의 고민이 바로 그 문제였다. 도박이라는 게 어디 잠깐의 취미로 지나갈 만한 가벼운 여흥인가? 대체 왜 엘리아스는 과거에는 안 하던 행적들을 자꾸 펼치는 걸까? 만약 그 녀석이 정말로 그렇고 그런 취미에 맛들린 거라면 정말 큰일인데…….

노라는 잠시 손으로 턱을 매만지며 말없이 내 표정을 살피더니, 이어 알 만하다는 듯 머리를 끄덕여 보였다.

"저 느림보는 모르고 있겠군요."

"응. 일단 너도 말하진 말아줘."

"알겠습니다. 그럼 제가 한번 그 시뻘건 망아지 같은 놈을 조사해 볼까요?"

그거 참 마른 가뭄에 단비와 같은 제안이었다. 물론 그렇다고 해서 기꺼이 받아들일 수 있다는 건 아니다.

"아니야, 그건 너무……."

"미안해하실 거 없는데요. 제가 보기엔 누나네 가문 기사들은 어딘가 좀 어벙하거든요. 누나가 바라신다면 그 시건방진 녀석이 밤마다 무슨 밀회를 즐기러 가는지 친히 알아보죠."

우리의 충직한 기사님들이 들었으면 즉시 게거품을 물고 달려들었을 만한 발언이었다. 동시에 이 녀석이니까 할 수 있는 발언이기도 했다.

암, 우리 제레미의 유일한 호적수인 요 녀석 말고 감히 누가 노이반슈타인의 발톱들을 깔볼 수 있단 말인가?

“네가 그래준다면 정말 고마운 일이긴 한데, 역시 너무 민폐 같아서…….”

“민폐야 제 쪽에서 이미 충분히 끼쳤었죠. 어쨌든 정말 그쪽으로 빠진 거라면 가능한 빨리 잡아내야 할 것 아닙니까. 개인적으로 그놈이 얻어터지는 꼴을 좀 보고 싶기도 하고요.”

경쾌하게 대꾸한 그가 씩 야릇한 미소를 지어 보였다. 나야 정말로 그리해 준다면 마다할 게 없었다.

“대신에 내일 저희랑 같이 나가시는 겁니다?”

“알았어, 그러자. 여러모로 정말 고마워.”

크흑, 아무래도 노라를 만난 건 내 두 번째 삶의 행운 중 하나인 것 같다. 암, 그렇고말고. 처음 만났을 때부터 정의의 사도 아니셨던가. 예배당에 혼자 숨어들어 서럽게 울던 소년이 이토록 듬직한 청년으로 자랄 줄 누가 알았을까?

“레이디 노이반슈타인. 종제님.”

실로 흐뭇한 미소를 주고받고 있는 우리 둘을 방해한 이는 다름 아닌 하늘색 예복 차림의 우아한 황태자였다. 내가 얼른 예를 갖추는 사이 노라는 문자 그대로 순식간에 미소가 싹 사라진 서늘한 얼굴을 하고서 마주 인사를 건넸다.

“뭡니까, 그 듣도 보도 못한 호칭은?”

“그럼 종제님을 종제님이라고 하지, 뭐라고 하겠냐?”

사람 좋게 웃음 짓는 테오발트와 대조적으로 노라는 상대방이 무안해질 정도로 싸늘한 무표정을 유지하고 있었다. 이럴 때 보면 꼭 다른 사람 같다.

"새로 익힌 호칭을 써먹으려 오신 겁니까?"

"난 그냥 인사 좀 하고 싶었을 뿐인데. 하여간 틱틱대는 건 여전하구나."

"그러는 전하께서는 되지도 않는 어른 행세 하시는 건 여전하시군요."

"뭐, 그렇게 따지면 난 어른 맞잖냐? 너보다는 어른이니까."

"어른이라, 요즘엔 똥자루도 이렇게 높이 쌓나 봅니다."

……확실히, 키로 따지자면 노라가 테오발트보다 크기는 했다.

순간적으로 턱을 반쯤 떨어뜨린 테오발트가 두 눈을 어설프게 깜박이며 내 쪽을 쳐다보았다. 그러고는 더없이 난감하다는 듯한 미소를 지어 보였다.

"이것 참……."

"노이반슈타인 부인께선 전하의 침방 시녀 따위가 아닙니다. 왜 엄한 분한테 그따위로 눈웃음을 치십니까?"

치, 침방 시녀라. 그거 참 생각지도 못했던 소리구나. 아니, 그보다 이대로 가다간 사고 하나 터지겠다.

"노라, 노라?"

정확히 뭣 때문인지 몰라도 테오발트만 근처에 있으면 이토록 날을 세우는 늑대 녀석의 팔을 조심스럽게 붙들자 푸른 눈이 깜박깜박하며 나를 쳐다보았다.

"그만하고 춤이나 추는 게 어떠니? 내가 이래 봬도 소싯적에 이름 좀 날렸단다."

……살다 살다 내가 노라한테 이런 식의 춤 신청을 하는 날이 다 올 줄이야. 인생이란 참으로 알 수가 없다. 치미는 통탄의 눈물을 삼키며 애써 씩 웃음을 짓자 노라는 무슨 생각을 하는 건지 잠시 내 얼굴을 골

똘히 바라보더니만 이윽고 순순히 머리를 끄덕여 보였다. 아이쿠, 착해라……!

미간을 약간 찡그린 채 우리 둘을 응시하던 테오발트가 다시금 입을 연 것은 그때였다.

"노라, 예전부터 궁금했던 건데, 넌 왜 그렇게 나를 싫어하지?"

답지 않게 진지하고도 날이 선 음성이었다. 내가 입을 벌리고 얼어붙은 가운데, 노라는 내 손을 잡고 이끌려다 말고 웬 약쟁이를 보는 듯한 눈빛으로 테오발트를 돌아보았다.

"그걸 질문이라고 하십니까, 지금?"

"아니, 정말 모르겠어서 그래. 네가 그 이유를 설명해 준다면 나로서도 뭔가 고쳐볼 노력을 할 수 있지 않겠어?"

주변이 찬물을 끼얹은 것처럼 삼엄해졌음은 당연한 수순이었다. 이젠 내가 어떻게 해볼 수 있는 경지를 넘어섰다고 해야겠다. 내가 당황해서 어쩔 줄 모르고 있는 사이 저만치서 머리를 갸웃대고 있던 제레미가 우리 쪽으로 성큼 다가왔다.

"슈리, 왜 그래?"

"아니, 그게……."

"야, 갑자기 뭔 일이야? 왜 그렇게 눈에 힘주고 있냐?"

절친한 라이벌의 질문에 노라는 싸늘하게 얼어붙은 눈으로 테오발트를 묵묵히 쏘아보다가 말고 마침내 입을 열었다. 정확히는 테오발트를 향해 이죽거렸다.

"경이로울 정도로 한결같으시군요."

"그러니까 대체 뭐가? 내 어떤 점이 그렇게 지긋지긋한데? 역시 어렸을 때 일 때문에 그러는 거야?"

어렸을 때 일? 그때 말한 그 일을 말하는 건가……?

노라 쪽을 힐긋 보니, 노라는 상대가 황태자만 아니었다면 진작에 반으로 동강 내고도 남았으리라고 주장하는 기세의 무시무시한 눈빛을 하고 있었다. 이어 으르렁, 하는 소름 끼치는 울림이 목울대를 타고 올라왔다.

"본인 입으로 그 이야기를 꺼내시다니 의외입니다."

"빈정대지만 말고 솔직하게 말해봐. 진짜 그것 때문에 그런 거라면 지금이라도 얘기하고 풀면 되잖아."

"……하나 더 나가고 싶으십니까?"

"뭐?"

"어금니 하나 더 나가고 싶으시냐고 물었습니다."

노라의 목소리는 차분했으나 냉기가 뚝뚝 흐르는 살기를 담고 있어 주위의 공기가 삽시간에 살벌해졌다. 몇 년 전 한발 앞서 황태자의 어금니를 건드린 바 있는 제레미가 헛기침 소리를 냄과 동시에 내 손이 얹힌 노라의 팔에 힘이 바짝 실리는 것이 느껴졌다. 빳빳하게 경직된 팔 근육이 미세하게 움찔거리기 시작했다.

테오발트는 잠시 움찔하나 싶더니 이어 하 하고 헛웃음을 흘렸다.

"그래야만 네 속이 풀린다면 몇 대쯤 맞아줄 수도 있지."

……갈수록 태산이다. 실로 대범하다 못해 관대하다고까지 할 수 있는 반응임에도 불구하고 어째서 나는 이토록 속이 답답한가? 저런 식으로 나올수록 상대를 더 자극할 뿐이라는 사실을 테오발트는 좀처럼 인지하지 못하고 있는 것 같았다. 어린 시절의 앙금이고 뭐고 대체 왜 이 자리에서 굳이 물고 늘어지는 건지 모르겠다. 그런 대화는 좀 더 개인적인 자리에서 하면 되지 않은가!

"이게 대체 무슨 일입니까?"

불쑥 들려온 음성에 우리 모두 일순 시선을 돌렸다. 주변에서 한바탕 작은 술렁임이 이는 가운데 어느 틈엔가 강철의 공작님이 눈가를 찡그린 채 이쪽으로 다가와 있었다.

"전하? 노라, 이건 대체 무슨 소란이냐?"

노라는 대답하지 않았다. 대답은커녕 제 아버지 쪽으로 눈길도 주지 않았다.

황태자를 지그시 노려보는 짙푸른 눈동자 속에 뒤틀린 살기의 빛이 세차게 깜박이고 있었다. 태풍의 눈처럼 보이는 눈, 고문을 받고 있는 듯한 그 푸른 눈에서 보이는 무언가가 내 입안을 바짝 마르게 했다.

묵묵부답인 공자 대신 대답한 쪽은 황태자였다. 테오발트는 짧게 탄식하더니 이어 아무것도 아니라는 듯 만면에 미소를 머금으며 고개를 가로저어 보였다.

"별거 아닙니다, 숙부님. 그냥 좀 서운한 나머지…… 의도치 않게 소란을 일으켜서 송구스럽군요."

"대체 무슨 일이길래…… 노라, 대체 또 무슨 결례를 저지른 것이냐?"

"……."

"노라!"

뭔가 분위기가 이상하게 돌아가고 있다고 느끼고 있는 이는 나뿐만이 아닌 것 같았다. 그러지 않고서야 물끄러미 현장을 지켜보던 제레미가 내 쪽을 쳐다보며 의미심장한 시선 교환을 시전할 리가 없으니까. 하여 나는 이유를 알 길이 없는 답답함과 충동이 반반 섞인 심정으로 입을 열었다.

"별일 아닙니다, 공작님. 전하께서 공자와 춤을 추고 싶어 하셨는데 제가 분위기 파악도 못 하고 끼어들었거든요. 이래서 늙으면 죽어야 한다는 말이 있나 봅니다."

"……푸흐하하하!"

제레미가 배를 잡고 폭소를 터뜨림과 동시에 노라와 테오발트의 황당하다 못해 넋이 나간 시선이 일제히 내게 고정되었음은 두말할 것도 없었다.

끄응, 그러게 누가 외국 귀빈들까지 모인 연회 자리에서 애들처럼 으르렁대랬나. 공사 구분은 어디다 팔아먹은 거냐고.

뉘른베르 공작님은 잠시 뭐라 형언하기도 어려운 눈빛으로 우리를 번갈아 보더니 이어 묘하게 어설프게 느껴지는 헛기침을 했다.

"부인……?"

"그런 의미에서 공작님이 제 창피함을 모면해 주셔야 할 것 같습니다. 아들의 부채는 아버지의 부채도 되는 법이니까요. 자, 저와 한 곡 추시겠습니까?"

"그야…… 더할 나위 없는 영광입니다."

실로 융통성 있게 대꾸한 공작님이 한결 풀린 표정을 하고서 내 손을 잡았다. 다행스러운 일이었다.

댄스 플로어로 향하면서 뒤를 힐끗 돌아보니, 젊은 늑대와 독수리는 이제 아주 가관인 낯짝들을 하고서 우리를 바라보고 있었다. 쯧, 저 점잖은 황태자까지 겉만 멀쩡한 철부지로 느껴지는 날이 다 올 줄은 몰랐는데.

여전히 배를 잡고 낄낄대던 제레미가 노라의 어깨에 한 팔을 걸치며 뭐라고 중얼거리자 노라의 주먹이 제레미의 복부를 약하게 쳤다. 그러는 사이 테오발트는 몸을 돌려 자리를 떴다. 상당히 암시적으로 느껴지는 풍경이었다.

좀 전에 엘리자베트 황후가 우려를 표출했던 대로, 노라는 황자들에게 있어 가장 가까운 종형제인 동시에 뉘른베르 공작가의 차기 가주였다. 그런 노라와 황태자의 사이가 냉랭하다 못해 적대적이라면 장기적인 측면에서 황실에 좋을 거 하나 없었다.

안 그래도 황권의 입지가 대폭 약화된 마당이다. 지금은 공작님이 바람막이가 되어준다 쳐도 나중에는 누가 그리해 줄 것인가. 예전처럼 소후작인 제레미가 테오발트와 가까운 것도 아니다. 지금의 제레미는 테오발트에게 냉랭하다 못해 꺼려 하는 기색이 역력했다.

황실에게 있어 가장 이상적인 그림은 황태자의 좌우에 뉘른베르와 노이반슈타인을 두는 거였다. 교권과 외척들을 상대하는 데에 늑대와 사자만큼 든든한 발톱도 없으니까.

하나 그런 이상적인 미래를 가꾸는 데에 필수 요건 중 하나인 사자 쪽은 3년 전을 기준으로 날려먹었고 늑대 쪽은 실시간으로 날려먹는 판이었다.

내가 노라와 테오발트 사이의 일을 전부 알 수는 없는 노릇이었으나 여태까지 지켜본 결과 노라의 복잡한 가정사에 테오발트가 뭔가 크게 한몫하긴 한 것 같았다. 그때 말한 파이프 얘기도 단순히 그게 다가 아닐 것 같은 찝찝한 감이 든다고 해야 하나.

환한 백금발에 보라색 눈을 한 아름다운 여인이 말하고 있었다. 그녀는 찻잔을 한 손으로 받친 채 냉정한 눈빛으로 나를 응시하며 가감 없는 투로 말했다.

"결혼식에 오지 마시라 전하라 했어요. 그이가요."

심장이 바짝 조여드는 감각이 이나 싶더니 눈앞이 새까맣게 물들며 공녀의 모습을 지워갔다. 그러고는 풍경이 바뀌었다. 문이 박살 난 채로 굴러떨어져 내리는 마차 안에서 이리저리 부딪히는 고통스러운 감각이 생생했다. 바깥에 널브러진 기사들의 피 냄새가 끔찍하게 코를 찔러왔다.

이어 쿵 하고 문이 완전히 박살 나나 싶더니 선혈이 낭자한 검을 든 산적의 비릿한 미소가 덮쳐왔다.

"우리를 너무 탓하지 말라고. 네 팔자가 잘못 꼬인 거니까 말이야."

"……끄으으아아아악!"

또다시 내 비명에 내가 놀라 벌떡 몸을 일으켰다. 목덜미까지 적신 식은땀이 축축했다. 숨을 헐떡이며 고개를 돌렸다. 두꺼운 커튼을 뚫고 아침의 환한 햇살이 스며들고 있었다.

하아, 요즘 들어 옛날 꿈을 꾸는 일이 잦아진 것 같다. 이렇게 시간을 거슬러 오기 전의 일들에 대해 말이다. 거기다 하필이면 꼭 내가 죽기 직전이 되어야 끝났다. 그때 일들에 대해 가능한 생각하지 않으려고 노력 중이건만 왜 자꾸 이런 꿈이 찾아오는 걸까?

지난 3년여간 한 번도 제대로 생각해 본 적, 아니, 생각해 내지 않으려 했지만, 매일같이 옛날 꿈을 꿔대는 요즘은 어쩔 도리 없이 내 죽음의 순간을 곱씹게 될 때가 있었다. 가령 막 꿈에서 깨어난 지금 같은 때라든가.

그리고 그때를 떠올릴 때마다 희미하게 피어오른 의문 하나가 가슴속에서 꿈틀거렸다.

……그 산적들은 대체 어떻게 우리 가문 기사들을 그토록 쉽게 제압했을까?

물론 당시에 수의 우열은 확실했다. 내가 탄 마차를 호위하던 기사는 총 세 명, 산적의 수는 어림잡아 열댓은 됐을 거다. 하지만 그렇다 해도…….

"엄마, 엄마!"

딸내미의 쾌활한 목소리가 들려옴과 동시에 나는 화들짝 상념에서 벗어났다.

잠시 후, 아침부터 얼굴이 발갛게 상기된 채 다다다 내 방에 뛰어 들어온 레이첼이 에메랄드빛 눈을 흥분으로 번쩍거리며 외쳤다.

"엄마, 나 오늘 알리 왕자님한테 초대받았어. 놀러 가도 돼? 사파비에서 가져온 코끼리도 타볼 수 있대."

아하, 그렇단 말이신가? 어제 연회에서 둘이 그렇게 죽이 맞아 붙어 있더니 그새 퍽 친해진 모양이다.

"응? 엄마, 나 실수 안 할 자신 있어. 절대 예법에 어긋나는 짓은 하지 않을 거라고."

절로 미소가 지어지는 모습이었다. 물론 레이첼이 마음만 먹으면 얼마든지 우아하고 흠잡을 데 없는 요조숙녀처럼 보일 수 있다는 사실은 나도 알고 있었다. 그러나!

"좋아, 레이첼. 다녀와도 돼. 단 네 쌍둥이가 같이 간다는 조건하에 말이지."

만세 하고 뛰어오를 기세를 하고 있던 레이첼이 멈칫하며 눈을 깜박거렸다. 그러더니만 곧장 뭐라도 씹은 것처럼 표정을 일그러뜨리는 것이 아닌가?

"레온이랑? 그건 좀……."

"왜? 너희는 어릴 때부터 아주 가까웠잖니."

"그치만 그건 어렸을 때 얘기고, 걘 맨날 책에서 본 지루한 얘기밖에 할 줄 모른단 말이야! 그 왕자님이 지루해서 졸다가 코끼리 위에서 떨어지기라도 하면 큰일이잖아!"

"레온이랑 같이, 아니면 못 간단다."

미소를 지으며 단호하게 말하자 레이첼은 잠시 뭐라고 투덜거리는 소리를 내더니만 이내 순순히 머리를 끄덕이며 내게 와서 팔로 내 목을 껴안고 뺨에 입을 맞추었다.

"알았어. 근데 나 옷 뭐 입을까? 어제 입은 거 또 입으면 좀 그렇겠지?"

"그때 새로 맞춘 녹색 드레스는 어떠니? 네 눈 색깔하고 잘 어울릴 텐데."

"정말 그게 괜찮을 것 같아?"

아아, 풋풋하다 풋풋해.

신이 나서 제 처소로 뛰어가는 레이첼의 뒷모습을 바라보며 새삼 흐뭇하게 웃음 짓는 찰나였다. 난데없이 저택 전체가 와르르 무너지는 것이 아닐까 걱정될 정도의 엄청난 포효가 울려온 바람에, 나는 침대에서 내려가다 말고 하마터면 바닥에 넘어질 뻔했다.

"어째서 네놈이 우리 집에 와 있는 거야아아아아?!"

……음, 아무래도 우리 둘째 아드님의 철천지원수가 찾아온 모양이

다. 아니, 근데 저 녀석은 왜 매번 손님한테 행패야, 행패는? 아무튼 간에 밤마다 뭘 일 하는지 알아내기만 해봐라. 진짜 도박이라면 네놈은 죽었어!

"아, 왜 저 시커먼 놈이 우리 집을 제집처럼 드나드는 거냐고?! 내 책 훔쳐 간 것도 저놈이 분명하단 말이야! 형, 저놈 도둑놈이라니까!"

"그것도 책이라고 부를 수가 있구나. 신박하군."

"아, 난 저놈 싫다고! 훔쳐 간 물건이나 내놔, 이 변태 도둑놈아!"

"대가리에 피도 안 마른 주제에 그런 걸 친히 주문한 작자께서 할 말은 아닐 텐데?"

"이 시커먼 늑대 새끼가 뭐라는 거야?! 누가…… 아아악! 왜 나만 때려, 이 후레자식 같은 형 새끼야!"

"후레 뭐? 그게 우리를 키워주시는 어머니한테 할 소리냐?"

"난 그런 의미가…… 아악! 악!"

……우리 저택이 단 하루라도 고요한 아침을 맞는 날이 온다면 그때야말로 진정 국가 비상사태이리라.

건국기념제 둘째 날의 날씨는 눈부실 정도로 화창했다. 전 황도가 축제 분위기로 물든 듯한 오늘날 이 시점 우리 가족은 짜 맞추기라도 한 것처럼 각자 일정이 따로따로 나뉘었다. 쌍둥이는 이국의 왕자님을 방문하러 갔고, 엘리아스는 어제 연회에서 만난 영애들과 데이트를 한답시고 거들먹대며 나갔다.

그리고 나는 어제 무심결에 한 승낙 덕에 평생 처음으로 축제 거리를 둘러보러 나서게 되었다. 제레미와 노라와 함께 말이다. 저 사이좋은 라이벌들과 내가 나란히 나들이를 가게 되다니, 역시 오래 살고 볼 일이다.

"그냥 단출하게 입으면 된다니까, 단출하게!"

내가 제일 수수한 갈색 공단 드레스를 골라 입었다면, 잘 차려입어 봤자 좋을 것 없다고 주장하며 닦달을 해댄 제레미는 그럭저럭 간소한 사냥복 차림이었다. 노라 역시 마찬가지이긴 했으나 누가 봐도 귀족인 티는 감출 수가 없는 노릇이었다. 거기다 내가 3년 전 둘에게 각각 선물로 준 화려한 검을 차고 있으니 딱 축제 거리 구경하러 빠져나온 귀족 자제들 꼴이었다.

"정말 기사들 안 데려가도 괜찮을까?"

"우리가 기사인데 뭐가 걱정이야? 와, 마음에 상처받았어."

"저희가 그렇게 못 미더우십니까?"

"꼭 그런 건 아닌데…… 그래서 계획은 어떻게 되니?"

"아, 맞다. 계획이 어떻게 되냐, 친우여?"

"그걸 왜 나한테 묻냐? 네가 알아야지."

"야, 상식적으로 친구 어머니까지 모시고 나들이 가려고 왔으면 계획을 좀 짜 오는 게 염치 있는 짓 아니냐?"

"뭔 소리야? 우리가 염치가 어디 있는데?"

"아…… 맞다. 없지."

물어본 내가 잘못이렷다. 이 녀석들의 사전에 계획이라는 단어가 있을 리가 없지.

어쨌든 수행 기사들도 없이 셋이서만 외출하자니 새삼 어색한 기분이었다. 겁이 난다는 게 아니라 그냥 생소한 기분이라는 거다. 이런 식으로 바깥나들이해 보는 건 정말이지 처음이니까.

마차를 타고 달려 마침내 황도 거리 한복판에 도착하고 보니 아, 과연 축제는 축제구나 하는 생각이 일었다. 마차들이 지나갈 수 없게끔 헝겊 줄이 쳐진 대로변의 좌우로 간단한 군것질거리를 파는 노점들로 시작해서 온갖 것을 다 파는 장터가 줄줄이 서 있었다.

나아가 화려하게 차려입고 돌아다니는 무수한 사람들, 거리 한복판에서 공연하는 광대들과 음유시인들, 그리고 각종 연극단까지 실로 활기차고도 소란스러운 풍경, 진짜 축제다운 풍경이었다.

"어때, 오길 잘했지?"

나를 돌아보며 의기양양하게 내뱉는 제레미의 암녹색 눈동자는 문자 그대로 반짝반짝 빛나고 있었다. 어쩐지 평소보다 더 신나 보이는 모습이었다. 묘하게 들떠 보이는 건 노라 역시 마찬가지였는데, 순전히 나들이를 나와서라기보다는 좀 다른 이유에서인 것 같았다.

아무튼 확실히 이 둘과 함께 있으니 다른 수행 기사들과 있을 때보다 더 안전하게 느껴지긴 하는구나. 왠지 몰라도 산적 떼가 나타난다 한들 아무렇지도 않을 것만 같은 기분이다.

그보다 벌써부터 이 두 잘난 녀석을 향해 쏟아지는 여인네들의 시선이 퍽 걱정스러운걸.

"재미있을 것 같긴 한데…… 나랑 다니면 너희가 좀 지루할 것 같아서 걱정이구나."

"그렇게 말씀하시니 진짜 노인네 같은데요. 누나 이제 열아홉이세요."

노라가 입가에 묘한 미소를 띤 채 내뱉은 저 말에 나는 일순 눈을 동그랗게 떠 보였으며, 제레미는 눈을 가늘게 떴다. 잠깐 황망한 정적이 흐르는 가운데 제레미는 절친한 라이벌을 씹어 삼킬 듯한 눈빛으로 빤히 노려보았는데, 그러고서 기껏 한다는 소리가,

"너 뭐냐? 왜 남의 어머니한테 대고 누나 운운하냐?"

이 날카롭고도 스산한 질문에 노라는 자신이 저지른 순간적인 말실수를 무마하려는 기색은 눈곱만큼도 없이 뻔뻔하게 잘도 대꾸했다.

"그러는 네놈은 어머니 이름 아무렇게나 부르잖냐."

"아니, 내가 그러는 거랑 네놈이 그러는 거랑 다르지!"

"뭐가 다른데? 그럼 누나뻘 되는 분을 아주머니라고 불러 드리랴?"

"아니, 네놈이 누나라고 하니까 왠지 나도 그렇게 불러야 할 거 같잖냐!"

"그럼 너도 그렇게 부르시든가."

"어머니가 누나가 되면 그건 무슨 막장 희극이냐?!"

"얘들아, 그래서 우리 갈 거니, 말 거니?"

한숨을 삼키며 툭 던지자 대로변 한복판에서 으르렁대는 촌극을 펼치던 두 놈 모두 설전을 뚝 멈추고는 동시에 나를 쳐다보았다.

"좋아, 그럼 이곳을 점령하러 가보자고."

"가시죠."

사이좋게 동시에 내뱉은 두 녀석이 나란히 내게 손을 내밀어 보였다. 이 녀석들 지금 일부러 이러는 건가?

비슷한 크기의 투박한 손 두 개를 면전에 두고 나는 이제 새로운 딜레마에 빠져들게 되었다. 누구의 손을 잡아야 하는가.

나는 조용히 다리를 움직여 앞으로 몇 발자국 나아갔다. 그런 다음 돌아서서 어정쩡하게 허공에 팔을 뻗은 자세가 되어버린 두 녀석의 거대한 손을 꼭 맞잡게 해주며 생긋 웃었다.

"자, 서로 잃어버리지 않게 손 꼭 잡고 있으려무나?"

"……으에엑!"

두 녀석이 실로 괴상망측하기 짝이 없는 비명을 내지르며 차마 못 만질 걸 만진 것처럼 서로의 손을 힘껏 뿌리치는 사이 나는 총총 앞장서서 걸음을 옮겼다.

……금방 따라잡혔다, 당연히.

“하나뿐인 어여쁜 큰아들을 외간 남자한테 떠맡기는 엄마가 어디 있어! 나 상처받았다고!”

“그 나이 처먹고 엄마 손 잡고 졸졸 따라다니는 게 말이 되냐?! 누나, 저런 놈은 그냥 다리 밑에 버리고 가시죠. 모름지기 자식은 강하게 키워야 한답니다.”

“슈리, 내 손 잡아. 잃어버리면 어떻게 해?”

“길치 주제에 쇼를 한다. 누나, 그냥 제 손 잡으시라니까요. 행여나 잃어버리면 위험…….”

“너희가 나를 잃어버리는 게 아니라 내가 너희를 잃어버리는 거겠지.”

심드렁하게 일침하자 두 녀석 모두 잠시 시선을 교환하나 싶더니 이어 납득했다는 듯 순순히 머리를 끄덕여 보였다. 그러고는 말했다.

“알았어, 그럼 나 무서우니까 손잡아도 되지?”

“그럼 누나가 저희 보호자시니까 저도 좀.”

……요즘 애들은 대체 뭘 먹고 이리 넉살이 좋은지 모를 일이다. 결국 의도치 않게 나는 두 덩치 큰 피보호자들의 손에 양손이 꼬옥 잡힌 채 축제 거리의 인파에 파묻히게 되었다. 어째 그림이 좀 그렇다.

기묘한 조합이라고 여겨지는 건 다른 사람들의 눈에도 마찬가지인 모양이었다. 남녀노소 가리지 않고 우리한테서 시선을 뗄 줄을 몰라서 참 면구스럽기 짝이 없었다. 특히나 여자들 쪽은 그야말로 숨이 넘어갈 듯한 표정이 되어서 내 좌우에 선 두 놈을 바라보고 있었다. 큼큼, 좀 뿌듯한걸.

"아, 점심 조금밖에 안 먹었더니 허기져 죽겠는데."

확실히 우리 모두 점심을 평소에 비해 조금만 들긴 했었다. 그리고 제레미도 노라도 시도 때도 없이 배고파 하는 녀석들이었다.

노점상에서 파는 꼬치구이나 기타 군것질거리들은 꽤 먹음직스러워 보였다. 그러나 영 위생 상태가 좋아 보이지 않았는데, 두 녀석은 도무지 귀한 대귀족 자제들답지 않게 일말의 거리낌도 없어 보였다.

"어우 씨, 이거 무슨 고긴데 이렇게 질겨? 이 빠지겠네."

"에퉤퉤, 뭐야, 이거? 뭐 이렇게 비려?"

……물론 거리낌이 없다는 것과 진짜로 입맛에 맞느냐는 좀 차원을 달리하는 얘기다. 제레미가 겉보기와는 전혀 다른 질기디질긴 꼬치구이를 상대로 자웅을 겨루는 동안 노라는 정체 모를 생선살이 채워진 파이를 큼지막하게 한입 베어 물다 말고 그대로 뱉어버리고 있었다. 쯧쯧, 어련하시겠나들. 그 모험 정신에는 찬사를 보내는 바다만 이런 데서 파는 음식들이 네 녀석들의 까다로운 입맛에 맞을 리가 있니.

그럼에도 시장이 반찬이라고 했다. 다소 많은 실패를 거듭한 끝에 각자의 입맛에 그럭저럭 맞는 음식을 찾아 하나씩 물고 돌아다니기 시작했다. 제레미는 여전히 꼬치구이를 한 다발 들고 씨름을 해댔으며(이상한 부분에서 오기가 발동되는 녀석이었다), 노라는 그럭저럭 신선한 사과를 한 바구니 안고서 거의 두 입에 하나씩 해치워 댔다. 그러면서 잘도 떠들어 대는 것이 참 신기하다.

"저건 뭐지? 왜 닭들이 싸우고 있는 거래? 와, 칼발톱도 달렸어."

"투계라는 거다, 무식한 살쾡이 자식아. 투견 비슷한 거라고 봐야지."

"아하, 저런 데다 쓸 돈도 있고 의외로 다들 잘사나 보네."

"도박에 빠지는 데에 신분이나 재력이 중요하진 않지."

혀를 차며 대꾸한 노라가 문득 의미심장한 눈빛으로 나를 곁눈질했다. 그리고 나 역시 마찬가지로 의미심장한 눈빛을 되돌려 주었다. 끄응, 하여간 엘리아스 그 녀석은 예전이나 지금이나 속 썩이는 건 변함이 없다, 변함이…….

"신흥 예술가 크라나흐의 신작 구경하고 가쇼! 거기 무시무시하게 아리따운 레이디! 응접실에 걸어놓기 좋습니다! 시대를 뛰어넘는 신작들 구경하고 가쇼!"

무시무시하게 아리따운 레이디라, 예술가들 전유의 과장법인가? 어쨌든 매우 열렬하게 팔까지 휘저어가며 우리에게 호객 행위를 해대는 그림 노점상 상인의 노력이 퍽 안쓰러웠기에, 구경이나 할까 싶어 잠깐 발걸음을 멈추었다. 제레미가 투덜대기 시작했음은 두말할 것도 없었다.

"딱 레이첼이나 좋아할 법한 것들이네."

"네 여동생의 예술적 소질을 조금이라도 본받는 게 어떠니?"

"내가 왜? 난 기사라고. 그림 같은 건 조금도 볼 줄도 모르고 관심도 없단 말이지."

"네 친구도 기사 아니니? 노라, 너도 예전에 그림에 취미가 있었다고 말했던 것 같은데."

슬쩍 물으며 바라보자 아니나 다를까 노라는 무수한 풍경화 캔버스에 눈길도 주지 않고 괜히 조각상들만 툭툭 건드려 대는 제레미와 달리 꽤 진지한 표정을 하고서 노점 안을 둘러보고 있었다. 어쩐지 좀 씁쓸해 보이는 표정이었다.

"그렇긴 한데…… 까마득하게 어렸을 때 얘기라니까요. 지금은 손 놓은 지 한참 됐죠. 말씀드렸듯 예술은 폭발이라는 현실을 깨달은 바람에."

"폭발이라 하면……?"

"저희 집안 어르신들이 워낙 싫어하셔서요. 전부 태워 버렸죠."

나긋한 투로 대꾸한 노라가 이제 그림에서 눈을 떼고 지루하다는 듯 몸을 돌렸다. 한데 어째서 나는 안타까운 기분이 이는 걸까?

"아깝네. 한번 보고 싶었는데, 네가 그렸다는 거."

"딱히 재능이 있는 것도 아니었는걸요."

"취미에 재능이 필수적인 건 아니잖아. 나도 자수엔 그다지 재능이 없어."

노라는 잠시 말없이 바닥에 시선을 주더니만, 이내 무슨 생각을 했는지 손으로 입가를 매만지며 피식 웃었다.

"그때 크로키북 하나 겨우 건진 게 있긴 한데…… 비웃지 않겠다고 약속하시면 보여 드릴게요."

"안 웃어. 절대로. 내가 언제 너 비웃은 적 있니?"

도리도리. 잽싸게 고개를 가로젓는 모습이 덩치와 영 안 어울리는데도 묘하게 귀엽게 느껴진다.

내가 다시 입을 벌리려는 찰나 좁은 노점상 안을 이리저리 휘젓던 제레미가 불쑥 외쳤다.

"와, 이게 바로 누드상이라는 건가? 슈리, 이것 봐봐! 대리석이 나만큼이나 스타일이 좋은 것 같아! 이거야말로 진정한 예술, 아니, 사기인데?!"

"……."

그림 노점상의 바로 건너편 광장에서는 광대들의 쇼가 한창이었다. 내게 얻어맞은 등짝을 문지르며 앞장서던 제레미가 문득 발걸음을 멈추고는 눈을 동그랗게 떴다.

"얼레? 슈리, 저기 너 닮은 거 있다."

"그건 또 무슨 소리니?"

"아냐, 진짜 너 닮았다고. 봐봐."

하고 의기양양하게 가리키는 제레미의 손가락 끝을 쭈욱 따라 시선을 돌리니, 거기에는 과연 나를 닮기는 개뿔 분홍색 여우 인형 하나가 인형극이 펼쳐지는 탁상 위에 솟아 나와 있었다. 색깔만 분홍색이면 다 나냐!

"대체 저게 어딜 봐서 나랑 닮았어?!"

"진짜 똑같은데. 어이, 안 그러…… 뭐야, 이놈은 또 어디 갔어? 화장실 갔나? 아무튼 아니면 말고."

키득키득 얄밉게 웃어대는 제레미의 등짝을 한 대 더 후려쳐 줄까 고민하던 찰나였다. 옹기종기 몰려든 아이들 앞에서 능수능란하게 인형들을 다루던 인형술사가 외친 문장 하나가 우리 모두를 멈칫하게 만들었다.

"오, 불쌍하고도 아름다운 사자들의 어머니, 그대는 어디서 왔지? 하늘의 딸인지 땅의 딸인지, 그대의 심장을 사로잡을 수만 있다면 내 황좌도 버릴 수도 있다네."

흥겨운 가락이 실린 대사를 읊어대는 인형술사의 다른 쪽 손에는 하얀 독수리 인형이 들려 있었다. 나는 나도 모르게 제레미의 손목을 꽉 붙들고는 물끄러미 인형극장을 바라보았다. 독수리 인형 맞은편에서 서성거리던 여우 인형이 불쑥 아래로 사라지나 싶더니 이어 샛노란 사자 인형이 튀어나왔다.

"아버지의 유산은 아들에게 이어지는 법, 누구도 내게서 그녀를 뺏어 갈 수 없지. 덤벼라, 햇병아리야! 황권이고 뭐고 전부 씹어 먹어주마! 어흥!"

사납게 포효하며 무대 위를 가로지른 사자가 독수리를 맹렬하게 덮쳤다. 날개를 푸드덕거리며 발버둥 치던 독수리가 사라지자마자 다른 조그만 맹수들이 우르르 나타나 사자에게 덤벼들었고, 그 위로 검은 까마귀가 내려오며 노래를 불러댔다.

"심판이다, 죄인들아! 신들이 분노하셨다! 구원받고 싶다면 그 마녀를 산 채로 태워…… 끼야아아악~"

인형술사가 내는 까마귀의 우스꽝스러운 비명에 아이들이 한바탕 웃음을 터뜨렸다. 사자 인형이 다른 맹수들을 상대로 고군분투하는 동안 불쑥 튀어나온 늑대 인형이 까마귀의 날갯죽지를 물더니 한입에 꿀꺽 삼킨 것이다. 늑대 인형은 독수리 인형과 나머지 인형들도 전부 집어삼켜 버린 뒤 마지막으로 사자에게 달려들었다.

참 여러모로 의미심장한 쇼였다. 우리 같은 귀족들도 돌아다니는 광장 한복판에서 저런 발칙한 인형극을 선보이다니, 저 인형술사도 참 비범하다고 해야겠다. 거기다 여우라니, 사자 없는 굴에서 여우가 왕 노릇한다 뭐 이런 의미인가?

어쨌든 나는 저 발칙한 쇼를 끝까지 감상하지 못했는데, 그 자리에서 얼어붙은 듯 묵묵히 극을 바라보기만 하던 제레미가 불쑥 흉포하게 으르렁대기 시작했기 때문이다.

"뭐 저딴 정신 나간……."

"참아, 참아! 그냥 인형극일 뿐이잖아."

"그냥 인형그으? 저 새끼가 지금 우릴 가지고……!"

나는 그 자리에서 저 발칙한 인형술사의 목을 날려 버릴 기세로 다가서는 제레미의 팔을 온 힘을 다해 붙들어야 했다. 아니, 이 시점에 노라 이놈은 대체 어디로 간 거야?! 아니, 그 녀석이 없어서 망정이라고 해야 하나?

"제발 좀! 그냥 광대들이 쇼하는 거라고. 저 사람들이 귀족이나 황족들 가지고 저런 놀음 하는 게 하루 이틀이겠어? 거기다 대고 일일이 반응하면 더 우스울 뿐이야!"

"우습게 여기라지! 내 저놈을 그냥……."

"네 어머니가 하지 말라잖냐, 멍청한 놈아. 천하의 불효자식 되고 싶냐?"

저건 내가 한 말이 아니었다. 당연히. 인형극이 펼쳐지는 내내 어디론가 사라져 있던 노라가 어느 틈엔가 다가와 친우의 어깨를 붙들며 태평하게 내뱉은 소리였다. 이에 제레미는 잠시 그 무시무시하게 타오르는 암녹색 눈동자로 절친한 라이벌을 잡아먹을 듯 쏘아보나 싶더니 마침내 이렇게 으르렁거렸다.

"그렇게 되나……?"

"어."

"근데 네놈은 어디 갔다 왔냐?"

언제 그랬냐는 듯 순식간에 노기가 싹 빠진 제레미의 다소 어벙한 질문에, 노라는 눈을 몇 번 깜박이더니만 한 손으로 머리를 긁적이며 엉뚱하게 내 쪽을 쳐다보았다.

"생일 선물 사러."

"나 생일 아닌데?"

"네놈 말고 멍청아! 누나 생일 선물, 그때 못 드렸잖아."

뭐가 어쩌고 어쩐다고? 정신이 하나도 없는 기분으로 시선을 돌리던 나는 다음 순간 문자 그대로 얼어붙고 말았다.

그러니까…… 노라의 투박한 손바닥 위에 실로 앙증맞게 자리하고 있는 브로치는 내게 있어 지극히 낯익기 짝이 없는 물건이었다. 과거의 이

시점 제레미가 내게 사다 준 것, 바로 그 페리도트 브로치였던 것이다!

반짝이는 풀빛 보석을 감싼 검은 나비 날개 모양의 장식까지 완벽하게 똑같았다. 소름이 돋을 만큼의 엄청난 우연이라고 해야겠다. 지금 내가 느끼고 있는 기분을 뭐라고 표현하면 좋을지 모르겠다. 전생에서 제레미가 사다 줬던 것과 똑같은 물건을 이번엔 노라가 가져오다니…….

반가움과 아이러니함이 뒤섞여 머릿속이 뒤죽박죽이었다.

내가 잠깐 넋이 빠져 있는 사이 제레미는 지극히 평소 같은 반응을 보여주었다. 즉, 버럭했다.

"너 이 똥강아지 자식! 왜 남의 어머니한테 아부질이야?!"

"뭐래, 이 광견병 걸린 고양이 새끼가. 네놈 선물 소재지도 내가 알아봐 준 거잖아!"

"그 얘기를 왜 지금 꺼내냐?!"

"네놈이 먼저 시작했잖냐!"

……음, 아무래도 둘 사이에 뭔가 내가 모르는 모종의 거래가 오간 모양이군. 역시 그 목걸이가 들판에서 피어난 건 아니었나 보다. 하여 나는 새삼 기특해하는 눈빛으로 둘을 바라봐 주려다가, 그냥 그만두기로 했다. 광장 한복판에서 사이좋게 으르렁대며 서로의 목을 졸라대는 두 거대한 야수를 보며 흐뭇한 미소를 짓기엔 영 그림이 안 나왔기 때문이다.

"큼, 아무튼 누나, 누나의 덜떨어진 큰아들이 선물해 드린 목걸이와 제법 잘 어울릴 거라고 생각했습니다."

"하! 그게 이거랑 비교가 되겠냐? 슈리, 내가 준 선물이 훨씬 더 좋지? 그렇지?"

솔직히 말하자면 어느 것 하나 비교할 수가 없다고 해야겠다. 암, 그렇고말고. 그 목걸이도 이 브로치도 내게 있어 다른 식으로 많은 의미가 있으니까.

“정말…… 고마워. 소중히 차고 다닐게.”

가까스로 미소를 지으며 브로치를 건네받자 노라는 좀 쑥스러운 듯 재차 머리를 긁적이더니 활짝 웃었다. 순간 어린 시절이 겹쳐 보일 정도로 환하게, 순수하게 말이다. 그리고 제레미는 당연히 투덜거렸다.

“이건 반칙이라고! 기사답지 못한 짓이다!”

“그렇게 억울하면 네놈도 가서 뭐라도 사 오든가!”

“생일 선물 찬스는 이미 써버렸거든?! 이 치사한 자식아!”

두 멀쩡하게 생긴 장정이 광장 한복판에서 고래고래 소리를 쳐대는 장관에 상당히 많은 사람의 시선이 우리를 향하게 됨은 당연한 수순이었다. 그리하여 나는 조금 전까지의 감동이 무색하게도 그만 녀석들과 모르는 사람인 척하고픈 충동에 시달려야 했다.

한여름이라 그런지 다소 늦은 오후임에도 불구하고 아직 사방이 환했다. 우리는 개중 그나마 깔끔하고 괜찮아 보이는 레스토랑에 들러 음식을 포장해 나와 축제 거리가 한눈에 내다보이는 언덕의 시원한 나무 그늘 아래 자리를 잡았다. 사방이 온통 화창한 녹음이었고, 머리 위의 포플러나무에서는 매미 우는 소리가 났다.

“돗자리만 있으면 검술 대회네.”

잔디 위에 아무렇게나 털썩 드러누운 제레미가 중얼거린 소리였다. 그와 반대로 나무에 기대앉은 노라가 머리를 끄덕이며 맞받아쳤다.

“네놈이 마침내 무릎을 꿇을 날이지.”

“웃기시네, 네놈이 나한테 무릎을 꿇는 거겠지.”

"중간에 떨어져 나가지나 마라."

"네놈이야말로, 결승전에서 기다리고 있겠다."

어차피 비길 걸 뻔히 아는 나로서는 그저 웃음만이 나오는 대화였다.

나는 바구니를 열고 고기가 끼워진 빵을 감싼 종이를 벗기면서 유유자적 말했다.

"어느 쪽이 이기든 너희가 결승까지 갔다는 사실만으로도 의미가 있는 거지."

"오, 역시 우리 자애로운 마더 슈리. 하지만 나는 반드시 너에게 우승 트로피를 안겨주고 말 거라고."

"그것참 부러운 호언이로군. 난 우승 트로피를 누구한테 갖다 바치면 좋으려나."

"그야 당연히 네놈 부모님한테 드리면 되지 않냐."

"글쎄, 별로 그러고 싶지 않은데."

노라가 평온하기 짝이 없는 어조로 내뱉은 저 말에 잠깐 정적이 찾아왔다. 내가 바구니 속의 손을 잠시 멈칫하는 동안 제레미는 상체를 슬그머니 일으켜 앉았다. 그러고는 몸을 홱 돌려서 친구를 마주하더니만 다짜고짜 예상치도 못했던 소리를 던졌다.

"야, 근데 어제 테오 형이 말한 게 대체 뭔 소리냐? 어렸을 때 일 어쩌구 하던 거?"

"글쎄, 하도 많아서 뭘 뜻하는 건지 모르겠는데."

"짚이는 건 있을 거 아니냐."

"네놈이 알아서 뭐 하게."

"딱히 뭘 하려는 건 아니고. 그냥 궁금해서, 원래라면 둘이 가장 친해야 할……."

"그러는 네 녀석도 마찬가지잖아."

"은근슬쩍 나한테 떠넘기는 거 보게? 기사도에 어긋나는 얍삽한 수법이다."

이대로라면 결국 또 아무 말 잔치식 만담으로 이어질 것이 뻔했다. 하여 나는 헛기침을 좀 하면서 조심스럽게 끼어들었다.

"저어, 나도 좀 궁금하구나."

뜻밖의 지원군(?)을 얻은 제레미가 의기양양한 얼굴로 팔짱을 껴 보이는 동안 노라는 말없이 입술 끝에 문 버들잎을 잘근거리며 먼 산만 바라볼 뿐이었다.

더없이 의미심장하고도 긴장감 어린 침묵이 얼마나 흘렀을까, 마침내 인내심이 바닥난 제레미가 친우의 멱살을 붙들고 흔들 기세로 몸을 벌떡 일으킴과 동시에 내가 다시 말했다.

"노라, 혹시 전하께서 파이프 좋아하시니?"

획! 이번에야말로 반응이 제대로 나왔다. 제레미가 뜬금없이 무슨 소리냐는 듯 나를 쳐다봄과 동시에 묵묵부답으로 느긋하게 축제 전경만 응시하던 노라 역시 놀라우리만치 격렬한 기세로 나를 돌아보았다.

"갑자기 웬 파이프?"

"그 이야기를 누나가 어떻게 알고 계시는데요? 아니, 뭐라고 들으셨는데요?"

"웬 파이프냐고? 뭐야, 나만 모르는 것 같은 이 분위기는?"

달려들 듯한 기세로 앞다투어 다그치는 두 녀석의 사나운 눈빛을 외면하며 차분하게 종이 포장을 벗긴 음식을 건넸다. 제레미는 여전히 나를 노려보는 채로 순순히 빵을 덥석 베어 물었으며, 노라는 여차하면 빵을 능지처참할 기세로 움켜쥐며 나를 노려보았다. 음식이 무슨 죄냐!

"듣고 싶어서 들은 건 아니고, 태자 전하께서 나한테 지나가듯 털어놓으신 게……."

"누나한테 털어놓았다고요? 대체 뭐라고요?"

"뭘 털어놔? 테오 형이 언제 너랑 얘기했는데? 언제 너 찾아왔는데?"

"……일전에 황후마마 뵈러 갔을 때 우연히 마주쳤던 거야. 아무튼 내가 들은 바에 따르면, 노라 네가 어렸을 때 집에 있던 무슨 파이프 같은 걸로 장난치다가 사고가 났다던데……."

말꼬리를 흐리며 슬며시 바라보자 노라는 이제 아주 가관인 표정을 하고서 있었다. 기가 막힌다는 듯 일그러진 표정이 서서히 허물어지나 싶더니 이어 하, 하는 실소가 울렸다. 예상치 못했다기보다는 되레 예상에 맞아떨어져서 우습기 짝이 없다는 듯한 냉소였다. 제레미로 말할 것 같으면 의아하다 못해 황당하기 짝이 없다고 강력히 주장하는 표정을 지어 보이고 있었다.

"뭐야 그건, 그 얘기를 잠깐 마주쳤을 때 했다고? 그 짧은 사이에 둘이 담배에 대한 심도 있는 식견이라도 나눴냐?"

"제레미."

"큼큼, 미안. 좀 어이가 없어서……."

"전하께서 왜 그 얘기를 나한테 털어놓았는지는 나도 모르지. 아무튼 안 그래도 좀 찜찜해서 노라 너한테 직접 물어보고 싶었거든."

신랄하게 혀 차는 소리가 젊은 늑대의 입에서 흘러나왔다. 마치 더는 못 견뎌주겠다는 듯 손바닥으로 무릎을 힘껏 내려친 노라가 먹구름이 낀 하늘처럼 어두워진 눈으로 나를 정면으로 쏘아보다가, 마침내 으르렁댔다.

"정확히 들으신 대로의 반대입니다."

"반대?"

"네. 애초부터 전 그 빌어먹을 파이프가 파이프인지도 모를 나이였다고요. 여덟 살 때쯤이었으니까. 덜떨어진 사촌 형님이 꼴에 어른 흉내 내보겠답시고 건드린 거였죠. 그게 제 아버지가 사파비 외교관한테서 받은 선물인지도 모르고요. 아니, 알고도 그랬을지도 모르지만, 아무튼 그놈의 파이프는 꽤 명예로운 죽음을 당한 셈입니다. 무려 황태자의 손에 박살이 난 거니까."

한여름이었음에도 불구하고 싸한 공기가 주변을 잠식하는 듯했다. 그렇게 느끼는 건 제레미 역시 마찬가지인 모양이었다. 우리 모자(?)가 더없이 오묘한 시선을 교환하는 가운데 노라가 푸른 눈을 내리깔며 한결 차분해진 목소리로 말을 이었다.

"황실의 인척이라면 황족의 잘못을 덮어주는 것이 응당 도리라지만 그걸 알기엔 너무 어렸었달까요. 고귀하신 사촌 형님이 눈 하나 깜짝하지 않고 제게 떠넘기는 모습이 꽤 놀라웠죠. 사실 제 아버지라는 분이 제일 싫어하는 행위가 거짓말이거든요. 그런데 그런 우리 아버지를 존경한다는 황태자가 그렇게 뻔뻔한 낯짝으로 불경을 저지를 줄이야……."

노라는 억울하다는 느낌도 없이 말하고 있었다. 마치 포로에게 사형 선고를 내리는 사령관처럼 덤덤한 음성에 담긴 것은 오로지 신랄함뿐이었다.

"그래서 어떻게 됐는데?"

"뭘 어떻게 돼? 네놈이었다면 우리 둘 중 누가 범인처럼 보였겠냐? 당연히 나만 신나게 쥐어 터졌지."

"노라…… 혹시나 해서 묻는 건데, 그런 일이 그게 처음이자 마지막이었니?"

내가 느릿하게 던진 질문에 잠시 어색한 정적이 찾아왔다. 제레미가 답지 않게 날카로워진 눈을 하고서 곰곰이 생각에 잠겨 있는 동안 노라는 한 손에 든 다진 고기가 끼워진 빵을 무지막지하게 한입 베어 물었다. 한여름의 노란 햇볕이 두 청년의 머리칼을 환하게 물들이고 있었다.

헛웃음이 새어 나올 지경이다. 비로소 그간 보아왔던 뉘른베르트 일가의 모든 심상치 않았던 모습에 대한 실마리가 풀리는 느낌이었다. 그랬구나. 그런 거였구나. 역시 그래서였구나…….

그때 제레미가 갑자기 소름이 돋는다는 듯 진저리를 쳐대며 팔뚝을 문지르기 시작했다.

"아우 씨, 어쩐지 계속 이상하다 했다……. 그럼 테오 형은 대체 왜 슈리한테 그런 식으로 바꿔서 얘기한 거래? 대체 뭐야, 그 형? 뭐 하는 인간이야? 무슨 사내새끼가 그 지경……."

"그걸 내가 어떻게 아냐? 그 인간이 그렇게 생겨먹은 이유를 왜 나한테 물어?"

짜증 가득한 투로 대꾸한 노라가 문득 눈을 돌리고 나를 힐긋 쳐다보았다. 제레미 역시 머리를 긁적이며 내 쪽을 빤히 쳐다보았다. 이 뜻 모를 부담스러운 시선들에 나는 한숨을 삼키며 다음과 같이 내뱉었다.

"전하께서 제 복을 제가 걷어차셨구나. 공작님도 마찬가지고."

"음, 과연 옳은 말이야. 너희 아버지 그렇게 안 봤는데 의외로 통찰력이 꽝이시구먼?"

이 이상 동의할 수 없다는 듯 힘주어 머리를 끄덕여 보인 제레미가 이제 킥킥 웃으며 친우의 어깨를 주먹으로 가볍게 쳤다.

"근데 그런 얘기를 왜 이제까지 안 하고 꽁꽁 묻어두고만 있었냐? 경고 차원에서라도 좀 하지."

"네놈한테는 세상에서 제일 완벽한 보호자가 계신데 뭔 걱정이야."

"그건 그렇지만 내막을 알아야 앞으로 뭔 일이 터지든 감이 잡힐 거 아냐. 쯧쯧, 알고 보니 이 새끼도 꽤 불쌍한 녀석이었군."

"그렇게 연민이 인다면 네 어머니 나한테 줘."

"개소리는 넣어두고. 그래도 털어놓으니까 좀 시원하지 않냐?"

노라는 대답하지 않았다. 말없이 하늘을 올려다보는 그의 입가에는 미소가 걸려 있었다.

건국기념제 사흘째 되는 날.

우리의 충직한 그웬과 로베르트에게 축제를 즐기라고 휴가까지 내준 이 이른 새벽, 나는 서재에 혼자 앉아 간밤에 익명으로 내게 날아온 선물을 곰곰이 살피고 있었다.

선물이라 하기에도 참으로 거창한 물건이라 해야겠다. 개암만 한 거대한 크기의 다이아몬드 열두 개가 달린 호화롭기 짝이 없는 백금 목걸이였던 것이다. 심지어 일전에 제레미가 내게 준 페리도트 목걸이보다 더 거창했다.

선물과 함께 딸려 온 엽서에는 보낸 이의 이름도 인장도 존재하지 않았다. 목걸이 줄 고리 부분에 달린 하얗고 조그만 독수리 모양의 장식이 아니었다면 영영 눈치채지 못했을 것이었다.

"선물은 건국기념 축일 때 드리기로 하죠."

그때 말한 게 이런 의미였나. 생일이 한참 지났다는 사실은 둘째 치고 좀 지나친 감이 없잖은데.

돈이라면 썩어 넘치는 우리 가문의 기준에도 호사스럽기 짝이 없는 장신구다. 거기다 제국에서 독수리 문양의 장식을 착용할 수 있는 이는 황족들뿐이었다. 딱 황태자의 정혼자나 받을 법한 선물이지, 내가 받을 만한 생일 선물은 아니었다.

테오발트는 대체 무슨 생각으로 이런 선물을 내게 보낸 걸까. 아름답다 못해 눈부시다 할 수 있는 장신구임에도 불구하고 꺼림칙하기 짝이 없었다. 몇 년 전 그가 나에게 품었던 풋사랑은 아마 꺼진 지 오래일 터인데, 그런데 왜…….

똑똑똑.

"슈리, 바빠?"

문 너머에서 들려오는 제레미의 쾌활한 목소리에, 나는 황급히 화려한 다이아몬드 목걸이를 서랍 안에 쑤셔 넣고 닫았다. 그와 동시에 기사용 정복 차림을 한 제레미가 문을 열고 들어섰다. 실로 아슬아슬한 타이밍이었다.

"뭐 하고 있어?"

"그냥, 서류들 좀 살펴보고 있었어. 무슨 일이야?"

태연하게 보이려 애쓰며 반문하자, 제레미는 뭔가 미심쩍다는 듯 눈을 가늘게 뜨고 내 눈을 빤히 바라보기 시작했다. 그러고는 반문했다.

"우리가 무슨 일이 있어야만 보는 사이였어?"

"……."

"크헴, 그렇다고 그렇게 맥 빠진 표정 할 필요는 없지 않아?"

"일찍부터 어디 나가려고?"

"이보세요, 레이디 노이반슈타인. 이따 야외 연회 열리는 거 잊으셨습니까?"

아…… 맞다. 순간 깜빡했다. 검술 대회를 며칠 앞둔 오늘 점심 무렵부터 알프 호수 기슭에서 야외 연회가 열릴 예정이었던 것이다. 연회라기보다는 사냥제에 더 가깝다고 해야겠지만.

남자들이 호수 근처의 숲에서 사냥하는 동안 여자들은 곤돌라를 타고 기다리며 파티를 즐기는 식이었다. 그러고 보니 이 시점을 기준으로 사냥제에 귀부인들이 참석하는 열풍이 불기 시작했지.

"나 같은 잘나가는 기사라면 응당 먼저 가서 주변을 정찰하는 것이 의무라지."

"하여간 잘나셨어. 식사는 하고 나가려는 거야?"

"아니. 너랑 하고 나가려고. 우리 가족 중에 이 시간에 일어나 있을 사람은 너뿐이니까."

맞는 말이었다. 엘리아스나 쌍둥이는 어제 실컷 놀고는 아직 한창 꿈나라를 헤매고 있을 터였다. 하여 나는 순순히 웃으며 몸을 일으켜 서재를 나섰다…… 아니, 나서려고 했다. 테오발트가 보낸 선물을 두고 꼼짝없이 앉아 고민하느라 다리에 쥐라도 났는지 멋없게 비틀거리기 전까지는 말이다.

"으앗……!"

"아, 조심……!"

제레미가 빠르게 나를 붙들어주지 않았더라면 나는 그대로 이른 새벽부터 바닥과 격하게 포옹하는 푸닥거리를 치르게 됐을 것이었다.

대신에 듬직한 큰아들내미의 단단한 가슴팍과 격한 충돌을 하게 된 내가 안도의 한숨을 삼키며 고맙다는 말을 하려고 고개를 드는 찰나, 어쩌다 보니 나를 껴안다시피 하고 있던 제레미가 대뜸 인상을 찌푸리며 나를 확 밀쳐냈다. 단순히 몸을 떨어뜨리는 것이 아니라 문자 그대로 팽개치듯 밀친 것이다. 이 뜬금없는 격한 반응에 다시 한번 넘어질 뻔한 나는 자연스레 눈을 휘둥그레 뜰 수밖에 없었다.

"너……."

"아, 미안, 미안. 진짜 미안. 일부러 그런 게 아니라 나도 모르게 놀라서……."

언제 그랬냐는 듯 얼굴을 반쯤 붉히며 황급히 주워섬기는 제레미의 행각을 물끄러미 바라보는 내 입에서 실로 통탄에 가득 찬 신음이 흘러나왔다.

"솔직히 말해봐…… 내 머리에서 냄새나?"

"……그런 거 아니야."

아닌 게 아닌 것 같다고 생각하며 내 머리카락을 가져다가 킁킁 냄새를 맡아보았다. 다행히도 향유 냄새밖에 나지 않긴 했다. 흠, 진짜 아니라 하더라도 저 녀석이라면 맞다고 놀려먹어야 정상인데…….

어쨌든 큰아드님과 단둘이서 오붓하게 조찬을 들고 난 뒤, 이따 만나자며 발랄하게 손을 흔들어대는 제레미를 배웅하고서 슬슬 준비를 시작할까 하는 참에 뜻밖의 방문자가 찾아왔다.

"마님, 저어……."

우리 기사님들의 표정이 매우 떨떠름하다 못해 뭐 씹은 것 같은 걸 보아하니 누가 찾아온 건지 견적이 딱 나왔다. 그렇다. 사자가 가고 나니 늑대가 찾아온 것이다……! 제레미와 만나서 같이 가려고 들른 걸까?

"좋은 아침, 노라. 제레미 찾으러 왔니? 벌써 나갔는데."

"그놈 얼굴은 충분히 지긋지긋하고요. 누나한테 보고드릴 게 있어서 들렀습니다."

피로에 전 눈을 하고서 희미한 미소를 지어 보이는 흑발의 청년 역시 화려한 기사용 정복 차림을 하고 있었다. 그가 의미심장하게 뱉은 '보고'라는 말에 나는 문자 그대로 정신이 번쩍 들어버렸다. 설마 벌써……?

"이리 와. 식사는 했니?"

"집에서 나오기 전에요. 또 먹어도 상관없지만."

문제의 원흉은 위층에서 속 편히 자고 있는 참이었고, 쌍둥이 역시 마찬가지였다. 제레미가 나갔으리란 것까지 계산했다면 참으로 철두철미한 방문이라고 해야겠다.

나는 하녀들에게 커피와 간단한 음식을 내오라 지시한 뒤 노라를 데리고 별관의 응접실로 향했다. 심장이 벌써부터 빠르게 질주하고 있었다.

"커피에 설탕 넣을까?"

"전 괜찮아요. 아, 이거 그때 말씀드린 건데."

내가 긴장을 풀기 위해 설탕을 잔뜩 넣은 커피를 홀짝이는 동안 머리를 약간 갸웃대며 한쪽에 걸린 태피스트리를 바라보던 노라가 불쑥 테이블 위에 내려놓은 물건은 다름 아닌 낡은 갈색 표지의 크로키북이었다. 우리 셋이서 축제 거리를 돌아다닐 때 언급했던 그것 말이다.

"진짜 가져왔네?"

"누나가 보고 싶으시다면서요. 그냥 해본 소리셨어요? 이런, 마음에 상처가……."

"아니, 아니, 네가 진짜로 나한테 보여주리라곤 생각 못 했거든."

진심을 담아 힘껏 도리질을 하자 새파란 눈동자에 장난스러운 미소가 번졌다. 끄응, 어른 놀리는 거 아니야, 이 녀석아!
“지금 봐도 돼?”
“보고부터 먼저 듣는 편이 낫지 않으세요?”
그건 그랬다. 하나 마침내 엘리아스의 수상쩍은 행각에 대한 단서가 막상 들이닥친 이 순간, 나는 어째서인지 가능한 진실을 보류하고픈 이율배반적인 충동에 사로잡혀 있었다. 어쩌면 정말로 엘리아스가 그렇고 그런 취미에 빠졌다는 사실을 듣기 두려운 건지도 모르겠다.
내 속내를 읽은 건지 어쩐 건지, 노라는 간밤에 추적했을 우리 집 둘째 사자 새끼에 대한 보고를 시작하는 대신 묵묵히 앉아 내 안색을 살폈다. 휴, 그나저나 얘는 어제 낮에 그렇게 돌아다니고도 피곤하지도 않았나. 역시 좀 미안해지는걸…….
“그럼…… 역시 내 불길한 예감이 들어맞은 거니?”
“거의 그런 셈이죠.”
아아…… 짐작은 했다만 역시 머리가 핑 도는 느낌이다.
“확실…… 한 거야? 그러니까 우리 엘리아스가…….”
“누나, 혹시 누나네 가족에 대해 이 집 녀석들한테 얘기하신 적 있으세요? 지금 가족 말고 예전 가족이요.”
이건 또 무슨 뜬금없는 소리란 말인가. 나는 노라의 푸른 눈을 물끄러미 바라보며 잠시 마른침을 삼켰다. 그러고 보니 내 친정에 대해 내 의붓아이들보다 노라가 더 잘 아는 판국이다. 의도한 건 아니었지만 어쩌다가 보니 그렇게 된 셈이었다. 우리의 첫 만남만 해도 내 오빠가…….
“아니. 그냥 연락하지 않고 지낸다고만…….”
“그럼 만나본 적도 없겠군요.”
“당연히 없지. 내가 그런 일이 생기지 않게끔 최대한 방지했으니까…….”

“그걸 문제 삼으려는 건 아니고요. 누나네 싸가지 없는 차남 녀석이 드나드는 모노폴리방 주인장이 묘하게 낯이 익었거든요. 어디서 봤나 한참 고민한 끝에 겨우 기억이 났죠. 3년 전에 그렇게 두들겨 맞고도 정신 못 차렸던 놈이더군요.”

나직한 투로 말을 이은 노라가 상체를 테이블 위로 기울이면서 힘주어 덧붙였다.

“누나의 오라비라고 주장하던 그 떨거지요. 다들 모르는 분위기였지만.”

“……뭐어?!”

나도 모르게 몸을 벌떡 일으키는 바람에 테이블이 흔들리면서 커피잔이 요란하게 떨어졌다. 이건 또 무슨 아닌 밤에 홍두깨냔 말이다. 내 오빠가 수도에 올라와서 도박장을 운영 중이라고? 대체 무슨 수로? 그 인간한테 무슨 연줄과 자금이 있다고 그런 사업을 차린단 말인가? 거기다 그 도박장에 엘리아스가 드나들고 있다니……!

“무슨 그런 말도 안 되는…… 이그회퍼 자작가가 수도에 있는 연줄이라곤 내 이모님뿐이야! 거기다 그분에게 조카한테 그런 후원을 대줄 능력은 없다고. 그런데 대체 무슨 수로…….”

“누나.”

눈을 약간 크게 뜬 채 내 격한 반응을 지켜보던 노라가 불쑥 팔을 뻗어 내 팔목을 붙든 것은 그때였다. 그제야 눈을 깜박이며 아래로 시선을 돌린 나는 내 발치에 널브러진 산산 조각난 커피 잔의 잔해를 보게 되었다. 이런 채신머리없는 모습이 다 있나. 하지만 지금의 나는 체통을 따질 만한 여유가 없는 상태였다.

“이게 대체 무슨 꼴이야…….”

거의 울먹임에 가까운 탄식이 내 입에서 새어 나왔다. 그러는 사이 노라는 말없이 양손으로 내 허리를 붙들더니 거의 반쯤 들다시피 해서 자기 옆자리에 앉혔다. 그러고는 태평한 음성으로 시종을 불러 바닥을 치우라고 지시한 뒤 손수건을 꺼내서 내게 건네었다.

잠시 침묵이 흘렀다. 내가 손수건에 열이 오른 얼굴을 묻은 채 뒤죽박죽인 머릿속을 정리하려 애쓰는 동안 노라는 말없이 앉아 나를 바라보고 있었다. 시간을 거슬러 되돌아온 이래 내가 이토록 작게 느껴진 적은 없었다.

"좀 괜찮아요?"

"……괜찮아. 이런 모습 보여서 민망하기 짝이 없구나."

"제 생각일 뿐이지만, 노이반슈타인의 방계 쪽 누군가가 누나의 친정에 접근했을 가능성도 있다고 여겨지는데요. 뭘 바라고 거래를 했을지는 모르겠지만."

굉장히 그럴싸한 추론이었다. 동시에 이해가 안 가는 현상이기도 했다. 노이반슈타인의 방계 가문들은 이쪽과 척을 진 지 오래다. 나뿐만 아니라 아이들과도 말이다. 그런 그들이 내 약점을 잡고 싶었다면 어째서 아무짝에도 쓸모없는 시골 변두리 자작가에 접근했단 말인가? 아무리 내 친정일지언정 나와 단절한 지 오래인 데다 노이반슈타인에 관한 아무런 쓸 만한 정보도 주지 못할 터인데?

진정 뇌가 녹아내릴 것만 같은 기분이다. 왜, 왜 자꾸 과거와는 어긋나는 기현상이 벌어지는 거냐고! 이래서야 그간의 경험이 무슨 쓸모가 있나!

아니면 단지 그때의 내가 미처 몰랐던 것뿐일까? 하지만 그때는 적어도 엘리아스가 이런 식으로 삐뚤어지진 않았는데. 적어도 도박에 빠지지는 않았다는 사실만큼은 명백했다. 아무한테나 주먹질하고 다닌 통에 속을 썩이긴 했지만 이런 식으로 어긋나지는 않았다는 말이다.

"애초에 내가 이 집안으로 시집오게 된 이유가 내 아버지란 작자의 도박 빚 때문이었다고. 그런데 다른 사람도 아닌 내 자식새끼가 그런 짓에 빠져들 줄이야……."

"그 녀석뿐만 아니라 멀쩡한 집 꼬꼬마들이 꽤 많더군요."

내 신랄한 한탄을 장난스러운 투로 받아친 노라가 한 손을 들어 올려서 천천히 손가락을 접기 시작했다.

"어디 보자, 어젯밤 목격한 놈들만 해도 바이에른 백작가 차남, 슈바이크 후작가 차남, 하텐슈타인 백작가 차남, 레트란 황자. 어라, 그러고 보니 다들 차남들이네요. 차남들의 길드라도 생성했나?"

"……레트란 황자? 황자 전하께서 거기 껴 있었다고?"

"네. 코흘리개들 모임의 수장 같은 느낌이더군요. 꽤 친해 보이던데요, 다들."

말이 채 나오지 않았다. 이렇게 되면 뉘른베르 공작가와 하인리히 공작가만 빼고 죄 부모가 의회 일원인 초명문가의 자제들이 도박 모임을 형성한 꼴 아닌가! 설상가상으로 레트란 황자까지 거기 껴 있다니! 신이시여, 이건 대체 무슨 징조란 말입니까?

……그 와중에 우리 엘리아스만 어긋난 게 아니라는 사실에 묘하게 안심하고 있는 나도 참 못돼먹었다만. 휴.

어쨌든 생각보다 일이 훨씬 커져 있었다. 아니, 설령 진짜로 차남들끼리 길드를 생성했다 치자. 왜 다른 건전한 방식으로 친목을 도모하지 않고! 거기다 왜 하필이면 내 오빠가 운영하는 도박장이냐고! 진짜 순전히 우연의 일치일 뿐이라면 그건 그것대로 더 이상하다.

"엘리아스 말이야, 도박장 주인이 내 오빠라는 사실 정말 모르는 것 같았니?"

"일단 간밤에 좀 지켜본 바로는 모르고 있는 것 같긴 했습니다. 셰스라든가, 하여간 특이한 가명을 쓰고 있었어요, 그 인간."

이걸 다행이라고 여겨야 하나 말아야 하나. 아무튼 정말 큰일이었다. 엘리아스뿐만 아니라 고귀한 집안 자제들이 사이좋게 가문 이름에 먹칠을 해대고 있는 판이니. 이것들이 진짜 사이좋게 약이라도 했나?

"거기서 도박만 했어? 그러니까 내 말은……."

"현금으로 하는 모노폴리 게임, 그리고 술 마시고 노는 것뿐이긴 했는데 뭐 그게 가장 큰 문제죠. 사실 이 후작가 방계 인사들보다 더 마음에 걸리는 인물이 있긴 한데……."

"그게 누군데?"

노라는 대답하지 않았다. 대신에 속눈썹을 내리깔며 신중한 어조로 말을 돌렸다.

"아무튼 이 일에 대해선 당분간 모르는 척하고 계시는 편이 나을 것 같습니다. 그 싹수없는 놈을 족치는 거야 마음대로 하실 일이지만, 황자까지 얽힌 일에 누나의 친정 인사가 관련되어 있다는 사실이 밝혀진다면 꽤 골치 아파질 것 같거든요."

맞는 말이긴 했다. 그 많고 많은 도박장 중에 황자까지 드나드는 은밀한 장소가 하필이면 우연히 내 오빠가 운영하는 도박장일 가능성이 얼마나 될까? 아무리 우연의 일치일 뿐이라 생각하려 애써봐도 뭔가 악의적인 함정이 파여 있다는 느낌을 떨치기 어려웠다.

정말로 누가, 대체 뭘 바라고 이런 교묘한 짓을 꾸몄을까? 내 오빠를 대면해 봐야 하나? 그런다고 해서 순순히 정보를 불까?

아니, 그 인간이라면 틀림없이 기다렸다는 듯 역으로 협잡질을 해올 터였다. 아직 배후가 누구인지 명확하지 않은 상황이니 섣불리 움직였다간 낭패를 당할 수도 있었다.

젠장, 만약 간밤에 엘리아스의 뒤를 밟은 이가 노라가 아니었더라면 이 중대한 사실을 미처 놓쳤을 수도 있었다! 그러니까 노라가 우리 골칫덩이 둘째의 밀회 상대를 알아봐 주겠다고 자처해 주지 않았더라면 말이다.

문득 노라의 표정을 보려고 힐긋 곁눈질을 하니, 노라 역시 마침 나를 보려고 고개를 돌리고 있었다. 눈이 마주치자 그가 차분히 미소를 지었다.

"너무 걱정하지 마세요. 정말로 순전한 우연의 일치일지도 모르니까. 일단 뒷조사를 좀 더 해봐야 할 것 같군요."

"아냐, 또 너한테 폐를 끼치기는……."

"황자 전하까지 얽힌 문제입니다. 단순히 이 집안 문제만이 아니라고요. 저 이래 봬도 황실의 인척인데요."

논리적으로 옳은 말이다. 반박할 수가 없군. 하여 나는 멋없게 코를 훌쩍였다가, 이어 힘없이 미소를 지으며 고마운 마음을 담아 중얼거렸다.

"넌 진짜 기사야."

"크헴, 그게 제가 늘 꿈꾸던 거죠. 누군가의 기사."

노라가 떠난 뒤, 나는 그가 두고 간 크로키북을 잘 챙긴 다음 곧장 엘리아스 녀석과 대면하러 갔다. 속에서 천불이 일고 있는 나와는 달리 골칫덩이 둘째 아드님께서는 막 잠에서 깬 모양새로 에메랄드빛 눈을 어벙하게 끔벅이며 하품을 쩌억 했다.

"후아아암⋯⋯ 어, 뭐야? 굿모닝, 슈리. 근데 아침부터 표정이 왜 그 모양이냐?"

나는 등 뒤로 방문을 닫고서 침대 곁으로 다가가 팔짱을 껴 보였다. 마음 같아선 당장에라도 고함을 꽥꽥 지르고 싶었으나 이성이 간신히 그 충동을 자제시켰다.

내 딱딱하게 얼어붙은 표정에 엘리아스는 그제야 뭔가 심상치 않음을 느꼈는지 헝클어진 걸레 자루 같은 붉은 머리카락을 끈으로 주섬주섬 묶으며 아무 말이나 주워섬기기 시작했다.

"또 내 연애사 문제로 잔소리하려고? 알아서 잘 처리하겠다니깐, 이래 봬도 나는⋯⋯."

"얼마나 빚졌어?"

"⋯⋯뭐?"

"얼마나 빚졌어? 도박장에서."

잠시 정적이 있었다. 내가 팔짱을 끼고 서서 부글거리는 눈으로 쏘아보는 동안 엘리아스는 마치 여기에 자기 말고 다른 누가 있기라도 한다는 듯 주위를 두리번거리더니, 이내 머리를 긁적이며 조그맣게 중얼거렸다.

"무슨 소리인지 모르겠는데⋯⋯."

"엘리아스 폰 노이반슈타인! 네가 지금 무슨 상황에 처했는지 아직도 모르겠어?! 다 알고 왔으니까 어서 있는 그대로 털어놔!"

급기야 인내심의 줄이 투둑 끊겨 버린 내가 버럭하며 언성을 대폭 높이자, 엘리아스는 일순 흠칫하며 슬금슬금 침대 위에서 뒷걸음치나 싶더니만 다음 순간 뻔뻔하게도 똑같이 버럭했다.

"아, 내가 뭘?! 또 내 뒤에 떨거지들 붙였냐?! 아, 진짜 그러지 좀 말라니까! 나한테도 사생활이라는 게 있다고오!"

"지금 그게 중요하니? 아직 성년식도 안 치른 녀석이 무슨 사생활 운운이야! 그리고 사생활 운운할 거면 적어도 창피한 짓거리는 하지 말아야지!"

"그게 왜 창피한 짓거리야?! 남들도 다 하는 건데! 그리고……."

"남들? 아하, 그래, 다른 집 영식들이나 황자 전하까지 하면 너도 똑같이 해도 된다 이거니?"

암녹색 눈동자가 대체 어떻게 그것까지 알았냐는 듯 휘둥그레 벌어졌음은 당연지사였다. 한숨이 터져 나왔다.

"차남들의 길드라도 생성하기로 작정했어? 그런 거야?"

"……그, 그러면 안 되냐?! 좋은 건 장남들이 다 가져가 버리는데 우리끼리 친목 좀 도모한다고 뭐가 나빠?!"

"누가 나쁘대? 친목 도모한답시고 도박질이나 해대고 있으니까 이러는 거잖아!"

"다들 하는데 우리도 좀 하면 어때서! 그러니까 우리가 그런 식으로 돈을 좀 써야, 어, 그 뭐냐, 노블리스 오블리주인가……."

"엘리아스!"

아이고, 혈압아. 요헨, 나 이러다 진짜 제명에 못 살 것 같군요. 당신 둘째 아들내미는 대체 누굴 닮아 이 지경이냐고요!

"네가 드나드는 도박장 주인이 누구인지 알기나 해?"

"그, 그게 뭐가 중요한데?"

여전히 조금의 반성의 기미도 없는 철면피 같은 낯짝을 하고 있는 녀석을 앞에 두고 나는 잠시 심호흡을 했다. 후아후아, 침착하자, 일단 침착하자…….

"내 오빠 되는 사람이야."

“……뭐?”

“역시 모르고 있었구나. 당연히 넌 몰랐겠지, 내가 한 번도 너희하고 만나게 한 적이 없으니까. 어쨌든 너희한테 조금도 득이 될 것 없는 사람이라고. 그 작자가 무슨 수로 황도까지 와서 그런 사업장까지 차렸는지는 아직 모르겠지만, 아무튼 얽혀봤자 좋을 거 하나 없단 말이야. 특히 너는.”

냉정을 찾으려 애쓰며 최대한 차분하게 말했다. 엘리아스는 아무래도 그 사실은 정말 몰랐던 듯 잠시 두 눈을 멍하게 깜박여 댔는데, 그러고서 다음으로 한다는 소리가 바로 이거였다.

“네 오라비라는 작자가 우릴 납치하기라도 할까 봐 그래?”

“그런 의미가 아니라…….”

“무슨 연줄이라도 됐는진 모르겠지만 어쨌든 촌구석 자작가 출신 포주가 우리한테 뭘 어쩔 수 있겠어?”

“엘리아스!”

“아, 좀. 별일 아닌 거에 호들갑 좀 떨지 마. 그 인간하고 어울리는 것도 아닌데 뭔 걱정이냐? 형은 뭘 하든 누구랑 어울리든 내버려 두면서 왜 꼭 나한테만 그래?”

“왜 거기서 제레미 얘기가 나와? 제레미가 너처럼 도박에 빠졌니, 아니면 엄한 처자들 건드리고 다니니?”

“아, 그래. 형은 워낙 잘나셨으니까 그런 허튼 짓거리엔 기웃거릴 틈도 없겠지. 근데 난 원래 이렇게 생겨먹은 걸 어쩌라고?!”

폭발하듯 냅다 고함친 엘리아스가 어깨를 씨근덕대며 번득이는 녹색 눈으로 나를 홱 쏘아보았다. 그리고 나는 문자 그대로 어이를 상실하고 말았다. 지금 내 눈앞에 있는 녀석이 엘리아스 맞나?

"너 도대체……."

"왜왜, 내 말 틀렸냐?! 어차피 형은 가만히 있어도 알아서 모든 걸 독차지할 팔자잖아! 그러니까 나도 좀 마음대로 하겠다는데 뭐가 그렇게 큰 문젠데?!"

"내가……."

"네가 나 때문에 떠나거나 하진 않을 거라는 거 아주 잘 알아. 그러니까 그런 치사한 협박 하려면 그만두시지! 너한테는 형만 있으면 된다는 사실 말 안 해도 아주 잘 아니까!"

나는 저 부당한 공격에 깜짝 놀랐다. 물론 평소에 엘리아스보다는 제레미와 더 말을 많이 나누는 편이긴 했지만, 그건 온전히 제레미가 나이가 더 많은 데다 이런저런 문제를 토론하기 적합한 차기 가주이기 때문이었다.

아이 중 나와 가장 많이 붙어 있는 녀석은 레이첼이지 제레미가 아니었다. 나아가 요즘 툭하면 바깥으로 도는 건 엘리아스지 내가 아니었다. 무슨 대화를 해보려 해도 매번 스리슬쩍 빠져나간 건 엘리아스 쪽이었다 이 말이다.

하지만 우리의 엘리아스는 자기가 남에게 주는 서운함보다 남이 자기에게 주는 서운함을 더 치명적으로 여기는 모양이었다. 아니, 그보다 자기가 불리한 입장에 처하면 무작정 버럭 하면서 상처 주는 소리부터 내뱉고 보는 것이 그의 인생 습관이었다.

"무슨 말을 그런 식으로 하니? 당연히 너희 모두 내게 있어 똑같이 중요해. 네가 뭣 때문에 그런 식으로 느꼈는지는 모르겠지만 나는……."

"웃기지 마! 넌 예전에 형 팔 지키겠답시고 우리 아버지랑 한 결혼 취소하려고까지 했잖아! 형이 우리 중 누구보다도 훨씬 너한테 중요하다는 사실 아주 잘 알고 있다고! 그러니까 내가 밖에 나가서 뭘 하든 무슨 일에 휘말리든 그냥 내버려 두란 말이야!"

푸르고 투명한 물결이 황금빛 햇살을 받아 반짝반짝 빛난다. 숲 한복판에 자리한 거대한 알프 호수 기슭에는 여름 장미로 장식된 우아한 곤돌라 여러 척이 자리해, 사방을 바쁘게 돌아다니는 기사들과 종마들, 사냥개들 등과 극명한 대비를 이루며 상당히 이질적인 조합을 자아내고 있었다.

"여, 웬일로 늦었냐, 똥강아지?"

황후를 비롯한 여러 귀하신 여성분들이 탈 보트를 재점검하는 일을 막 마친 참인 제레미가 손을 흔들어 보이며 느물거린 저 말에, 노라는 하루 이긴 걸로 거들먹대지 좀 말라고 핀잔을 주는 대신 순순하게 패배를 인정했다.

"오는 길에 곤경에 처한 레이디를 발견해서 말이지."

"아하, 그 레이디라는 분이 어지간히 미인이셨나 보구먼? 네놈의 발길을 다 붙들 정도면."

"그건 네놈이 가장 잘 아는 사실이겠지만, 아무튼 간에 웬 코흘리개들이 대량으로 걸려들어서 말이야."

"오호라, 새 나라의 꼬꼬마들이 사이좋게 단합이라도 도모했대?"

"말도 마라, 대가리에 솜털 보송보송 돋은 새 새끼까지 있었다니까."

진지하기 짝이 없는 표정으로 오묘한 만담을 나누는 두 청년이었다. 이에 주변의 다른 기사들은 저 전도유망한 두 기사가 아침부터 사이좋게 약이라도 처먹은 거 아닌가 의심스러워하는 표정이 되어가고 있었으나 섣불리 질문을 던지지는 않았다. 암, 약에 취한 사자와 늑대의 조합이라면 진정 위험하지 않은가. 여차하면 자신들에게 달려들지도 모른다.

두 전도유망한 청년이 사이좋게 약에 취한 것이 분명하다는 오해에 빠진 선량한 기사들이 슬금슬금 자리를 피해주는 가운데, 제레미가 드물게 진지한 얼굴을 하고서 오전의 햇살에 환하게 물든 친우의 얼굴을 바라보았다.

"좋아, 진짜 뭐가 어떻게 된 거야? 보아하니 우리 집이 피습이라도 당한 건 아닌 것 같은데."

다 알아들었다는 듯 실컷 받아친 주제에 이제 와서 아리송해하는 친우의 어벙한 꼬라지에, 노라는 통렬하게 혀를 차 보이려다가 그만두기로 했다.

"그보다 더 심각해. 네 아리따운 어머니께서는 아무래도 검술 대회가 끝나기 전까지 네놈한테 알리는 걸 보류할 작정이신 것 같던데, 차라리 그 전에 끝내놓는 게 어때?"

"뭐? 대체 무슨 일이길래 네놈은 알고 나는 모르고 있냐?"

"그게 바로 어머니의 사랑이라는 거지."

이 말도 안 되는 변죽에 제레미는 의외로 순순히 납득한 표정을 지어 보이며 쑥스럽다는 듯 머리를 긁적이기 시작했다. 실로 애틋하기 짝이 없는 반응을 연출 중인 친구의 행각을 물끄러미 지켜보던 노라는 이어 실로 따스한 미소를 머금으며 중얼거렸다.

"지랄을 한다."

"근데 얼마나 심각한 문제냐? 2황자까지 얽힌 문제가 대체 어떻게 우리 집하고 연관이 있는지 도통 모르겠군."

"가능성이 아예 없는 건 아니지, 특히나 네놈의 싸가지라곤 개나 준 동생놈이 엮여 있다면."

이번에야말로 암녹색 눈동자가 매서우리만치 진지하게 얼어붙었다. 그 눈을 마주 보는 새파란 눈동자 역시 어느덧 서늘하게 얼어붙은 상태였다.

"그 새끼가 엮여 있다면…… 역시 여자 문제인가?"

"아니. 더 심각해. 제국의 기둥이나 다름없는 가문들의 차남들이 사이좋게 길드를 생성했단 말이지. 무려 도박 길드를."

"……이, 인마, 아무리 너라 해도 말이야, 그런 소리를 그렇게 발랄하게 하지……."

"하지만 그것보다 더 큰 문제는 그 길드 형성에 크게 기여한 인간이 네 어머니의 오라비 되는 작자라는 거겠지."

"……노라아아아! 제발 대체 뭐가 뭔지 알아듣게 좀 설명해 봐아!"

하나뿐인 친우의 이 애절하기 짝이 없는 포효에, 노라는 쯧 하고 혀 차는 소리를 내보인 뒤 곧 최대한 간략하게 설명하기 시작했다.

"네 철부지 아우놈을 포함한 의원회 가문들의 차남들이 사이좋게 도박 길드를 형성했는데, 길드장이 2황자인 데다 설상가상으로 단합회 장소 주인이 네 어머니의 오라비라는 작자다 이 말이야. 너, 네 외숙이라는 인간 만나본 적 있냐?"

슈리가 들었으면 뒷목을 붙들었을 소리였다. 십 대 후반 기사들의 진한 전우애를 이루는 흥미로운 근간 중 하나에는 기밀에 부친 정보 교환이 포함된다는 사실을 몰랐던 것이 그녀의 불찰이라면 불찰이랄 수 있겠다.

"아니. 예전에, 그러니까 슈리의 원래 가족에 대해 궁금해서 물어본 적은 있는데 슈리가 별로 얘기하고 싶어 하지 않는 것 같았어."

"당연히 그러시겠지. 아무튼 간에 2황자까지 껴 있으니 여차하면 모반 혐의로 몰아가기도 딱 좋게 되었는데. 어떻게 생각해?"

잠깐 황망한 침묵이 흘렀다. 암녹색 눈을 잠시 깜박깜박하며 호흡을 고르는 듯하던 제레미가 불쑥 검 손잡이에 손을 얹으며 이렇게 외칠 때까지는 그랬다 이 얘기다.

"……내 이 새끼를 그냥!!"

"참아. 그 녀석을 족치는 일이야 기꺼이 장려하는 바다만 그게 우선적인 문제가 아니라고."

"이보다 더 우선적인 문제가 어디 있냐?!"

"네 자애로운 어머니께선 네가 안다는 사실을 모르신다는 문제. 그리고 그 싸가지라곤 개나 준 녀석 하나 족치는 걸로 끝나지 않을 문제라는 것이 문제지. 우리끼리 해결하고 싶다면 일단은 참아. 어머니 치마폭 뒤에 숨을 나이는 지나지 않았어?"

젊은 공자가 차분히 덧붙인 저 말에, 제레미는 그제야 당장에라도 말 위에 올라타 그대로 집까지 직행하려는 무시무시한 기세를 거두고는 뭐 씹은 표정을 하고서 친구를 노려보았다.

"좋아, 그럼 누구부터 족치면 좋겠냐? 역시 그 덜떨어진 2황자인가?"

"2황자가 그토록 치밀한 판을 짤 만한 인물이라고는 생각되지 않는데. 그것도 여차하면 모반 혐의에 휩쓸릴 위험까지 감수하고서."

"그럼 누가 이딴 판을……."

"이딴 판이 짜임으로써 펼쳐질 최악의 결과에 가장 득을 볼 사람이겠지. 당장 이 일이 밝혀진다면 엮인 가문들 전부 꼼짝없이 수그려야 할

걸. 황권 재강화하기 딱 좋은 건 아니냐?"

참으로 대단한 소리를 참으로 태평하게 잘도 지껄인다고 생각하며 제레미는 머리를 긁적였다.

"황실 아니면 교단뿐이겠군."

"황권의 입지가 다시 커지는 건 교황청에서도 바라지 않을 텐데? 지금처럼 귀족들이 알아서 적절히 황권을 견제해 주는 편이 교권 입장에선 득이야. 귀족파의 입지가 위험해질 정도로 커져 버렸다면 모를까 아직은 건드려 봤자 딱히 득 될 거 없다고."

"그럼 너희 아버지나 황제 폐하가 배후일 가능성은 얼마나 되냐?"

"그 가능성도 고려 안 해본 건 아닌데, 그건 아닌 것 같아."

"어째서?"

어째서냐고? 어째서 그 두 사람은 아닌 것 같다는 결론에 도달했는지에 대해 설명하자면 꽤 복잡하다. 그도 그럴 것이 상당히 피상적이며 복합적인 추론이었던 것이다. 그래서 노라는 그냥 다른 이유를 대기로 했다.

"치밀해 보이는 판이지만 의외로 허술하다고. 레트란 황자를 선두로 대가문의 차남들끼리 야밤에 몰래 모여서 도박판을 벌이고 길드 친목을 도모하는 판이야. 거기다 그 도박장 주인은 다름 아닌 길드 일원의 의붓어머니의 오라비 되는 작자시네? 배후가 누구로 낙점될지는 너무 뻔하지 않아? 너무 뻔해서 의심스러울 정도란 말이지."

"뭐……."

"내가 아는 우리 꼰대라면 황제한테 이런 식의 뻔한 수작질은 지양하라고 권할걸. 서투른 수 쓰다가 역풍 맞고 꼴사납게 되는 건 3년 전 사건만으로도 충분하니까."

"아우, 제기랄. 난 이래서 정치가 싫다니까. 그럼 대체 어떤 빌어먹을 떨거지가 우리 슈리를 위해 이따위 함정을 팠단 말이냐?"

"그분 입장에서는 어떨지 한번 생각해 봐라."

"뭐?"

"열네 살 어린 나이에 아버지의 도박 빚 때문에 아버지뻘 되는 남자의 후처로 팔려 오다시피 한 분이지. 설상가상으로 남편은 2년 만에 죽은 데다 모든 골치 아픈 권한을 유언으로 남겼어. 끽해야 또래에 불과한 성가시고 어벙한 의붓자식들은 덤으로. 그럼에도 불구하고 충실히 남편이 남긴 유언을 따랐는데 장남이라는 녀석이 황태자에게 손댄 바람에 하마터면 초상을 치를 뻔했지 뭐냐. 결국 자신의 침실 사정까지 공개하다시피 하면서 그 덜떨어진 장남을 구해내기까지 했는데, 글쎄 이젠 차남 녀석이 속을 썩이네? 거기다 하필이면 그녀를 이런 처지에 처하게 만든 원흉이나 다름없는 아버지와 똑같은 짓거리로?"

노라가 신랄하기 짝이 없는 어조로 저러한 장황하며 사실을 기반으로 한 조롱을 내뱉는 동안 제레미는 뭐라 형언하기도 어려운 표정이 되어서 턱을 반쯤 떨어뜨렸다. 마치 사냥감의 뒷발질에 보기 좋게 얻어맞은 멍청한 사자처럼 보인다는 생각을 하며 노라는 마지막으로 쐐기를 박았다.

"온갖 정이 우수수 떨어지고도 남을 일 아니냐?"

"……야, 너 말이야, 그렇게 멋대로 가정하지 마! 슈리는 절대로……! 아니, 진짜 그렇다 해도 슈리한테는 내가 있는데……."

"알아. 근데 다른 사람들은 그걸 모르잖아."

"아, 지금 도대체 무슨 말을 하려는……."

"귀족파를 견제함과 동시에 네 어머니와 네 녀석들의 사이가 벌어지기를 간절히 바랄 사람. 촌구석 자작가 출신 떨거지에게 익명으로 도박장을 차려줄 능력도 되고 코찔찔이 새 새끼로 하여금 여차하면 치도곤 치를 짓을 시도할 헛바람을 불어넣을 능력도 되는 사람. 이 모든 게 굉장히 익숙한 이간질 공작처럼 느껴지는데, 그런 방면에 도드라진 재능을 타고난 놈을 한 명 내가 알고 있거든."

잠시 황망한 정적이 흘렀다. 제레미는 마치 그 자리에서 얼어붙어 버린 것처럼 서서 노라를 잡아먹을 듯 한참 노려보다가, 마침내 겨우 웅얼거렸다.

"파이프성애자 새 새끼?"

"어. 좀 더 큰 새 새끼지."

"그 새끼가 대체 왜 우리랑 슈리 사이를 갈라놓으려 하는데? 설마 아직도……."

"그 새끼가 대체 왜 나랑 우리 꼰대 사이를 갈라놓으려 했는지 아직도 미스터리다."

"제기랄, 대체 뭐 하는 새끼야, 그거?!"

혈기왕성한 젊은 사자가 울화통이 터진다는 듯 우렁차게 외친 포효가 울창한 숲 지대를 타고 쩌렁쩌렁 울렸다. 한쪽에 얌전히 도열해 있던 종마들은 히히힝 울먹이며 앞발을 들어 올렸고, 사냥개들은 하울링을 시작했으며, 유유자적 나무 위를 노닐던 새들은 힘차게 날개를 푸드덕거렸다. 그러거나 말거나 제레미는 그야말로 전설 속에 나오는 투명한 드래곤처럼 울부짖기 시작했다.

아무리 거친 기사들이라 해도 귀를 틀어막고 싶어질 욕설을 숨도 쉬지 않고 토해내는 친우의 추태를 노라는 얼굴을 굳히고 외면하는 대신에 넉살 좋게도 꼬박꼬박 대꾸했다.

"귓가에 피도 안 마른 애새끼들이 어디서 몹쓸 바람만 처들어가지고!

뭐, 차남들의 길드? 지랄하고 자빠졌네! 애송이 머저리들의 길드겠지!"

"그쪽이 좀 더 적합한 명칭이긴 해."

"대체 어떻게 그런 멍청한, 아니, 저능한, 아니, 뇌도 없는 놈이 내 아우가 될 수 있냐고! 이쯤이면 태어날 때부터 그 지경이었는지 아니면 그렇게 되려고 용을 쓴 건지 구분이 안 갈 지경이다!"

"보통 노력으로 될 만한 일이 아닌 것 같은데. 역시 타고난 거 아닐까."

"내 이번에야말로 그 새끼 다리몽둥이를 분질러…… 아니, 그놈 새끼가 자손이라도 남긴다면 제국의 미래가 심히 암울해질 터이니 아예 사내구실을 못 하게 만들어주겠어!"

"너의 지극히 기사다운 애국심에는 찬사를 보내는 바야."

주위의 다른 기사들은 이제 두 사람으로부터 멀찌감치 떨어져 좀처럼 가까이 다가올 엄두를 내지 못하고 있었다. 무슨 일로 저 난리인진 모르겠지만 자칫 잘못했다간 그들까지 영영 사내구실을 못 하게 될지도 몰랐다. 그리고 그건 굉장히 끔찍한 참사였다.

한참 그렇게 살벌한 포효를 뽑아낸 제레미가 마침내 조금 가라앉은 표정으로 거친 숨을 몰아쉬는 동안 노라가 시선을 호수 쪽으로 돌리더니 진지한 어조로 운을 떼었다.

"일단은 참고 있어. 검술 대회 전날 밤이면 판이 더 커질 거야."

"커진다니?"

"그때야말로 전국이 돈놀이를 시작하는 순간이니까. 네놈하고 나한테 걸린 돈만 해도 천문학적인 단위일걸? 네 멍청한 아우놈은 누구한테 걸지 모르겠다만."

이 여상한 일침에 제레미는 동생 잘못 둔 형다운 부끄러워하는 표정을 지어 보이는 대신 그런 동생 따위 없는 친구가 부럽다고 주장하는 표정으로 으르렁거렸다.

"그럼 그날 밤으로 그 코흘리개 길드 모임의 종지부를 찍어야겠군."

어느덧 해가 중천에 걸리자 호수 기슭은 속속히 도착하는 사람들로 인해 바쁘게 붐비기 시작했다. 은빛 제복을 걸친 황궁근위대의 호위를 받으며 도착한 황족들을 비롯해 사바피국과 튜튼국의 귀빈들, 추기경들과 여타 고위 귀족 및 그 자제들까지 합하면 상당한 인파였다.

백조 떼가 유유히 떠다니는 호수의 풍경이 바로 내다보이는 평평한 잔디밭 위에는 하얀 테이블보가 깔린 뷔페 테이블 여러 개가 놓였고, 그 둘레로 뜨거운 햇볕을 막기 위한 천막이 쳐졌다.

사냥에 참가할 수 있는 나이대의 영식들부터 시작해서 남성들이 전부 종마들 근처로 몰려 있는 가운데 귀부인들과 영애들은 각자 따로 나뉘어 안부 인사와 부채질을 주고받으며 곤돌라에 탑승하고 있었다.

호화롭게 장식된 보트가 여럿인 만큼 황후와 함께 앉는 귀부인들 전용이 따로 존재하며 그다음으로 각각 분파가 나뉘어 하나씩 차지하는 식이었다.

"저어…… 제레미 경?"

바로 곁에서 불쑥 들려온 수줍은 목소리에 제레미는 말의 안장을 재점검하다 말고 고개를 돌렸다. 돌아본 그곳에는 분명 낯이 익긴 한데 이름이 뭐였는지 잘 기억나지 않는 백금발의 영애 하나가 양 뺨을 발그레 물들인 채 우물쭈물하고 있었다.

"뭐 필요하십니까?"

“……아니요, 저어…… 다치지 마시고 많이 잡으시라는 의미로 이걸 드리고 싶어서요.”

보랏빛 눈을 깜박여 보인 영애가 불쑥 내민 것은 다름 아닌 손수건이었다. 금실로 세심하게 수가 놓인 손수건 말이다. 그리고 제레미는 이미 조금 전에 무수히 받은 다른 손수건들에 대해 말을 할까 말까 잠시 고민하게 되었다. 그러나 그가 채 입을 열기도 전에 이름이 기억나지 않는 영애는 그의 손에 손수건을 쥐여 주다시피 하더니만 상당히 기묘한 콧소리를 내면서 후다닥 물러가 버렸다.

그 아련한 뒷모습을 이해 불가한 눈빛으로 지켜보는 제레미의 귀에 절친한 라이벌의 이죽대는 빈정거림이 들려왔다.

“기왕이면 내 것도 좀 같이 가져가는 게 어떠냐?”

그렇게 말하는 노라 역시 도저히 처리가 불가능할 만큼 상당한 개수의 손수건을 한 손에 그러쥐고는 안장 닦는 일에 쓰고 있었다. 행운을 빌며 건네준 풋풋한 영애들이 알면 기겁할 노릇이다.

‘넌 양심도 없는 놈이야’ 하고 혀를 차 보인 제레미가 손수건을 대충 안장주머니 속에 쑤셔 넣는 찰나, 이번에는 그가 목소리만 들어도 아는 어떤 말괄량이 영애의 날카로운 외침이 들려왔다.

“오빠, 오빠!”

“여, 우리 사랑스러운 누이. 오늘도 못생겼네?”

“……푸흡!”

주위의 다른 기사들이 차마 소리 내서 웃지는 못하고 손으로 입을 가리며 끅끅대는 가운데, 레이첼은 허리에 손을 얹고서 매섭게 부글거리는 눈으로 오라비를 노려보았다. 커다란 에메랄드빛 눈동자가 마치 누구 하나 웃는 놈 걸리기만 하면 그 자리에서 도륙 내주겠다는 기세로 섬뜩하게 번득였다.

"하여간 꼭 그따위로밖에 말을 못 하지?"

"오라비가 누이한테 하는 칭찬이 그 정도면 됐지 뭘 그러냐. 근데 너흰 다 온 거냐? 슈리는 왜 안 보여?"

나직하게 묻는 제레미의 시야에 저만치서 바이에른 백작가 차남과 낄낄대고 있는 엘리아스의 꼬라지가 들어왔다. 조만간 저에게 닥칠 날벼락에 대해선 조금도 모르는 태평하기 짝이 없는 모습이었다.

"엄마가 우리 먼저 보냈어. 왜, 엄마가 그렇게 그리웠어?"

"나야 늘 그렇지. 넌 안 그러냐?"

"나도 그래. 그래서 말인데, 오빠, 엄마 운 것 같아."

레이첼이 대뜸 근심스러워진 목소리로 속삭이듯 덧붙인 저 말에, 제레미는 힘차게 말 등에 올라타려다 말고 그대로 멈칫하게 되었다.

"무슨 일이야?"

"나도 잘 모르겠어. 근데 아무래도 작은오빠랑 싸운 것 같아. 엄만 아니라고 하는데 분위기가 영 심상치 않았다고."

"……."

제레미는 눈을 돌려서 친구 쪽을 곁눈질했다. 성질머리로는 그와 막상막하인 늑대 공자께서는 이제 안장 닦는 일을 마무리하고는 손에 가죽 장갑을 끼워 넣으며 '참아.'라는 무언의 압박이 깃든 푸른 시선으로 그를 마주 보고 있었다.

"……귀한 정보 고맙다, 사랑하는 누이여. 아무래도 내 친히 집에 들러서 우리의 어머니를 모셔 와야 할 것 같구나."

"그래, 바로 그거야! 오빠가 웬일로 바로 알아들어? 해가 서쪽에서 떴나?"

참으로 뿌듯하다는 듯 머리를 끄덕여 보인 레이첼이 이제 저러한 가관인 소리를 내뱉으며 뒤돌아 쪼르르 달려가기 시작했다. 그녀의 쌍둥이가 있는 곳, 알리 파샤 왕자 일행이 있는 곳이었다. 저것들끼리 대체 언제 저렇게 가까워졌나 싶어 머리를 갸웃대던 제레미는 이윽고 말 등에 훌쩍 올라타며 내뱉었다.

"들었지? 나 집에 좀 다녀와야겠다. 폐하껜 네가 좀 잘 말해주라."

"다녀와라. 내색하진 말고."

하필이면 바로 그 순간에 '피요옹-' 하는 귀를 찢는 듯한 기나긴 곡성이 들려온 것은 순전히 우연의 일치였다.

위엄찬 울음소리를 뽐내며 고공 낙하해 와 사람들의 머리 위를 맴도는 거대한 생물들의 정체는 사냥용 매가 아니었다. 실로 기가 막힌 타이밍에 등장한 야생 독수리들이었다. 비스마르크 황가의 상징인 피조물들이 마치 신의 계시라도 받은 것처럼 때맞춰 등장한 것이다. 여기저기서 감격에 찬 환호가 터져 나옴과 동시에 황제의 입가에 큼지막한 미소가 걸렸음은 두말할 것도 없었다.

제레미는 잠깐 망설이다가, 마치 먹이를 덮치기 전에 각을 재는 늑대의 그것과 같은 눈빛을 하고서 저 야생의 조류들을 물끄러미 응시 중인 친우를 향해 마지막으로 내뱉었다.

"내가 할 소리다. 네놈이나 얌전히 있으라고!"

시간을 거슬러 돌아온 이래 무엇 하나 내가 기억하는 그대로 흘러간 적이 없다. 그럼에도 불구하고 아이들에 한해서는 희한할 정도로 확신이 있었던 것 같다. 그 애들의 성향에 대해선 누구보다도 잘 알고 있으니 무슨 예기치 못한 짓을 벌여도 이해할 수 있다고, 어떤 일이 있어도 포용할 수 있다고 말이다.

……내가 기만에 빠졌던 모양이다. 이젠 애들은 고사하고 나 자신에 대해서조차 모르겠는 기분이다!

요헨, 대체 당신 둘째 아들내미는 누굴 닮아 저 지경인가요?! 날 닮지 않았다는 사실만큼은 명백할진대! 당신이 살아 있었다면 이런 일들은 벌어지지도 않았을 텐데요.

애들을 먼저 보내고 한참 혼자 청승을 떨었더니 머리가 어질어질했다. 슬프거나 화가 나서 운 게 아니었다. 마음이 갑갑해서 눈물이 난 것뿐이었다.

내가 정말 뭔가를 잘못했던 걸까? 나도 모르는 사이에 뭔가 잘못해서 엘리아스가 그런 길로 빠져들고 만 걸까? ……하지만 아무리 그렇다 쳐도 왜 하필이면 도박이냐고!

어렵다는 걸 알고 있었음에도 불구하고 막상 다시 돌아와 다른 방식으로 겪자니 더 어렵기만 하다. 신이시여!

속히 행사에 참석해야 하는데 몸이 영 움직이지 않았다. 나는 햇볕이 잘 드는 드로잉 룸의 창가에서 마치 노인처럼 허리를 수그리고 앉아 창밖 너머로 후원을 멍하니 응시하다가, 문득 탁자 위에 올려 둔 크로키북을 향해 손을 뻗었다. 노라가 두고 간 그 크로키북이었다.

석필로 그려진 깃펜, 나이프, 개, 망아지와 새 등등 딱 어린 소년이 그렸을 법한 아기자기한 그림들을 반쯤 아무 생각 없이 넘기던 나는 이내 서서히 정신을 차리고는 집중해서 크로키북을 들여다보게 되었다.

크로키북의 내용물은 주변에서 흔히 볼 수 있는 도구나 동물이 대다

수였지만, 중간중간 한 남자를 그린 듯한 그림이 다수 보였다. 검은 머리에 얼굴은 제대로 볼 수 없었는데, 거의 등을 돌리고 앉아 있는 모습들이었기 때문이다. 혹은 자는 듯한 모습이거나.

내 머릿속에 반짝이는 파란 눈을 한 어린 소년이 크로키북을 들고 앉아서 바쁜 아버지의 뒷모습을 그리는 풍경이 절로 떠올랐다. 조금 전 엘리아스와 있었던 푸닥거리 때문일까? 계속해서 등만 보여주는 남자의 그림을 넘기는데 괜스레 가슴 한구석이 저릿해졌다.

어쩌면 아쉬움 탓일지도 몰랐다. 일하거나 자는 모습 말고 제대로 얼굴을 좀 보여주면 어디가 덧나나? 나중으로 자꾸 미뤘다간 영영 기회를 놓치게 될 텐데.

이 그림을 그렸던 소년은 더는 존재하지 않을지도 몰랐다. 그런 생각을 하자 안쓰러운 마음이 일었다. 어제 들었던 이야기를 떠올리고 나자 더더욱 그랬다. 그토록 완벽해 보이는 공작님께서 어째서 자기 아들 하나 제대로 보지 못하신 걸까? 어쩌면 나도 비슷한 실수를 저지른 건 아닐까?

내가 기억하는 과거에 얽매여서, 현재의 엘리아스가 어째서 그런 행동을 하게 되었는지 제대로 이해하려 하지 못하고 내 기억 속의 모습과 비교만 하고 있던 건 아닐까? 어쩌면 그랬는지도 몰랐다.

한참 그렇게 멍하니 반성 아닌 반성의 시간을 가지고 있는데 불쑥 예기치 못했던 목소리가 울렸다.

"경애하는 마더 슈리! 하나뿐인 어여쁜 큰아들이 사냥하러 가는데 응원도 안 해주는 어머니가 세상에 어디 있어!"

……신이시여. 대체 저 녀석은 또 왜 이 시간에 여기로 돌아와 있는 겁니까? 나는 황급히 크로키북을 덮고 손등으로 눈가를 훔치며 몸을

일으켰다. 그와 동시에 우리의 자랑스러운 노이반슈타인의 사자께서 덩치와 영 어울리지 않는 발랄한 걸음걸이로 들어섰다.

"여, 슈리. 어디 아파? 애들만 먼저 와서 깜짝 놀랐잖아."

고작 그것 때문에 알프 호수장에서 여기까지 되돌아왔단 말인가? 별일 아닐지도 모르겠지만 새삼 고마운 마음이 일었다. 크흑, 아무래도 조금 전 일 때문에 마음이 상당히 약해져 버린 모양이다.

마음 같아선 이 모든 사태에 대해 제레미에게 곧장 털어놓고 싶었으나, 당장 며칠 뒤가 검술 대회인 만큼 차마 그럴 수는 없었다. 이미 결과를 알고 있긴 하지만 그래도 중대한 시합이 끝나기 전까지 다른 일에 신경 쓰게 만들고 싶지 않았던 것이다.

……대신 본의 아니게 노라를 끌어들인 격이 되긴 했지만. 휴, 왜 이렇게 골치 아픈 일들이 자꾸 생기는지 원.

"다들 목이 빠져라 너만 기다리고 있는데 불쌍하지 않아?"

"누가 날 기다린다는 거야?"

"너의 미소 하나만 오매불망 기다리는 놈이 한둘이 아닌데. 차마 입 밖으로 지껄이진 못하지만. 그랬다간 이빨이 죄다 털릴 테니."

참으로 말도 안 되는 소리였으나 웃음이 나왔다. 내가 소리 내어 웃자 제레미 역시 짓궂게 킥킥 웃는 소리를 내며 내 손을 잡고 손등에 입을 맞추었다.

"진짜야. 네가 빠지면 다들 서운해서 사냥이고 뭐고 흥미를 잃어버릴걸. 특히 내가. 명색이 노이반슈타인의 사자인데 사냥제에서 꼴찌 하면 좀 그렇지 않아?"

물론 그렇게 되도록 둘 순 없었다. 어쨌든 의회의 일원으로서 이런 행사에 불참할 수는 없는 노릇이다. 하여 나는 조금 전까지의 우울한 기분을 떨치려 애쓰며 제레미와 함께 연회 장소인 알프 호수로 향했다.

도착했을 때쯤엔 벌써 점심 만찬이 한창 진행 중인 듯했다. 환한 오후 햇살에 물든 호숫가의 전경이 한 폭의 그림처럼 느껴졌다. 천막이 쳐진 뷔페 테이블에 둘러앉은 사람들과 곤돌라를 타고 기슭 주변을 떠다니는 여인들, 그리고 말을 타고 숲 지대를 왔다 갔다 하는 이들 모두 마치…….

가만, 분위기가 어째 심상치 않은 것 같은데?

"뭐야, 이 분위기는?"

그렇게 느끼는 건 제레미 역시 마찬가지인 듯했다. 어딘가 어수선하게 느껴지는 행사장의 호수 기슭에 사공들이 젓는 보트가 하나둘 도착하고 있었다.

가장 먼저 내린 엘리자베트 황후와 뉘른베르 공작 부인의 안색이 먼발치에서 봐도 심상치가 않았는데, 그들은 우리 쪽을 보는 게 아니라 행사장과 사냥터로 이어지는 길목 쪽을 응시하고 있었다. 테이블에 둘러앉아 점심 만찬을 들던 그녀들의 남편들 역시 같은 곳을 응시 중이었다.

"황후마마?"

마차에서 내린 뒤 곧장 엘리자베트에게 다가가자 같이 나란히 서 있던 공작 부인이 해쓱하게 질린 얼굴로 손을 뻗어 내 손을 잡았다. 그녀의 손이 어찌나 격하게 떨리고 있던지 내 손까지 같이 진동을 일으킬 지경이었다.

엘리자베트로 말할 것 같으면 그 자리에서 굳어버린 것처럼 꼼짝도 하지 않고 얼어붙어 있었다. 혹 황자 중 하나가 사냥을 하다가 다치기라도 한 걸까 싶었으나 레트란 황자는 제 부친과 같은 테이블에 앉아 있었고, 테오발트는 사냥터 쪽에서부터 알리 파샤 왕자 및 다른 기사들과 함께 말을 몰고 다가오는 중이었다.

그들 뒤로 허벅다리에 화살을 맞은 채 그물에 얽매인 순록 하나가 질질 끌려왔다. 벌써 사냥에 성공했는데도 어째서 하나같이 표정이 저리 떨떠름한 걸까?

잠시 후 나는 이 살얼음판 같은 분위기의 원인을 알게 되었다. 정확히 말하자면 테오발트 무리의 뒤편에서 서서히 모습을 드러내는 거대한 종마와, 그 종마 위에 올라탄 사내를 보았다.

거기까지는 하등 문제 될 것이 없었다. 문제가 있다면 빠른 속도로 황태자와 이국의 왕자를 가로질러 달려와 어깨에 둘러메고 있던 거대한 사냥감을 바닥에 내던지는 그의 행위, 아니, 그 사냥감의 정체라 해야겠다. 여기저기서 다급하게 숨을 들이켜는 소리들이 동시다발적으로 울렸다.

"저게 대체……."

털썩!

황제의 손에 들려 있던 황금 술잔이 힘없이 고공 낙하해 잔디에 격하게 충돌했다. 뉘른베르 공작 역시 한 손에 들고 있던 파이프를 거의 놓칠 뻔한 상태였다. 현재 저 두 사람이 지어 보이는 표정을 뭐라고 설명하면 좋을지 모르겠다.

내 손을 꼭 그러쥐고 선 하이데로 말하자면 이제 거의 쓰러질 것 같은 상태가 되어가고 있었다. 엘리자베트 역시 자기도 혼절하고 싶다고 주장하는 표정으로 입술을 깨물고 있었다.

그럴 만도 했다. 한껏 짓이겨진 잔디 위를 맥없이 구르며 거대한 날개를 힘없이 푸드덕거리는 생명체는 다름 아닌 창공의 제왕, 비스마르크 황가의 상징 되시는 하얀 독수리였던 것이다. 저 무시무시한 맹금류를 도대체 무슨 수로 잡았는지는 신만 아실 일이렷다.

이 많은 인사를 단숨에 경악의 도가니에 빠뜨려 놓은 주제에 아무렇지도 않게 말을 세운 노라가 장갑 낀 손으로 목덜미의 땀방울을 닦으며 우리 쪽으로 시선을 돌렸다.

"이번에도 내가 이긴 것 같은데?"

저 여상하기 짝이 없는 발언에, 바닥에 나뒹구는 가여운 피조물에게 치미는 동정을 금치 못하는 표정을 하고 있던 제레미의 입에서 곧장 통렬하게 혀 차는 소리가 흘러나왔다.

"누가 누구더러 내색하지 말라고…… 잠깐 자리 비운 사이에 선수 치는 건 기사답지 못한 짓이다! 그나저나 그걸 대체 어떻게 잡았냐?"

"글쎄, 한창 신나게 멧돼지 쫓고 있었는데 저게 낄 데 안 낄 데 구분도 못 하고 좋아라 달려들더라고. 하마터면 이 고운 얼굴에 끔찍한 흉터가 생길 뻔했지 뭐냐."

"그거 아깝군. 그랬으면 그나마 좀 볼만해졌을 텐데."

지엄하신 대공작님의 머리 위로 김이 모락모락 피어오르는 것같이 보이는 건 착각일 뿐일까? 그에 반해 황제께서는 이제 어떤 표정을 지어야 현 상황에 적절한 것인지 고민하는 듯한 얼굴을 하고 계셨다.

상황을 정리해 보자. 이 장소에는 외국의 귀빈들까지 참석해 있다. 그리고 비스마르크 황가의 상징은 저 잔디 위에서 뒹굴고 있는 가여운 하얀 독수리다.

길조의 현상으로 여겨지는 저 고귀한 피조물을 한낱 낄 데 안 낄 데 구분 못 하는 새대가리 취급하며 훌륭한 사냥감으로 만들어 버린 장본인은 다름 아닌 황제의 조카이자 뉘른베르크 공작가의 하나뿐인 후계자이다. 다른 사람도 아닌 황실의 가장 가까운 인척 되는 녀석이 저지른 짓인 만큼 선불리 노하기도 뭣한 상황이었다.

딜레마에 빠져 계신 황제를 대신해 입을 연 이는 황태자 쪽이었다. 우아한 황태자께서는 어느덧 심각한 표정을 지우고 알 만하다는 나긋한 미소를 만면에 머금으며 입을 열었다.

"너희는 여전히 짓궂기 짝이 없구나. 나 골탕 먹이려고 둘이 짜기라도 했어?"

드물게 상당히 직설적인 어조였다. 이에 노라는 단검을 빼 들고 화살통의 매듭을 잘라내다 말고 피식 미소를 지어 보였다. 한 짓이 한 짓이라 그런지 답지 않게 스산해 보이는 미소였다.

"저 녀석은 왜 끌어들이십니까? 전하께서 그토록 조류와 자신을 동일시하시는 줄은 몰랐는데요."

"……물론 어차피 한낱 산짐승에 불과하긴 하다만 그래도 이렇게까지 할 필요는 없잖아. 이쪽 기분도 좀 생각해 줘야지."

"글쎄요, 여기서 누가 늑대 새끼 가죽을 벗겨 온다 해도 기분 나쁠 것 같진 않습니다만. 그렇게 치면 전하께선 알리 왕자 저하께 심각한 외교 결례를 저지르게 된 셈이군요. 파샤 왕조의 상징이 순록 아니었습니까?"

"그렇기야 합니다만, 우리나라에서는 딱히 상징으로 삼은 동물 그림에 쓸데없이 심각한 의미를 두진 않습니다."

넉살 좋게 대꾸한 알리 파샤 왕자가 쓸데없는 심각한 반응을 보인 제국민들을 향해 사람 좋은 웃음을 흘려 보였다.

황제 쪽을 다시 힐긋 보니, 매우 곤란해진 황제께서는 이제 아들을 향해 술잔이라도 집어 던질 듯한 무시무시한 기세를 하고 있는 공작님의 파들파들 떨리는 어깨에 한 손을 올리고 계셨다. 만약 저 강철의 공작님이 지금 철저히 연기 중인 거라면 참 훌륭한 처세술이라고 해야겠다. 연기가 아닌 것 같아서 문제지만.

"모든 일에는 정도가 있는 법이라고, 삐딱한 종제님."

"저 말입니까? 제가 뭘 말입니까? 사사건건 의미 부여하는 짓거리는 슬슬 지겨운데요."

비뚜름하게 빈정거리던 공자가 불쑥 철컹하고 허리에 찬 검을 뽑아 든 것은 그때였다. 누군가가 내뱉은 헉 하는 소리와 함께 공기가 순식간에 살벌하게 얼어붙은 가운데, 노라는 황급히 다가오는 근위병들의 순발력이 무색하게도 테오발트 쪽에는 눈길도 주지 않으며 바닥에서 푸드덕거리고 있는 독수리의 급소에 곧장 검을 내리꽂았다. 검붉은 피가 솟구치면서 마침내 고통에서 해방된 새는 비명조차 지르지 않았다.

"그 정도라는 거 말입니다, 전하. 부디 전하야말로 정도를 좀 지키시길 바랍니다."

가관으로 일그러진 얼굴의 황태자를 향해 마지막으로 일침을 날린 노라가 다시 힘차게 말 등에 올라탔다. 그러고는 그대로 뒤도 돌아보지 않고 박차를 가해 버렸다.

잠시 황망한 시선 교환들이 일대를 잠식하는 와중에 먼저 움직인 것은 제레미였다. 제레미는 테오발트가 무슨 표정을 짓고 있든 말든 유유자적 웃는 얼굴로 성큼 다가가 바닥에 널브러진 거대한 새를 집어 들고는 꼼꼼히 살피며 입을 열었다.

"의외로 깔끔해서 박제로 만들어도 될 것 같습니다만, 폐하. 어찌 보십니까?"

"……나쁘지 않은 제안이로군. 짐의 서재에 두기 제격이겠어."

실로 침착하게 대꾸하신 황제께서 짧은 탄식을 내뱉으며 처남 쪽을 돌아보았다. 손가락으로 핏대 오른 관자놀이를 누르고 있던 강철의 공작님 역시 탄식을 내뱉었다.

"면목이 없습니다, 폐하."

"그보다 자네 아들이 대체 뭣 때문에 저리 태자와 원수라도 진 것처럼 구는지 좀 알아나 보게. 서로 하나뿐인 종형제끼리 이 무슨 백치 같은 쇼인지 원…… 쯧쯧."

내 곁에 서서 묵묵히 부채질만 하던 엘리자베트의 눈썹이 일순 꿈틀했다. 그럴 만도 한 것이 서로 하나뿐인 종형제라는 정의는 틀렸던 것이다. 레트란 황자도 있으니까. 핏줄로 따지면 그쪽이야말로 진짜 종형제이기도 했다.

하지만 언제나 그렇듯 존재감이 묻혀 버린 레트란 황자는 밤마다 몰래 빠져나가 황실 자산을 축내며 차남들의 도박 모임을 행하는 간 큰 소년답지 않은 병약해 보이는 얼굴로 조용히 앉아서 부친의 눈치를 살피며 술잔을 홀짝일 뿐이었다.

모처럼 열린 사냥제 연회는 그렇게 모두의 입안에 쓴맛과 더불어 암울한 여운을 남기며 계획보다 일찍 종료되었다.

도나우강과 나란히 뻗은 길목을 따라 서쪽으로 한참 걸으면 허름한 건물 사이 모퉁이에 서 있는 꽃 파는 아가씨가 길 안쪽을 가리켜 준다. 가히 황도의 꽃이라고 할 수 있는 골목이었다.

……하수구에 피는 꽃이라고 해야 하겠지만.

매음굴과 아편굴이 득실득실하고, 소매치기들과 강도 집단들의 주거지가 곳곳에 숨어 있으며, 또 한편으론 점성술을 봐주는 점집들, 장물을 비롯해서 온갖 별의별 물건을 다 파는 이상한 전당포들까지 쭉 늘어 있는 장소.

셰스하우스는 이 음침한 골목 외곽에 늘어진 비교적 멀쩡한 건물들과 나란히 서 있는 도박장이었다. 험악한 표정으로 입구를 지키고 있는 칼잡이들에게 칩을 보이고 들어서면 곧장 지하로 내려가는 계단이 나오는 구조다. 지하에 자리한 수많은 닫힌 문 안에서 무슨 일들이 벌어지는지는 신만이 아실 일이었다. 특히 오늘 같은 날이라면 파티의 스케일은 더 컸다.

"야, 뭐 해? 넌 누구한테 걸 건데?"

옆구리를 쿡 찌르는 손길에 엘리아스는 상념에 젖어 있다 말고 얼른 정신을 차렸다. 정확히는 테이블 위에 쌓인 금화를 바라보았다.

4년에 한 번 꼴로 열리는 검술 대회인 만큼 한 방을 노리고 참가하는 전사의 수는 어마어마하다. 하지만 판돈은 대개 극소수에 몰리게 마련이었다. 주로 명망 높은 기사들, 혹은 타국에서 온 이국적인 전사들에게 말이다. 특히 이번 대회에서 손가락 안에 드는 배당 중 하나는 다름 아닌 그의 형 되는 인간이었다.

그의 형이 진정 우승 트로피를 거머쥘 가능성이 얼마나 될까? 아무리 객관적으로 판단하려 애써도 도무지 거기에 걸고 싶지 않았다. 그렇다고 해서 다른 쪽에 거는 일도 내키지 않는다.

엘리아스는 신음을 삼키며 가져온 금화 주머니를 만지작거렸다. 베팅 금액이 천문학적인 단위인 만큼 고작 이 정도로 걸었다가는 꼴이 우습게 된다. 하필이면 며칠 전에 슈리에게 걸린 덕에 이 이상은 챙겨 올 수 없었던 것이다.

대신 걸 만한 물건은 있었다. 당연히.

의자 등받이에 걸쳐놓은 석궁을 바라보는 그의 암녹색 눈동자에 일순 고뇌가 어렸다. 그가 열세 살 무렵 성탄절 선물로 받은 선물이었다. 이걸 준 장본인께서는 바로 며칠 전에 그 때문에 눈물 바람을 일으켰고 말이다. 그 모습을 다시 떠올리자 머리가 아파왔다. 일부러 그러려던 건 아니었는데…….

어쨌든 그나마 다행인 건 여기서 언제 집에 들킬까 전전긍긍한 이가 그뿐만이 아니라는 사실이었다. 원탁의 테이블에 둥그렇게 둘러앉아 정신없이 베팅표를 들여다보고 있는 이들은 전부 그 또래거나 몇 살 아래인 풋내기 소년들이었다. 은발의 황자까지 껴 있는 걸 감안하면 상당히 고귀한 풋내기들의 모임이다.

"……차라리 평민 출사 전사한테 기회를 줘보고 싶은데."

"그럼 네 형한테 안 걸어?"

내가 미쳤냐, 라는 말을 삼키며 엘리아스는 금화 주머니를 탁자 위에 올려놓았다. 그러고는 의자에 걸어놓은 화려한 석궁을 집어 들었다. 꽤 속이 쓰라린 짓이긴 했다. 이걸 되찾을 가능성이 얼마나 될…….

"그것참, 서운한 일이로군."

누군가가 불쑥 내뱉은 말에 엘리아스는 순간 현실 감각을 영 찾지 못하고 그저 머리만 끄덕여 보였다. 그도 그럴 것이 방금 그의 귀에 들려온 목소리는 이 자리에 존재하는 것 자체가 불가능한 인물의 것이었기 때문이다.

엘리아스가 서서히, 아주 서서히 현실 감각을 되찾았을 때쯤엔 시끄럽던 테이블이 어느덧 쥐 죽은 듯 고요해져 있었다. 싸구려 페티코트를 걸치고 술잔을 돌리며 낄낄대던 무희들 역시 뭐에 홀리기라도 한 것처럼 얼어붙어 있었다. 소년들의 도합 다섯 쌍의 얼빠진 눈동자가 대체 언제 어떻게 안으로 들어왔는지 알 수 없는 장신의 청년을 멍하게 올려다봤다.

그에 반해 한밤의 침입자께서는 매우 느긋한 표정으로 팔짱까지 끼고 서서 테이블 위에 늘어진 베팅표를 내려다보고 있었다. 스산한 빛을 품은 에메랄드색 눈동자가 흥미롭다는 듯 짧게 번득였다.

"아, 난 신경 쓰지 말고 계속해. 어서."

한편, 아래층의 손님들이 아닌 때 난입한 사자 한 마리 덕에 사면초가에 빠진 사이 위층의 사무실, 즉 이 비교적 깔끔하고 은밀하며 보안마저 철저한 도박장의 주인 역시 거의 비슷한 위기의 사면초가에 당면해 있었다.

쾅!

전 수도의 모든 도박장이 평소보다 더 하얗게 불타고 있는 검술 대회 전야, 웬 미친놈 하나가 굳게 잠긴 사무실 문을 다짜고짜 노크도 없이 박살 내버리며 들어설 가능성은 얼마나 될까? 그것도 선혈이 뚝뚝 떨어지는 검을 들고서?

"너, 넌 뭐……."

'뭐야 미친놈아'라는 말을 채 잇기도 전에 셰스, 아니, 루카스는 오밤중에 간 크게도 자신의 도박장에 난입해 온 미친놈의 한 손아귀에 목줄기가 붙들린 자신을 발견하게 되었다.

사내의 손이 마치 쇠사슬처럼 그의 목을 졸라왔다. 시야가 순식간에 뿌옇게 변하나 싶더니 이어 유유히 흐르는 아름다운 강줄기와 그 강 너머에서 손짓하는 선조님이 보이기 시작했다. 루카스의 안색이 붉게 부풀어 오르다 못해 거의 푸르죽죽하게 변했을 때쯤 사내가 마침내 손을 놔주었다. 정확히는 팽개쳤다.

우당탕!

"끄헉! 쿨럭쿨럭, 캑캑! 너, 너 뭐야, 이 미친놈아?! 내가 누구인지 알기나 해?! 내 뒤에 누가 계시는지 알면 이 짓거리 후회하게 될……."

공기를 급하게 들이마시는 동시에 악에 받친 고함을 내지르던 루카스의 목소리가 일순 아련하게 흐려졌다. 한밤의 미치광이 침입자는 이제 자기가 언제 다짜고짜 남의 가게에 와서 폭력을 행사했냐는 듯 유유자적한 태도로 책상에 걸터앉아 손수건으로 피범벅이 된 검날을 닦아내고 있었다.

그리고 루카스는 현명하게도 저 피가 밖에 있어야만 할 칼잡이들의 것이라는 사실을 금방 간파해 냈다. 돈 받고 하는 일이 사람 죽이는 것 밖에 없는 칼잡이들을 홀로 처리했을 정도면 보통내기가 아닐 것이다.

"저어, 왜 이러십니까? 무슨 오해가 있었는지 모르겠지만 저는 아무 잘못도 하지 않았습니다. 원하시는 게 있으면 얼마든지 드리겠습니다."

순식간에 겸손하게 태도를 뒤집은 루카스의 저 애절한 발언에, 조금 전에 보인 폭력성과는 영 동떨어진 느긋한 자태로 검을 문질러 닦던 사내가 고개도 돌리지 않고 대꾸했다.

"계속 말해봐."

"……예?"

"네 뒤에 계신 분에 대해 계속 말해보라고."

남자의 목소리는 차분하기 짝이 없었지만 착 가라앉은 푸른 눈매가 소름 끼칠 만큼 섬뜩한 기운을 풍기고 있었다.

그리고 루카스는 순간 이유를 알 길이 없는 기시감에 사로잡힌 자신을 발견하게 되었다. 뭔가 이상했다. 저 미친놈을 분명 전에 어디서 본 것 같은데 어디서 봤는지 잘 기억이 나지 않는 것이었다. 어디서 봤더라?

그렇게 루카스는 잠시 원인 모를 기시감에 빠져 허우적거리기만 했고, 그것은 그에게 있어 영 좋지 않은 결과를 불러왔다. 마침내 검날을 깔끔하게 다 닦아낸 남자가 피에 젖은 손수건을 책상 모퉁이에 조심스레 내려놓나 싶더니 다짜고짜 긴 다리를 들어 그의 복부를 걷어찬 것이다.

퍽!

배 속의 장기가 거꾸로 역류하는 듯한 고통과 더불어 루카스는 그제야 자신이 저 돌아버린 흑표범 같은 사내를 어디서 보았는지 깨닫게 되었다. 고통의 비명과 더불어 거의 절규에 가까운 단말마가 그의 입에서 터져 나왔다.

"끄으아아아악! 너, 넌 그때 그 애새끼……?!"

"생각도 하지 말고 꿈에서 보지도 말라고 했던 것 같은데. 한 번만 더 걸리면 어떻게 해준다 했더라?"

잠시 정적이 흘렀다. 루카스가 대략 3년 전의 악몽을 떠올리며 얼어붙어 있는 동안 이제 더는 애새끼라 칭할 수가 없는 남자는 깨끗하게 빛나는 검을 한쪽 어깨에 얹고 서서 물끄러미 그를 내려다보고만 있었다.

루카스는 아무런 감정도 담지 않은 새파란 시선 아래서 몸을 바짝 움츠리며 식은땀이 등골을 타고 주르륵 흐르는 것을 느꼈다. 딱 육식동물 앞에서 본능적으로 얼어붙어 버린 초식동물 같은 꼴이었다. 눈앞의 미친놈이 어린애가 잠자리 날개를 뜯는 것보다도 간단히 그의 목숨을 빼앗을 수 있다는 사실을 본능적으로 깨닫기란 조금도 어려운 일이 아니었다.

"계속하라니까. 왜 까딱거리고만 있어?"

나긋하게 내뱉는 청년의 얼굴은 으스스하리만치 차분했다.

조금 전까지만 해도 다섯 명의 소년과 신바람 난 무희들로 인해 상당히 활기찼던 도박장 안은 이제 중앙 성당의 고해성사실에 버금갈 정도로 엄숙하고도 구슬픈 분위기에 휩싸여 있었다. 누군가가 조심스레 낸 꿀꺽하는 마른침 삼키는 소리만이 살얼음판 같은 정적 한복판에서 아련하게 울렸다.

엘리아스는 길드(?) 일원들이 저런 표정으로 자신을 쳐다보지 좀 말았으면 좋겠다고 생각하며 속절없이 흔들리는 동공으로 자신의 형을 멍하니 쳐다보고만 있었다.

그에 반해 그런 동생을 골똘히 마주 보는 제레미의 눈동자는 서릿발보다 더 싸늘했다.

"그거 걸려는 거 아니었냐? 꽤 낯이 익은 석궁인데."

"……걔가 형한테 말했어?"

폭풍 전야와 같은 살벌한 정적이 몇 초나 흘렀을까. 엘리아스가 저도 모르게 내뱉은 저 멍청하기 짝이 없는 질문에, 그저 무표정한 얼굴로 지켜보고만 있던 제레미가 마침내 행동을 개시했다. 정확히 말하자면 아무런 경고도 없이 다짜고짜 손을 들어 동생의 머리통을 후려쳤다.

퍽! 우당탕!

요란한 소리와 함께 엘리아스가 의자에서 떨어져 내린 것을 신호로 여기저기서 억눌렀던 비명이 터져 나왔다. 무희들은 비명을 내지르며 뛰쳐나갔으며 나머지 소년들은 후다닥 일어나 어정쩡하게 한쪽 벽으로 물러섰다.

두개골이 함몰된 게 아닐까 싶은 정도의 고통에 사로잡힌 엘리아스는 눈물을 찔끔 짜내며 비척비척 몸을 일으켰다. 아니, 일으키려고 했다. 이쪽으로 성큼 다가온 제레미가 다시 한번 예고도 없이 그를 걷어차지만 않았더라면 성공했을 것이다.

퍽, 퍽! 쿠당탕!

그 결과 엘리아스는 인간의 언어로 표현하기도 어려운 격통에 사로잡힌 채 바닥을 뒹굴거리게 되었다. 반쯤 벌어진 입에서 얼이 빠진 신음이 흘러나왔다.

"으게에에엑……."

"일어나 앉으라니까. 판을 벌였으면 끝까지 가야지."

사람을 개새끼처럼 마구잡이로 걷어찬 주제에 잘도 부드럽게 어르는 제레미였다.

그리고 엘리아스는 자신의 형이 저런 식의 언행 불일치적인 면모를 보일 때가 가장 위험하다는 사실을 매우 잘 인지하고 있었다. 이대로 간다면 아마 내일 아침 뜨는 해를 못 보게 될지도 모른다.

반쯤 열려 있던 문이 불쑥 밀쳐지며 또 다른 누군가가 들어선 것은 그때였다. 벽 쪽으로 어정쩡하게 물러나 그저 안절부절못하던 레트란 황자가 고개를 들고 어떤 구원자가 나타났나 하는 표정으로 문가를 쳐다보았다. 이어 옅은 푸른기가 도는 금색 눈동자가 경악으로 인해 접시만 하게 벌어졌다.

"노라 형? 형은 왜 또 거기서 나와요……?"

저 어벙하기 짝이 없는 질문에 노라는 대답하지 않았다, 당연히. 대신에 한쪽 구석에 몰려 허옇게 질려 있는 나머지 세 소년을 향해 손짓을 했다. 살고 싶으면 어서 꺼지라는 신호였다.

이 단호한 축객령에 세 귀한 집 자제는 엉덩이에 불이 붙은 것처럼 앞다투어 문가로 뛰쳐나갔다. 테이블 위에 한가득 쌓인 금화와 장신구들을 그대로 두고 가려니 속이 쓰렸지만 목숨값치고는 상당히 싸게 치른 셈이었다. 상식적으로 열이 머리끝까지 오른 맹수 두 마리를 상대하느니 보내줄 때 얌전히 집으로 돌아가서 잠이나 처자는 편이 훨씬 현명하지 않은가.

레트란 황자는 마치 자신도 그 축객령에 포함되어 있는 것처럼 어설프게 걸음을 움직이려 했으나, 할 테면 해보라는 듯 짙은 눈썹을 들어 올리는 사촌 형의 악귀 같은 형상에 그만 그 자리에 도로 얌전히 머물고 말았다.

그러는 사이 제레미는 바닥을 구르는 동생으로부터 몸을 돌리고는 테이블 한쪽에 놓인 석궁을 집어 들고 있었다.

"설명해."

여차하면 두 소년을 연습용 과녁으로 삼아주겠다는 듯한 으스스한 어투였다. 고통에 겨운 숨을 몰아쉬던 엘리아스도, 세상의 파멸이라도 목도한 듯한 표정으로 어정쩡하게 서 있던 레트란 황자도 나란히 먹먹한 시선을 교환했다.

이제 와서 서로의 부주의함을 탓해보았자 동족상잔에 불과한 것이, 다짜고짜 난입해 판을 뒤집어 버린 청년 중 하나는 엘리아스의 형이요, 하나는 레트란의 사촌 형이었던 것이다. 그리고 그 두 청년은 그다지 온화한 평판의 소유자들이 아니었다.

먼저 입을 연 쪽은 레트란 황자였다. 레트란은 잔뜩 겁에 질린, 그러나 그 와중에 황손으로서의 자존심은 잃지 않은 결연한 목소리로 입을 열었다.

"내 취미 생활에 대해 일일이 경들에게 보고할 필요는 없잖아…… 요."

쿵, 하는 요란한 소리와 함께 석궁이 테이블 위에 내동댕이쳐졌다. 용감히 자신의 위치를 상기시키던 레트란도, 그에 일말의 희망을 걸고 있던 엘리아스도 일제히 어깨를 움찔하게 되었음은 두말할 것도 없었다.

의자 하나를 끌어다 앉아서 테이블 위에 펼쳐진 베팅표를 흥미롭게 들여다보던 노라가 입을 연 것은 그때였다. 노라는 당장에라도 저 두 철부지 소년을 찢어발길 기세로 노려보고 있는 친우의 팔에 손을 올리며 더없이 차분하게, 아니, 스산하게 읊조렸다.

"지금 본인들이 처한 상황에 대해 제대로 인지하지 못하고 있는 모양인데. 레트란 전하, 밤마다 고위 가문의 차남들을 불러 모아 사이좋게 시시덕거리는 꼬라지가 자칫하면 모반 혐의로 몰릴 수 있다는 사실 정녕 모르시겠습니까?"

"모반이라니, 그런 거창한……."

"엄연히 황태자가 존재하는 마당에 2황자 따위가 이런 은밀한 모임을 가졌다는 사실을 황제께 고한다면 어찌 될 것 같습니까? 그 정도로 뇌가 없으신 겁니까, 아니면 저 돌대가리한테 물든 겁니까?"

이 지극히 냉정하고도 모욕적이며 현실적인 일침에 레트란의 얼굴은 순식간에 흙빛이 되었다. 그건 황자까지 물들일 만큼 대단한 돌대가리 취급을 당한 엘리아스 역시 마찬가지였다.

뒤늦게 사태를 파악한 그 어벙한 모습들에 노라는 짧은 한숨 소리를 냈다.

"지금 전하께서 할 수 있는 선택은 이대로 황궁에 알리느냐, 아니면 저한테 쥐어 터지느냐 둘 중 하나입니다."

"그, 그치만……."

"일단 어쩌다가 이런 모임을 시작하게 됐는지부터 설명해 보시죠."

회유라기보다는 협박이나 다름없는 명이었으나 레트란은 자신에게 선택의 여지가 없음을 이미 절실히 깨달은 터였다. 거기다 상대는 그의 사촌 형인 뉘른베르 공자였다. 황실 인사들 앞에서 독수리를 사냥해 올 만큼 무지막지한 인간이라는 사실은 둘째 치고 황자인 그조차 함부로 대할 수 있는 신분이 아니었다. 하여 잠깐의 망설임 끝에 철부지 황자는 머리를 긁적이며 순순히 말문을 열었다.

"제가 무슨 나쁜 의도를 품고 시작한 게 아니라…… 참고로 이 친구는 제가 끌어들인 겁니다. 그러니……."

모범적인 길드장답게 길드원의 선처를 구하는 저 애틋한 호소에, 엘리아스는 매우 감복한 표정이 되어버렸으나 두 기사는 그다지 감동한 표정이 아니었다. 제레미가 별 지랄을 다 본다는 표정으로 눈썹을 꿈틀거리는 동안 노라는 쯧 하고 혀를 찼다.

"지금 이게 우정놀이 할 상황으로 보이십니까?"

"아, 아니요. 그러니까 처음엔 단순히 친구 좀 만들고 싶어서…… 그러려면 요즘 뭐가 유행인지 알아야겠다는 생각에……."

"그래서 도박장에 기웃대셨다고요."

"진짜 하려던 건 아니고 그냥 호기심에 몇 번 구경만 했는데…… 그러다가 형님한테, 제 형님한테 들켰거든요."

"……."

"아시다시피 전 형님이랑 그다지 가까운 사이가 못 되지만…… 형님이 어마마마한테 말 안 하겠다고 하시면서 할 거면 안전한 곳에서 하라고 여길 소개해 주신 겁니다. 그러니까 모반을 모의한다든가 하는 거랑 전혀 반대라고요."

"태자께서 어째서 전하께 친히 도박장을 소개해 줬는지에 대해 아무런 의심도 들지 않았습니까?"

이 지극히 한심해하는 투의 질문에, 레트란은 잠시 머뭇거리더니 이내 불쑥 천추의 한이 서린 어조로 대꾸했다.

"어차피 제가 뭘 어떻게 하든 천덕꾸러기 취급이라는 거 압니다. 그래서 이왕 이리된 거 형님을 엮을 수 있을 만한 일을 쳐보고 싶었습니다. 이곳을 소개해 준 장본인이 형님인 만큼……."

"그래서 이 몹쓸 야간 탐험을 들키고 나면 태자께서 순순히 그 사실을 인정할 거라 믿으셨습니까? 고모님이나 고부님이 전하의 주장만을 순순히 믿을 거라고요?"

"그, 그건 아니지만…… 그냥 뭐랄까, 부끄럽습니다만 두 분에 대해 마지막으로 시험해 보고 싶은 충동이었던 것 같습니다."

제레미는 이제 아주 가관인 표정을 하고서 레트란을 바라보고 있었다. 뭐 이런 바보가 다 있나 하는 눈빛을 짓고 있는 건 노라 역시 마찬가지였다.

"이해가 아주 안 가진 않습니다만, 테오발트 전하라면 전하의 그러한 뻔한 심보까지 능히 계산하고도 남았을 겁니다. 그 생각은 못 하셨습니까?"

"……."

"그래서 마지막으로 시험해 봤는데 역시 꽝이면 어쩌실 작정이셨습니까? 길드원들까지 줄줄이 엮여서 모반 혐의를 쓰게 된다면 수습은 어찌하려고 하셨습니까?"

"……."

"여기서 이러고 논다고 누가 안쓰럽게 여기고 미안해할 거라 생각하셨습니까? 그걸 바라고 이따위 몹쓸 버릇을 들이신 겁니까? 일국의 황자라는 분께서?"

냉랭하기 짝이 없는 사촌 형의 다그침에 레트란은 아무런 대답도 하지 못했다. 동그란 눈을 끔벅끔벅하며 고개를 떨구는 모양새가 못내 처연했다.

그때 묵묵히 듣고만 있던 제레미가 화제를 돌렸다. 즉 화살을 돌렸다.

"너 때문에 슈리가 울었어."

느릿느릿 몸을 일으키며 눈물을 찔끔거리던 엘리아스의 얼굴이 확 붉어졌다. 조금 전의 푸닥거리 덕에 이미 잔뜩 빨개져 있는 상태이긴 했지만.

"그, 그건……."

"그것만으로도 봐주기 어려운 마당에 기껏 선물받은 석궁을 도박판에 넘기려고 해? 네가 그러고도 사람 새끼냐?"

"……어차피 걔한테도 별 의미 없을 거란 말이야."

차라리 그냥 입을 다물고 있는 편이 좋았을 것을, 엘리아스는 기어이 저렇게 쏘아붙이고 말았다. 그리고 그건 그다지 현명한 선택이 되지 못했다. 휘릭, 하고 날아온 금화 하나가 그의 이마를 보기 좋게 정통으로 때렸다.

따악!

이러다 진짜 두개골이 쪼개져 버리는 게 아닐까 싶을 정도였다.

"그걸 지금 말이라고 지껄이냐?!"

"끄아악! 어, 어차피 걔한테는 형만 있으면 되잖아! 형도 마찬가지고!"

이건 또 무슨 개소리란 말인가. 제레미가 황당하다 못해 얼이 빠진 얼굴로 노려보는 가운데 엘리아스는 이제 눈물을 질질 흘리면서 악에 받친 듯 소리를 지르기 시작했다.

"솔직히 형은 진짜 걜 어머니처럼 생각해?! 아니잖아! 형이 뭣 때문에 아무랑도 안 만나는지, 왜 혼약 생각도 안 하는지, 무슨 눈빛으로 걜 쳐다보는지 다 안다고! 다, 다들 그렇게 떠든단 말이야! 걔도 형이 아니었으면 3년 전에 그런 식으로 우리 아버지랑 한 결혼 취소하려고 하지 않았겠지! 그런데 나, 나 따위가 뭐가 중요하겠어, 걔 눈에 나는 보이지도 않는다는 사실 잘 알고 있다고!"

잠시 정적이 있었다. 레트란 황자는 이게 대체 무슨 소리인지 갈피를 못 잡겠다는 어리둥절한 표정으로 두 형제를 번갈아 보고 있었다. 그에 반해 노라는 속내를 종잡을 수 없는 무표정한 눈으로 친구를 뚫어져라 응시했다.

제레미는 일순 얼어붙었다가, 이어 서서히 안쪽에서 끓어오르기 시작하는 거센 불길에 정신을 차렸다. 방금 엘리아스가 지껄인 소리가 날카로운 칼날처럼 그의 가슴 한구석을 후벼 파긴 했으나 동시에 더 큰 분노가 그걸 다 덮어버렸다.

누가 뭐라 떠들든 슈리는 그에게 있어 '어머니'였다. 3년 전 그렇게 받아들이리라고 결심한 순간부터 지금까지, 그는 단 한 번도 헛된 생각을 품은 적이 없었다. 아니, 품지 않으려고 애썼다…….

그의 미래를 지켜주기 위해 그녀가 무엇을 희생하려 들었는지 너무도 잘 알았기에, 그 순수한 애정에 보답하려면 똑같이 순수한 마음을 품는 것이 옳다는 걸 너무 잘 알고 있었기에.

그런데 저 멍청한 아우놈이 감히 그 성역을 건드린 것이다.

"네 눈깔에는 그딴 식으로밖에 안 보이디?"

"나, 나는……."

"네가 우리 중에 가장 멍청하다는 사실은 늘 알고 있었다만 어떻게든 우릴 공격하고 싶어 하는 작자들이 떠드는 말을 그대로 받아들일 정도로 멍청할 줄은 몰랐다. 그 애가 그 어린 나이에 우리 집에 팔려 오듯 시집와서 지금까지 무슨 마음으로 버티고 있을지 한 번이라도 진지하게 생각해 봤어? 네가 그따위로 함부로 혓바닥 놀릴 만한 일이 아니라는 거 정말 모르겠나 보지?"

"……."

"이 정신 나간 새끼야, 대체 대가리에 뭔 생각이 들었나 싶었더니 그따위 망상밖에 안 들었냐? 그래서 혼자 망상하다 부아 치밀어서 우리한테 과분하기 짝이 없는 어머니에게 화풀이나 해댔어? 차라리 나한테 와서 따져보지 그랬냐, 그럼? 어?"

씹어 뱉듯이 끊어 내뱉는 제레미의 목소리는 이글이글 타오르는 암녹색 눈동자와는 대조적으로 냉기가 뚝뚝 흘렀다.

사방을 꽉 찍어 누르는 압도적인 살기에 엘리아스의 입에서 절로 딸꾹질이 새어 나왔다. 그런 게 아니라고 말하려고 했지만 사실 여부만 따지면 그런 셈이었으므로 뭐라 할 말이 없어졌다. 자신이 잘못한 게 별로 없다고 생각했는데 이제 보니 확실히 엄청나게 끔찍한 잘못을 저지른 것 같은 기분이 드는 것이었다.

"나, 난 그러니까……."

"됐고, 네놈은 이걸로 세 건이나 선을 넘어버렸어. 도박질에 발 담근 것 하나, 어머니한테 받은 선물을 넘기려 했다는 것 하나, 그리고 남들이 어머니를 모욕하는 소리에 귀 기울였다는 것 하나."

"……히끅, 끅."

"내가 네 녀석이 한동안 싸돌아다니는 짓은 엄두도 못 내게끔 손을 봐주지 말아야 하는 적절한 이유를 대봐."

"……."

이번에야말로 진정한 사면초가에 빠진 엘리아스의 절박한 시선이 레트란에게로 향했다. 그러나 레트란 역시 딱히 도움을 줄 수 있을 만한 처지가 못 되었다. 도움은커녕 잔뜩 주눅 든 눈으로 제 사촌 형의 무시무시한 형상을 힐끔거리고 있는 모양새가 이쪽이나 저쪽이나 딱 초록은 동색인 꼴이었다.

건국기념 축제 마지막 이틀 동안 열리는 검술 대회. 첫날에 예선과 본선이 치러지고 둘째 날에 준결승과 결승전이 치러졌다.

성년식을 치른 열여섯 이상부터 스물아홉 이하의 검사라면 누구나 참석할 수 있는 문자 그대로 초특급 행사인 검술 대회의 첫날 아침, 아니, 새벽이라고 해야 하나?

"얘들아……?"

여느 때처럼 일찌감치 눈을 뜨고 커피나 한잔하려는데 우리의 충직한 로베르트가 영 심상치 않은 표정으로 나를 찾아온 터였다. 무슨 일인가 싶어 곧장 1층으로 향한 나는 아니나 다를까 응접실로 이어지는 홀의 거대한 융단 소파 위에 사이좋게 널브러져서 세상 모르고 쿨쿨 자고 있는 큰아들내미와 그 친구를 보게 되었다. 대체 왜 이 두 녀석이 여기서 뻗어 자고 있는지 모를 일이었다.

흔들리는 동공을 하고 있는 가문 기사들의 증언에 따르면 간밤에 또 슬쩍 빠져나갔던 엘리아스 녀석이 돌아오는 것은 봤는데 이 두 놈이 들어오는 건 못 봤단다. 흐음, 과연 그렇단 말인가?

어쨌든 경기가 시작하려면 아직 한참 여유가 있었기에 좀 더 자게 내버려 둬도 괜찮을 터였다. 대체 이 중요한 날 전야에 뭔 짓을 하고 왔는지는 모를 일이지만! 하여간 남자애들이란!

그나마 제집이라고 쿠션을 끌어안은 채 비교적 편한 자세로 누워 있는 제레미와는 달리, 한쪽 팔을 바닥으로 축 늘어뜨린 채 길게 뻗어 있는 노라는 좀 많이 불편해 보였다.

팔걸이 부분을 저렇게 베고 자면 나중에 목이 아플 텐데. 더군다나 오늘 같은 중요한 날에 그런 불상사가 생기면 곤란하지 않은가. 하여 나는 다른 쿠션 하나를 집어 들고 조심스레 그 곁으로 다가갔다. 어째 두 녀석 모두 어렸을 때랑 변한 게 하나도 없는 것 같군.

"헛!"

……정정한다. 이 녀석들이 아니라 내가 변한 게 없는 것이 분명하다. 원래 항상 아침만 되면 커피가 들어가기 전까지 정신을 못 차리는 스타일이긴 하다만, 그렇다고 내 로브 자락을 밟고 미끄러지는 채신머리없는 모습을 연출하게 될 줄이야!

몸이 앞으로 확 쏠리는 느낌에 나는 반사적으로 눈을 질끈 감았다가, 이어 얼굴에 퍽 하고 와 닿은 단단한 느낌에 슬며시 눈을 떴다.

쿵쿵, 하고 심장이 고동치는 소리가 매우 생생하게 들려왔다. 어쩌다가 보니 노라의 가슴팍에 정통으로 얼굴을 묻은 꼴이 된 내가 잠시 그대로 얼어붙어 있는 사이, 갑작스런 피습을 당한 장본인께서는 탄식 소리 비슷한 잠꼬대 소리를 내더니만 소파 아래로 떨군 한쪽 팔을 불쑥 들어 올려 가슴 위에 얹었다. 정확히 말하자면 내 어깨 위에 걸쳤다.

……지금 누군가가 내 모습을 본다면 뭐라고 생각할지 모를 일이다. 쿵쿵쿵 하고 울리는 거센 맥박 소리가 정확히 누구의 것인지 알 수 없었다. 머릿속에 온갖 생각이 다 떠오르는 위기일발의 순간 그 자체였다.

이대로 몸을 빼려고 움직인다면 이놈이 바로 눈을 뜰 것 같은데, 그러다 내 어정쩡한 꼴을 발견하고 뭔가 심히 오해하면 어쩌지? 아냐, 노라라면 날 그렇고 그런 사람으로 오해하지 않을 거야…… 하지만 혹시 모르는 일이잖아? 어쩌면 좋지?

그나저나 이 녀석 가슴팍이 이렇게 넓었다니 새삼 놀랍군. 어렸을 때랑 변한 거 없다는 말 취소해야겠다. 어깨도 엄청나게 넓…… 큼큼, 이런 내가 무슨 생각을!

"으음……."

내가 그렇게 혼자 딜레마에 빠져 허우적대는 가운데 소파 한쪽에 널브러져 쿠션을 끌어안은 채 자고 있던 제레미가 몸을 뒤척였다. 그가 눈을 뜸과 동시에 나는 후다닥 몸을 일으켰다. 이에 당연하게도 노라 역시 눈을 떴다. 졸음기 가득한 녹색 눈과 파란색 눈이 잠시 어리둥절한 듯 주위를 둘러보나 싶더니 이어 황급히 머리카락을 정돈하고 있는 내게로 향했다.

"여, 슈리. 좋은 아침."

"안녕, 누나. 차마 못 볼 꼴을 본 표정이시군요."

다행히 조금 전의 나의 추태는 나만의 비밀로 묻힐 것 같다. 저 태연하기 짝이 없는 인사들에 나 역시 마찬가지로 태연하게 마주 인사를 건네었다.

"귀족 도련님이란 것들이 여기서 뭐 하니?"

"아, 방에 올라가서 자려고 했는데 중간에 여기서 뻗어버렸나 봐."

금빛 머리를 긁적이며 대꾸한 제레미가 쩌억 하품을 했다. 얼씨구, 일광욕하는 사자가 따로 없다.

"좀 더 잘 거면 올라가서 자. 아직 시간 괜찮으니까."

"그보다 배고파. 아, 허기져서 죽을 것 같다."

"나도. 이렇게 굶주린 게 얼마 만인지 모르겠는데."

대체 간밤에 뭔 짓을 하고 들어온 건진 모르겠지만 아무튼 한 사흘 굶은 강아지 같은 처연한 눈망울을 하고서 나를 빤히 응시하는 두 놈을 번갈아 보고 있자니 기가 막혔다. 아니, 이것들이 진짜?

"일단 씻고 나오렴."

크흑, 역시 난 마음이 너무 약해서 탈이다.

두 사이좋은 라이벌이 잠이 다 깬 상쾌한 모습으로 머리카락에 물기를 뚝뚝 머금고 나왔을 때쯤 다른 아이들도 하나둘씩 일어나 나왔다. 아침부터 우리 저택을 어슬렁거리는 노라의 모습에 쌍둥이는 좀 놀라 보이긴 했으나 딱히 캐묻지는 않았다.

그러고 보면 노라가 주위에 있을 때는 레온도 레이첼도 평소보다 묘하게 정중해지는 것 같다…… 아니, 일부러 정중하게 군다기보다는 신기해하며 관찰하는 것 같다고 보는 편이 맞을 것이었다. 뭐가 그렇게 신기한지는 모르겠지만.

"큰형, 그럼 큰형이랑 저 형 둘 중 누가 트로피 따? 역시 저 형인가?"

"네가 내 마음에 상처를 입히는구나, 사랑스러운 동생아. 당연히 내가 따지! 이 똥강아지는 나한테 상대도 안 된다고."

"내가 할 소리다. 졌다고 엉엉 울지나 마라, 성가신 고양이 새끼야."

"엄마, 저 공자님이 큰오빠만큼 세?"

"글쎄, 아무래도 좀 더 겸손한 쪽이 유리하지 않을까?"

내가 레이첼을 향해 싱긋 웃으며 뱉은 저 말에, 제레미는 즉시 몹시 겸손한 표정을 지어 보이더니 식사 예법 따위 개나 준 자태로 돼지구이 뒷다리를 한 손으로 누르며 통으로 뜯어냈다. 그러자마자 그 못지않게 겸손해하고 있는 노라에게 뒷다리를 빼앗겼다. 어이구, 이것들아! 굶어 죽은 귀신이라도 붙었더냐!

"한데 엘리아스는 아직도 자니?"

아침 식사 시간이 다 되었는데도 나타날 기미가 안 보이는 골칫덩이 둘째 아들의 심보가 영 걱정되어 중얼거리듯 묻자, 동그랗게 파낸 팬케이크 한가운데에 시럽을 들이붓고 있던 레온이 세차게 도리질을 해 보였다.

"아닐걸? 근데 엄마, 작은형 어디 아픈 것 같아."

"아프다고? 어디가?"

"몰라. 아무튼 아까 보니까 침대에서 죽는시늉하고 있던데."

"또 어떤 영애랑 신나게 밤을 불태우기라도 했나 보지. 하여간 작은오빠는 누굴 닮아서 저 지경인지 몰라."

레이첼이 혀를 쯧쯧 차면서 한탄하듯 뱉은 저 말에 나는 하마터면 사레가 들릴 뻔했으며 나머지 세 녀석은 각자 입안에 음식을 담은 채 킥킥 웃어댔다.

호랑이도 제 말 하면 온다던가, 바로 그때 문제의 둘째 아드님이 식당 안으로 들어섰다.

"좋은 아침. 어서 앉으렴."

며칠 전의 마찰을 떠올리지 않으려 애쓰며 최대한 밝게 인사를 건네자 묘하게 주춤거리는 걸음걸이로 다가오던 엘리아스가 어깨를 움찔하며 멈춰 섰다. 그러더니만 어물쩍거리는 투로 웅얼거리는 것이었다.

"……어, 좋은 아침."

이건 또 뭐람. 저 녀석이 나랑 싸웠다고 새삼 어색하게 굴 위인은 아닌데. 역시 간밤에 기어이 또 그놈의 도박장에 들락거렸다가 상당한 손실을 입기라도 한 건가? 그런 건가? 아냐, 그런 거라면 되레 내색하지 않으려고 안간힘을 쓸 녀석인데…….

내가 눈을 가늘게 뜨고 쳐다보는 동안 엘리아스는 실로 어색한 걸음걸이로 테이블로 다가오더니만 마치 모든 접촉이 꺼림칙하다는 듯 굉장히 조심스러운 몸짓으로 슬며시 자리에 앉았다.

그것뿐만 아니라 테이블 한쪽에 제레미와 마주 앉아 사이좋게 음식을 해치우고 있는 노라를 보고도 아무 말도 하지 않았다. 영 그답지 않은 수상쩍은 모습에 나도 쌍둥이도 절로 머리를 갸웃하게 되었다.

"너 어디 아프니?"

도리도리. 조심스레 묻자마자 냉큼 고개를 가로젓는 엘리아스는 확실히 열이 나거나 병이 난 것 같지는 않았다. 잠을 제대로 못 잔 모양인지 두 눈이 새빨갛게 충혈되어 있긴 했지만, 좀 초췌해 보이는 것 빼곤 얼굴도 괜찮았다. 다만 어딘가 좀 불편해 보인달까…….

바싹 구운 빵을 와사삭 베어 물던 참인 제레미가 불쑥 헛기침을 해보인 것은 그때였다.

제레미는 영 평소답지 않은 동생의 수상쩍은 꼴에 눈길도 주지 않으며 그저 한심하다는 투로 혀를 찼다.

"넌 왜 아침부터 죽을상을 하고 있냐? 입맛 떨어지게스리. 손님도 있는데 말이야."

"딱히 네 동생한테서 손님 대접받길 기대한 건 아닌데. 아무래도 나를 향한 새로운 시위인 모양이다."

전혀 입맛이 떨어져 보이지 않는 두 기사가 음식을 와작대며 사이좋게 주고받은 저 발언에, 엘리아스는 평소답게 버럭하는 대신 어깨를 재차 움찔하더니만 이내 천천히 고개를 돌려서 내 쪽을 바라보았다. 그리고 나는 점점 더 의문에 빠져들었다. 진짜 이상하네. 정말 어디가 아프기라도 한 건가?

"엘리아스? 왜 그러니? 어디 안 좋기라도 한 거야?"

"뭐야, 작은오빠, 간밤에 누구한테 차이기라도 했어?"

레이첼의 저 뻔하다는 쏘아붙임에도 엘리아스는 발끈하지 않았다. 대신에 충혈된 눈을 내리깔면서 어물어물 입을 열 뿐이었다.

"……아니야. 나 정말 괜찮아. 꿈자리가 좀 사나워서 그래."

정말로 그것뿐이라면 다행이긴 하다만 영 평소답지 않은 점잖은 모양새가 수상쩍다 못해 신기하기 짝이 없었다. 어쨌든 더 캐묻기도 좀 그래서 나는 더는 아무런 질문도 하지 않고 식사에 매진했다. 에휴, 모르겠다. 잠깐이라도 마음을 좀 비우자, 비워.

"나의 포효를 들려주마! 이따 봐, 슈리. 내게 행운을 빌어줘."

"포효가 아니라 비명이겠지! 식사 감사합니다, 누나. 부디 저도 좀 응원해 주시길."

내일이면 사이좋게 결승전을 치르게 될 두 녀석이 저러한 발랄한 인사와 함께 내 뺨에 입맞춤을 남기며 후다닥 경기장으로 출발한 뒤, 나 역시 경기를 관람하러 갈 채비를 시작했다. 어차피 오늘은 뻔한 예선과 본선뿐이지만…….

검술 대회의 참가 인원은 가히 엄청난 수였으나 예선을 거치면서 대량으로 떨어져 나가고 본선 때는 더 떨어져 나가게 마련이었다. 준결승까지 가는 이들은 대부분 전도유망한 기사나 외국에서 건너온 유명한 투사 일색이었다.

거기서 준결승마저 뚫고 최종 결승전까지 간다면 우승을 하든 안 하든 이미 기사로서의 앞길은 탄탄대로라 할 수 있겠다.

그런 결전에서 무승부를 내버렸으니 사람들이 그렇게 난리가 날 만도 했지. 이번 역시 마찬가지일 터였다.

그러지 않을까? 내가 기억하는 과거와 너무 많이 달라져 버려서 그런지 이런 일조차 영 확신이 서지 않는다. 다만 확실한 건 우승 트로피의 주인이 제레미가 되든 노라가 되든 진심으로 기쁠 것 같다는 거였다. 암, 하나는 우리 예쁜 큰아들이고 다른 하나는…….

"저어, 슈리."

아, 깜짝이야. 막 내 처소로 들어서려는 찰나 언제 다가온 건지 모를 엘리아스가 조심스러운 투로 나를 붙들었다. 성년식까진 아직 좀 남았으나 벌써 웬만한 청년 못지않게 몸만 자란 철부지 아드님께서는 눈을 바닥으로 내리깐 채 답지 않게 우물쭈물거리고 있었다.

"뭐 필요해, 엘리아스?"

"아니. 그런 게 아니라…… 잠깐 얘기 좀 할 수 있을까 싶어서."

잔뜩 풀 죽은 목소리가 몹시 생소하기 그지없었다. 평소의 자신감은 어디로 갔는지 축 처진 어깨도 안쓰럽게 보일 지경이었다. 하여 나는 머리를 끄덕이고는 녀석을 내 처소로 인도했다.

"그래, 무슨 일이야? 정말 어디 아픈 거니?"

앉으라는 시늉을 해 보였는데도 엘리아스는 앉지 않았다. 대신에 대체 뭐가 그렇게 고민스러운지 어정쩡하게 서서 충혈된 눈을 또르륵 굴리고 있었다.

창문을 통해 들어온 환한 햇빛이 녀석의 망아지 꼬리처럼 묶인 붉은 머리카락을 물들이고 있었다.

"그게…… 슈리."

"응?"

"그게, 그러니까…… 내가, 내가 말이야……."

대체 뭣 때문에 이리 뜸을 들이는가? 역시 간밤에 진짜 크게 경이라도 친 건가?

"……내가 미안해. 잘못했어."

순간 내가 내 귀를 의심하게 되었음은 두말할 것도 없으리라. 내가 문자 그대로 완전무결한 얼음 상태가 되어 있는 동안 엘리아스는 내 표정을 흘긋 살피더니 길게 숨을 들이켰다.

"그러니까 내가 너한테 했던 말이…… 멍청한 소리였다는 거 알아. 진심은 아니었어. 그냥…… 형이 나보다 잘난 것 같고 너랑 더 말이 잘 통하기도 하니까, 나도 모르게, 음, 질투하고 있었던 것 같아."

"……."

"그리고, 어, 정말로 잠깐 재미 삼아 해보려고 시작한 거였는데 그렇게 깊이 빠져들게 될 줄은 나도 몰랐거든…… 아무튼 우리 모두 두 번 다시 도박은 안 하기로 맹세했어. 거기다 거기 도박장 주인이 야반도주를 해버려서……."

"야반도주를 했다고? 내 오빠가?"

얼떨떨하고도 믿기지가 않는 기분에 말이 멍하니 흘러나왔다. 엘리아스가 목에 힘주어 끄덕여 보였다.

"어. 나도 잘은 모르겠는데, 나뭇잎 은행이랑 뭔가 관련이 있던 모양이야. 아무튼 거기도 없어진 데다 우리 전부 더 그 짓거리 계속하기는 영 찔려서……."

누구한테 후원받거나 한 것이 아니라 사채업으로 악명 높은 나뭇잎 은행과 얽혀서 도박장을 차렸던 거라면 과연 내 멍청한 오빠다운 행각이긴 했다.

그럼 역시 이 모든 게 그저 우연에 불과했단 말인가? 노라가 말했던 것처럼?

2황자를 비롯하여 우리 엘리아스까지 단합해 들락거린 도박장의 주인이 다름 아닌 내 오빠였다는 사실이 정녕 우연일 뿐이라면 참 기막힌 우연이라 할 수 있겠다.

하지만 그 무수한 우연 중에 이 정도로 소름 끼치게 느껴지는 우연이 얼마나 될까? 어째서 저 이야기가 곧이곧대로 믿기지 않는 거지? 마치 교묘하게 꾸며낸 것 같은…….

"아무튼 걱정 끼쳐서 미안해. 너 속상하게 만든 것도…… 난 그러니까, 어, 쪽팔리긴 한데 뭔가 시험해 보고 싶었던 마음이었던 것 같아."

"시험?"

"그…… 그게, 내가 무슨 사고를 쳐도 네가 여전히 나를 받아줄까 하는……."

아이고, 이놈아! 이러한 고백에는 대체 뭐라고 대꾸해 줘야 하는가? 내 황당해하는 표정을 본 녀석이 후다닥 덧붙였다.

"한심한 소리란 거 알아! 그냥 이제 와서 돌이켜 보니 그랬던 것 같다고…… 솔직히 난 형만큼 너한테 의지가 되지도 못하고, 그렇다고 쌍둥이처럼 재롱떨 나이도 지났으니……."

"네가 레온만 할 때도 재롱과는 영 거리가 멀었는데."

"……."

할 말을 잃은 엘리아스가 얼굴을 붉힌 채 눈을 어벙하게 끔벅거렸다. 미소가 새어 나왔다.

"엘리아스. 난 너한테서 네 형 같은 모습이나, 쌍둥이 같은 모습을 기대하지 않아. 너한테는 온전히 너만의 장점이 있으니까."

"……정말 그렇게 생각해?"

"당연하지. 네가 아니면 또 누가 이만큼 내 속을 뒤집어놓을 수 있겠니? 난 아직도 네가 나한테 줄 꽃 따러 야밤에 가출했던 일이 생생하단다."

엘리아스는 잠시 멍한 눈으로 날 응시하나 싶더니 이내 자조적으로 피식피식 웃기 시작했다.

나 역시 소리 내어 웃었다.

"아무튼 네가 더는 도박의 도 자도 떠올리지만 않는다면 더는 바랄 게 없겠어."

"생각도 안 할게. 꿈에서 보지도 않을 거라고."

음, 생각도 안 하고 꿈에서도 보지 않는다는 그 말 어디서 많이 들어 본 것 같은데. 누가 했던 말이더라……?

"그렇다면 다행인데, 근데 너, 황자 전하랑은 언제 그렇게 친해졌던 거야? 진짜 마음먹고 길드라도 차린 거였어?"

확실히 과거에는 딱 이번 해에 엘리아스가 2황자에게 주먹을 날린 사달이 벌어졌었다. 그런데 지금은 그 둘이 길드 일원(?)인 꼴인 것이다. 본래는 숙명의 라이벌이었던 제레미와 노라가 더없는 절친이 된 것과 비슷하게 말이다.

"길드 차린 건 아니고…… 그냥 어쩌다가 보니까, 의외로 멀하니 착하던데. 나이도 비슷하고 비슷한 처지이기도 하고……."

"비슷한 처지?"

"재수 없는 형을 뒀다는 거 말이야."

장난스레 덧붙인 엘리아스가 씩 미소를 지었다. 이제야 좀 평소다워 보이는 짓궂은 웃음이었다.

하여 나는 곧장 다음 질문으로 넘어갔다.

"그래서 어젯밤에 정말로 무슨 일이 있었니?"

"……."

Chapter 8

너희를 위한 거짓말

나뭇잎 은행 운운할 때부터 알아보긴 했다. 참 그럴싸하게 꾸며내긴 했다마는. 결과적으로 내 오빠가 정확히 누구 덕에 그 도박장을 운영하고 있었는지, 그리고 지금쯤 어떻게 되었는지에 대해 엘리아스도 정말 모르고 있는 것 같았다.

다만 이런저런 정황을 종합해 본 바 아무래도 황태자와 관련이 있는 것 같기는 했다. 2황자에게 그 도박장을 소개해 줬다는 이가 황태자랬으니까. 아무튼 명확한 답을 아는 녀석이라곤 오직 두 녀석뿐일 터였다. 검술 대회를 하루 앞두고 내 오빠의 도박장에 쳐들어갔다는 그 두 녀석 말이다.

여차여차 엘리아스가 술술 분 그날 밤의 대략적인 전말을 듣고 나니 헛웃음이 나왔다. 노라가 제레미에게 엘리아스의 취미 생활에 대해 일러줬다는 사실은 둘째 치고 대체 무슨 생각이었을까, 그 둘은?

거기다 왜 엘리아스까지 철저히 입막음시키면서 나는 모르게 하려고 했단 말인가. 그러다가 이내 나 역시 제레미에게 엘리아스의 취미 생활을 비밀에 부치려 했다는 사실에 생각이 미쳤다. 끄응, 아무래도 우리 모두 도긴개긴 같군.

"아, 아무튼 형한테는 내가 말했다고 하면 안 돼. 그러면 난 진짜 죽을 거야. 이번에야말로 진짜 죽을 거라고."

"죽긴 왜 죽니? 부풀리지 좀 마! 겉보기엔 멀쩡하기만 하네!"

"아냐! 안 멀쩡해! 얼굴만 멀쩡한 거라니깐!"

필사적으로 애원하는 엘리아스의 꼴은 참 가련하기 짝이 없었다. 뭐 이 녀석이 제레미한테 두들겨 맞는 일이 어디 드문 경우냐마는, 확실히 간밤의 일이 끔찍한 악몽으로 새겨지긴 한 모양이다. 대체 무슨 일을 겪은 거냐고 묻는 나에게 엘리아스는 그 악몽을 되새기는지 세상의 파멸이라도 목도한 듯한 눈을 하고서 자신은 아마 족히 일주일가량은 제대로 앉지 못할 거라고 말했다. 쯧쯧.

어쨌든 엘리아스의 걱정과는 다르게 나는 이 일을 가지고 그 두 녀석에게 따질 마음은 눈곱만큼도 없었다. 당연히. 고것들이 나로 하여금 신경 쓰지 않게 하려고 이런 식의 은밀한 뒤처리를 꾸몄을 거란 건 불 보듯 뻔한 일이었으니까.

……솔직히 말하자면 조금 감동받았다. 제레미에게도, 노라에게도. 특히 노라에게.

제레미와 달리 노라는 엘리아스의 형제도 아닌 데다(사실 노라 입장에서 엘리아스는 성가신 진상일 뿐이다), 어떻게 보면 그 도박 모임을 황실과 여타 가문들의 기를 한 번에 꺾을 기회로 휘두를 수 있는 위치에 있는 사람이었다. 그런데도 그런 수고를 감행해 준 것이다.

생각해 보면 난 여태까지 노라한테 계속 신세만 진 것 같다. 첫 만남부터 지금까지. 그에 비해 나는…….

나는 노라가 주고 간 크로키북을 손에 쥔 채 생각에 잠겼다. 테오발트와 내 오빠 사이에 대체 무슨 연관성이 있을까? 만약 정말로 내 오빠를 후원해 준 이가 테오발트라면, 대체 뭘 바라고 그런 일을 감행한 걸까?

짐작이 아예 안 가는 건 아니었다. 여러 가지 추측이 한꺼번에 피어올랐다. 만약 일이 잘못 꼬였었다면 그대로 귀족파의 입김을 꺾을 크나큰 기회가 됐을 터였다. 하지만 어째서인지 그것만이 온전한 목적이 아닌 것 같다는 예감이 들었다.

현시점에서 내 안의 테오발트에 대한 이미지는 예전과는 차원을 달리해도 한참 달리한 상태였다. 그간 보아왔던 면모들을 비롯해 노라가 짧게 털어놓은 이야기들, 거기다 이번 일까지 합해져 더는 마냥 순수하거나 올곧은 사람으로 여겨지지 않았다.

제레미와 노라. 엘리아스와 레트란. 본래는 철천지원수나 다름없던 녀석들이 사이좋게 지내고 있고, 되레 본래 제레미의 곁에 있었던 테오발트만 혼자 동떨어져 있는 판이었다.

……왜 제 살을 깎아먹는 짓을 자꾸 할까?

아무튼 내 서재의 서랍에는 테오발트가 내게 생일 선물로 보낸 다이아몬드 목걸이가 그대로 보관되어 있었다. 빠른 시일 내에 그걸 안전히 돌려줄 방법을 찾아야겠다.

대리석과 화강암으로 지어진 두터운 돌다리 밑에서 흐르는 도나우강의 반짝이는 표면에 물고기가 튀어 오르고 있었다.

누군가는 해 질 녘 도나우강의 풍경이 가장 아름답다고 했다. 맞는 말이었다. 이 상태로는 확실히 매음굴과 아편굴에서 흘러나온 온갖 사체가 버려지는 물처럼 보이지는 않으니까. 어떤 음유시인은 도나우강에서 흘러 내려오는 모든 시체를 일일이 세고 있으면 노래 한 곡 부를 틈도 없을 거라고 했다. 그러니 두 사람이 어젯밤 이곳에 던져 넣은 시체 역시 그렇고 그런 흔한 물고기밥 중 하나가 될 터였다.

살려둬 봤자 이용 가치가 전혀 없는 작자였다. 황태자를 옭아매는 데 쓸 도구도 못 된다. 오히려 살려두면 훗날 후환이 될 가능성이 더 컸다.

그리고 제레미는 상대가 자신의 외숙이라 주장한들 마음이 약해지는 타입이 못 되었다. 그에게 있어 친척이란 존재는 늘 없는 것만도 못했으니까. 하물며 진짜 피가 섞인 외숙도 아니다. 살려둬 봤자 슈리를 괴롭게 만들 쓰레기였다.

제레미는 그런 생각을 곱씹으며 곁에 서 있는 친구의 얼굴을 흘긋 바라보았다. 조금 전 본선 경기가 끝난 후 두 친구는 어쩌다가 보니 약속이라도 한 것처럼 사이좋게 이곳에 당도한 터였다. 초록은 동색이라고 했나, 아무래도 서로 비슷한 생각을 하고 있던 모양이다…….

"아직도 그 몽유병인가 하는 증세 계속 보이셔?"

"어. 빨리 차도가 있어야 하는데 고민이다."

"네 동생놈이 정신 좀 차렸을 테니 그게 좀 도움이 되지 않을까."

"그놈이 그 병의 원인이라면 좀 더 패줬어야 하는 건데."

"좀 아깝긴 하네. 그런데 네 멍청한 동생놈이 지껄인 소리가 마냥 헛소리만은 아니야."

난간에 팔을 걸치고 서서 다소 씁쓸한 눈빛으로 흘러가는 강줄기를 응시하던 노라가 불쑥 덧붙인 저 말에, 제레미는 자연스레 눈썹을 꿈틀했다.

"뭔 소리야?"

"슈리 누나랑 너에 대한 소리 말이야."

제레미는 잠시 자신의 절친한 전우가 약에 취한 거 아닌가 의심스러워하는 표정이 되었다. 대회 전에 몰래 약을 빠는 부정을 저지르는 놈들이 있다는 사실은 그도 알고 있었다. 설마……?

그러나 고개를 나른하게 돌리며 이쪽을 응시하는 노라의 짙푸른 눈동자는 약에 취한 사람치고는 지나치게 맑다 못해 날카로웠다. 찌르듯이 날카로웠다.

"그런 말이 암암리에 나돌고 있다는 건 누군가가 작정하고 싸지르고 다닌다는 건데……."

"어떤 미친 연놈들이 그딴 협잡질을 꾸며내는 건지 모르겠지만 걸리는 즉시 다리를 찢어 죽여 버리겠다."

"기꺼이 장려하는 바다만 내가 궁금한 건 그게 아니거든?"

"뭔 소리야?"

"어제 네 동생이 지껄인 소리가 완벽한 헛소리 맞냐?"

이 예기치 못한 기습에, 제레미는 답지 않게 일순 그 자리에서 얼어붙어 버렸다. 문자 그대로 경악에 사로잡혔다. 쩍 벌어진 입은 그대로 굳어버렸다.

"무슨……."

"한 번쯤은 확실히 물어보고 싶었거든."

만약 상대가 다른 인간이었다면 지금쯤 그자는 이미 제레미에 의해 저 강 아래의 물고기 먹이 중 하나가 되었을 것이다. 그러나 지금 이 순간 제레미는 이상하리만치 꼼짝도 할 수가 없었다. 말조차 나오지 않는 지경이었다. 마치 예기치 못한 순간 허를 찔린 사람처럼, 무언가를 간파당한 사람처럼…….

"솔직히 형은 진짜 걜 어머니처럼 생각해?! 아니잖아! 형이 뭣 때문에 아무랑도 안 만나는지, 왜 혼약 생각도 안 하는지, 무슨 눈빛으로 걜 쳐다보는지 다 안다고! 다, 다들 그렇게 떠든단 말이야!"

엘리아스가 지껄였던 헛소리를 떠올리자 아무런 그늘도 없던 제레미의 얼굴에 처음으로 그림자가 스쳤다. 스멀스멀 피어오르는 의혹이 점차 공포의 덩어리로 변하고 있었다.

"너도…… 그렇게 생각해 왔던 거냐? 그런 헛소리를 믿……."

"내가 어떻게 생각하느냐가 중요한 게 아니라 네가 어떻게 생각하느냐가 중요하지. 나는 누나가 너희를 대하는 마음에 어떠한 의문도 없어. 내가 궁금한 건 오로지 네 마음이라고."

"제기랄, 너 진짜 돌았냐?! 대체 뭘 바라고 그딴 질문을 나한테 하는 거냐?!"

"너는 내 친구니까."

침착하게 대꾸한 노라가 이제 팔짱을 끼고 몸을 완전히 돌려서 제레미를 마주했다. 이에 제레미는 친우의 목덜미를 틀어쥘 듯 손을 뻗다 말고 멈칫했다.

"뭔……."

"그리고 앞으로 나의 행보가 그 친구의 마음가짐에 달려 있는 판국이니까."

잠시 정적이 있었다. 제레미가 암녹색 눈을 깜박깜박하며 저게 대체 무슨 의미인지 이해하려고 애쓰는 동안 노라는 비교적 차분한 표정을 짓고 서 있었다. 한참의 살얼음판 같은 정적 끝에 마침내 울린 말은 바로 이거였다.

"뭔 개소리야?"

이 지극히 어벙하기 짝이 없는 질문에 노라는 상대로 하여금 상당한 자괴감이 들게 만드는 한심해하는 눈빛을 지어 보였고, 따라서 제레미는 상당히 기분이 나빠졌다.

"좀 알아먹게 좀 말하면 어디가 덧나냐?!"

"네놈이 확실하게 해야 한다고, 이 아둔한 살쾡이 새끼야! 누가 그 동생에 그 형 아니랄까 봐 형제가 아주 쌍으로……."

"아, 왜 갑자기 인신공격을 하고 지랄이야!"

"지금까지 그래왔던 것처럼 그 누나를 위한 일은 무슨 짓도 마다하지 않겠어. 그런데 중간에 네가 갑작스런 변수가 되어버린다면 그거야말로 상당히 골치 아픈 문제란 말이지."

다시 한번 정적이 흘렀다. 이번에는 보다 경악에 가까운 정적이었다. 노라는 '반해 있다'라든가 '연모한다' 식의 평이하고 고루한 표현은 일절 쓰지 않았으나 결과적으로 그리 말한 거나 다름없었고 제레미 역시 그렇게 알아들었다.

"네가…… 그러니까 내가……."

"너는 누나에게 있어 가족일지 몰라도 나는 아니야. 그렇다고 해서 네가 누나를 진창으로 끌고 내려가는 걸 그대로 두고 볼 수도 없는 노릇이라고. 그러니까 여기서 확실하게 말해봐."

이쯤이면 제대로 간파당해 버린 것이 맞았다. 제레미는 저도 모르게 신음을 흘리며 입술을 지그시 깨물었다. 이게 다 멍청한 아우놈 탓이다. 다른 사람도 아닌 그의 아우놈이 그딴 헛소리로 그의 속을 들쑤셔 놓지 않았더라면 이렇게…….

이렇게 흔들리고 있지 않았을 터였다.

가족으로 받아들이기로 했다. 어머니로 받아들이기로 했다. 그럼에도 그 많은 여인 중 하필이면 그녀를 의붓어머니로 만난 건 그가 의도한 것이 아니었다. 그가 원해서 그렇게 된 게 아니었다. 그럼에도 운명은 그들 사이에 영원히 무너지지 않을 벽을 세워두었다. 그리고 그 벽이 무너진다면 양쪽 모두 깔려 죽을 것이었다. 그런데, 그런데도…….

왜 아무런 말도 나오지 않는 것인가. 왜 미친 소리 작작 하라고 쏘아붙이지 못하고 있는가?

몇 번의 머뭇거림 끝에 마침내 나온 말은 목구멍을 할퀴다시피 하며 튀어나왔다. 제레미는 그 아릿함에 숨을 몰아쉬며 내뱉었다. 만약에, 만약에…….

"만약에…… 나도 그녀도 서로 같은 걸 원하고 있다면 어쩔 작정인데?"

기이하리만치 절박하게 들리는 목소리였다. 이에 노라는 짙은 눈썹을 들어 올리며 짓씹듯이 대꾸했다.

"사자 굴 지켜줄 경비견이 필요해? 기꺼이 지켜줄게. 그게 정말로 누나가 바라는 거라면."

"……."

"단 그게 아니라면 그 반대가 되겠지."

정적. 다시 정적이었다. 검술 대회의 첫날 저녁, 분홍빛 황혼이 드리운 도나우강의 다리 위에서 두 청년은 그렇게 서로를 마주한 채 한참 동안 정적에 휩싸여 있었다. 마치 집으로 돌아가는 길을 잃어버린 어린 소년들처럼, 마중 나와줄 누군가를 한없이 기다리며 우왕좌왕하는 소년들처럼 말이다.

먼저 입을 연 것은 흑발의 기사 쪽이었다. 거센 파도처럼 일렁이던 파란 눈이 잠시 질끈 감기나 싶더니 이어 언제 그랬냐는 듯 유쾌하게 빛나며 친구의 초록색 눈을 마주 봤다.

"자, 그럼 내일 결승전에서 보자."

제레미는 아무 말도 하지 못했다. 조금 전 아무 일도 일어나지 않았다는 것처럼 쾌활하게 인사를 건네며 돌아서는 친구의 뒷모습을 물끄러미 바라보기만 할 뿐이었다.

"당신 같은 사람이 내 아버지나 오빠였다면 아마 많은 것이 달라졌을 거예요."

아직 열네 살, 갓 결혼했던 당시의 나는 그때만 해도 상당히 말이 많은 편이었다.

"진짜로요. 물론 그랬다간 당신하고 만나는 일도 일어나지 않았겠죠."

딱히 수다스럽다기보다는 그저 평범한 그 나이 또래 다른 여자애들과 비슷했던 것 같다. 고개를 옆으로 약간 돌리고 누워서 조잘조잘 떠드는 내 말을 듣던 남편이 담요를 끌어다 내 목까지 덮어주었다.

"그랬다고 가정했을 때, 그럼 지금쯤 당신이 뭐 하고 있었을 거 같소?"

"글쎄요, 음, 저 나름 재주 많다고 생각하는데 뭐 하고 있었을진 잘 모르겠네요. 아마 다른 집 영애들처럼 사교계 데뷔나 준비하고 있지 않았을까요."

"당신이 사교계에 데뷔했다면 볼만했겠는데. 다른 녀석들에게 미안해지는구려."

"놀리지 마세요. 그보다 당신 첫사랑 얘기 좀 더 해주면 안 되나요? 저랑 닮았다는 그 사람이요."

일반적인 귀부인이라면 남편에게 첫사랑에 대해 얘기해 달라고 보채는 짓은 하지 않을 것이다. 하지만 나와 내 남편의 관계는 일반적인 부부의 그것과는 상당히 다른 구석이 있었다. 그리고 남편이 털어놓는 첫사랑에 대한 이야기는 언제나 그들의 어린 시절에 한해서 그쳤다. 그녀가 그러고 어떻게 됐는지는 고사하고 이름조차 제대로 말한 적이 없었다.

"나중에 얘기해 주겠소. 오늘은 너무 피곤하니."

이런 식의 회피는 일상적이었다. 나 역시 언제나 그렇듯 순순히 머리를 끄덕이며 베개에 얼굴을 묻다가, 이내 슬며시 속삭였다.

"같이 잘래요?"

그때는 저 말이 툭하면 버릇처럼 튀어나오곤 했다. 원하지 않으면서도, 그가 내가 원하지 않는 이상 내 몸에 손도 대지 않을 거라는 사실을 알고 있으면서도…… 언제 버림받을지도 모른다는 두려운 마음에, 언제 내 끔찍한 친정으로 돌려보내질지 모른다는 두려움에 나도 모르게 종종 저렇게 내뱉곤 했다.

그리고 그때마다 그는 안심시켜 주는 듯한 미소를 지으며 내 어깨를 토닥였다.

"고맙지만 괜찮소."

그는 가장 노이반슈타인다우면서도 가장 노이반슈타인답지 않은 사람이었다. 다혈질이 혈통 특색이라는 가문의 가주답지 않게, 내가 그가 화내는 모습을 목도한 건 고작 두 번에 불과했다. 한 번은 엘리아스가 내 뒷덜미에 상처를 남겼을 때, 한 번은…….

"……!"

눈이 번쩍 뜨였다. 또 과거 꿈을 꾸었다. 이번에는 시간을 거슬러 회귀한 이후로도 여전히 변함없는 진짜 과거에 대한 꿈이었다. 굉장히 오랜만이었다. 요헨에 대한 꿈을 꾼 것이.

타닥타닥 하고 소나기가 창문 때리는 소리가 들려왔다. 아직 한밤인지 사방은 온통 어두웠다. 내가 꿈을 꾸다 중간에 깨는 일은 근래 들어 상당히 드문 일이었다. 뭐가 나를 깨웠을까……?

"……헉!"

빗소리가 듣기 싫어서 커튼을 더 두텁게 치려고 몸을 반쯤 일으키는 찰나였다. 침대 바로 곁에 의자를 갖다 놓고 앉아 있는 어떤 커다란 녀석 하나 때문에 하마터면 간이 떨어질 뻔했다. 아니, 이놈 자식이……?!

"제레미? 여기서 뭐 하니?"

"……아, 미안. 깼어?"

제레미는 아무래도 거기에 앉아 졸기 시작한 지 한참 된 것 같았다. 이 녀석이 대체 뭣 때문에 내 처소에 들어와서 침대맡을 지키고 있는지 모를 일이었다. 마치 날 감시라도 하는 것처럼…….

"나쁜 꿈이라도 꿨어? 왜 여기서 이러고 있어?"

"어, 그게, 맞아. 나쁜 꿈 꿨어."

"무슨 꿈이었는데?"

"네가 가출하는 꿈."

그것 참 대단한 악몽이렷다. 나는 맥 빠진 미소를 지으며 몸을 일으켜 앉았다. 어둑어둑한 방 안의 공기 속에서 희미하게 번득이는 암녹색 눈동자가 내 눈을 물끄러미 응시했다. 꿈속의 누군가와 꼭 같은 눈동자였다.

"괜찮아?"

"그건 내가 해야 할 질문인 것 같구나. 내일이 결승인데 여기서 이러고 있으면 어떡해?"

"참된 기사는 수면 따위에 구애받지 않는다지."

"그러다 노라한테 질지도 몰라."

반쯤 장난 삼아 한 말이었는데 제레미는 어째서인지 웃지 않았다. 대신에 묘하게 가라앉은 눈빛으로 나를 골똘히 응시하며 이렇게 말했다. 정확히 말하면 한쪽 손을 불쑥 들어 올리며 물었다.

"슈리, 이건 꼭 물어봐야겠는데. 너 이거 도대체 어디서 난 거야?"

어둠 속에서도 눈부시게 반짝거리는 새하얀 다이아몬드 목걸이를 바라보며 나는 잠시 진지한 고민에 빠져들었다.

자, 그럼 이제부터 어머니의 서재를 멋대로 뒤진 장남에게 화를 내는 역을 맡으면 되는 것인가? 이 녀석이 오밤중에 내 서재를 뒤적거렸으리라곤 도저히 믿기지가 않는데…… 그런 짓을 할 만한 아이가 아니었다. 그렇지만 내가 저걸 가져왔을 리는 없지 않은가.

불현듯 목덜미가 확 서늘해지는 감각이 일었다. 그간 외모만 빼고 전혀 닮은 구석이 없다고 생각했는데, 이번에야말로 과연 부전자전이라는 생각이 들었다.

"네가……."

어떻게 그걸 가지고 있냐고 물으려는데 목소리가 절로 흐려졌다. 그게 중요한 게 아니다. 그러니까 그게 중요한 게 아니다. 그런 걸 따지고 들어봤자 문제의 핵심을 피해 가려 애쓰는 것뿐이라는 거 잘 알고 있지 않은가.

제레미는 여전히 그 자리에 꼼짝하지 않고 앉아서 나를 골똘히 응시하고 있었다. 어둠 속에서 착 가라앉은 에메랄드빛 눈동자가 지독히 낯익은 동시에 낯설게 느껴졌다. 그 와중에 그의 손에 들린 다이아몬드 목걸이는 유유히 하얀빛을 발하고 있었다. 백금 줄이, 치렁하게 늘어진 열두 개의 다이아몬드가, 조그맣게 매달린 하얀 독수리 장식이 무슨 의미심장한 신호라도 보내는 것처럼 번득거렸다. 호흡이 가빠져 오면서 다음 순간 말이 주절주절 튀어나왔다.

"어차피 아무도 모르게 조용히 돌려보내려고 했어. 태자 전하께서 무슨 생각으로 그런 거창한 선물을 내게 보내셨는지는 모르겠지만 내가 갖고 있을 만한 물건도 아니고 내게 무슨 의미가 있는 것도 아니니까. 네가 그런 문제에 신경 쓰는 건 바라지 않아서 말 안 했던 거고, 그러니까 나는 정말로 그쪽에서 대체 무슨 생각으로 그런 걸 보냈는지 조금도 이해할 수 없지만 그쪽에서 멋대로 보낸 걸 어떡하니? 행여나 내 쪽에서 뭔가 오해할 만한 짓을 했나 고민도 해봤지만 나는 도무지……."

"……잠깐, 잠깐만-"

"물론 3년 전 일도 있고 하니까 수상쩍게 보일 수도 있겠지만 너도 알다시피 나는 그쪽에 신경 끊은 지 오래라고. 내가 무슨 소중한 정표라도 되는 것처럼 그걸 간직하고 있던 것도 아니고 그냥 적절한 시기를……."

"슈리!"

뭐라 형언할 수 없는 표정으로 내 얼굴을 뚫어져라 바라보던 제레미가 불쑥 저리 외치며 내 어깨를 잡지 않았더라면 나는 아마 계속해서 내가 정확히 뭔 말을 하는지도 모르는 채 아무렇게나 떠들어대고 있었을 것이다. 몸이 크게 움찔하나 싶더니 숨이 턱 막혀왔다.

"왜 그래?"

"……어?"

"왜 그러냐고? 내가 무서워?"

무섭냐고……? 우리 제레미가 무섭냐고?

나는 숨을 몰아쉬며 눈을 깜박였다. 제멋대로 굴러가던 혀가 갑자기 굳어버린 것처럼 뻣뻣해졌다. 빠르게 밀려왔던 공황이 차츰차츰 물러가나 싶더니 그제야 제정신이 들었다. 맙소사, 이게 웬 채신머리없는 짓거리인가. 내가 방금 큰아들내미를 앞에 두고 대체 뭔 소리를 한 거지?

제레미가 다시금 입을 열었다. 부드러운 듯하면서도 어쩐지 심상치 않게 느껴지는 음성이 조용히 귓가에 와 닿았다.

"이런 물건을 너한테 멋대로 선물할 만한 작자는 황태자밖에 없다는 거 알고 있어. 그냥 확인차 물어본 것뿐이라고."

"아아, 그래, 알아. 당연히 그렇겠지."

애써 어색하게 미소를 지어 보이며 고개를 돌리려는데 제레미는 내 어깨를 놓아줄 기미를 보이지 않았다. 되레 조금 전보다 더 날카롭게 느껴지는 눈빛으로 내 눈을 빤히 들여다보더니만 다짜고짜 상상도 못 해본 질문을 던지는 것이었다.

"슈리, 혹시 내 아버지가 너한테 몹쓸 짓 한 적 있어?"

……뭐라고? 나는 순간 이게 도대체 어떻게 튀어나온 질문인가 싶어 아들내미의 얼굴을 멍하게 올려다보았다가, 즉시 단호하게 머리를 가로저어 보였다.

"무슨 소리를 하는 거니? 그랬을 리가 없잖아. 너도 알다시피 네 아버지는……."

"내 아버지가 어떤 분이었는지는 나도 잘 알아. 그리고 사람이 늘 한결같을 순 없다는 사실도 잘 알지. 그러니까 말해봐, 내 아버지가 너한테 함부로 대하거나 한 번이라도 손찌검한 적 있어?"

느릿하게 다그치는 암녹색 눈동자 속에는 전에 종종 목도한 바 있는 불씨가 아른거리고 있었다. 조금 전의 내 모습이 대체 어떻게 보였길래 이런 질문을 하는 걸까. 그보다 내가 대체 왜 그랬는지 나조차 알 수가 없었다.

좀 전에 꾼 꿈 때문에 순간 상대가 누구인지 헷갈렸던 걸까? 그럴 리는 없지만 헷갈렸다 쳐도 왜 그런 공황이 밀려왔는지 모르겠다. 까마득하게 오래전인 데다 이젠 제대로 기억도 안 날 만큼 사소한 일인데.

정말로 별일 아니었다. 결혼 초창기였나, 누군가가 익명으로 내게 보내온 루비 팔찌를 어떻게 해야 할지 몰라 그냥 서랍 안쪽에 숨겨 놓았는데 남편이 그걸 찾아낸 것뿐이었다.

어린 나이에 결혼한 데다 뭘 제대로 몰랐던 당시의 나는 그제야 나에 관한 모든 것, 나의 모든 크고 작은 동태가 당연히 남편의 귀에 들릴 수밖에 없다는 사실을 체감하게 되었다.

자기 아내한테 누군가 몰래 그런 선물을 보냈다는 사실을 알고서 가만히 있을 남편이 어디 있겠는가. 그때 정확히 어떻게 됐었는지 이제는 잘 기억이 나지 않지만, 아무튼 정말로 별일 아니었는데…….

"그런 일이 있었을 리가 없잖아. 제레미, 네 아버지는 나한테 더할 나위 없이 친절한 분이었어. 네가 갑자기 왜 그런 소리를 하는지는 모르겠지만 나는 그저……."

"……."

"큼큼, 네가 또 열 받아서 전하의 어금니를 노리려 들까 봐 순간 당황했던 거야."

제레미는 아무 말도 하지 않았다. 거의 숨도 쉬지 않고 있는 것 같았다. 하여 나는 더없이 극심한 민망감에 시달리게 되었다. 끄응, 애들 앞에선 찬물도 못 마신다더니. 나도 모르게 내비친 바보 같은 모습 덕에 아이들 아버지에 대한 기억이 모욕받을 위기에 처했다. 이 얼마나 천치 같은 일인가?

"정말 그런 것뿐이니까 이상한 생각 하지 마. 그보다 그걸 대체 어떻게 찾아낸 거야?"

"네가 들ㄱ…… 아니, 찾아볼 서류가 좀 있어서 네 서재에 들렀다가 우연히 발견했어."

놀라우리만치 빠르게 대답한 그가 이제 인상을 약간 쓰며 손에 쥔 목걸이를 노려보았다. 여차하면 그대로 줄을 끊어버릴 기세였다.

"이건 내가 돌려주는 편이 나을 것 같군."

"음, 그건 그다지 좋은 생각이 아닌 것 같은데……."

"왜? 내가 진짜로 그놈 어금니를 털어주기라도 할까 봐?"

"그 걱정이 아예 안 드는 건 아니지."

"정중히 돌려줄 테니까 걱정 마. 그리고 너보다는 내가 돌려주는 게 나을 것 같아. 워낙 속이 시커먼 놈이라 또 무슨 꿍꿍이를 부릴지 모를 일이잖아."

그럴싸한 말이었다. 내가 돌려주려다가 자칫 다른 사람 눈에 띄기라도 하면 그거야말로 진짜 곤란한 일 아닌가. 테오발트가 아직도 나에 대한 그렇고 그런 마음을 품고 있을지도 모른다는 의혹은 되도록 생각하지 않으려고 애쓰고 있긴 했지만 진짜 의도가 뭐가 됐든 조금의 여지도 주지 말고 끊어버려야 했다. 지금까지의 정황을 살펴보건대…….

"알았어. 그럼 얼른 가서 자. 내일은 중요한 날이잖아. 전부 끝나고 나면 의논해 보자."

내 말의 의미를 제대로 이해한 건지 어쩐 건지, 제레미는 그러고도 잠깐 더 내 얼굴을 빤히 바라보더니만 이윽고 순순히 몸을 일으켰다.

"참, 슈리."

"응?"

"……우리가 아닌 사람들이 떠드는 소리에는 신경 쓸 거 없다는 말, 아직도 그렇게 생각해?"

이 뜬금없는 질문에 나는 일순 머리를 갸웃했다가, 곧 힘주어 끄덕거렸다.

"너도 툭하면 써먹는 말이잖니. 당연하잖아."

"……그래. 알았어. 잘 자, 슈리."

이마에 가볍게 와 닿는 입술의 감촉이 뜨겁다. 제레미가 떠난 뒤 나는 다시 침대 위에 몸을 눕히고는 눈을 감았다.

그 옛날의 나와 지금의 나는 다르다고 생각했는데, 지금 와서 보니 별로 변한 건 없는 것 같다. 변한 게 있다면 나와 주변 사람들의 관계뿐이리라.

하지만 아무리 변했다 해도 나와 남편 사이의 모든 일에 대해 제레미에게 어떻게 말할 수가 있단 말인가?

요헨이 나와 결혼한 이유는 순전히 내가 그의 첫사랑과 닮아서였다. 더군다나 나는 아내로서의 의무를 제대로 이행한 것도 아니었으며 아이들과의 사이가 결코 좋다고 할 수도 없는 상황이었다.

그랬기에 사소한 일에도 혼자 안절부절못하던 때가 많았던 것뿐이었다. 언제 버림받을지 모른다는 불안감에……. 너무도 당연한 일이었다. 어쩌면 그건 아직까지도 마찬가지일지 몰랐다.

검술 대회의 마지막 날은 아침부터 금방이라도 비가 쏟아질 듯 온통 우중충하게 먹구름이 끼어 있었다. 내가 기억하는 그대로 말이다. 그리고 날씨가 아무리 우중충해도 관람석을 메운 사람의 수나 열기는 변함이 없다는 것 역시 그대로였다.

준결승전에 참석한 인원은 총 네 명이었다. 제레미, 노라, 사파비국의 친위대 사령관이라는 전사 한 명, 그리고 튜튼 왕국 출신 기사 한 명. 마치 짜고 치기라도 한 것처럼 두 명의 내국인과 두 명의 외국인이 상대하게 된 판이었다. 그런 식으로 이루어진 준결승전은 놀라우리만치 금방 끝이 났다. 나야 기억하는 그대로인 풍경인 만큼 조금만 놀랐지만 졸지에 뜨거운 애국심에 불타오르게 된 제국의 관객들은 미친 듯한 환호를 보내기 시작했다. 결승전이 끝나고 나면 얼마나 더 야단야단일지 벌써부터 걱정이다.

"부인, 이것 좀 들어보세요. 슈크림이 아주 달아요."

내가 앉은 객석 쪽으로 다가온 내 과거의 예비 며느리, 하인리히 공녀가 한 말이었다. 보라색 가운을 걸치고 있어서 그런지 보라색 눈이 유독 더 진하게 보였다. 그녀 곁에 선 하녀의 손에 들린 쟁반 위에는 파스텔색 슈크림 케이크가 아기자기하게도 얹혀 있었다.

"고마워요, 영애."

"입맛에 맞으시면 좋겠어요. 우리 마야가 솜씨가 아주 좋거든요. 그나저나 최종 우승자는 누가 될 것 같으세요? 역시 부인께선 아드님을 응원하시겠지요?"

"그렇기야 하지만 누가 이기든 다 함께 축하해야 마땅한 일이겠지요."

"제가 제레미 경의 승리를 기원하는 의미로 손수건을 드렸거든요. 그러니 아드님께서 꼭 승리하길 응원해 주세요."

오하라가 한껏 애교스러운 어조로 저리 말하는 동안 무표정한 얼굴로 앞만 보던 레이첼이 불쑥 한 손을 들어 허공을 휘젓기 시작했다. 나는 머리를 갸웃했다.

"레이첼? 왜 그러니?"

"별거 아냐, 자꾸 윙윙대는 헛소리가 들려서."

……우리 중 과거의 악연을 그대로 재현하는 건 이 두 아가씨뿐인 것 같다. 뜬금없는 시비를 당한 오하라가 즉시 도끼눈을 치켜뜨고 나의 딸내미를 쏘아보기 시작했음은 당연지사였다. 그러나 성질머리로는 으뜸가는 레이첼이 그녀를 마주 쏘아보자, 즉시 더없이 유순한 표정으로 바뀌었다.

"레이첼 영애? 방금 저를 두고 하신 말씀인가요?"

이 떨떠름한 질문에 레이첼은 기다렸다는 듯 반응했다. 즉, 동문서답을 했다.

"오하라 공녀, 혹 제 어머니가 탐나시나요?"

"……네?"

"저번부터 뭔가 우리 어머니를 탐하고 계신 것 같은 느낌이 들어서요. 하지만 저는 물론이고 제 무지막지한 큰오라버니가 세상에서 어머니를 제일 좋아하니까 뺏어 가기는 좀 어려우실 거예요. 손수건 같은 뇌물 따위 안 통할 거라고요."

"……푸흡!"

조용히 앉아 날카로운 지식인의 눈으로 경기를 분석하는 듯하던 레온이 황급히 제 입을 틀어막으며 억눌린 웃음소리를 내었다. 그에 반해 자타공인 천하의 바람둥이 되시는 엘리아스는 비교적 품위 있는 반응을 보여주었다. 바로 아무런 반응도 보이지 않고 딴소리를 함으로써.

"형이 최종 우승자가 된다면 내 손에 장을 지지겠어. 아니, 그런 끔찍한 결말을 종용한 신들에게 따지고 말겠어. 안 그래도 천상천하 유아독존인 인간한테 몇 년 내내 우려먹을 거리를 줘서 뭐 어쩌자는 거냐고 말이지!"

"엘리아스. 그보다 가족과 가문의 영광을 위해 성심껏 네 형을 응원하겠다는 마음가짐을 좀 가지면 안 되겠니?"

"내가 왜? 형이 지면 실컷 비웃어줘야……."

"그럼 노라를 응원한다는 거지?"

"내가 미쳤게! 내가 생일만 몇 개월 더 빨랐어도 저기 참가해서 저 둘의 콧대를 납작하게 눌러줬을 거라고! 안 그러냐?"

엘리아스의 저러한 씨알도 안 먹힐 호언장담에 레온은 그저 가소로

워하는 눈빛으로 응대할 따름이었다. 따라서 엘리아스는 몹시 불쾌해진 기색으로 입을 삐죽이기 시작했다.

그다지 봐줄 만한 풍경은 아니었기에 나는 황급히 제 객석으로 돌아가는 하인리히 공녀 쪽으로 시선을 돌렸다. 그 뒤에 대고 혀를 날름거리던 레이첼이 나와 눈이 마주치자 윙크를 해 보였다. 끄응, 뭐라 나무라기도 좀 그렇게 되었는데.

우리 가족이 앉은 자리는 황족들의 자리 바로 아래 좌측이었다. 알리 파샤 왕자를 비롯해 외국 귀빈들과 함께 앉게 된 상황이다. 우측에는 뉘른베르크 공작 일가가 앉아 있었는데, 다소 단출한 우리 가족과는 달리 다수의 파란 눈의 친척들까지 전부 근엄하게 한 자리씩 차지하고 앉아 부담스럽게 느껴지는 장면을 연출하고 있었다. 하나뿐인 종손인 만큼 어지간히 기대가 크겠지만, 내가 노라였다면 좀 많이 부담스러울 것 같다…….

"우리 측 전사님이 미비해도 한참 미비하군요. 사실 저도 이번 대회에 참가해 보고 싶긴 했습니다만, 역시 4년 뒤를 기약하기를 잘한 것 같습니다."

우리 가족의 바로 곁 객석에 앉아 있던 알리 왕자가 담황색 눈망울을 반짝이며 한 말이었다. 평생 단 한 번만 참석이 가능한 대회인 만큼 열기에 휩쓸리지 않고 훗날을 기약한 건 현명한 처사라 할 수 있었다. 마찬가지로 눈을 반짝이며 귀를 기울이던 레이첼이 미소를 지어 보였다.

"사파비국의 전사들도 전혀 뒤처진다 할 수 없을 것 같은데요. 왕자님이 싸우시는 모습도 꼭 보고 싶네요."

"그것 참 감사한 말씀이로군요. 어쨌든 지금은 저희 측 소양이 한참 달리는 판국이니, 이왕 이렇게 된 거 영애님의 오라버니 되시는 분의 우승을 기원해 보도록 하겠습니다."

오호라, 그러시겠단 말이지. 자국의 왕자님으로부터 냉혹한 평가를 받게 된 저 가여운 전사님을 향해 묵념을 좀 해드려야겠다. 준결승까지 진출한 것만으로도 대단한 실력이지만.

아무튼 내 기억대로라면 4년 뒤의 검술 대회에 알리 왕자가 참석하진 못할 것이다. 왜냐하면 그때쯤 사파비국과 우리 제국이 냉전 상태에 돌입했으니까…….

"황족들이 앞다투어 참가하던 옛 시절이 그립군."

나는 고개를 돌리고 황실 측 객석을 흘긋 바라보았다.

상단에 근엄하게 앉아 계신 황제께서 실로 아쉽다는 듯 혀를 끌끌 차며 뱉은 저 발언에 바로 곁에 앉은 테오발트 황태자가 머쓱하기 짝이 없는 미소를 지어 보이고 있었다. 그에 반해 황후의 옆에 앉은 레트란 황자는 그 말을 못 들은 것인지 아니면 신경을 쓰지 않는 것인지 코를 훌쩍이면서도 두 눈을 초롱초롱 빛내고 있다.

"노라 형이 이길 거예요. 그렇지 않을까요, 어마마마?"

"정숙하세요, 황자. 이 어미는 시건방진 조카님이든 오만한 사자 놈이든 별로 응원하고 싶지 않습니다."

"소자도 언젠가 노라 형처럼 저기 참석할 수 있을까요? 앞으로 좀 더 노력한다면요."

"그런 부류의 심미안은 이 어미보다 저기 거만하게 앉아 있는 사자들의 모친이 더 뛰어날 터인데, 어찌 생각하오, 레이디 노이반슈타인?"

과연 우리 황후님이다. 기다렸다는 듯 내게 화살을 돌리시는 모양새가 이쯤이면 일상처럼 느껴질 지경이다. 나는 나를 향해 눈을 부라리는 엘리자베트를 향해 마주 눈을 부라려 주며 대꾸했다.

"못 할 것도 없지 않겠습니까. 레트란 전하께선 아직 어리고 잠재력이 뛰어난 분이니까요."

"오호, 정말 그리 생각하오? 노이반슈타인 부인이 레트란에게 잠재력이 있다고 하는데 어찌 보십니까, 폐하?"

기품 있게 술을 들이켜던 황제께서는 어째서 갑자기 자기한테 화살이 돌아오는지 도무지 모르겠다는 표정이 되어버렸으나 그럼에도 퍽 자애롭게 응수했다. 그러니까 이렇게 말했다.

"황자가 원한다면 새 검술 스승을 붙여줄 수도 있겠지. 중간에 때려치우지 않는다는 전제 조건하에 말이오."

레트란 황자가 헤벌쭉 웃는 동안 엘리자베트는 더는 아무 말도 하지 않았다. 대신에 부채로 입가를 가리며 나를 향해 슬쩍 미소를 지어 보였다. 나 역시 나를 빤히 주시하는 테오발트의 시선을 모른 척 외면하려 애쓰며 같이 미소를 지었다.

그러는 사이 휴식 시간의 종결을 알리는 뿔피리 소리가 힘차게 울렸고, 어마어마한 함성과 함께 마침내 모두가 고대하던 최종 결승전의 막이 열렸다. 판판한 경기장 정중앙에 자리한 가장 큰 단상 위로 두 기사가 동시에 올라섰다. 나의 큰아들내미와 그 친구였다, 당연히.

양쪽 모두 정식 기사용 판금군장 차림이었는데, 흐릿한 하늘 아래 마주 선 두 녀석이 오늘따라 유독 대조적으로 보였다. 눈부신 금발에 은빛 군장 탓인지 평소보다 더 환하게 느껴지는 제레미. 그리고 검은 머리에 감색 군장이 평소보다 더 어둡게 느껴지는 노라.

어쨌든 누구를 응원해야 할지 모르겠는 상황이 아닌 만큼 나는 꽤 평온한 기분을 유지하고 있었다. 어차피 무승부로 끝날 경기였으니까. 행여나 변수가 생긴다 한들 두 사이좋은 친구가 맞붙으며 호각을 겨루는 것이니 유쾌한 일 아닌가…….

"뭐야 저 둘, 뭐라고 쑥덕대는 거야? 지금이 우정놀이 할 상황으로 보이나?"

우리의 엘리아스가 끌끌 혀 차는 소리가 들려왔다. 과연 심판이 경기 시작을 알리는 하얀 동판을 들어 올리자마자 두 녀석은 곧장 결투에 임하기는커녕 투구를 고쳐 쓰면서 뭐라고 말하고 있었다. 정확히는 제레미가 노라에게 뭔가를 말하고 있는 듯했다.

잠시 후, 묵묵히 서서 듣는 듯하던 노라가 갑작스레 엄청난 기세로 검을 휘두름과 동시에 천둥이 울렸다. 문자 그대로 사방이 일순 환해지나 싶더니 하늘에서 우르릉 쾅 하고 천둥이 쳤다! 여기저기서 짧은 비명이 터져 나왔다.

"꺄악……!"

내가 물끄러미 바라보는 가운데, 얼떨결에 레이첼을 껴안고 만 알리 왕자가 후다닥 몸을 떨어뜨렸다. 얼떨결에 비명을 지르며 타국의 왕자에게 안긴 레이첼 역시 어색하게 자세를 바로 했다.

다행히 제레미는 노라가 휘두른 검에 맞지 않았다. 두 기사는 이제 하늘이 울부짖든 말든 신경도 쓰지 않으며 격렬한 기세로 대검을 맞부딪히기 시작했다. 내 기억 속의 모습처럼, 아니, 어쩌면 내 기억보다 더 격하게 말이다.

제레미의 검기에는 강렬한 동시에 남들은 결코 따라 할 수 없는 우아하고도 미려한 멋이 있었다. 그에 반해 노라의 검기는 귀족 기사의 그것답지 않게 거칠었다. 저돌적이라는 평을 들을 만큼. 그에게 뉘른베르의 그냥 늑대도 아닌 굶주린 늑대라는 별명이 붙은 데에는 이 경기에서 보인 모습이 크게 기여했던 터였다. 그런데 어째 지금은 둘이 거의 비슷하게 보일 지경이다.

"엄청나네."

우리의 꼬마 지식인께서 신음하듯 중얼거린 소리였다. 과연 맞는 말이었다.

일곱 번. 벌써 일곱 번째였다. 저 아래 두 기사가 벌이는 막상막하의 결투가 거의 일곱 번째 이어지고 있다 이 얘기다. 처음에는 열기 띤 환호로 난리였던 관객석은 이제 더할 나위 없는 고요의 영토가 되어 있었다. 다들 숨소리 하나 크게 내지 않으며 땀에 젖은 손을 꽉 움켜쥐고 있는, 대국민 대동단결의 상황이었다. 서로의 목에 검을 겨눈 두 기사를 상대로 일곱 번째의 무승부 판결을 내리고 있는 심판 역시 꽤 당혹스러워 보였다.

그리고 나 역시 당혹스러웠다. 원래대로라면 이쯤에서 네 번째 무승부를 이루고는 결판이 내려져야 했다. 그러니까 이쯤에서 황제께서 판정을 내려야 했다.

그러나 황제는 아무래도 저 미친 듯이 격렬한 결투에 홀리기라도 한 건지 어쩐 건지 다른 사람들과 다를 바 없는 바짝 긴장한 얼굴로 경기장을 뚫어져라 응시하고만 있을 뿐이었다.

확실히 엄청난 쇼이긴 했다. 이 대회에서 자신의 모든 것을 걸고 덤비는 참가자는 상당히 많다. 그러나 저토록 훗날 두고두고 화자되어도 이상하지 않을 만큼 살벌한 동시에 막상막하의 대결을 펼쳐 보일 수 있는 실력의 소유자는 극히 드물었다.

벌써 일곱 번이나 승부를 겨루고도 지치지도 않는지, 심판이 하얀 동판을 들어 올리자마자 두 녀석은 다시 격렬하게 검을 맞부딪히기 시작했다. 이젠 둘 다 쌍수로 검을 쥐고 있었고, 검이 움직이는 모습이 제대로 보이지도 않을 지경이었다. 제레미의 검이 빠르게 아래로 내려쳐지는 동시에 노라가 검을 들어 그것을 막았다. 짧은 힘겨루기가 지나가나 싶더니 다시 대치 자세가 취해졌다.

저러다 둘 중 하나가 다치기라도 하면…… 내 걱정스러운 눈길이 뉘른베르크 공작가 객석으로 향했다. 공작 부인께서 하얗게 질린 얼굴로 양손을 꼭 모아 쥐고 있는 동안 강철의 공작님은 한쪽 주먹을 무릎 위에 올린 채 초조 불안한 눈길로 경기장을 주시하고 있었다.

우르르릉!

천둥이 다시 한번 울리는 동시에 누군가가 짧은 비명을 내질렀다. 나는 다시 앞을 바라보았다. 어느덧 빗방울이 떨어지고 있었다. 이쯤에서 판정이 내려져야만 하는데…….

"후아……."

엘리아스가 탄식하며 내 손을 잡는 것이 느껴졌다. 그의 손 역시 내 손 못지않게 축축했다. 나란히 벌어진 우리의 시야에 소름이 끼칠 만큼 빠르고도 거칠게 검을 휘두르는 노라와, 만만치 않은 압도적인 기세로 받아치는 제레미의 모습이 들어왔다. 진짜 맹수들의 생사를 가르는 대결, 진정 사자와 늑대의 결투가 따로 없다!

"제발 그만……."

내 입에서 신음이 흘러나옴과 동시에 카캉, 하는 거친 굉음이 울렸다. 그와 동시에 한두 방울씩 떨어지던 비가 세찬 소나기로 변하여 지상 위의 군중 위로 퍼부어지기 시작했다.

빗물이 눈 안으로 흘러 들어오면서 시야가 온통 흐릿해졌다. 나는 눈을 부비며 몸을 벌떡 일으켰다. 얼떨결에 나를 따라 일어선 엘리아스가 뭐라뭐라 중얼대면서 내 머리 위로 손바닥을 펼쳤다.

단상의 가장자리로 밀려난 제레미가 한 손으로 검을 쥔 채 어깨를 들썩이고 있었다. 그 맞은편에 선 노라는 바닥에 떨어진 투구를 발로 차서 치우나 싶더니, 갑작스럽게 고개를 돌려서 객석 쪽을 빤히 응시하기 시작했다. 비가 워낙 거칠게 쏟아지고 있었기에 파랗게 빛나는 시선이 정확히 누굴 보고 있는 것인지 잘 알 수가 없었다. 보이는 건 오로지 축축하게 젖은 검은 머리의 청년과 그 청년에게 다가서는 투구를 쓴 금발의 청년뿐이었다.

찰나의 순간 아찔하게 내려쳐지는 제레미의 검을 노라가 막았다. 다시 한번 굉음이 울리면서 이번엔 제레미의 투구가 흠뻑 젖은 단상의 바닥 위로 떨어졌다.

내 아들이 일순 비틀거리며 허리를 수그리는 모습이 보였다. 다음 순간, 검을 쥔 양팔을 허공에 치켜든 노라가 그대로 일말의 망설임도 없이 빠르게 내려쳤다. 친구의 팔을 향해서.

우르르릉! 쾅!

나 말고 또 누가 비명을 내질렀든 간에 하늘을 찢어발기는 듯한 천둥소리에 사이좋게 묻혀 버렸을 것이다. 검이 바닥으로 떨어지는 소리 역시 마찬가지였다. 우리 모두 방금 무슨 일이 일어난 것인지 제대로 인지하기까지 한참 걸렸다.

바닥에 한쪽 무릎을 대고 있는 제레미도, 그 반대편에 서 있는 노라도 더는 검을 들고 있지 않았다.

그러니까, 노라는 제레미의 팔목을 내려친 것이 아니었다. 제레미가 잡고 있는 검의 손잡이 윗부분을 내려쳐서 떨어뜨리게 만든 것뿐이었다. 그러면서 자신 역시 검을 내려치는 동시에 손잡이를 놓아버렸고 말이다.

"……승…… 부……! 무승부입니다! 양측 모두 동시에 검을 떨어뜨렸습니다! 두 명의 챔피언이 나오고 말았습니다! 성부 성모시여, 맙소사!"

이 많은 사람이 모였다고 믿기지 않을 만큼 견고하고도 숨 막히는 정적 한복판에서 심판의 혼비백산한 고함이 아련하게 울렸다. 다들 서서히, 아주 서서히 정신을 차렸다. 그리고…….

"와아아아아아아아아!"

귀가 먹먹할 정도로 엄청난 함성이 대기를 뒤흔들기 시작했다. 세차게 쏟아지는 장대비에 흠뻑 젖은 사람들 모두 남녀노소 가리지 않고 열광하고 있었다. 짜고 쳤다 해도 이만한 쇼는 없을 것이었다. 진짜 숨넘어가는 줄 알았다!

"챔피언! 챔피언!"

"뉘른베르! 뉘른베르!"

"노이반슈타인! 노이반슈타인!"

천둥이 다시 한번 울렸지만 이젠 지상 위의 사람들이 내지르는 광기 어린 고함에 비할 바가 아니었다. 심약한 몇몇 여인은 혼절하기까지 했으니 말 다 했다.

마찬가지로 무릎의 힘이 싹 빠져나가는 느낌에 털썩 주저앉은 내 눈에 단상을 걸어 내려오는 두 녀석의 풍경이 들어왔다. 지치지도 않는지 후들거림 하나 없이 빠르게 경기장을 가로질러 온 두 기사가 계단을 밟고 객석으로 올라와 황제의 발아래 나란히 무릎을 꿇었다.

높게 처진 햇빛 가리개용 장막 덕에 조금도 젖지 않은 황제께서는 실로 흐뭇해 보이는 미소를 만면에 머금은 채 흠뻑 젖은 두 청년을 바라보고 있었다. 어찌나 흐뭇해하고 계셨던지 가족들이 눈 시퍼렇게 뜨고 지켜보는 한가운데서 이리 말씀하셨다.

"짐에게도 경들 같은 아들이 있었다면 얼마나 좋았을꼬. 길이 기억하고 기록해 둘 만한 훌륭한 경기였네. 이리 긴장해 본 것이 얼마 만인지 모르겠군. 다만 아쉽게도 무승부이니만큼 공정성을 기리기 위해 누구에게도 트로피를 하사할 수 없게 되었네."

다소 떨떠름한 눈빛으로 두 기사를 주시하는 듯하던 엘리자베트가 불쑥 끼어든 것은 그때였다.

"자식이 안겨주는 영광의 징표를 받아 드는 어미의 기쁨을 앗아 가지 마소서, 폐하. 트로피 없이 우승이고 무승부고 다 무슨 의미가 있단 말입니까."

저 발언에 나도 놀라고 황제도 놀라고 모두가 놀랐다. 세상에, 제레미든 노라든 치를 떠는 저 황후님이 웬일이람?

"옳은 일침이긴 하나 검술 대회의 전통상……."

"전통이란 늘 새로이 재탄생하는 법이옵니다. 이러한 가관인 무승부 자체가 유례없는 사건 아니오리까?"

"……옳은 일침이오, 황후. 하나 아무리 부군의 판단에 참된 충언을 아끼지 않는 이야말로 어진 아내라 한들, 그대가 이리 때아니게 자꾸 딴지를 거는 모양새가 왜 이토록 적응하기 어려운지 모르겠소. 그래서 그대가 제안하는 바가 정확히 뭐요?"

"송구하오나 폐하, 트로피를 하나 더 만들면 간단한 일 아니옵니까. 가여운 후작 부인의 서운해하는 표정을 좀 보소서."

그것도 생각 못 했냐는 투로 냉큼 쏘아붙이는 엘리자베트였다. 아니, 그보다 내가 대체 언제 서운해하는 표정을 지었단 말인가? 때아니게 흐뭇함을 방해받으신 황제께서는 헛기침을 하며 황후를 불만스럽게 노려보았으나 이 자리에서 진노하시진 않았다.

그렇게 해서 어쩌다가 보니 우승 트로피가 한 개 더 제작된다는, 모두에게 흡족할 만한 결론이 내려졌다.

"형, 내 생각이 짧았어. 용서해 줘. 앞으로 형님이라고 불러주겠어!"

"큰형이 앞으로 몇 년 동안이나 이걸 우려먹을지 벌써부터 걱정스러운데……."

"난 벌써부터 지긋지긋하다고. 앞으로 또 얼마나 많은 영애가 큰오빠 때문에 나를 들들 볶을지…… 쯧쯧."

동생들이 저리 사이좋게 한마디씩 덕담을 던지는 훈훈한 상황에서 제레미는 그저 달관한 듯한 미소로 응대하고 있을 따름이었다.

다들 젖은 옷을 갈아입고 모인 마지막 연회, 남자들이든 여자들이든 가리지 않고 오늘의 챔피언들과 대화하고 싶어 하는 기색이 역력한 이 떠들썩한 분위기 속에서 하나는 영 무관심하게 응대하고 있으며 하나는 어디론가 도망간 상태다.

……끼리끼리 어울린다더니 과연 맞는 말이었다.

"제레미."

시종일관 미적지근해 보이는 모습이 다소 걱정스러워 다가가 말을 걸자 막 술을 들이켜던 참인 제레미가 나를 보았다. 뭔가가 씐 것처럼 흐릿해 보였던 암녹색 눈동자가 비로소 천천히 맑은 생기를 되찾았다. 나는 그의 손에 들린 술잔을 빼어 들었다.

"너 보니까 아까부터 계속 마시더라. 긴장이 풀려서 그러는 건 이해가 가지만 이쯤이면 그만해도 될 것 같은데."

"나 같은 놈은 술을 대짜로 들이켜도 취하지 않을 거라고. 트로피가 있었다면 거기에 담아 마셨을 텐데 아쉽군."

"곧 생길 거잖아. 왜, 바로 나한테 안겨주지 못한 게 아쉬워?"

"아쉬운 게 당연하잖아."

나직하게 툴툴거린 그가 눈을 내리깔며 자신의 손목을 내려다보았다. 상대가 조금만 각도를 달리했다면 그대로 유명을 달리했을 그 손 말이다.

"……무승부는 무승부인데 뭔가 내가 진 기분이야. 제기랄."

"그것 때문에 이렇게 부루퉁해 있던 거야?"

"누가 부루퉁해! 난 너의 조언을 충실히 따르려는 것뿐이라고."

"조언이라니?"

"겸손이라는 미덕에 대한 조언 말이야. 뭐 남들이야 우리가 하지도 않는 일로 떠들기 좋아하니 내가 겸손하든 오만하든 멋대로 받아들이겠지만."

나는 미소를 지으며 제레미의 손목에 손을 올렸다. 팔딱팔딱 요동치는 맥박의 느낌이 고스란히 손끝에 전해져 왔다. 그가 살아 있으며, 어디 하나 다치지 않고 멀쩡하다는 사실만으로도 나는 더할 나위 없이 만족스러웠다.

"솔직히 말하자면 말이야, 제레미. 황금은 이미 우리 가문에 넘치도록 많으니까 황금으로 만들어진 트로피 같은 거 별로 탐나지 않아. 너 자체가 가장 빛나는 트로피인걸."

제레미는 잠시 제 손목을 붙든 내 손을 물끄러미 내려다보더니, 이어 다른 쪽 손을 그 위에 얹으며 씩 미소를 지었다. 예의 그 짓궂은 웃음이었다.

“나도 너만 있으면 돼.”

죽은 남편이 여기에 있었다면 얼마나 자랑스러워했을까. 하다못해 우리의 방계 친척들이 좀 괜찮은 사람들이었다면 얼마나 좋았을까. 함께 축하해 주고 자부심을 느낄 혈족이 적다는 사실이 이토록 아쉬울 수가 없었다…… 그럼에도 우리는 우리였다. 우리끼리만 있어도 충분하다는 건 나도 아이들도 잘 알고 있었다.

단출하면서도 그럭저럭 제법 훈훈한 우리 가족과는 달리, 일가친척들이 죄 모인 뉘른베르 공작가 쪽은 하나뿐인 종손으로 하여금 지나치게 자만하지 않도록 자제하는 분위기 일색이었다. 노라가 그런 걸로 들떠서 오만해질 녀석은 아니지만, 어쨌든 칭찬이든 야유든 그걸 받아야 할 본인이 사라진 상태이니 딱히 뭐라 할 것도 없을 것이었다.

그럼에도 불구하고 나는 노라를 만날 수 있었다. 정확히 말하자면 찾아냈다. 오늘의 늑대 챔피언께서는 연회장의 북동쪽 발코니 아래 후원 담벼락에 등을 기댄 채 홀로 술잔을 들고 앉아 있었다. 등잔 밑이 어둡다는 말은 바로 이럴 때 쓰는 말이렷다.

내가 다가가자 그가 기척을 들었는지 고개를 들었다. 좀 전의 경기장에서 보인 사납고도 야성적인 모습이 믿기지 않을 만큼 우아한 자태였으나 동시에 어두우리만치 가라앉은 느낌이었다. 진짜 외로운 늑대가 따로 없다고 해야겠다.

“노라.”

“누나.”

“여기서 뭐 하니? 다들 널 찾느라 안달복달이던데. 챔피언께서 이러고 있으면 쓸쓸하지 않아?”

노라는 대답하지 않았다. 나는 조용히 다가가, 드레스 자락을 조심스레 그러쥐고는 그 옆에 쪼그리고 앉았다. 품위 없는 행위이긴 했으나 그런 걸 따질 만한 기분도 상황도 아니었다.

부드러운 여름의 바람이 불어와 우리의 머리칼을 흐트러뜨리고 있었다. 분홍빛 황혼이 드리운 황궁의 전경이 꿈결처럼 아득하게 느껴졌다.

"승자는 너야, 노라. 네가 막판에 일부러 검을 놓쳤다는 거 알고 있어."

부드럽게 던진 말에 노라는 딱히 부정도 긍정도 하지 않았다. 그저 그 짙푸른 눈동자로 나를 가만히 돌아볼 뿐이었다. 하여 나는 계속해서 말했다.

"네가 왜 그랬는지는 잘 알 수가 없지만…… 아무튼 고맙다고 말하고 싶었어. 이번 일뿐만 아니라, 엘리아스에 대한 일도 그렇고 모두 다."

"……그놈의 시뻘건 망나니가 누나한테 다 분 모양이군요. 그렇게 입조심을 시켰건만."

"아니, 불었다기보다는……."

"아무튼 간에 걱정했던 것만큼 큰일은 아니었습니다. 누나의 오라비라는 인간은 적당히 쫓아냈으니까 염려하지 마세요."

"딱히 염려하는 건 아닌데…… 그보다 널 자꾸 내 문제에 끌어들이게 되는 것 같아서 미안할 뿐이야."

"원래 기사라는 건 곤경에 처한 아리따운 레이디를 위해 존재하는 법이라죠."

뭐가 대수냐는 듯 유유자적 받아치는 모습에 웃음이 나왔다. 노라 역시 마주 미소를 지으며 내 눈을 가만히 들여다보았다. 기묘하리만치 낯설게 느껴지는 눈빛이었다.

이럴 때는 이미 한 번 겪은 일임에도 불구하고 세월이 정말 빠르다는 사실을 되새기지 않을 수가 없다. 제레미도 노라도 더는 내가 아는 어린 소년들이 아니라는 사실을 오늘의 경기로 인해 절실히 되새긴 터였다. 그때의 그 소년들은 어디로 갔을까? 내가 알던 상처투성이의 소년은 어디로 갔을까……?

"그러니 제 기사도 유지 부문을 좀 도와주세요."

"응……?"

"누나를 지켜줄 사람도 한 명쯤은 필요하겠지요. 필요하면 언제든 불러주세요. 누나 집 고양이 새끼들이 속 썩일 때라든가 영 쓸모없는 경우라든가."

장난스러운 어투였으나 차분히 가라앉은 푸른 눈매만큼은 진지했다. 그리고 나는 그럴 순 없다고 대답하지 못했다. 어쩌면 그가 장난으로 던진 말에 너무 심각하게 반응함으로써 우습게 보이고 싶지 않았던 걸지도 모르겠다. 그래서 나는 그와 똑같이 웃으며 이렇게 대답했다.

"넌 처음 만났을 때부터 내 기사님이었잖아. 잊었어?"

길고도 다사다난했던 축제가 끝나고 나자 더위가 한결 물러가며 가을이 다가오기 시작했다. 활기차고 소란스러웠던 여름을 떠나보내는 시기, 떨어지는 낙엽을 감상하며 청승맞은 기분에 젖어들기 시작하는 시기였다.

"……님! 마님!"

참으로 오랜만에 아무런 꿈도 꾸지 않고 푹 잠든 것 같다. 이른 새벽부터 심상치 않은 기세로 나를 애타게 깨우는 그웬이 아니었더라면 나는 모처럼 늦게까지 푹 잤을 것이었다.

보통 그웬이 이런 식으로 나를 먼저 깨우러 오는 일은 없었다. 로베르트가 이 시간부터 내 처소 문가에서 초조하게 발을 굴러대는 일 역시, 좀처럼 드문 일이었다.

"무슨…… 일이야? 애들한테 무슨 일이라도 생겼어?"

빠르게 덮쳐오는 불안감에 황급히 가운을 걸치며 묻자 로베르트가 머리를 가로저어 보였다. 후, 그건 아니라면 다행인데…….

"마님, 뉘른베르크 공작 각하께서 찾아오셨습니다. 급한 일이시랍니다."

누가 찾아왔다고……? 머리에 찬물이라도 끼얹어진 것처럼 정신이 번쩍 들었다. 창밖을 보니 이제 막 동이 터오고 있었다. 이 이른 시간에 공작님이 몸소 찾아올 정도면 엄청나게 급한 용무라는 거다. 대체 무슨 일일까?

나는 슈미즈 위에 가운만 걸친 그대로 방을 뛰쳐나가 후다닥 응접실로 향했다. 의자에 앉아 초조하게 파이프를 재고 있던 뉘른베르크 공작이 곧장 몸을 일으키며 내게 다가왔다.

"레이디 노이반슈타인."

"공작님? 이른 시간부터 여긴 어쩐 일이세요? 혹 집안에 무슨 변고라도……."

"아니요, 그런 것이 아닙니다. 그게, 참, 이걸 대체 뭐라 말씀드려야 할지……."

그닥지 않게 두서없이 주워섬기며 내 손을 잡는 공작님의 푸른 눈동자가 흡사 불길이 흐르는 것처럼 찌릿찌릿 타올랐다. 그건 내가 이제 막 충격을 앞두고 있다는 신호였다. 심장이 걷잡을 수 없을 만큼 빠르게 질주하기 시작했다.

"……부인, 침착하시고 잘 들으십시오. 조금 전 교황청에서 신성 재판을 공표했습니다."

"예?"

신성 재판이라면 교단 측에서 황실과 별개로 자율적으로 주관하는, 일종의 청문회 비슷한 의식이다. 청문회와 비슷하면서도 교단에서 주최하는 재판인 만큼 보다 권위적이며 도덕적인 인식이 강하다 할 수 있었다. 마지막으로 열린 것이 70년도 더 되었다고 아는데, 대체 뭣 때문에 오늘날 이 시점에 뜬금없이 신성 재판을 연단 말인가?

"대체 왜…… 무슨 일로요?"

차마 입 밖으로 소리 내어 말하기도 싫다는 듯, 공작님이 짧은 탄식 소리를 내더니 내 손에 까마귀의 인장이 찍힌 종이 하나를 들려주었다. 나는 떨리는 숨을 가다듬으려 애쓰며 애써 그것을 들여다보았다.

깨알같이 자잘히 박힌 글자 중에 그나마 명확하게 보인 것은 오로지 '현 노이반슈타인 가주의 자격성 및 위험성' 그리고 '근친상간의 가능성 여부'라는 두 문장뿐이었다.

망망대해에 홀로 떨어진 기분이란 바로 이런 걸 두고 하는 말일까.

사방이 온통 적이었던 전생에도 그들은 나의 적이었지 노이반슈타인 가문의 적이 아니었다. 나로 인해 내쳐진 방계 가문 사람들도, 전혀 상관없던 그 많은 귀족도 온전히 나 하나에게만 이를 갈았지 황금 사자 자체를 적으로 돌리는 짓은 하지 못했었다.

3년 전의 재판 사건 역시 엘리자베트 황후가 나에 대한 개인적 적개심으로 무리하게 벌인 일이었지, 황실 자체에서 노이반슈타인을 적으로 돌리려던 의도를 품었다고는 볼 수 없었다.

그럼에도…… 교단에서마저 이런 식으로 나의 목을 조르려 들 줄은 정말이지 상상도 못 했다. 이러한 추잡스런 혐의를 뒤집어씌우리라고 내가 어찌 상상이나 할 수 있었겠는가.

혐의라 해도 우습기 짝이 없는 것이, 그들이 내게 제시한 의혹은 근친상간의 가능성과 더불어 가주로서의 자격성이었다. 실제로 근친상간이 벌어졌든 벌어지지 않았든 앞으로 그럴 가능성이 있는지 없는지 따져 보겠다 이거다. 결국 다 짜고 치는 장난질에 가까운 판이었다.

사방이 온통 적인 한복판에 홀로 서 있는 느낌이다. 내가 처한 고립된 위치가 새삼 피부에 와 닿았다.

만약 우리가 방계 가문들과 결속한 상태였다면, 노이반슈타인 방계들과 내가 척을 진 상태가 아니었다면 이러한 부조리하며 파격적이기까지 한 심판질은 일어나지 않았을지도 몰랐다.

대체 누가 뭘 바라고 이런 짓을 꾸민 것인지 아무리 생각해 봐도 알 수가 없었다. 일단 나는 교황을 알현해 본 적조차 없었으며 내 주위의 교단 측 인물이라고는 의회 일원 추기경들뿐이었다. 막막한 의구심의 한복판에 떠오른 이는 리슐리외 추기경이었지만 그라 해도 대체 뭘 바라고 이런 짓을 꾸몄을지에 대해 감이 잡히지 않았다. 내가 지금의 자리에 앉아 있는 것이 그토록이나 교단의 눈에 거슬렸던 걸까? 예전엔 그대로 내버려 뒀으면서 지금은 도대체 왜?

노이반슈타인을 위시로 한 귀족파의 입김이 강해져서라고 하기엔 귀족들이 황권을 견제하면 할수록 득을 보는 건 교권이었다. 아무런 득도 없는데 근 70년 만에 신성 재판을 여는 무리수를 감행할 정도라면 이유는 단 하나뿐이다. 그냥 낙인찍으려 작정했다는 거다.

이만한 판을 벌일 정도면 그만큼 믿는 구석이 있다는 것인데 그게 대체 뭔지 감조차 잡히지 않았다. 그 뉘른베르 공작님마저 도무지 갈피를 못 잡겠다는 반응이니 말 다 했다. 이쪽에서 미처 대처할 틈은 조금도 주지 않고 축제가 끝나자마자 선공에 들어간 것이다.

카이저라이히의 공식 교황청, 사크로상트에서 열리는 신성 재판은 전통에 따라 황제와 교황이 동시에 참관하며 청문의 진행은 추기경들이 맡는다.

귀족 중 의회 일원들만이 자발적 증인 참석이 가능하나 판결에 따른 불명예를 감수해야 한다. 즉 혐의에 반하는 증언을 했을 경우 판결이 유죄로 내려진다면 체면이 말이 아니게 된다 이거다. 그 반대도 마찬가지였다.

어느 귀족이 목숨보다 귀히 여기는 체면이 깎이기를 감수하면서까지 기꺼이 교단을 적으로 돌리려 들까. 아무리 날고 기는 대가문들이라 해도 제국의 뿌리 깊은 신앙의 근간을 적으로 두고 싶어 하는 이는 없다. 근래의 성직자들이 아무리 타락했다 한들 사람들 입장에서는 선조 때부터 이어져 내려온 종교적 권위를 거스르기 어려운 법이었다.

그런 면에서 내가 전생에 이미 한번 겪었던 청문회와 이 재판은 차원을 달리했다. 근 70년 만에 열린 신성 재판인 만큼 훨씬 강렬했다. 사람들의 반응 역시 마찬가지였다.

"참으로 들어주기도 어려운 모욕적인 혐의로다. 제국에서 의붓어머니 노릇 하고 있는 여인네가 어디 한둘인가? 이런 식의 같잖은 혐의로 물고 늘어진다면 조만간 황후 역시 이 법정에 서겠군."

"아뢰옵기 송구하오나 황제 폐하, 이곳의 누구도 황실을 모독하려는 심산은 눈곱만큼도 없습니다. 황후마마와 레이디 노이반슈타인의 상황은 질적으로 달라도 한참 다릅니다. 더불어서 레이디 노이반슈타인에 대한 그만한 추문이 암암리에 퍼져가고 있다는 사실 자체가 그 자질에 의혹이 드는 일입니다."

"허어, 뭐가 그리 다르다는 말인가? 그리고 고작 추문으로 자질을 따지려 든다면 이 자리의 모든 이 중 누구 하나 멀쩡하게 걸어 나갈 이가 없을 터인데?"

"황후께서는 황태자 전하를 걸음마 시절부터 돌봐온 분입니다. 나아가 제국의 독수리 되시는 황제 폐하를 부군으로 두고 계십니다. 하나 노이반슈타인 후작 부인은 나이를 감안하고도 일반적인 계모들과 대등하게 볼 수 없는……."

"성부 성모에 일생을 종사한다는 자들이 어찌 감히 남의 어미 자격을 두고 왈가왈부하는 것이냐!"

서슬 퍼런 노기를 여지없이 드러내며 추기경단을 향해 일갈하는 황제와 달리 삼중관을 쓴 교황의 얼굴은 차분하기 짝이 없었다. 으스스하리만치 차분했다. 불만을 제기하는 이가 황제라 한들 개의치 않겠다는 듯 근엄하게 앉아 있는 모양새가 주기적으로 정부를 갈아치우며 수많은 사생아를 배출했다는 염문의 주인공 같지 않아 보였다.

호기심과 이해득실을 가리는 흥미로움으로 다소 어수선했던 3년 전의 재판이나 전생의 청문회와는 달리, 현재 법정 안에 모인 방청객들의 분위기는 문자 그대로 삼엄하기 짝이 없었다. 이런 자리에 안 끼면 이상할 뮐러 백작가나 루드비히 후작가, 세비스티앙 백작가 등의 방계 인사들도 일제히 숨을 죽인 채 바짝 긴장하고 있는 모습이 아이러니하게 느껴졌다.

교단 측에서 근친상간이라는 사회적 낙인을 본가에 찍어버린다면 이미 척을 진 지 오래라는 방계들 입장에서도 좋을 거 하나 없다. 이건 그들이 나를 밀어내고 본가를 차지하느냐 마느냐의 단순한 알력 다툼 문제가 아니었다. 후대에 길이 남을 꼬리표에 대한 문제였다. 내가 이 자리에서 내려간다면 저들 입장에선 더할 나위 없이 좋은 일이지만, 뒤처리를 감당하려면 꽤 골치 아플 것이었다. 나아가 일정량의 재산 몰수도 감안해야 한다.

일사불란하게 서 있는 푸른 제복의 성기사들조차 근육 하나 움직이지 않고 있었다.

정말로 자신들이 신의 심판을 대리하고 있다고 믿는 듯 권위 있게 앉아 있는 추기경단 중 리슐리외는 보이지 않았다. 일부러 재판에 빠진 것인지 아니면 어디에 숨어서 지켜보고 있는 것인지 알 수 없는 노릇이었다.

리슐리외 추기경은 일전에 내게 백조의 홀에 얽힌 일화를 거론한 적이 있다. 그가 이번 일에 조금이나마 관여하지 않았으리라곤 믿을 수가 없었다.

만일 이 신성 재판에서 내게 불리한 쪽으로 판결이 내려진다면, 나는 가주 자리를 박탈당하고 죄를 씻는다는 참회의 수녀원에 가둬질 가능성이 농후했다.

그게 진정 그가 바라는 것일까? 나를 원래 자리에서 끌어내리는 것? 수녀원에 가둬 버리는 것? 하지만 대체 왜? 내게 무슨 원한이 졌다고? 나 따위가 같은 의회석에 앉는 것이 그토록 거슬렸던 걸까?

의회단원석에 앉아 있던 뉘른베르크 공작이 몸을 일으켰다. 공작님은 매부인 황제와는 한결 대조적인 서늘하고도 냉소적인 미소를 유지하며 가감 없이 입을 열었다.

"여기 모인 모든 분은 3년 전 제레미 폰 노이반슈타인 경을 두고 열린 황태자 폭행 사건 재판을 기억하고 계실 겁니다. 그때 슈리 폰 노이반슈타인 후작 부인께서 어떻게 판결을 뒤집으셨는지 역시 잊지 못하고 있을 거라 믿습니다. 존경하는 교황 성하, 귀부인으로서 가장 개인적인 사생활을 노출하면서까지 의붓아들을 지키려 했던 숭고한 모성에 이런 식의 혐의를 씌우는 것은 성모를 받드는 교리에 심히 어긋난다 사료됩니다."

쾅, 하는 소리와 함께 40대 초반쯤의 추기경 하나가 단상을 박차고 일어섰다.

"신성 모독적인 발언이오! 그리고 그때의 그것이 숭고한 모성인지 아니면 순전히 남녀 간의 애정에 기인한 것인지 알 수 없는 일 아니오리까!"

"허어, 돠르테 예하께서는 예하의 모친에게도 그렇고 그런 감정을 느끼실 줄 아는 지극히 섬세한 감성의 소유자이신 모양입니다."

"지금 말 다 하셨소?! 고작 한두 살 터울의 의붓어미와 직접 산통을 겪으며 자식을 품에 안은 어미를 어찌 감히 비교한단 말이오?!"

"그 말인즉슨 그 누구보다도 황태자 전하를 아끼시는 제 누이 역시 모성 자격 미달이라는 겁니까?"

"그, 그런 말이 아니잖소! 황후마마와 노이반슈타인 부인은 전적으로 상황과 조건이 다르오! 나이도 그렇고 제시된 혐의만 살펴보아도……."

"그래서 그 혐의를 최초로 제시한 이가 누굽니까."

저건 공작님이 한 말이 아니었다. 당연히. 여태껏 조용히 침묵을 유지하며 참고인석에 앉아 있던 제레미가 불쑥 던진 말이었다. 그와 동시에 팽팽한 열기가 감돌던 법정 안이 순식간에 찬물이라도 끼얹은 듯 싸늘하게 식었다.

"그야……."

암녹색 안광을 활활 번득이고 있는 제레미를 향해 득의만면하게 입을 열던 추기경이 이어 주춤거리며 어물쩍 시선을 돌렸다. 무리도 아니었다. 만약 사람을 눈빛만으로 찢어발겨 죽일 수 있다면 저 추기경은 진작에 본래의 형체도 알아보기 어려운 고깃덩어리가 되어 흘러내렸을 것이었다.

그 어떤 토너먼트도 참석하지 않으며 철저히 교권만을 받드는 성기사들의 명확한 실력을 아는 자는 드물다고 한다. 그런 성기사들조차 매섭게 긴장한 눈빛으로 주시하고 있는 이가 제레미였다. 비록 참고인 신분으로 아무런 무기도 소유하고 있는 않는다 한들 가공할 실력의 사자가 바로 코앞에서 안광을 번득이고 있는 상황인 것이다.

"큼큼, 누가 제시했느냐의 여부가 중요한 게 아니지 않은가. 지금 이 자리는 슈리 폰 노이반슈타인 후작 부인의 가주로서의 자질을 논하는 자리이니. 설령 여태껏 아무런 일이 없었다 한들 앞으로는 또 어떨지 모를 일이지. 만일 후작 부인이 정말로 조금도 사심 없이 그저 남편의 유지를 이으려 했다면 후계자가 성년을 맞는 즉시 적절한 혼처를 구해주었을 터, 하나 현시점에서 후작 부인 본인도 후계자 제레미 경도 한참 혈기왕성할 나이임에도 불구하고 타인과 그 어떠한 정상적이며 보편적인 이성 관계를 맺지 않고 있네. 제시된 혐의에 따르면 두 사람이 모자 관계라기보다는 연인 관계에 더 가까워 보이는데, 이에 대해 반론이 있는가?"

"차마 뭐라 할 말도 없군요. 순전히 연애 경험이 없다고 해서 근친상간의 죄를 뒤집어써야 한다니 제국의 젊은이들 팔 할이 통곡할 노릇입니다."

"가혹하게 들릴지도 모르나 정상적인 환경에서 자란 자제들과 경의 처지를 비교할 수는 없다고 보네."

"아비를 성직자로 두고 있는 사생아에 비하면 매우 정상적인 가정환경이라 생각합니다만."

제레미가 지극히 냉소적인 투로 이죽거린 저 발언에 추기경들 대다수는 물론이요, 교황까지 순식간에 얼굴이 시퍼렇게 굳었다. 또 다른 추기경 하나가 흉흉한 기세로 몸을 벌떡 일으키게 되었음은 당연지사였다.

"지, 지금 경은 누굴 두고 감히 신성 모독을 하는 것인가!"

"주어는 없었습니다."

"이, 이……!"

재판이 시작된 이래 제 형 곁에 앉아 단 한 번도 고개를 들지 않고 바닥만 쏘아보던 엘리아스가 마찬가지로 벌떡 몸을 일으킨 것은 그때였다. 다들 일순 멈칫하며 시선을 돌리는 가운데, 엘리아스는 몹시 격분한 얼굴로 좌중을 돌아보며 이를 악물고 으르렁거렸다.

"우리가 우리 어머니라는데 당신들이 무슨 권리로 자격 운운하고 자빠졌어 이 뇌에 X같은 망상만 들어찬……!"

엘리아스가 고래고래 내지른 말들을 모조리 거론하는 건 무의미한 짓이라고 해야겠다. 엘리아스는 몹시 비도덕적이고 신성 모독적인 말들을 쏟아냄에 있어 이 자리에 모인 모든 권위적인 인사들의 표정을 전혀 고려하지 않았으며, 따라서 얼마 안 가 성기사들에게 붙들려 법정에서 끌려 나가게 되었다.

"참고인 증언은 이것으로 끝인가?"

교황이 참으로 질린다는 표정으로 혀를 끌끌 차며 읊조린 저 말에 추기경 중 하나가 왼손을 들어 보였다. 잠시 후, 방청석 쪽에서부터 무수한 인파를 가르고 나타난 어여쁜 금발의 소녀 하나가 사뿐사뿐 참고인석 쪽으로 다가와 섰다. 레이첼이었다.

“레이첼 폰 노이반슈타인 영애, 영애는 그대의 모친과 오라비 사이에 약간이라도 수상쩍은 전조가 있다고 보는가? 이 자리에서 어떤 말을 한들 교권이 그대를 보호하고 있으니 겁먹지 말고 솔직히 말해보게.”

머리가 반쯤 벗겨진 추기경 하나가 구슬리는 듯한 어조로 던진 저 발언에 레이첼은 곧장 대답하지 않았다. 그녀는 잠시 조용히 양손을 모으고 기도하듯 두 눈을 감나 싶더니, 얼마 안 가 가녀린 어깨를 파들파들 떨기 시작했다. 여기저기서 술렁임이 읾과 동시에 추기경 쪽에서 기다렸다는 듯 채근했다.

“이런, 상당히 겁먹은 모양이군. 괜찮으니 두려워 말고 있는 그대로 솔직히 말해보게. 그대의 눈에 비친 그대의 가족은…….”

“흐흑, 송구합니다, 예하. 교황 성하. 그리고 황제 폐하. 저희 어머니를 뺏어 가지 말아주세요. 이런 말도 안 되는 삼류 소설 같은 촌극으로 저희 어머니를 잃게 된다면 저는…… 흑! 다들 아시다시피 어린 나이에 조실부모하고 친척들마저 등 돌린 저희 남매를 지금까지 보살펴 주신 유일한 분이랍니다. 제발 우리 어머니를 뺏어 가지 마세요. 우흑흑…….”

“아니, 저, 영애…….”

“천륜으로도 끊을 수 없는 것이 가족이라 하는데 어찌 저희에게 이런 시련을 주시나요. 자애로우신 성부 성모님께서는 어찌 저희에게만 이토록 가혹하신지요! 어린 나이에 조실부모한 것도 서러운데, 흑……!”

……오직 나와 제레미만이 눈치챘으리라. 이 순간 레이첼이 매우 격렬하며 교묘하기 짝이 없는 연기를 펼쳐 보이는 중이라는 사실을.

우리의 꼬마 아가씨는 저런 식으로 남들에게 눈물로 호소하며 동정을 구하는 성정과 거리가 멀어도 심히 멀었다. 되레 엘리아스처럼 신성 재판 한복판에서 육두문자를 날리지 않은 것이 신기할 지경이었다. 그럼에도 그녀가 눈물을 흘리는 모습을 보고 있자니 가슴이 아팠다.

동정과 당혹감이 뒤섞인 분위기 한복판에서 술렁임은 점점 더 커져가고 있었다. 어린 소녀의 저 애처롭기 짝이 없는 호소에 몇몇 귀부인은 손수건으로 눈가를 두드리기 시작했으며 여타 남성들 역시 마찬가지로 손수건을 꺼내고 싶다고 주장하는 표정을 짓고 있었다. 황급히 손짓을 해 보인 추기경의 지시에 따라 조심스레 다가간 성기사가 그녀를 인도하지 않았더라면 아마 레이첼은 이 기세를 몰아 바닥에 주저앉아 한바탕 통곡 쇼라도 벌였을 것이었다.

"크흠, 그럼 피고인 본인에게 묻겠소이다. 레이디 노이반슈타인, 부인은 현재 법적 장남 제레미 폰 노이반슈타인 경과 부모 자식 간의 그것으로 결코 간주할 수 없는 육체적 혹은 정신적 교감을 나누고 있다는 혐의를 받고 있소. 부인이 살아온 배경과 처한 환경 및 현 동태를 미루어 보건대 말도 안 되는 혐의라고 치부할 수만은 없는 일, 이 의혹에 대해 제시할 어떤 반론이 있소이까?"

육체적 문제는 고사하고 정신적 교감에 대해 따진다는 것 자체가 자가당착적인 일이었다. 마음을 무슨 수로 증명해 보인단 말인가. 거기다 내가 어찌 살아왔는지 저들이 뭘 알기나 하는가? 나는 나를 향해 일제히 꽂힌 무수한 시선을 느끼며 담담한 얼굴을 유지하려 애썼다.

"없습니다."

"없다?"

"어미에 대한 그런 의혹에 반응하는 것 자체가 자연이 거부하는 일이므로 반론할 말이 없습니다. 나는 나와 같은 처지에 놓인 모든 어머니에게 묻고자 합니다."

침묵이 흘렀다. 숨통을 틀어막는 듯한 살얼음판 같은 정적이 길고도 짧게 거대한 돔 법정 내부를 휘감고 지나간 뒤, 찌르는 듯한 눈빛으로 나를 응시하던 추기경이 마침내 몸을 돌리며 다음과 같이 말했다.

"성하, 증인 소환을 요청하겠습니다."

"허락한다."

끼익, 하고 육중한 모자이크 문이 열리는 소리가 울림과 동시에 나는 증인이 누구인지 확인하려 시선을 돌렸다. 다른 사람들과 마찬가지로 말이다. 그리고 그대로 얼어붙어 버렸다.

"저 스텔라 폰 이그회퍼, 성부와 성모의 이름 아래 황제 폐하와 교황 성하의 눈앞에서 진실만을 고할 것을 맹세합니다."

"저자가 누구라고?"

황제의 다소 아연한 질문에 증인 소환을 요청한 추기경이 대답했다.

"노이반슈타인 후작 부인의 모친 되는 이그회퍼 자작 부인입니다."

"짐이 알기로는 노이반슈타인 부인의 혼례 이후 지금까지 아무런 교류도 없던 것으로 아는데 무슨 증언이 가능하다는 것인가?"

"노이반슈타인 부인의 결혼 생활 및 현재 제기된 의혹의 가능성에 대한 정보가 있는 것으로 아옵니다."

당당히 증인석으로 걸어 들어오는 희끗희끗한 연분홍색 머리칼에 풀빛 눈동자의 중년 부인. 그녀의 정체는 바로 나의 어머니, 이그회퍼 자작 부인이었다.

참 대단한 삼류 촌극이 따로 없다. 의붓자식과 정을 통한다는 혐의로 신성 재판에 선 딸과 그 딸에게 불리한 증언을 하기 위해 나선 어미라니. 구경하는 입장에선 이보다 더 흥미진진한 오락이 따로 없을 것이다.

이 자리에 나옴으로써 무슨 대가를 약속받았을까? 100년 전쯤에 유행했던 마녀사냥이 어떻게 그토록 어불성설로 잘도 판을 쳤는지 새삼 이해가 갈 지경이다.

"결혼 생활과 현시점의 혐의에 대한 정보라…… 몇 년간이나 교류가 없었던 어미라는 자가 얼마나 대단한 정보를 가지고 있을지 의문스럽군."

뉘른베르 공작이 경멸스러운 기색을 감출 생각도 안 하며 읊조린 저 빈정거림에 내 어머니는 놀랍게도 움찔하는 기색조차 없었다. 되레 자조적인 미소를 지어 보이며 이렇게 대꾸했다.

"제가 배 아파 낳은 자식입니다. 딸이 지난 수년간 얼굴도 못 보게 내쳤다 한들 제 딸 속도 모르는 어미가 있겠습니까?"

"배 아파 낳은 자식에게 혐의를 씌우려는 어미가 할 만한 소리는 아닌 것 같은데."

"저는 그런 의도로 이 자리에 나온 것이 아닙니다. 저는 그저 딸아이가 하루속히 참회의 길로 돌아서길 바랄 뿐입니다. 반반한 용모만 믿고 남성들로 하여금 최악의 자신을 선택하게 만드는 짓은 그만두고요."

뭐 이런 생명체를 다 보냐는 듯한 떨떠름한 표정이 되어버린 공작이나 황제와 달리, 교황은 그 권위적인 표정에 한 점의 흐트러짐도 없는 채로 근엄하게 질문을 던졌다.

"최악의 자신이라니? 그것이 정확히 무슨 의미인가?"

"송구하옵니다, 성하. 우선적으로 제 딸아이는 저희 처지에 과분하다 할 수 있는 혼례를 올렸음에도 불구하고 그다지 평탄한 결혼 생활을 보내진 못했습니다. 남자라면 환장한 아이이니 사고를 안 쳤을 리가 없지요."

"그 사고라는 것에 대해 명확히 아는 바가 있는가?"

"아직까지 뚜렷이 기억에 남는 사건이 있습니다. 1113년의 겨울이었습…….”

“실례하지만 이그회퍼 부인, 오시기 전에 술이라도 거하게 드셨나 봅니다. 망상과 현실을 구분 못 하시는 꼴을 보아하니 말입니다. 1113년의 겨울이라면 부인께서 친히 저를 혼례장에 등 떠밀고 코빼기도 안 비친 해입니다. 그 부분에 대한 무수한 증인이 후작저에 눈 멀쩡히 뜨고 살아 있는데 어느 안전이라고 감히 위증을 저지르시는 겁니까?”

내 귀로 듣기에도 전혀 내 것 같지 않은 싸늘하고도 냉소적인 음성이 흘러나왔다. 지금 저기 서서 나에 대한 더없이 혐오스러운 위증을 행하는 내 어머니를 보는데 이상하리만치 무덤덤한 기분이었다. 한때 그녀에게 품었던 그 모든 애증과 원망, 그리고 희미하게 꿈틀거리던 연민까지 흔적도 없이 증발한 듯했다.

내 어머니가 고개를 홱 돌리고 나를 쏘아보았다. 내 것과 꼭 같은 풀빛 눈동자가 강렬하고도 비열한 불꽃으로 활활 타오르고 있었다.

“이 뻔뻔한 계집애가! 워낙에 멍청해서 기억을 못 하는 거니, 아니면 거짓말 솜씨가 그새 그렇게 는 거니?!”

“누가 누구더러 뻔뻔하다는지 모르겠지만 입조심하십시오. 이런 자리에서도 그 천박한 혓바닥은 주체를 못 하시겠나 봅니다.”

법정 안의 전원이 하나같이 흥미진진해하는 얼굴로 우리 모녀의 꼬라지를 감상하는 것을 의식하지 않으려 애쓰며 차분하게 쏘아붙이는데 어머니의 반응이 어째 심상치가 않았다.

내가 그토록 그녀를 잘 알기에 알아차릴 수 있는 것이었지만, 지금의 그녀는 순전히 거짓말이 들통나서 발끈하고 있다기보다는 어쩐지 진심으로 분노하고 있는 것처럼 보였다. 내 어머니가 연극을 할 때마다 튀어나오는 습관, 눈알을 오른쪽으로 굴리며 손가락을 꼼지락대는 습관이 전혀 기미도 보이지 않았다. 아니면 이 순간을 위해 그 습관을 없애 버린 걸까?

"지금 기억이 안 난다고 잡아떼는 거니? 아무런 연통도 없이 그 꼭두새벽에 무대포로 들이닥쳐 놓고선?"

"꿈이라도 꾸신 모양입니다만 저는 도무지……."

"하! 꿈이라도 꾼 모양이라고? 그 난리를 쳐놓고선 이제 와서 기억이 안 난다고?! 남편 허락도 없이 무작정 내려와서 돌아가기 싫다고 난리난리를 쳤던 계집애가 뭐가 어쩌고 어째?!"

이건 또 무슨 새로운 형태의 연극이란 말인가. 나는 기가 막혀서 내 어머니의 벌겋게 일그러진 얼굴을 빤히 노려보았다.

"이야기를 꾸며 내려면 좀 더 그럴싸하게 꾸며내시지요. 제가 머리에 이상이라도 생기지 않은 이상 당신들한테 돌아갈 리가 없……."

"네년이 찔리는 게 있으니까 싹 잊어버린 모양이구나! 머리에 이상이라도 생겨? 그래, 난 그때 네가 진짜 머리에 이상이라도 생긴 줄 알았다! 네가 하도 정신없이 떠들어대서 알아듣는 데도 한참 걸렸지!"

"대체 무슨……."

"제 팔자에 그 정도 임자 만났으면 감사한 줄 알고 납작 기지는 못할망정 어디 결혼한 년이 분수도 모르고 외간 남자가 주는 선물을 넙죽 받아?! 내가 네 남편이었다면 네 종아리가 더 터질 때까지 때렸을 거다! 그 정도로 뭘 잘했다고 도망쳐 오긴 왔니, 이 정신없는 것아!"

뭐라고……?

지금 내 어머니라는 여자가 떠들어대는 소리에 조금도 신빙성이 일지 않았다. 당연히. 그런 일이 일어났다는 것 자체가 말이 되기나 하나? 가당치도 않은 헛소리였다. 우선적으로 내가 남편과 싸웠다고 해서 친정으로 도망쳤다는 것 자체부터가 불가능한 전제였다. 나는 결코 친정으로 돌아가고 싶어 하지 않았으니까.

그런데 왜 갑자기 급소를 한 대 얻어맞기라도 한 것처럼 속이 메슥거리는 기분이 이는지 모르겠다. 머리가 허공에 붕 떠버리기라도 한 것처럼 멍하고도 울렁거리는 감각이 나를 사로잡았다. 시선을 아래로 내리까니 손이 파들파들 떨리고 있었다. 너무 화가 나서 이러는 걸까?

화를 주체하지 못해서 몸이 먼저 반응하는 걸지도 몰랐다. 그래, 그런 걸 거다. 저 여자가 뭔데 감히 저 뱀 같은 혀로 내 남편을 모욕한단 말인가. 그것도 내 아이들 앞에서……!

“그렇게 온갖 남자 끌어들이지 못해 안달 난 정신머리 없는 년이니 의붓아들한테 눈 돌리는 것도 무리가 아니지! 네가 언제까지 그따위로 살 작정인진 모르겠지만 이쯤에서…….”

어머니는 더는 말을 잇지 못했다. 비명조차 지르지 못했다. 아마 너무 기겁해서였을 거다.

“다시 한번 지껄여 봐. 뭐가 어쨌다고?”

참고인석에 묵묵히 앉아 있던 제레미가 그야말로 눈 깜짝할 사이에 다가와 내 어머니의 목에 검날을 겨누고 있었던 것이다. 참고인 신분으로 무기를 소유한다는 건 말도 안 된다.

시선을 그 뒤쪽으로 돌려 보니, 거기에는 문자 그대로 얼이 빠져 버린 얼굴을 한 성기사가 자신의 검을 낚아채 간 제레미를 멍청하게 응시하는 중이었다.

“저, 저…….”

“이, 이게 무슨 짓인가, 제레미 경!”

고조된 긴장과 흥미진진함으로 가득 차 있던 법정 안이 순식간에 공포의 도가니로 변해 버렸음은 두말할 것도 없었다. 숨소리 하나 내지 않고 제자리를 지키고 있던 성기사들이 동시에 검을 빼 드는 소리가 귀를 날카롭게 찔렀다. 그 와중에 한 추기경은 후다닥 단상에서 뛰어 내려가 성기사 뒤에 숨으려다 바닥에 넘어져 버렸다.

그러거나 말거나 제레미는 이글이글 작열하는 화염 같은 시선을 내 어머니에게 온전히 내리꽂은 채 흉흉한 살기를 내뿜으며 으르렁거리고 있었다.

"다시 한번 그대로 지껄여 보라고."

내 어머니가 졸도하지 않은 것이 용하다 해야겠다. 젊은 사자가 눈 시퍼렇게 뜨고 지켜보는 앞에서 그의 부모를 잘도 모욕해 버렸으니 저런 꼴을 당하는 것도 당연지사였다. 그럼에도 이대로 내버려 둘 수가 없다는 현실이 참 얄궂다.

"나, 나, 나는……."

"제레미!"

메슥거리던 속이 조금 가라앉으면서 정신이 번쩍 들었다. 내가 내뱉은 외침에 의붓외조모를 당장에라도 찢어발길 기세였던 제레미가 고개를 약간 움직여 이쪽을 바라보았다. 나는 단호하면서도 간절하게 머리를 가로저어 보였다.

"진정해. 괜찮아. 어차피 거짓말일 뿐이니까."

그렇고말고. 거짓말이다. 거짓말일 뿐이다. 우리가 아닌 사람들이 멋대로 떠드는 거짓말에 휘둘렸다간 그들이 원하는 것을 내주게 될 뿐이었다.

내 목소리에 밴 단호함을 느낀 걸까. 제레미는 잠시 파도처럼 일렁이는 눈으로 나를 빤히 바라보더니 이윽고 바닥에 검을 내던졌다. 철그렁

하는 요란한 소음과 동시에 여기저기서 안도의 한숨 소리들이 터져 나왔다.

"이게 대체 무슨 신성 모독적인 무례……."

"그래서 이그회퍼 부인은 그때 어떻게 했소이까?"

기다렸다는 듯 발끈하는 누군가의 일갈을 뉘른베르 공작의 딱딱하게 굳은 음성이 그대로 끊어버렸다.

기묘하려야 더는 기묘할 수 없는 표정을 짓고 있는 황제는 그렇다 쳐도 교황 역시 아무래도 방금 일어난 일을 그냥 묵과하기로 작정한 모양이었다. 대의멸친이라 했나?

금방이라도 혼절할 듯 하얗다 못해 새파랗게 질려 있던 내 어머니가 가까스로 정신을 차렸다. 그녀는 이제 한 손을 가슴에 대고 누르며 울분에 가득 찬 어조로 더듬거렸다.

"다, 당연히 곧장 남편에게 돌아가 용서를 빌라고 달랬지요. 제 속으로 낳은 딸이 어찌 저 지경인지 모를 일입니다. 추가 증인이 필요하시다면 저희 집에 있던 하녀들과 제 아들이 있습니다만, 제 하나뿐인 아들은 얼마 전에 수도로 올라왔다가 실종이 된 상태입니다. 누가 무슨 짓을 했는지 모르겠지만 연락도 없이 쥐도 새도 모르게 사라졌습니다. 틀림없이 그 배후에……."

"그렇다면 추가 증인은 본가의 하녀들뿐이라는 것인가? 내세울 증언은 그것이 다요?"

"저, 전 그저 제 딸을 악의 구렁텅이에서 건져내고 싶은 마음일 뿐입니다. 이런 끔찍한 일로 집안 망신이나 시키고 다니는 짓은 정말 더 이상……."

하녀들을 매수하는 거야 간단한 일이다. 그리고 내 오빠라면 어머니와 조금도 다를 바 없는 인간이었다. 어쨌든 그건 아무래도 상관없는 문제였다. 내 어머니가 저토록이나 멍청한 사람이라는 것이 문제다.

지금 그녀는 자기가 어떤 목적으로 여기에 불려 나왔는지, 추기경들이 짓고 있는 득의만면한 미소가 어떤 의미인지 제대로 파악하고 있기나 할까?

그녀가 나에 대해 내세운 증언은 그야말로 거짓으로 점철된 것도 모자라 같잖기 짝이 없는 소리였다. 그럼에도 저주스럽게도 그녀는 나를 낳은 어미였고, 그 사실이 나를 그녀가 말하는 그렇고 그런 여자로 만드는 데 힘을 보태고 있었다. 그와 동시에 아이러니하게도 그녀를 향한 경멸 역시 시시각각 커져가는 상태였다.

그러니까, 내 어머니를 이 법정 안으로 밀어 넣는 농간을 꾸민 이는 정확히 이걸 노린 것이었다. 그녀가 내가 어릴 때부터 보아온 가장 가까운 혈육이라는 점을 이용하는 동시에 내게 이런 천박한 어미도 있다는 사실을 만천하에 보이는 것. 저토록 천박한 어미 아래서 똑같이 천박한, 의붓아들에게 사심이나 품는 어미가 나오는 것이 지극히 그럴싸하게 느껴지게끔 말이다. 그 모전여전 작전은 벌써 먹혀들어 가는 듯했다.

무슨 대가를 약속받고 이 자리에 왔든 내 어머니의 목숨이 길게 붙어 있지 않으리란 사실만큼은 명백했다. 그녀의 쓸모는 딱 여기까지니까.

내가 유죄 판결을 받고 모든 것을 몰수당한 뒤 수녀원에 처박힌다 해도 그녀에게 돌아가는 건 하나도 없을 터였다. 자기가 어떻게 이용당하는지도 모르는 멍청한 여자 같으니…….

"레이디 노이반슈타인. 부인의 모친의 증언에 대해 제시할 반론이 있소?"

요헨이 내게 손을 댄 것도, 내가 친정으로 돌아간 것도 전부 일어나지 않은 일이다. 기껏 지어낸 이야기가 고작 그런 헛소리란 말인가. 갑자기 지쳤다.

저들은 정녕 나로 하여금 순백의 신녀의 증명이라도 받게 만들고 싶어 하는 걸까? 증명을 받는다 해도 아까 들먹인 앞으로의 가능성 어쩌구 하는 소리로 계속해서 물고 늘어질 게 뻔했다. 더군다나 순백의 신녀라 한들 이쯤이면 믿을 수가 없는 노릇이다. 어차피 교단에 속한 자들이니까.

……어쩌면 내가 3년 전처럼 나의 순결을 주장하며 순백의 신녀를 찾는 순간을 노리고 있는 것인지도 몰랐다.

굳게 닫혀 있던 모자이크 문이 갑작스레 열리면서 전령으로 보이는 남자 하나가 뛰어 들어온 것은 그때였다. 남자는 자신을 향해 쏟아지는 사람들의 어리둥절한 시선은 아랑곳하지도 않고 곧장 단상을 뛰어 올라가 교황의 귀에 대고 무어라 속삭였다. 무슨 소식을 들은 건지, 근엄한 입매를 약간 일그러뜨린 채 듣고만 있던 교황이 마침내 황제 쪽을 돌아보며 입을 열었다.

"황태자가 피고인 측의 증인을 자처한다오."

"태자가……?"

한바탕 아연실색한 술렁임이 이는 가운데 나와 제레미의 시선이 빠르게 얽혀들었다. 일순 숨이 멎는 기분이었다. 그 역시 나와 똑같은 생각을 하고 있는 것이 분명했다. 그 다이아몬드 목걸이 말이다.

갑자기 실소가 새어 나왔다. 이럴 줄 알고 내게 그런 목걸이를 보냈던 것일까?

여타 성직자들과 교황으로 하여금 이러한 청문회를 열게끔 입김을 넣을 만한 인물은 리슐리외 추기경뿐이었다. 능력 면에서든 심중 면에서

든. 하면 테오발트는 리슐리외와 손을 잡은 이 일의 배후 중 하나인가, 아니면 뭔가 낌새를 눈치채고도 내버려 둔 채 나의 구원자로 나서려는 계획을 따로 꾸민 것인가?

내 직감은 후자라고 외치고 있었지만 어느 쪽이든 그가 이 상황의 유일한 돌파구가 된다는 결말만큼은 확실했다. 하지만…….

지금 내 눈을 뚫어져라 마주 보는 제레미의 눈에 깃든 표정을 어떻게 받아들이면 좋을지 모르겠다. 화가 난 것 같기도 하고 울고 있는 것 같기도 한 표정이었다.

제레미는 이러한 결말을 바라지 않았다. 나 역시 마찬가지였다. 그가 이렇게 해서라도 모든 것을 끝내길 원한다면 모를까.

"증인이 도착하기 전까지 잠시 휴정에 들어가야겠군. 그럼……."

"그러실 것 없습니다, 성하."

성광을 허공에 반쯤 들어 올리던 교황이 멈칫하며 찌르는 듯한 회갈색 시선을 내게로 내리꽂았다. 다른 모든 사람 역시 마찬가지였다. 초조하고도 흥미진진하게 내 입을 바라보는 모양새들이 아마 내가 3년 전과 같은 수를 쓰려는 것이라고 짐작하는 듯하다.

이제야 제대로 이해가 갔다. 처음의 짐작과는 달리 이건 특정 가문을 상대로 한 놀음이 아니었다. 온전히 나를 상대로 한 놀음이었다. 예전과 다를 바 하나 없이 말이다.

만약 남편이 살아 있었더라면, 혹은 내게 든든한 혈연이 있었더라면, 하다못해 방계들에게 주권을 넘겨준 상태였다면 이런 일은 일어나지 않았을지도 모른다.

이 많은 사람이 모인 법정 안에서 그나마 형식적으로 내 편을 들어주고 있는 이는 황제와 뉘른베르크 공작뿐이었다. 나머지 의회 일원들, 개중 딸을 친히 나에게 보내 혼사를 성사시키려 꿍꿍이를 부렸던 하인리히 공작마저 그저 손을 놓고 구경하고만 있었다. 이런 말도 안 되는 놀음에 어느 누구 하나 적극적으로 이의를 제기하거나 내 변호를 자처하지 않았다.

몸을 사리는 건 이해가 간다. 하지만 내가 교권에 의해 이 심판대에 오른 만큼 자신들 역시 그럴 가능성이 대폭 증가했다는 사실을 인지하지 못하는 것인가?

“레이디 노이반슈타인?”

“이런 식의 결정적인 증거도 증인도 없는 악의적인 재판은 100년 전에나 벌어졌을 시대착오적 장난질입니다. 제가 마녀입니까? 그때처럼 저를 마녀로 몰아가려 작정하신 겁니까?”

“지금 이 자리는…….”

“이렇게 해서 얻으시는 것이 도대체 뭡니까? 황금 사자의 자산을 원하시는 겁니까? 아니면 순전히 남편도 없는 어린 계집 따위가 당신네 중 누구에게도 기대지 않으며 후작가의 가주 자리에서 떵떵거리는 꼴이 눈꼴 시린 겁니까? 그거야말로 저의 진짜 죄일지도 모르겠군요. 당신들이 생각하는 가장 중요한 특권을 저라는 존재가 감히 침범해 버렸으니 말입니다.”

잠시 정적이 흘렀다. 내가 가감 없이 퍼부어 버린 저 발칙한 폭언에 교황조차 그저 무시무시하게 얼어붙은 얼굴로 나를 쏘아보고만 있었다. 눈빛만으로 사람을 잡아먹을 수 있다면 난 진작에 흔적도 없이 사라졌을 것이다. 마찬가지로 그 자리에서 굳어 있던 추기경 중 하나가 슬며시 앞으로 나섰다.

“후작 부인, 그 무슨 말도 안 되는 무례한…….”

“무례는 그쪽에서 먼저 시작했습니다. 노이반슈타인 후작가의 가주로서 이러한 모욕을 더는 두고 견딜 수가 없군요. 하여 저는 교황청을 상대로 명예의 결투 심판을 요청하려 합니다."

가주 명예권 조례 아래 주장할 수 있는 명예의 결투 심판. 마녀사냥 열풍 이후 황권과 교권의 횡포으로부터 귀족 수장들을 보호하기 위해 만들어진 그 조례가 교권을 상대로 행해진 전례는 극히 드물었으나, 아예 불가능한 일은 아니었다. 교권을 적으로 공표하는 위험을 감수하기만 한다면 말이다.

순식간에 북풍한설 같은 긴장감이 장내를 장악하는 가운데 누군가가 발 빠르게 외쳤다.

"아뢰옵니다, 성하! 현시점 제레미 폰 노이반슈타인 경은 피고인과 같은 혐의에 연루된 참고인 신분입니다! 하오니 제레미 경은 명예의 결투 심판에 나설 수 없습니다!"

이 판을 짠 자가 누구든 간에 실로 치밀하게 대처를 세워놓았다는 점에선 칭찬해 줄 만하다 해야겠다. 실력을 가늠하기 불가능하다는 성기사들조차 긴장하게 만드는 제레미를 이런 식으로 묶어버림으로써 이쪽의 승률을 대폭 깎아내린 것이다.

"옳은 지적이군. 하면 레이디 노이반슈타인, 부인의 명예의 기사는 다른 기사 중 하나를 내세워야 할 것이네. 가문 기사 혹은……."

그러나 변수는 언제나 있게 마련이다. 그리고 그 변수는 나조차 예상하지 못한 종류의 것이었다. 아니, 어쩌면 무의식적으로 예상하고 있었는지도 몰랐다. 시간을 거슬러 돌아온 이래 처음으로 타인에게 희망을 걸고 있었는지도 몰랐다.

"그럴 것 없습니다!"

그야말로 불쑥 들려온 거친 음성 하나에 전원 약속이라도 한 것처럼 일제히 고개를 돌렸다. 방청석의 무수한 인파를 헤치고 성큼 걸어 나온 사내가 빠른 걸음으로 내 곁에 다가와 섰다. 정확히는 나와, 자신의 친구 사이에 섰다. 검은 머리칼에 서늘한 푸른 눈을 한 공자, 노라가 말이다.

지금 뉘른베르크 공작님의 표정을 뭐라고 설명하면 좋을지 모르겠다. 아마 반쯤 넋이 나가 버린 내 표정과 비슷하지 않을까. 넋이 나가 버린 건 다들 마찬가지인 것 같은데.

"뉘른베르크 가문과 노이반슈타인 가문은 같은 의회의 일원이니, 참전 자격에 법적인 문제는 없겠지요. 그러니 저 노라 폰 뉘른베르크, 기꺼이 레이디 노이반슈타인의 명예의 기사로 나서겠습니다."

사크로상트의 신성한 법정 안은 다시 한번 고요의 영토가 되었다.

와장창, 하는 요란한 소리와 함께 무수한 루비와 진주 알이 사방으로 흩어진다. 나는 눈이 휘둥그레 벌어진 채 얼어붙어 있다. 뭔가 말을 하려고 애써보지만 혀뿐만 아니라 온몸이 굳은 것처럼 꼼짝도 할 수가 없다.

"누가 보냈는지도 모른다면서 왜 꽁꽁 감춰놓았을까? 그대는 내가 장님으로 보이시는가? 그때처럼 눈 멀쩡히 뜨고 빼앗길 것 같아?"

무슨 말인지 잘 이해가 가지 않는다. 그는 웃고 있지만, 나는 그저 맹수 앞의 토끼처럼 꼼짝도 못 하고 얼어붙어 있다. 어깨를 붙든 강철 같은 손아귀가 옷자락을 짓누르며 살 속에 파고드는 듯하다.

"엄마?"

"……흣!"

팔에 와 닿는 따스한 손길에 눈이 번쩍 뜨였다. 늦여름의 오후의 햇살이 주변을 온통 환하게 물들이고 있었다. 익숙한 풍경이었다.

그보다 내가 언제 오침에 들었는지 모르겠다. 고개를 옆으로 돌리자 침대맡에 서서 꼬물거리는 레이첼이 시야에 들어왔다. 곱슬거리는 금발의 사기 인형처럼 어여쁜 소녀, 나의 딸내미 말이다.

"괜찮아? 안 좋은 꿈 꿨어?"

꿈……? 꿈을 꾸긴 한 것 같은데 무슨 꿈인지 잘 기억이 나지 않는다. 또 옛날 꿈을 꾼 것 같긴 한데, 머리가 허공에 붕 뜬 것처럼 멍한 기분이었다.

"더 자도 돼. 근데 뭐 좀 먹고 자. 아무것도 안 먹고 계속 자기만 했잖아."

내가 그랬나……? 미소를 지으며 저리 말하는 레이첼의 등 뒤로 하녀들이 트레이 카트를 밀며 들어서고 있었다. 나는 현실 감각이 좀처럼 돌아오지 않아 머리를 연거푸 흔들며 상체를 반쯤 일으켰다.

"……고마워. 너희는?"

"우리는 아까 점심 먹었지. 큰오빠가 엄마 그냥 자게 냅두라고 해서."

그랬구나…… 그제야 서서히 머리가 맑아지면서 정신이 좀 들었다.

어제 재판에서 돌아온 직후 곧장 쓰러져서 지금까지 잠든 모양이다. 이토록 정신없이 잠든 건 정말 오랜만인 것 같다.

하녀들이 조심스럽게 식사를 차리는 동안 생글거리는 얼굴로 내 곁에 앉아 있던 레이첼이 불쑥 물었다.

"근데 엄마, 나 어제 연기력 죽여주지 않았어?"

나는 눈을 느리게 깜박였다. 이토록 아무렇지도 않아 뵈는 태도가 안심스러운 동시에 이 모든 상황에 대해 뭔가 적절한 말을 해줘야 한다는 의무감이 일었다. 그렇지만 가까스로 새어 나온 말은 고작 이거였다.

"너를 위한 연극을 새로 하나 구상해도 될 것 같더구나."

"역시 그렇지? 레온이 나더러 소름 끼친대. 그때 사람들 표정이 얼마나 웃겼는지 웃음 참느라 혼났어."

하고 덧붙인 소녀가 킥킥 명랑한 웃음소리를 내었다. 나 역시 미소를 지었다.

"다들……."

"아, 작은오빠가 좀 전에 성전 어쩌고저쩌고 하면서 석궁 들고 깝치다가 큰오빠한테 한 대 맞았어. 지금 벌서고 있을걸."

"벌은 왜……?"

"석궁 휘두르면서 난리 치다가 엄한 기사들한테 쏴대기 시작했거든. 하여간 우리 중 뇌는 나랑 레온이 다 가져간 게 틀림없다니까."

……끄응. 다른 사람도 아닌 제집 도련님이 면전에 대고 석궁을 쏴 날린다면 충직한 기사로서 어떻게 대처해야 하는가. 가여운 우리 가문 기사들.

"있잖아, 엄마."

"응?"

"엄마는 우리 아버지 만나서 행복했어?"

갑자기 숨이 턱 막히는 듯한 느낌에 나는 수프 그릇을 받아 들다 말고 멍한 눈으로 레이첼을 물끄러미 바라보았다. 레이첼은 여전히 이 모든 상황이 대수롭지 않다는 듯 웃고 있었다. 그럼에도 불구하고 커다란 에메랄드색 눈동자 한구석에 깜박이는 불안한 빛은 감추려야 감출 수가 없었다.

왜 이런 질문을 하는 걸까. 어제 내 어머니라는 여자가 쏟아낸 위증 때문일까? 휴, 망할 여자 같으니.

"당연…… 하지. 그동안 말 못 했지만, 내 친정 사람들은 자기들 이득을 위해서라면 무슨 거짓말이든 꾸며낼 자들이야. 그런 헛소리에 하등 신경 쓸 거 없단다. 그리고 무엇보다, 너희를 만나게 되었다는 것이 내 인생 최고의 축복이야."

레이첼은 잠시 속내를 알 수 없는 반짝이는 녹보석 같은 눈으로 내 얼굴을 바라보며, 내가 진심인지 아닌지 살피는 듯했다. 그러더니 이내 팔을 뻗어 내 목에 두르며 안겨왔다. 몸에 와 닿는 따스한 온기에 텅 빈 것 같았던 가슴이 그제야 꽉 차오르면서 심장이 쿵쿵 뛰었다.

"나도 그래."

"어차피 다들 우리가 하지도 않은 일로 저리 야단법석인데, 이쯤이면 진짜 떠드는 대로 해도 뭐가 나쁘냐는 생각이 다 든다."

"그게 네가 이번 일로 얻은 교훈이냐?"

심드렁한 친구의 질문에 제레미는 대답하지 않았다. 대신에 지극히 귀한 공작가 자제답지 않은 껄렁한 자세로 담벼락에 걸터앉아 있는 친구이자 라이벌을 밉살스럽게 노려보았다.

재수 없는 새끼.

검술 대회 직후 두 사람 사이에 잠깐 감돌았던 어색함은 온데간데없이 사라진 지 오래였다.

"결투 심판에는 내가 나갔어야 했다. 네놈 처지가 부러운 날이 다 올 줄이야."

말은 장난스럽게 하고 있어도 속 상태는 말이 아니었다. 이토록이나 자신이 무력하게 느껴지는 순간이 있었던가? 이토록이나 슈리와 자신의 법적 관계가 원망스럽게 느껴지던 순간이 있었던가? 자신이 나설 수 없는 일에 대신 나선 친구가 미치도록 부러웠지만, 동시에 아이러니하게도 고마워하지 않을 수가 없었다.

"그래서 이길 자신은 있는 거냐?"

빈정기가 다분한 제레미의 질문에 노라는 대답하지 않았다. 대신에 어깨를 으쓱하며 말을 돌렸다.

"그보다 막판에 새 새끼가 증인 자처한 건에 대해서나 다시 말해봐. 목걸이가 뭐가 어쨌다고?"

"그 자식이 슈리한테 독수리 장식이 달린 다이아몬드 목걸이를 보냈다니까. 어제 결투 심판으로 판이 틀어지지 않았다면 그대로 숨겨진 정인으로 나서서 흑기사를 자처하려 했던 모양인데……."

씹어뱉듯 중얼거리는 제레미의 표정은 의외로 차분했으나 아래로 내리깐 암녹색 눈동자는 치미는 열을 억누르느라 이글이글 타오르고 있었다.

"……만약 그 새끼가 이번 일에 어떻게든 연루되어 있다면……."

"글쎄, 그 새대가리 애송이가 그 정도로 교권 일에 간섭한다는 건 불가능에 가깝지. 내가 보기엔 단지 뭔가 낌새를 알아차리고서 따로 계획을 꾸민 것 같다만. 나대지 말라고 경고했는데도 도통 들어먹을 줄 모르네."

"그건 그것대로 우습기 짝이 없는 일인데. 지금쯤 속 꽤 쓰리겠군."

"우습기 짝이 없지. 다들 누나가 순순히 휩쓸릴 거라고 착각한 모양이야."

옳은 일침이었다. 신성 재판을 주도한 배후도, 이 상황을 이용하기 위해 따로 꿍꿍이를 꾸민 자도, 태평하게 앉아 구경하며 이 사태를 어떻게 보다 자신들에게 유리하게 만들지 궁리하던 자들도 전부 하나같이 대단한 착각에 빠져 있었다.

자신이 체스판의 움직임을 주도한다 믿던 이들이 알고 보니 자신 역시 그저 그 무수한 말 중 하나라는 사실을 깨닫는다면 어떻게 될 것인가.

"제기랄, 감히 우리 슈리를 얕보다니. 빌어먹을 교권이든 황권이든 이번 일이 끝나는 대로 쓴맛을 보여주겠어. 버러지 같은 다른 귀족 놈들도 이 기회에 쓴맛 제대로 보게 만들어주마."

"아아, 그것 참 감동적인 처우로군. 그러려면 일단 내가 내일 제대로 결판을 내줘야겠네."

"그래서 말인데, 너, 너희 집은 괜찮은 거냐?"

아무도 예기치 못했던 노라의 독단적인 선포 덕에, 뉘른베르 공작가는 쓰다 달다 표현도 못 한 채 노이반슈타인 후작가와 함께 교권을 적으로 돌리는 폭풍에 휩쓸리게 되어버렸다. 만일 내일의 결투에 노라가 교단 측 기사를 상대로 져도 문제지만, 이겨 버린다면 그때는 더더욱 돌이킬 수가 없게 된다.

"왜, 새삼 미안해지냐?"

이 조롱조의 질문에 제레미는 우정을 중시하는 의리의 기사다운 태도로 받아쳤다.

"네놈이 멋대로 나선 일인데 내가 왜 미안하냐? 난 단지 너희 집안에서 네놈한테, 그러니까 뭐라고 해야 하냐 이걸……."

"압력이라도 넣었을까 봐? 전부 야단야단 떨긴 했다만 이미 저질러진 판을 뭐 어쩌겠어. 사이좋게 손잡고 놀아야지."

"뭐 그때 너희 아버지 표정 정말 볼만하긴 하더라. 너 알고 보니까 그냥 네 아버지 엿 먹이려고 그런 거 아니냐?"

"그것도 어느 정도 있긴 했지. 참 짜릿한 풍경이었어."

젊은 과부 하나 마녀사냥하려다 졸지에 사자와 늑대가 손잡고 춤추게 되어버린 판국이니 교권 측에서도 골치깨나 썩을 것이었다. 다른 귀족들도 마찬가지였다.

아무리 제레미와 노라, 두 젊은 후계자가 반황실 귀족파 세력의 떠오르는 중심이라 한들 두 사람이 딱히 뭔가를 주도한 적은 없었다. 어떻게 보면 한낱 우정놀음에 기인한 파벌이라 치부할 수도 있었다. 거기다 황실 측에서 3년 전 사건으로 위세 약화를 자처한 점도 한몫했고.

그러나 진짜 두 가문의 결속이 되어버린다면 상황은 또 달라진다. 여차하면 현 정세가 완전히 뒤집혀 버릴 수도 있는 형국이니, 내일의 결투에서 뉘른베르크 공자의 패배를 기원하는 이는 의외로 꽤 많을 것이었다. 그런 생각을 곱씹으며 제레미는 담벼락 위에 팔을 걸치고 친구이자 라이벌의 푸른 눈을 바투 응시했다.

"일이 마무리되는 대로 내가 할 일이 있는데……."

"내가 이길 걸 당연히 안다는 투네."

"뭔 개소리야? 그럼 나를 상대로 무승무패를 이룬 유일한 녀석인 네 놈이 어디 가서 진다는 게 말이 되냐? 만약 그런 창피한 꼴을 보인다면 용서하지 않겠다."

상대를 높이는 동시에 자신은 더더욱 높이는 제레미의 저러한 뻔뻔한 발언에 노라는 그저 가소로움 깃든 눈빛을 지어 보일 뿐이었다. 그리고 제레미는 그 눈빛을 못 본 척 외면하려 애쓰며 말을 이었다.

"아무튼 내가 하려는 건……."

"뭐, 새 새끼 족치는 거 도와달라고? 아님 배후 찾아내서 족치자고? 그야 기꺼이……."

"둘 다이긴 한데, 그것보다 좀 다른 문제가 있어."

어울리지 않게 어물쩍거리는 투로 내뱉은 제레미가 재차 금빛 속눈썹을 내리깔았다. 이에 노라는 절로 짙은 눈썹을 들어 올렸다.

"뭔데 꼴에 수줍어하고 자빠졌냐? 이번 기회에 정녕 이판사판으로 누나한테 들이대겠다는 거면 이 자리에서……."

"이그회퍼 자작 부인이 한 소리 말이야."

웬일로 발끈하지도 않고 곧장 차분하게 말을 이은 제레미가 흔들리는 눈을 하고서 덧붙였다.

"넌 그 증언에 신빙성이 있다고 생각해?"

노라는 잠시 친구를 마주 응시하다가, 이내 머리를 가로저어 보였다.

"나야 모를 일이지. 네가 더 잘 알겠지. 그때도 있었던 사용인들 없어? 집사라든가."

"뭔가 자세히 알고 있는 낌새는 아니던데. 그보다 좀 더 명확하게 조사해 보고 싶달까. 자꾸 뭔가가 있는 것 같은 기분이 드는데 그게 정확히 뭔지 모르겠어."

"……."

"일전에 말이야, 그놈의 다이아몬드 목걸이. 슈리가 몽유병 때문에 또 돌아다니는 와중에 그걸 들고 있더라고. 그래서 알게 된 건데, 어디서 났냐고 물어보니까 반응이 심상치가 않았어."

"심상치가 않아?"

"어. 뭔가 내가 아닌 다른 사람을 보는 것 같았달까…… 그렇게 횡설수설 변명하는 모습은 정말이지 처음 봤다고. 순간 바람피우다가 걸린 부인처럼 보일 지경이었으니 말 다 했지."

제레미는 말끝에 힘을 주며 주먹을 꽉 움켜쥐었다. 그 모습을 지켜보는 노라 역시 슬슬 심상치 않은 표정이 되어갔다.

"자작 부인이 말한 내용, 슈리가 없던 일인 척하는 게 아니라 진짜 기억 자체를 못 하고 있는 것 같아. 그래서 알아보려고."

"네 아버지에 관한 일인데도 말이냐?"

짧지만 상당히 많은 의미가 깃든 저 질문에 제레미는 숨을 몰아쉬며 머리를 끄덕였다.

"그래서 더 알아보려는 거야…… 내 아버지가 진짜로 내가 생각했던 분이 맞는지 말이야."

"후회하게 될지도 모르는데."

"상관없어. 그러니까 너."

나직하게 덧붙이며 늑대의 눈을 마주 보는 사자의 눈동자가 필사적인 빛으로 번득였다.

"내일 반드시 이겨야 한다."

"네가 그렇게 안 보채도 알아서 확실히 해줄 거거든요."

교권을 상대로 한 명예의 결투는 사크로상트의 성기사 연무장에서 진행된다. 앞으로의 판도를 가르는 대결인 만큼 검술 대회 때와는 차원이 다른 긴장과 엄숙함이 무수한 관객이 모여든 객석을 감싸고 있었다.

상단에 앉은 교황과 황제, 추기경단, 그리고 여타 관객들과 사방을 엄호하는 성기사들까지 모두 하나같이 비슷해 보이는 얼굴을 하고 있었다. 애써 동요를 감추려는 얼굴 말이다.

아침부터 술에 취한 듯 멍하고도 얼떨떨한 감각이 도무지 떨쳐지지 않았다. 느껴지는 거라곤 오로지 나를 에스코트 중인 제레미의 손에서 전해져 오는 온기뿐이었다.

남들이 우리를 어떻게 보고 있든, 아니, 오히려 보고 있다는 걸 알기 때문에 더더욱 가까이 붙어 있었다. 너희가 무슨 망상을 하고 무슨 말을 꾸며내든 우리는 개의치 않겠다는 태도로 말이다.

어쨌든 나는 이 결투를 똑바로 지켜봐야 했다. 단순히 내가 피고인의 신분이라서가 아니라, 그게 나를 위해 나서준 노라를 위해 해야 마땅한 일이기 때문이다.

"레이디 노이반슈타인."

우리의 지정석은 객석의 가장 앞쪽이었다. 바로 근처에 뉘른베르 공작가 사람들이 앉아 있는 꼴이었다. 공작 부인은 아무래도 도저히 지켜보기 어렵다고 판단한 건지 보이지 않았다.

꽤 원망스러운 시선을 받을 거라고 생각했지만 다들 그 푸른 시선들을 애써 앞으로만 고정하고 있었다. 하기야 의도치 않게 휩쓸렸다고는 하나 이미 판이 이렇게 되어버린 이상 속내가 어떻든 내색하기 어려울 것이었다.

어쨌든 차분히 인사를 건네며 나를 바라보는 공작님의 눈은 복잡하기 짝이 없어 보였다. 하나뿐인 아들이 자칫하면 여기서 죽을지도 모른다는 생각 때문일까. 그 불안은 나 역시도 가지고 있었다. 만일 오늘 노라가 잘못된다면, 그렇다면…….

나는 잠시 노라와 꼭 비슷한 그 눈을 가만히 마주 바라보았다가, 나도 모르게 얼떨결에 챙겨 온 물건 하나를 그 손에 건네었다. 제레미가 나를 의아한 시선으로 바라보았지만 이 자리에서 그게 뭐냐고 딱히 캐묻지는 않았다. 그리고 공작님은 머리를 갸웃했다.

"부인……?"

"……꼭 보세요. 언제라도."

그게 내가 할 수 있는 말의 다였다. 이게 과연 잘하는 짓인가 하는 의문이 약간 일긴 했으나 지금이 아니면 건네줄 다른 적절한 때가 없었다.

"떠나기 전에 이런 진귀한 구경을 다 하게 될 줄이야. 이게 바로 대륙의 기상이라는 거군요."

우리 가족이 앉은 객석 바로 뒤쪽에 앉아 있던 알리 파샤 왕자가 가벼우면서도 무례하게 느껴지지 않는 유쾌한 어조로 표한 소감이었다. 제국의 건국기념 축제를 즐기러 왔다가 좀처럼 보기 드문 사건들을 줄줄이 목도하게 된 이국의 왕자님은 신성 재판의 내용은 둘째 치고 이 사건 자체가 그저 하나의 광대놀음 같다는 태도를 고수하고 있었다.

나는 그 태도가 고마우면서도 동시에 그가 사파비국인이라 가능한 태도라는 생각이 들었다. 비록 같은 종교를 믿을지언정 교황청을 바로 코앞에 두고 있는 우리 제국과는 달리 훨씬 자유분방하다는 열정 넘치는 섬나라의 왕자라서.

"사파비국에도 이런 유의 결투가 있습니까?"

"우리나라에도 명예의 결투가 있긴 합니다만 약간 다릅니다. 일단 전사 대 전사로서 바로 거는 결투인 데다 그놈의 명예의 기준이 제각각이라 횟수가 엄청나죠. 예를 들어 어떤 전사가 옆에 앉은 전사의 머리숱이 자신에게 모욕감을 준다고 결투를 신청하는 희한한 경우도 꽤 많습니다."

"머리숱이 모욕감을 준다고요?"

"꽤 그럴싸하지 않습니까? 거기서는 검 들고 다니는 놈들끼리는 항시 조심해야 합니다. 제레미 경 같은 분은 시비 걸리기 쉽겠지요. 용모가 빼어난 사내는 공공의 적이니까. 여기서는 반대로 레이디 쪽이 좀 더 시비 걸리기 쉬운 모양입니다만."

"정확히 보셨습니다. 의외로 분석 능력이 제법이시군요."

"의외라니요, 저 이래 봬도 외교 임무 맡고 다니는 왕자입니다."

이 살얼음판 같은 분위기 속에서도 잘도 주고받는 제레미나 알리 왕자나 그 타고난 유쾌함에 찬사를 보내고 싶을 지경이다. 나는 미소를 약간 지으며 떨리는 가슴 위에 손을 얹은 채 시선을 추기경단 쪽으로 돌렸다. 재판 때는 코빼기도 내비치지 않던 리슐리외 추기경이 오늘 이 자리에 나와 있었다.

늦여름의 햇살이 그쪽을 환하게 내리쬐고 있음에도 불구하고 마치 화풍이 다른 그림을 억지로 짜 맞추기라도 한 것처럼 홀로 동떨어지고 어두운 분위기를 풍기는 모양새가 딱 그다웠다. 칠흑처럼 번득이는 시선이 나와 제레미 쪽으로 꽂히나 싶더니 빠르게 지나쳐 갔다. 왜 어제는 안 보이더니 오늘은 나왔는가. 자신이 벌린 판이 어떻게 결말을 맺는지 제 눈으로 직접 확인하지 못해 안달이 난 걸까?

교황이 성광을 허공으로 높게 들어 올리자 머지않아 긴 뿔피리 소리가 울렸다. 잠시 후, 오른쪽 문에서부터 교단 측 성기사가 걸어 나왔다. 덩치는 그다지 크지 않았지만 얼굴 한복판을 가로지른 두꺼운 흉터와 광기에 가까운 살기로 형형하게 빛나는 눈동자가 한눈에도 범상치 않은 사내였다. 성기사가 아니라 해적이라고 해도 믿을 것 같았다. 절로 마른침이 삼켜졌다.

그리고 왼쪽 문에서 마침내, 나의 명예의 기사가 등장했다. 강철 판금 갑옷으로 단단히 무장한 성기사 쪽과는 달리, 노라는 어째서인지 전투용 군장이 아닌 흑단 기사용 제복 차림을 하고 있었다. 그러고도 실로 유유자적한 걸음걸이로 검을 들고 나오는 모습에 웃음이 나오면서도 이상하게 눈물이 날 것 같은 기분이 들었다. 그가 들고 있는 검이 너무도 낯익었던 탓이다.

내가 3년 전 성탄절 선물로 준 그 검이었다. 검은 강철 검신에 손잡이에 사파이어가 박힌, 랑엔네스에서 구해 온 츠바이헨더 말이다.

두 기사가 완전히 단상 위로 올라와 마주 봄과 동시에 다시 한번 뿔피리 소리가 울렸다. 결투의 시작이었다.

쿵!

검과 방패가 맞부딪히는 소리가 요란하게 울렸다. 노라가 내려치는 검을 방패로 용케 막아낸 성기사가 빠르게 오른손을 움직여 검을 휘둘렀을 때 노라는 이미 몸을 뺀 뒤였다. 한결 오락적인 분위기였던 검술 대회와는 달리 진짜 살기가 팽팽하게 감도는 대결이었다.

"하여간 누가 폼생폼사 아니랄까 봐 갑옷이라도 좀 걸치면 어디가 덧나나?"

맞잡은 내 손에 땀이 축축이 맺히는 것을 느낀 모양인지 제레미가 짐짓 장난스레 읊조린 소리였다. 이하 동문이었다. 저러다 큰일 나는 거 아닐까 조마조마해 죽겠다. 갑옷과 방패로 완전무장한 성기사와 달리 노라는 간소한 제복 차림에 양손엔 츠바이헨더 하나만 들고 있는 상태였다. 그러면서도 조금의 조심성이나 신중함도 느껴지지 않는 막무가내 기세로 거칠게 검을 휘두르는 모습이 아찔해 죽겠다. 공작 부인이 이 자리에 안 나오길 잘했다는 생각이 들었다. 나왔다면 지금쯤 몇 번이고 혼절했으리라.

카캉!

두 개의 검이 격렬하게 맞부딪침과 동시에 성기사가 방패를 든 팔을 높이 들어 올렸다. 일순 사방에서 비명이 터져 나오나 싶더니 다음 순간 몸을 잽싸게 돌려 아슬아슬하게 충돌을 피한 노라가 상대를 향해 득의만면하기 짝이 없는 미소를 지어 보였다. 약을 올리려는 작정이었다면 이미 성공했다고 할 수 있겠다. 저 무시무시한 산적 같은 성기사는 진작부터 짜증이 치민 상태로 보였으니까.

그에 반해 계속해서 치고 빠지기를 반복 중인 노라는 슬슬 재미없어하는 표정을 지었다. 단지 허세를 부리는 중일까? 속세의 인간은 가늠하기도 어렵다는 검기로 무장한 성기사의 어느 부분을 노리고 있는 걸까? 노라가 아무리 뛰어난 기사라 해도 아직 겨우 십 대 후반의 청년이었으며, 상대는 훨씬 실전 경험이 많은 노련한 성기사였다. 그런데…….

성기사가 방패를 다시 들어 올리며 중심을 확보하는 순간 퍽, 하는 굉음이 울리나 싶더니 바닥에 투구가 나뒹굴었다. 여기저기서 다급하게 숨을 들이마시는 소리가 들려왔다. 초조하게 현장을 지켜보던 제레미가 나와 맞잡은 손에 힘을 꽉 주며 휘파람을 불었다.

"그거야! 내 기분이 딱 저랬다고!"

……뭐 굳이 공평을 기하자면 그때 제레미가 먼저 노라의 투구를 쳐내긴 했었다. 차이점이 있다면 친구끼리의 대결이었던 그때와 달리 지금은 진짜 생사를 가르는 결투라는 것. 하여 노라가 아무래도 힘 조절을 달리한 것 같다는 거였다. 가히 압도적인 박력이었다.

거대한 츠바이헨더 날로 머리통을 얻어맞고 투구가 벗겨진 성기사가 잠시 어지러운 듯 눈을 깜박이더니 빠르게 뒷걸음을 치며 거리를 확보했다. 노라는 그대로 다시 곧장 달려들었다. 저돌적으로 빠르게 덤벼드는 동시에 대검을 수직으로 내리찍었다.

푸캉, 하는 굉음과 함께 방패가 산산조각이 나며 모래 깔린 바닥 위로 흩어졌다. 두 번 연속으로 이어진 난폭한 충격에 뒤로 비틀거리던 성기사가 검을 휘두른 것과, 노라가 방패를 내려친 검을 대각선으로 빠르게 쳐올린 것은 거의 동시였다. 챙 하는 날카로운 소음이 짧게 울리더니 다음 순간 검은 섬광이 수평을 그리며 번득였다.

"꺄아악!"

비명이 터져 나오는 것도 무리가 아니었다. 나 역시 짧게 비명을 내질렀으니까. 성기사 역시 마찬가지였다. 바닥에 후두둑 떨어지는 피와 살점이 끔찍하기 짝이 없었다.

하지만 쇼는 거기서 끝이 아니었다. 뒤로 빠르게 한 걸음 물러난 노라가 관객들로 하여금 숨 고를 틈도 주지 않고 재차 검을 허공에 높이 들어 올리며 다시 한번 내리찍었다. 피범벅이 된 안면을 싸쥐고 비틀거리는 성기사의 검을 든 팔을 향해, 정확히 말하면 팔보호대와 장갑 사이에 살짝 드러난 부분을 향해서 말이다. 철퍽, 하는 소리와 함께 피가 사방으로 튀면서 다시 한번 요란한 비명이 울렸다.

"딱히 그쪽에 악감정이 있는 건 아니야."

푸른 눈을 번득이며 씨익 웃음 짓는 노라는 상대로부터 튄 피를 뒤집어쓰고 있어서인지 마치 살육귀처럼 보였다. 아니, 진짜 굶주린 늑대처럼 보인다고 해야 하나.

이어 그는 고통에 몸부림치고 있는 상대에게 마지막 일격을 가했다.

손목을 잘라 버린 것도 모자라서 턱 바로 아래 목덜미에 그대로 검을 내리꽂았다!

피가 분수처럼 뿜어 나오는 풍경에 나는 절로 눈을 질끈 감았다 떴다.

잠시 정적이 흘렀다. 검술 대회의 결승전 때와는 차원을 달리하는, 거의 경악에 가까운 정적이었다. 한참 치고 빠지기만 반복하다가 막판에 너무도 압도적으로 상대를 밀어붙이며 도륙하는 풍경에 다들 일순 얼이 빠져 버린 것이다. 마치 보란 듯이…… 그래, 대놓고 보란 듯이 펼쳐진 풍경이다.

관객들이 너 나 할 것 없이 사이좋게 넋이 나가 있는 사이 노라는 사람들의 표정 따위 아랑곳하지 않고 안주머니에서 손수건을 꺼내 들어 피가 튄 얼굴을 닦았다. 땀에 젖어 헝클어진 검은 머리칼이 햇볕에 물들어 갈색으로 빛났다.

보아하니 상단에 앉아 계신 황제는 옆의 교황과 다를 바 없이 지금까지 벌어진 장관에 그저 넋이 빠져 있을 뿐이었다. 하지만 뭐에 홀려서 넋을 놓고 있었든 간에 무아지경은 곧 풀렸다. 조카의 승리를 이보다 더 제대로 확신할 수가 없게 된 황제가 나란히 굳어 있는 성직자들 측더러 들으란 듯 크게 헛기침을 해 보였다. 다음 순간, 내 곁에 앉아 있던 제레미가 몸을 벌떡 일으키며 이 폭풍 전야의 영토에 힘껏 첫 삽을 찔러 넣었다.

"하여간 진짜 재수 없는 똥강아지 자식이……!"

저 칭찬인지 비난인지 구분이 안 가는 외침을 신호로 그제야 사방팔방 박수갈채가 쏟아져 나오기 시작했다. 억지로 환호하는 척하는 기색이 다분한 사람도 많았으나 아무래도 상관없었다. 신이 승자를 점지해 준다는 명예의 결투에서 뉘른베르 공자가 이긴 것이다. 그가 나의 명예를 지켜냈다.

나의 명예의 기사께서는 이 많은 군중 앞에서 자신을 무시무시한 늑대가 아닌 한낱 똥강아지 취급 중인 친구를 한번 노려보나 싶더니, 곧장 단상을 내려와 성큼 이쪽을 향해 걸어왔다.

팍, 하고 흙바닥에 내리꽂힌 검이 부르르 진동을 일으켰다. 실로 정중하게 바닥에 한쪽 무릎을 대고 앉은 기사가 곧장 내 손을 잡고 손등에 입을 맞췄다. 피비린내가 온통 진동했지만 아무래도 상관없었다.

“이것으로 당신의 명예는 안전합니다. 레이디 노이반슈타인, 신과 사람들 앞에서 당신의 결백은 증명되었습니다. 차후 이 결과에 대해 헛소리하는 자가 나온다면 그때는 오늘보다 더 재미없는 일이 생길 겁니다.”

“이보다 더 재미없으면 얼마나 더 삭막한 거냐? 자자, 아시겠습니까, 여러분! 축제는 끝났습니다!”

3년 전 내가 했던 대사를 그대로 포효하는 제레미의 모습이 화룡점정이 따로 없었다. 나는 우는 동시에 웃고 있었고, 그런 내 꼴에 두 녀석은 사이좋게 어깨를 맞대고 키득거렸다. 마치 여기에 우리 말고 다른 사람들은 존재하지 않는다는 듯이, 우리 말고 아무것도 대수롭지 않다는 듯이 쾌활하게 말이다.

이 많은 관객 중 유일하게 즐기는 마음가짐으로 이 쇼를 감상했을 알리 왕자가 몸을 일으키며 오늘의 승자를 향해 진실한 감명이 깃든 음성으로 내뱉었다.

“경의 안하무인적 기사도에 진심으로 찬사를 보내는 바입니다.”

“그게 바로 제국의 기상이라는 겁니다.”

"부전자전이라던가. 역사는 진정 반복되는 모양이군."

다사다난했던 하루의 끝에 황제가 마지막으로 의미심장하게 중얼거렸던 말이었다. 맞는 말이라고, 알브레히트 폰 뉘른베른 공작은 생각했다. 이보다 더한 부전자전의 예가 따로 있을까? 아득한 옛이야기였다, 아버지들의 이야기는.

어쩌면 그것이 이번 신성 재판에 대해 마냥 헛웃음 치기만 할 수 없었던 결정적인 원인일지도 몰랐다. 피고인에 대해서가 아니라, 그녀 곁에 있는 녀석들에 대해서 말이다. 그런 부분에 있어 공작의 눈은 꽤 정확한 편에 속했다.

어쩌면 이토록이나 제 아버지들과 똑같을 수가 있을까. 처한 상황과 조건은 달랐지만 감정의 기류는 똑같다 할 수 있었다.

의붓어머니에게 반하고 또 반해 있는 기색이 명백한 젊은 사자, 친구의 의붓어머니를 위해 명예의 기사로 나선 젊은 늑대, 3년 전부터 후작 부인을 향해 심상치 않은 기색을 내비쳤던 젊은 독수리. 심지어 그들이 마음에 품고 있는 여인의 외양마저 그들의 아버지들의 그녀와 비슷했다.

"후우……."

크라바트를 풀어헤치며 소파에 걸터앉는 공작의 푸른 눈이 복잡다단하게 번득였다.

그는 그다지 운명을 맹신하는 편이 아니었지만, 이 순간만큼은 운명의 기괴함에 대해 생각을 안 할 수가 없었다. 나아가 이번 대에선 과연 운명이 누구의 손을 들어줄 것인가에 대해서도.

요헤너스가 새파랗게 어린 후처를 들였다는 소식을 처음 들었을 때, 알브레히트도 막시밀리안도 이 친구가 일찌감치 노망이 들었나 하는 반웅을 보였었다.

그러나 그 후처의 외모를 본 즉시 납득해 버렸었다. 무리도 아니었다. 비록 머리 색이나 눈동자는 달랐지만 그토록 닮을 수가 없었던 것이다…… 죽은 루도비카와 말이다.

그들의 젊은 시절을 불타오르게 만들고 끝내는 막시밀리안과 결혼하여 황후가 된 루도비카. 눈을 감고 기억을 더듬으면 그때의 그 장난스러운 목소리가 아직까지도 생생히 떠오르는 듯했다.

"알브, 나 드디어 결혼해! 내가 먼저 하게 됐으니까 약속대로 누님이라고 부르라고!"

하얀 모슬린 드레스에 싸인 채 철모르는 소녀처럼 빙글빙글 돌던 그 모습. 그녀는 오래전에 죽었다. 그럼에도 그들 모두 평생 그녀의 그림자에서 헤어 나오지 못했다. 그 사실이 황제의 두 번째 황후가 된 엘리자베트를 어지간히도 괴롭혔을 터였다. 요헤너스보다 먼저 죽은 전 후작 부인도.

하지만 주변 사람들의 생각과는 달리, 알브레히트는 루도비카에게 품었던 마음을 옛 추억으로 밀어놓은 지 오래였다. 아니, 그렇다고 생각했다. 현 후작 부인을 볼 때마다 옛 기억이 떠올라 절로 부드러워지는 자신을 발견하긴 했지만, 비단 그것 때문이라기보다는 연민의 마음이 한결 컸다고 볼 수 있었다.

기껏해야 그들의 자식뻘인 어린 여자아이였다. 그런 아이가 웬만한 후계자 교육을 받고 자란 사내들도 감당하기 버거운 자리에 앉아 홀로 난세의 풍파를 맞고 있는 판국이었다. 루도비카를 닮은 여자아이가 말이다.

알브레히트는 죽은 옛 친우를 모욕하고 싶은 마음은 눈곱만큼도 없었다. 하지만 예전부터 느껴왔던 기묘한 위화감이 어제의 재판에서, 정확히는 자작 부인이 주장했던 증언에 의해 대폭 커져가고 있었다.

어릴 때부터 함께 자라왔던 친구로서, 그는 죽은 친우가 그런 짓을 정말로 하지 않았다고 단언할 수가 없었다. 반쯤 벌어진 입술 사이로 낮은 탄식이 새어 나왔다.

"누구더러 대신 참회하라고 먼저 가버린 거냐……."

그런 식으로 한참이나 더 현 후작 부인에 대해 머물던 생각은 이윽고 오늘 그녀가 불쑥 건네주었던 물건으로 옮겨 갔다. 어딘가 낯이 익게 느껴지는 낡은 크로키북. 분명 낯이 익긴 한데 전에 어디서 봤는지 도통 기억이 나지 않는다…… 아마 내용을 살펴보면 떠오를지도 모르겠다.

그래서 그는 파이프를 재고서 한 손에 크로키북을 쥐고 펼쳐 들었다. 그러긴 했는데, 그러자마자 곧장 미간을 찌푸리게 되었다. 어쩐지 어디서 많이 본 물건이다 싶었다. 익숙하기 짝이 없는 화풍이었다. 아무리 세월이 오래 지났어도 알아볼 수 있었다. 그의 철부지 아들이 어린 시절 한참 취미를 들였던 것이다. 그때 전부 불타 버린 줄 알았는데, 용케 챙겨두었던 모양이다.

한데 이게 대체 어째서 후작 부인의 손에 들어가 있던 것인가?

그때 무엇 때문에 그림들을 전부 불태우게 되었었는지는 잘 기억이 나지 않았다. 예술 자체를 경시하는 집안 분위기가 한몫하긴 했을 거다. 지금 생각해 보면 그냥 놔뒀어도 됐을 일 같은데…….

잡념을 곱씹으며 반쯤 아무 생각 없이 그림을 넘기던 공작의 손이 문득 멈칫했다.

허공을 부옇게 맴도는 파이프 연기와 더불어 몽롱하게 가라앉았던 푸른 눈이 서서히 명료함을 되찾으며 크로키북을 빤히 들여다봤다. 어린아이의 서투른 손으로 그려진 스케치였으나 누구를 그린 것인지 뻔히 알 수 있었다. 같이 그려진 주변 가구와 의외로 세밀하게 그려진 의복으로 바로 알아볼 수 있었던 것이다.

그러니까, 거기 그려진 이는 다름 아닌 알브레히트 자신이었다. 정확히 말해선 서재에 등을 돌리고 앉아 있는 그였다.

그는 잠시 자신의 뒷모습을 그린 그림을 한참이나 뚫어져라 응시했다가, 천천히 다음 장으로 넘어갔다. 그다음에도 비슷한 그림이 나왔다. 그다음에도, 그다음에도 마찬가지였다. 꽤 상당한 페이지를 차지하고 있었다. 그의 아들이 그를 그린 그림은.

대체 이런 걸 언제 다 그렸던 걸까? 스케치의 대다수는 업무에 매진 중인 그의 모습을 담고 있었다. 하지만 그게 전부는 아니었다. 꽤 다양한 모습의 그가 있었다. 가신들과 회의 중인 듯한 옆모습이라든가, 심지어 안락의자에 걸터앉아 끝도 없는 상념에 빠져 있는 모습까지도.

그만큼 그를 꼼꼼히 지켜보았음이 느껴지는 스케치들이었다. 하지만 제대로 된 앞모습은 단 한 번도 나오지 않았다. 어쩌면 당연한 일이었다. 그랬다면 그가 기억했을 테니까.

이걸 그리던 소년은 그때 무슨 생각을 하고 있었을까.

불현듯 가슴 한구석을 무거운 돌이 꽉 짓누르는 듯한 감각이 일었다. 그는 그 감각을 그냥 무시하려 애쓰며 계속해서 낡은 종잇장을 넘겼다. 더는 아무것도 그려지지 않은 마지막 백지 몇 장이 나올 때까지 계속. 그러고는 다시 뒤로 넘기기 시작했다.

고작 그림일 뿐이다. 고작 그림일 뿐인데…….

숨이 미묘하게 가빠지는 느낌에 그는 파이프를 내려놓고 손을 들어 입가를 감쌌다. 무언가 따끔거리는 덩어리가 목구멍에 차오르고 있었다.

불가능한 일이었다. 그러니까 지금으로서는 불가능한 일이었다. 그의 아들이 이런 그림을 그린다는 것 자체가 말이다. 현재의 그들 부자 사이는 서릿발보다 더 싸늘했으니까.

처음부터 그랬던 건 아니었다. 아들이 어렸을 때만 해도 지금과는 달라도 너무 달랐다. 한때는 퇴근하고서 집에 돌아오면 작은 다리로 쪼르르 뛰쳐나오며 반기는 아이를 보는 것이 삶의 유일한 낙이었다. 그와 너무도 꼭 닮은, 삐죽한 검은 머리에 반짝이는 파란 눈을 한 아이가 세상 전부처럼 느껴지던 때도 있었다. 그 조그만 아이가 언젠가 독감에 걸려 끙끙 앓았을 때, 잠시라도 눈을 돌리면 잘못될까 싶어 곁에 앉아 며칠 내리 밤새워 지켜보던 때도 있었다.

중간에 뭐가 잘못됐던 걸까?

뭔가가 머릿속을 쿡쿡 찔러오는 듯한 감각에 그는 절로 이마를 일그러뜨렸다. 무언가 떠오를 듯하면서도 떠오르지 않는, 익숙한 동시에 더없이 불쾌한 두통이 재차 시작되고 있었다.

무수한 스케치 중 일부에는 다소 낯익은 물건들이 고스란히 삐뚤한 그림으로 남아 있었다. 이제는 없어진 화병이나 그 시절 유행했던 찻잔들, 혹은 파이프라든가…….

아, 그랬다. 파이프가 있었다. 그리고 그건 그냥 일반적인 파이프가 아니었다. 외교 선물로 받았던 크리스털 파이프, 그 화려하고 섬세했던 장식을 그대로 구현하려 애쓴 어설픈 그림이 여기에 남아 있었다.

수년 전에 진작 없어져 버린 그 파이프가 지금까지 생생하게 기억에 남은 이유는 따로 있었다. 그것이 산산조각 났던 그날이 바로 그가 처음으로 아들에게 손을 댔던 날이니까.

맞다. 그때 그의 아들은 자신이 그런 것이 아니라고 했었다. 하지만 증인으로 그의 의붓조카인 황태자가 바로 곁에 있었다. 테오발트가, 한때 그가 그토록 사랑했던 루도비카의 아들이 말이다.

그때부터였던 것 같다. 그의 아들이 서서히 전에 없던 거짓말을 늘어놓는 습관을 들인 것은.

그날의 사건은 단지 시발점이었을 뿐, 서서히 부자 사이에 균열이 생기기 시작했다. 아무리 엄하게 훈육해도, 아무리 혹독하게 벌을 주어도 나아질 기미가 보이지 않았다.

지금 와서 되짚어보면 그의 아들이 일을 저지를 때마다 매번 그 자리에 누군가가 함께 있었다. 동일한 한 사람, 루도비카의 아들이 말이다.

신음과 비슷한 탄식이 낮게 새어 나왔다. 뉘른베르크 공작이 자녀 교육의 가장 중요한 방침으로 여기는 게 있다면 바로 정직이었다. 아니, 비단 그의 자식뿐만 아니라 누구든. 어릴 때부터 온갖 권모술수가 판치는 환경에서 자란 그는 그 반동으로 인해 어설픈 가식이나 거짓말이라면 치를 떨었다.

그런데…….

그런 게 아니었다면? 아니, 설령 그런 게 맞았다 한들, 그가 좀 더 대응을 달리했더라면 어떻게 되었을까? 그가 언제 단 한 번이라도 남이 아닌 아들의 말을 우선적으로 믿어준 적이 있던가?

아니, 없었다. 상처받은 푸른 눈으로 호소하던 아이를, 누가 부전자전 아니랄까 봐 똑같은 폭풍 같은 성정을 타고나 으르렁대며 대들던 아이를 단 한 번이라도 제대로 바라본 적이 있기나 했는가?

결과적으로 말하자면 없었다. 이 크로키북 속의 그림들처럼, 그는 늘

등 돌린 모습만 보여주었을 뿐이었다.

이 그림을 그렸을 소년은 어쩌면 더는 존재하지 않을지도 몰랐다. 한 번 자리했던 사랑이 분노와 실망으로 인해 산산조각 나버린 지 오래일지도 몰랐다. 아니, 어쩌면 더는 아무런 미련도 감정도 없이, 완전히 포기하고 마찬가지로 등을 돌려 버렸을지도 몰랐다.

그리고 오늘 하마터면 그 아들을 영영 잃을 뻔했다. 한때는 그저 건강히 자라주는 것만으로도 신께 감사드렸던 아이를. 다른 그렇고 그런 흔한 귀족 아버지들처럼 되지 않겠다고, 몇 달에 한 번 겨우 얼굴을 마주하면서 자식 이름조차 깜박하는 아버지가 되지 않겠다고 다짐했던 그 아이를.

입가를 짓누르듯 덮고 있는 손등 위로 조용히, 아주 조용히 소리 없는 눈물이 흘러내렸다.

Chapter 9
원죄

"코빼기도 안 비치다가 이제야 나타난 모양새를 보아하니 안달하는 방문객들 피해서 간신히 여기로 도주해 온 것이 분명하군."

"과연 황후마마다운 혜안이십니다."

"흥, 다들 어지간히 우왕좌왕하는 중인 모양이네. 한데 그 방문객 중 우리 레트란도 있다는 사실 인지하기는 하고 온 것인가?"

"황자 전하께서는 제가 아닌 제 아들의 방문객이기에 아무래도 상관 없는 문제입니다."

"우리의 차남들이 언제부터 그리 가까워졌는지 모를 일이군."

"이하 동문입니다."

참으로 오랜만인 것처럼 느껴진다. 이런 식의 대화 말이다. 여전히 밉상인 한편으론 변함없는 모습이 새삼 달갑게 느껴지는 건 왜일까? 엘리자베트의 말마따나 나는 며칠 사이 마치 이 기회에 뭔가를 입증해 보이지 않으면 안 된다고 주장하는 듯한 기세로 미친 듯이 방문해 오는 귀족들을 피해 잠시 도망 나온 상태였다.

……꼭 그것뿐만이 아니라 다른 이유도 좀 있긴 했다.

아름답게 꾸며진 황후 궁 발코니 밖의 뜰은 어느덧 늦여름이 완전히 물러가고 완연한 가을의 황금빛으로 물들어 있었다. 이젠 완전히 가을, 모든 여름의 축제가 끝이 났다.

참고로 알리 파샤 왕자 역시 사파비국으로 돌아갔다. 돌아가면서 그도 레이첼도 어찌나 서운해하며 기나긴 작별 인사를 나누던지 엘리아스가 혀를 끌끌 차 보였을 정도였다. 흠, 아무래도 우리 딸내미를 위해서라도 우리나라와 사파비국이 냉전에 돌입하는 일이 일어나지 않게끔 방지해야 할 것 같은데…….

"어쨌든 내 오만방자한 조카 녀석이 일을 꽤 파격적으로 처리했더군. 잘 끝나서 다행이지만, 내 친정과 그대의 가문이 피치 못하고 손을 잡은 이상 한동안 정세가 시끄러울 거네."

"어느 쪽이 더 시끄러울지는 알 수 없는 노릇이지요."

"쓰잘데기 없이 자신만만한 건 여전하구먼. 너구리 같은 가주 놈들 상대하는 거야 그대가 알아서 하겠지만, 뭐 귀부인들 대다수는 그대 편인 것 같으니 그쪽은 걱정할 것 없을 터이네. 틀림없이 재판이 끝나고서 왜 그대 편 안 들어줬냐며 저들 남편 눈알을 할퀴려 들었을 것이야."

그런가? 나는 개중 상냥하고 자애로운 바이에른 백작 부인이 백작님의 눈알을 할퀴려 드는 풍경을 상상하려다 그만두기로 했다.

"그래서 앞으로 어찌할 작정인가?"

"일단은 저희 가문 지출부터 대폭 줄여야겠습니다. 한데 마마."

"왜 그러나?"

우아하게 찻잔을 들어 올리던 엘리자베트가 뭐냐는 듯 검붉은 눈썹을 치켜세웠다. 나는 잠깐 망설이다가, 비교적 조심스러운 어투로 물었다.

"그 재판의 막바지에 태자 전하께서 증인으로 자처하시려 했던 일 말입니다. 혹 무슨 증언을 하시려던 건지에 대해 마마께서 짐작하시는 바가 있습니까?"

"……글쎄, 솔직히 그건 나도 잘 모르겠군. 태자가 내게 모든 걸 미주알고주알 떠드는 편은 아니라서."

아하, 그러시단 말인가? 그렇다면 역시 이번 일은 둘째 치고 지난번 도박장 건도 엘리자베트는 아예 까맣게 모르는 상태라는 것인데. 테오발트와 밀접히 얽힌 그 문제에 대해 무슨 수로 떠보면 좋을까? 의붓아들을 무척 감싸는 황후이니만큼 자칫했다간 크게 의가 상할 수도 있었다.

엘리자베트는 정말 아무런 의혹도 느껴본 적이 없는 걸까? 자신의 의붓아들이 미심쩍은 구석이 매우 많은 사람이라는 사실을 조금이나마 짐작이라도 하고는 있을까?

내가 그렇게 머리를 굴리고 있는 동안 엘리자베트는 내 표정을 물끄러미 살피나 싶더니만 불쑥 말을 돌렸다. 정확히 말해선 예상도 못 한 발언을 던졌다.

"내 입으로 이런 소리 꺼내면 좀 우습게 보이겠지만…… 사실 3년 전 사건도 그렇고, 어쩌면 태자가 아직까지 그대에게 그렇고 그런 연심을 품고 있을지도 모른다는 생각을 하긴 했네."

"……예?"

"그 3년 전 폭행 사건 덕에 그대의 모정은 내가 누구보다도 잘 이해하는 바라, 이번 사태가 벌어졌을 때 기가 막히긴 했지만 그렇다고 아주 어이가 없지는 않았어. 내 말인즉슨 그대가 아니라 그대의 시건방진 장남 녀석이 혹시라도…….”

“예?”

“그 못지않게 시건방진 내 조카님도 그렇고, 태자도 마찬가지로 보아하니 어째 취향이 하나같이 부전자전 같은 느낌이지 않나. 솔직히 말하자면, 그대도 알다시피 말이네. 나만 해도 처음엔 그대의 용모만 보고 판단하여 내 멋대로 적개심을 불태웠으니…….”

나는 구사할 수 있는 가장 정중한 어투로 반문했다.

“실례하오나 황후마마, 지금 대체 무슨 말씀을 하시는 건지 도무지 이해가 가지 않습니다만. 뭐가 부전자전이고 용모가 어쨌다고요?”

내 황당해하다 못해 반쯤 넋이 나간 목소리에, 엘리자베트는 어쩐지 계면쩍다는 듯 찻잔을 만지작대며 한숨을 내쉬다 말고 나를 마주 보았다. 나는 완전히 얼이 빠진 얼굴을 하고 있었다.

푸른 눈이 일순 의아하게 깜박이나 싶더니 이어 서서히 기이하기 짝이 없는 당혹감이 서리기 시작했다.

잠시 황망한 침묵이 흘렀다. 뭐라 형언하기도 어려울 정도로 일그러지기 시작하는 내 눈을 멍하니 응시하던 엘리자베트가 묘하게 어물쩍대는 투로 이리 말할 때까지는 그랬다 이 얘기다.

“그대…… 전혀 모르고 있었던 건가?”

“그러니까 뭐를 말입니까?”

“아니, 그러니까, 그대의 용모가, 그, 닮은 사람이…….”

“저를 닮은 사람이요? 그게 누구인지 마마께선 알고 계시는 겁니까?”

슬며시 다가온 시녀 하나가 엘리자베트를 향해 뭐라 뭐라 고했으나 우리 두 사람 모두 그쪽에 전혀 신경을 기울이지 않았다. 그녀답지 않게 어쩔 줄 몰라 하는 황후와 달리 나는 점점 딱딱하게 얼굴을 굳혀갔다.

그리고 그때였다.

"제가 늦었을 줄 알았는데 의외로 빨리 도착한 모양입니다, 누님. 어라, 마침 레이디 노이반슈타인께서도 함께 계셨군요."

기품 있게 걸어 들어오며 점잖게 인사를 건네는 뉘른베르크 공작을 향해 우리 두 여인의 형형한 시선이 자연스레 돌아갔다.

그리하여 때아니게 제 누이의 안절부절못하는 눈빛과 나의 이글거리는 눈빛을 동시에 받는, 실로 곤혹스럽기 짝이 없는 난관에 부닥쳐 버린 강철의 공작님이 즉시 어리둥절한 얼굴이 되어버린 것은 지극히 당연한 수순이었다.

"아니, 대체 무슨 일이 벌어진 겁니까?"

내가 할 소리였다.

"어쩌면 나중엔 우리까지 근친 혐의로 엮어버릴지도 모르겠네."

"아, 좀, 그런 끔찍한 소리는 입에 담지도 마! 나 토할 기분 아니거든?!"

"아악! 누군 아니래?! 그냥 그럴지도 모른다는 더러운 현실을 지적하는 거잖아!"

헛소리하다가 거하게 내리찍힌 발등을 감싸 쥔 레온이 불평 가득한 목소리로 항변했으나 레이첼은 커다란 눈을 흉흉하게 부라려 보일 뿐이었다.

"이젠 다 끝났으니까 그런 일 더는 안 생길 거야. 그리고 엄마 괴롭힌 사람들 큰오빠가 다 없애줄 거라고!"

"어, 이번 일을 결정적으로 해결 본 건 그 시커먼 공자님이라고 생각하는데……."

"그건 큰오빠가 못 나서는 상황이었으니까 대신 나서준 거고! 아무튼 그딴 일 두 번 다시 생기지 않을 거니까 끔찍한 소리 그만해."

두 쌍둥이 남매가 나란히 사이좋게 앉아 있는 돌계단의 맞은편 뜰에 선 화살이 빗발치고 있었다. 전쟁이 일어난 것이 아니라, 이 집의 자타공인 시뻘건 망나니와 때아니게 방문한 2황자가 사이좋게 활쏘기 시합을 하고 있는 것뿐이다.

대체 왜 우리 집은 하루라도 조용할 날이 없는가. 어째서 내 형들은 하나같이 저들이랑 비슷한 인간들하고만 어울리는가. 다들 장가가긴 글렀다, 글렀어!

그러한 고민을 하며 레온이 금빛 고수머리를 벅벅 긁적였다.

"큰형이 그렇게 듬직해?"

"당연한 거 아냐? 큰오빠만큼 센 기사가 어디 있다고. 아, 그 공자님이라면 비슷하겠지만 큰오빠 친구니까 괜찮을 거야. 근데 왜? 질투 나?"

"조금 나긴 하는데, 그게 문제가 아니야."

"그럼 또 뭐가 문제인데?"

우리 집안 남자들은 하여간 속 터지게 만드는 데 일가견이 있어. 그런 생각을 다 하며 레이첼은 재차 에메랄드빛 눈을 부라리기 시작했다. 그리고 레온은 쌍둥이의 누이의 흉포하기 짝이 없는 시선을 외면하려 애쓰며 약간 사나운 표정으로 중얼거렸다.

"큰형이 정말 엄마를 엄마로 볼까?"

"뭐? 그건 또 뭔 소리야?"

"솔직히 말하자면, 사랑하는 쌍둥이 누이여, 우리 중 엄마를 엄마라고 여기는 사람은 너랑 나뿐인 것 같거든. 아, 그리고 아마 작은형도? 하는 짓은 싸가지가…… 큼큼. 아무튼 그렇다고."

레이첼은 이제 집안 남자 중 그나마 가장 멀쩡한 상식을 가지고 있다고 평했던 레온을 불신 가득한 눈으로 바라보게 되었다.

"너 뭔…… 뭐야 너, 갑자기 미쳤어? 추리 소설만 파더니 갑자기 그런 쪽으로 망상이 부풀기 시작한 거야? 그 말도 안 되는 재판 내용을 믿는 거야, 지금?"

당장에라도 눈알을 할퀴려는 듯한 기세로 다그치는 누이의 섬뜩하기 짝이 없는 형상에 레온은 황급히 머리를 가로저어야 했다. 정확히 말해선 가로저으며 끄덕였다.

"아니, 아니, 그런 게 아니라, 그러니까 엄마가 문제가 아니라 큰형이 문제라고. 아니, 이건 문제라고 하기도 좀 그렇지만, 아무튼 너도 솔직히 한 번이라도 그렇게 느낀 적 있지 않아?"

"뭐를?"

"크흠, 그러니까 큰형이 엄마를 보는 눈빛이 너나 내 눈빛이랑 같은 거 같아? 솔직히 볼 때마다 큰형 눈은 엄마만 졸졸 따라다닌다고. 뭐 사실 객관적으로 보면 엄마는 큰형이랑 겨우 한두 살 차이인 데다 또 엄청 예쁘니까, 아예 이해가 불가능하진 않아."

한결 차분해진 투로 덧붙이는 레온의 얼굴을 레이첼은 잠시 일그러진 얼굴로 빤히 바라보기만 했다. 짧은 침묵이 두 금발 위로 스쳐 지나가나 싶더니 잠시 후, 뜬금없이 소녀의 눈에 눈물이 고였다. 그리고 레온은 당황했다.

"아, 아니, 울지 마! 왜 울어? 미안해, 나, 난 그냥 혹시나 그럴지도 모르겠다고……."

"흑…… 너까지 그렇게 말하면 또 누가 엄마 괴롭힐지도 모르잖아."

"아냐, 못 괴롭혀! 절대로! 네가 아까 말한 것처럼 큰형이 다 없애줄 거잖아! 꼴에 가진 재주라곤 명사수 기질뿐인 작은형도 있고! 그러니까 울지……."

"그럼 너는? 너도 그럴 거야?"

"당연하지! 자고로 뇌까지 근육인 인간들에겐 지능 담당인 나 같은 인재가 필요한 법이라고! 그러니까 남들이 떠드는 소리는 귓등으로 흘려 버려. 어차피 우리가 아니면 다 적이니까."

레온은 호기롭게 가슴을 팡팡 두드리며 씨익 미소를 지어 보였다. 발갛게 달아오른 코끝을 훌쩍이던 레이첼 역시 따라 미소를 지었다.

"정말 그런 것 같긴 하더라."

"그러게. 나도 이번 일로 확실히 알았어. 아, 우리는 아직 한창 동화 속 세계에 살아야 할 순수한 어린이들인데 말이야. 이 더러운 세상……!"

이 신파조의 한탄에 레이첼은 킥킥 웃다 말고 대뜸 인상을 확 우그러뜨렸다. 연이은 변색에 레온은 또 뭔가 싶어 마른침을 꿀꺽 삼켰다.

"또 왜……."

"나 어린애 아니거든? 이제 어엿한 숙녀거든? 연기력도 엄청 죽여주거든? 너나 오빠들이랑 똑같은 철부지 홀애비 취급하지 마시지!"

"……."

"그러니까 새 새끼 문제를…… 큼, 최대한 원활하게 손을 보려면 너네 아버지 도움이 필요하다 이거지?"

"그렇긴 한데 그쪽은 영 가망이 없을 거라니까. 그 새대가리를 워낙에

싸고도는 인간이라."

"왜?"

"그걸 내가 어떻게 아냐? 어쨌든 우리끼리 알아서 해봐야지."

"미안. 아무튼 그렇다면 당장은 우리가 현재 봉착한 문제부터 해결해야 한다 이거군."

엄밀히 따지자면 제레미의 문제에 끌려 들어온 판국이나 다름없었으나 노라는 딱히 거기에 대해 불평하지 않았다. 졸지에 반나절을 꼬박 말을 달려 생전 듣도 보도 못한 시골 동네의 소박한 풍경을 감상하게 된 점에 대해서도, 딱히 불만을 표출하지 않았다.

거품을 뿜는 말을 세워놓고서 하얗게 흔들리는 갈대밭을 감상하며 주절주절 떠들던 두 청년의 시선이 일제히 바로 뒤쪽에 놓인 마차로 향했다.

일반 귀부인들이 타는 마차라기보다는 죄수 호송용에 더 가까워 보이는 작고 견고한 마차였다. 말을 돌려 마차 곁으로 다가간 제레미가 손마디로 창을 똑똑 두드렸다. 이어 덮개가 조용히 젖혀지면서 창백하게 질린 얼굴로 바들바들 떨고 있는 한 중년 부인이 드러났다.

건장한 두 젊은 기사가 한 중년 귀부인을 협박해 호송용 마차에 쑤셔 넣고 산 좋고 물 좋은 산골 동네로 마실 온 이 상황은 어떻게 보면 심히 오해의 소지가 다분했다.

하지만 그것이 목숨을 건져준 상황이라면 다소 달리 보일 여지도 있었다. 그들이 납치하지 않았더라면 지금쯤 어디 뒷골목의 시체로 발견되었을지도 모를 일이니까.

"그래서, 그쪽이 지껄인 증언이 사실인지 아닌지 증명해 줄 증인들이 어디에 산다고요?"

느긋하게 묻는 제레미의 눈빛은 의외로 살벌함과는 거리가 멀었다. 되레 묘하게 복잡해 보였다.

그랬다. 현재 제레미는 슈리의 어머니 되는 여자를 상대로 매우 복잡한 심경에 시달리고 있었다. 정확히 표현하자면 쓸데없이 마음이 약해지는 기분이 인다고 해야겠다.

상대가 슈리의 남만도 못한 생물학적 모친이라는 사실 때문은 결코 아니었다. 빌어먹게도 슈리와 너무도 똑같은 저 풀빛 눈동자 때문이었다. 이심전심이라던가, 친우이자 라이벌의 기분을 그대로 느낀 모양인지 말을 몰고 곁에 다가온 노라가 지극히 한심해하는 투로 일침을 날렸다.

"그때 그놈 상대로는 그다지 마음 약해지지 않았던 것 같은데."

"눈이 달랐잖아!"

"아냐. 똑같았어. 내 기억은 정확하다."

"그래? 그럼 내가 이상한 거냐?"

"아니. 사실 나도 그래. 제기랄."

"빌어먹을, 이건 심히 차별적인 태도인데. 역시 우리도 어쩔 수 없이 세속에 찌든 기사인 모양이군."

"이하 동문이다."

두 무시무시한 기사가 따사로운 우애가 녹아든 미소를 교환하는 동안 스텔라 폰 이그회퍼 부인은 그저 멍하니 그 모습을 바라보고만 있었다. 그러다가, 푸른 안광을 흉포하게 번득이는 시커먼 흑표범 같은 기사가 갑작스레 자신을 홱 쳐다보는 바람에 기겁했다.

"흐어어억!"

"어씨, 귀 아파라. 이봐, 아주머니, 빨리 길 안내해. 우리 시간 없어. 진짜 제대로 된 증인이 있기나 한 건지 의심스럽지만."

"……그러니까 나는 정말로 그대가 진작부터 알고 있다고 착각한 바람에, 하, 하지만 예전이라면 몰라도 지금은 절대로 그대를 고인과 겹쳐 보거나 하지 않네. 정말이네."

"저도 부인께서 어느 정도는 알고 계실 거라 생각했었습니다. 더군다나 아시든 모르시든 그런 이야기를 꺼내는 것 자체가 실례될 일이므로…… 아니, 그보다 누님은 대체 어쩌다 그런 소리를 꺼내신 겁니까?"

"나, 나야 그저 이번 사태에 대해 이야기하다 보니 어쩌다가…… 아니, 왜 나한테 성을 내나?! 이게 다 그대들이 주책머리 없게도 아직까지 그놈의 여우 같은 여인한테-"

"누구더러 여우라는 겁니까?! 그리고 다 지난 옛날이야기를 왜 자꾸 끌어오시냐고요!"

"옛날이야기? 하! 옛날이야기라고? 내 보기엔 아직까지도 현재진행형이네만!"

"제게는 과거형인 지 오래입니다만?!"

누가 상상이나 했을까. 제국 최강의 남매께서 나를 앞에 두고 이리 당황해 어쩔 줄을 몰라 하며 저들끼리 아웅다웅하는 모습을 연출하게 되리라는 것을.

나로 말할 것 같으면 그저 굳은 얼굴을 유지한 채 방금 들은 이야기를 정리해 보려 애쓰고 있었다.

황후와 뉘른베르 공작이 도무지 어울리지 않는 수줍은(?) 태도로 털어놓은 사실을 요약하자면, 죽은 전 루도비카 황후와 내가 소름이 끼칠 만큼 닮았다는 거다. 즉 죽은 내 남편의 첫사랑, 남편의 생전 단 한 번도 제대로 이름조차 들은 적 없던 그 여인이 바로 전 황후였다는 것이다. 그리고 현재 저 두 사람의 반응을 보아하니 아무래도 전 황후께서는 강철의 공작님의 옛사랑마저 되시는 모양이다.

황제, 뉘른베르크 공작, 거기다 내 죽은 남편까지 마음을 주었던 한 여인이 바로 전 황후 되시겠다 이거다. 나는 그분의 화신 격이라는 거고.

하하…… 요헨이 나와 결혼한 이유가 온전히 내가 누군가와 닮아서라는 사실은 매우 잘 알고 있긴 했지만, 막상 이리 실체를 접하니 무슨 생각을 하고 무슨 기분을 느껴야 할지조차 모르겠다. 그간 황제와 공작님이 이상하리만치 내게 무른 듯 보였던 이유가 이제야 이해가 갔다. 단지 친우의 처라서 그런 거라고 막연히 생각했는데……. 엘리자베트가 한때 그토록이나 내게 적대적이었던 이유 역시, 비로소 이해할 수 있었다.

"그만하십시오."

조용히 입을 열자 우리 집 사자 새끼들과 별반 다를 바 없는 모양새로 아웅다웅하던 두 사람이 즉시 설전을 멈추고는 실로 어색하게 헛기침을 하기 시작했다. 한숨이 새어 나왔다.

"이제야 모든 퍼즐이 맞춰지는군요. 이제야 모든 분이 제게 왜 그리하셨는지 이해가 갑니다."

"아니, 하지만 나는 그대를 온전히 그대로만 본 지 오래라고 하지 않나. 어찌 들릴지 모르겠지만 실은 3년 전 그 재판 사건 이후부터 그대를……."

"물론 허심탄회하게 말씀드리자면 그런 점도 어느 정도 있었다고 할 수는 있습니다만 전 단 한 번도 부인을 그런 식으로……."

"두 분 다 말씀은 감사합니다만 아무래도 상관없습니다."

앞다투어 변명 아닌 변명 비스무리한 소리를 늘어놓는 두 남매를 저지하며 차분하게 쏘아붙이자 엘리자베트는 눈을 깜박거리기 시작했으며 공작은 재차 어색하게 헛기침을 했다. 참 길이 기억해 둘 만한 풍경이다.

씁쓸한 기분이 일지 않는 것은 아니었다. 당연히. 남들이 이유 없이 내게 보냈던 적의도 호의도, 순전히 내가 다른 사람을 닮아서였다는 사실을 체감하게 되었으니 당연히 입맛이 쓰디썼다. 거기다 그냥 어떤 귀족 여인도 아닌 죽은 전 황후라니…….

그러는 한편으론 황제나 공작님의 그러한 호의가 없었다면 나는 예전이든 지금이든 배는 힘들었을 거라는 사실에 생각이 미쳤다. 그 두 사람이 아니었다면 과거의 나는 청문회에서 가주권을 빼앗겼을 것이며, 다시 돌아온 현재 역시 모든 것이 배는 더 힘들었을 터였다. 나뿐만 아니라 아이들 역시 더 힘들어졌을지도 모른다. 그 생각을 하면 충분히 아무렇지 않게 여길 수 있다. 단지…….

"이 사실에 대해 자녀분들은 알고 계십니까?"

이 질문에 엘리자베트는 머리를 끄덕였으며 공작은 머리를 가로저어 보였다.

"태자라면 틀림없이 알고 있겠지. 언제든 회랑에서 제 생모의 초상화를 볼 수 있으니."

오호라, 언제는 어머니 얼굴도 기억 안 난다고 하더니. 하여간 양치기 소년이 따로 없군.

"글쎄, 제 아들은 아마 모를 겁니다. 일단 제가 집에서 그 이야기를 금지시켜 버린지라……."

"오호라? 어째서 그리하셨는가?"

"아내 때문입니다만, 아니, 그럼 누님께선 제가 집 안에 옛사랑의 초상화라도 걸어놨을 줄 아셨습니까?"

"그러고도 남을 거라고 생각했는데 의외구먼."

"누님, 좀!"

결국 노라와 제레미는 모르고 테오발트는 당연히 알고 있다는 것인데. 제레미야 당연하고 노라 역시 그 사실을 모른다는 것에 어째서 묘하게 안심이 되는 건지 모르겠다. 그래, 적어도 내 아이들이나 노라는 나를 그저 나 자신만으로 봐주면서도 다정하지 않은가. 그러니 괜찮다. 괜찮아, 괜찮아…….

단 테오발트가 일전에 내게 반했다고 주장한 이유가 순전히 내가 제 생모와 닮아서라면, 과거에는 어째서 그러지 않았는지가 의문이었다. 대체 테오발트는 뭐 하는 녀석이란 말인가? 거기다 그가 일전의 사태에 리슐리외 추기경과 더불어 얼마만큼이나 관련되어 있는지 역시 의문이었다.

"크흠, 아, 참, 부인, 그때 전해주신 크로키북 말입니다. 그리해 주셔서 감사하다고 말씀드리고 싶었습니다."

내가 골똘히 복잡한 머릿속을 정리하는 가운데 다소 머쓱하게 파이프에 불을 붙이던 강철의 공작님이 문득 푸른 눈을 진중하게 빛내며 한 말이었다. 나조차 잠시 잊고 있던 문제였다.

"전부…… 보셨나 보군요."

"예. 부끄럽습니다만…… 어째서 꼭 보라 하셨는지 이해가 가더군요."

나직하게 말을 잇는 푸른 눈동자에 다소 씁쓸하고도 달콤한 빛이 스쳐 지나갔다. 그리고 엘리자베트는 그와 똑같은 푸른 눈을 크게 떠 보였다.

"크로키북이라니? 그건 또 갑자기 무슨 소리인가?"

"누님은 모르셔도…… 여튼 그런 게 있습니다."

"나도 좀 알면 어디가 덧나나? 그리고 내가 그 연기 싫다고 몇 번을 말하던가?"

"권력 남용이십니다."

일련의 사건과 정황을 총 종합해 보면 공작님과 노라의 사이가 이만큼 벌어진 데에는 테오발트가 크게 한몫했음이 명백했다.

그리고 내 직감이 맞다면, 어쩌면 레트란 황자 역시 순전히 오해의 희생양일지도 몰랐다. 2황자가 진정 알려진 대로 신경질적이고 제멋대로라면, 우리 엘리아스의 성격상 그와 어울릴 수 있을 리가 만무하기 때문이다. 어쩌면 내 회귀 전 둘이 싸웠던 것도 어떤 오해 때문일지도 모른다.

하아. 만일 루도비카 황후가 살아 있었더라면 테오발트의 등짝을 수십 번 후려치고도 남았을 것이다.

테오발트는 뉘른베르 공작의 조카이자 황후가 친아들보다 더 아낀다는 의붓아들이다. 얼마 전까지만 해도 이 문제에 대해 이 두 사람을 떠본다는 건 상상도 할 수 없었다. 하지만 지금은 정세와 상황이 역변했다. 다이아몬드 목걸이 건은 자칫 오해의 소지가 다분하니 잠시 보류한다 쳐도 그놈의 도박장 사건과 관련해선 충분히 떠볼 만했다.

현시점 뉘른베르 공작가는 우리 가문과 동맹인 데다 레트란 황자까지 엮인 문제니까. 거기다 그 사건을 종결지은 사람은 제레미와 노라다.

엘리자베트도 공작도 정말로 아무런 의혹도 없는 걸까? 정말로 그간 아무런 위화감도 느끼지 못했을까? 단 한 번이라도?

……아니, 진짜 부모라면 분명 뭔가를 눈치채긴 했을 것이었다. 눈을 감고 외면한 이유가 뭐든 간에.

테오발트의 진짜 속내가 뭐가 됐든, 더는 그런 종잡을 수 없는 수작을 꾸미도록 내버려 둘 수가 없었다. 나 하나뿐만 아니라 내 아이들까지 휩쓸리게 만드는 짓은 더는 두고 볼 수 없었다.

"큼, 부인?"

"왜 그렇게…… 큼, 그러니까 지금은 정말로 그런 거 아니니 마음 푸시게. 어쨌든 이미 고인인 데다-"

"황후마마, 혹 마마께선 바로 얼마 전에 레트란 황자께서 무슨 취미생활을 즐기셨는지에 대해 아시는 바가 있습니까?"

두 쌍의 푸른 눈이 나란히 아연한 빛을 띠었다.

"미남계를 쓰려면 아무래도 좀 어린 하녀 쪽이 나으려나?"

"그 미남계라는 것이 오늘날 이 시점에 왜 필요한데?"

"겁줘서 억지로 말하게 하는 것보단 그쪽이 보다 진실 된 이야기를 들을 수 있을 것 같아서."

"5년 전 그날에도 여기 있었을 사람을 찾는 중인데도 말이지?"

"아, 맞다……!"

제레미가 손바닥으로 이마를 탁 치며 고개를 주억거리는 동안 노라는 별로 한심해하는 기색도 없이 눈앞의 단출한 자작저를 응시하고 있었다. 즉 자신들 정도면 미남계가 가능하다는 가정에 딱히 이견이 없다는 거다.

어쨌든 촌 동네 자작저인 만큼 황도의 저택들과 비교했을 때 매우 단출하다 못해 촌스러웠다. 외양은 그렇다 쳐도 전체적인 느낌 자체가 어수선하고 을씨년스러웠다. 이런 곳에서 슈리가 나고 자랐다는 사실이 믿기지가 않을 정도로.

“아니, 근데 이 집 주인은 대체 뭐 하는 작자야? 지 마누라랑 아들이 수도에서 그 생쇼를 하는 동안 코빼기도 안 비치다니.”

“도박에 어지간히도 미쳤다니까 집에 뭔 일이 생기든 신경도 안 쓰나 보지. 알 만해.”

“오늘만큼은 부디 이 안에 좀 있어줬으면 좋겠는데. 그쪽이 제일 빠를 것 같……”

“저어, 나리들은 뉘십니까?”

한눈에도 범상치 않은 행색의 두 기사가 사이좋게 주고받는 모습이 영 심상치가 않았는지, 슬그머니 대문 앞으로 다가온 하녀복 차림의 땅딸막한 중년 여인이 조심스레 던진 질문이었다. 이에 제레미는 자기 말이 끊겼음에도 별로 신경 쓰지 않고 곧장 대꾸했다.

“노이반슈타인 후작저에서 왔는데, 이그회퍼 자작은 안에 있나?”

이 간략하기 짝이 없는 자기소개에, 중년의 하녀는 잠시 두 눈을 끔벅끔벅하나 싶더니 이내 기함할 것 같다고 주장하는 표정을 지어 보였다.

“예? 노이반…… 그렇다면 슈리 아가씨 댁에서 오신 겁니까?”

“대충 요약하자면 그런 셈인데 자작은?”

“저희 나리께선 지금 안 계십니다. 그, 아가씨께서는 잘 지내십니까?”

제레미와 노라는 잠시 시선을 교환하다가, 동시에 반문했다.

“여기서 일한 지 얼마나 됐지?”

“쇤네 말씀이십니까? 이제 15년쯤 되었습니다만 왜 그러십니까……?”

“15년이면 꽤 어린 시절부터 봐왔겠군.”

자작저의 응접실은 협소한 듯하면서도 꽤 화려하게 꾸며져 있었는데, 우아하다거나 고풍스럽다기보다는 조화가 맞지 않는 고가의 장식품들을 유행하는 대로 마구 들여놓은 느낌이었다.

제레미가 한쪽 벽에 큼지막하게 걸린, 실물과 눈곱만큼도 닮지 않은 소자작의 위풍당당한 전신화를 지그시 노려보는 동안 노라는 차분하게 앉아서 나이 든 하녀장을 향한 질문을 도맡고 있었다.

이치를 따지자면 제레미 쪽이 그 역할을 수행하는 것이 마땅했으나, 젊은 사자는 무엇 때문인지 저택에 발을 들인 순간부터 애매한 침묵을 유지 중이었다.

"그렇습니다. 아가씨께서 4살이실 적부터 시집가시기 전까지 쭉 모셨지요. 그…… 아가씨께선 정말 잘 지내시는 겁니까?"

노라는 잠시 의자 등받이에 한 팔을 걸치고는 하녀장의 얼굴을 주도면밀하게 살폈다. 선량한 인상에다 눈이 맑고 깨끗한 편이다. 어설프게 아첨을 떨거나 입에 발린 소리만 늘어놓는 종류와는 거리가 멀어 보였다.

"잘 지내신다고 봐야지. 꽤 친밀한 사이였나 보네."

"아닙니다. 쇤네가 아가씨께 딱히 큰 도움이 되어드린 것도 아니니 그리 말씀드릴 수는 없습니다."

"도움이라니?"

"그, 아가씨께서는 여기서 그다지 행복하게 지내신 편이 아니셔서요. 저 역시 마님이 두려워 어린 아가씨께 별 위안이 되어드리지 못한지라……."

나직이 말하며 고개를 떨구는 하녀장의 주름진 얼굴 위로 씁쓸한 빛이 스쳐 갔다. 이 정도면 퍽 솔직한 반응이라 볼 수 있었다.

"후작 부인께서 혼인한 이래 한 번이라도 이곳에 방문한 적이 있나?"

"딱 한 번 있긴 했습니다만……."

"그게 언제였지?"

입을 딱 다문 채 죄 친구에게 떠넘기고 있던 제레미가 불쑥 몸을 앞으로 기울이며 으르렁대듯 던진 질문이었다. 이 다소 난폭한 기세에 중년의 하녀장은 일순 겁먹은 듯 눈을 멀거니 깜박이더니만 더듬더듬 대답했다.

"그게, 그러니까 아마 5년 전쯤 겨울이었을 겁니다. 맞아요, 결혼하신 해였으니까……."

"혼자서?"

"예, 거의 새벽녘에 폭설을 뚫고 홀로 오셨습니다. 연통도 없이 오셔서 다들 놀랐던 걸로 기억합니다."

제레미의 얼굴이 차츰차츰 딱딱하게 굳어가기 시작했다. 노라는 그런 친구의 표정을 가만히 응시하다가 재차 질문했다.

"그때 후작 부인의 상태가 어땠는지 기억하나?"

자작저의 하녀장은 점점 당혹스러워 어쩔 줄 몰라 하는 표정이 되어가고 있었다. 뭔가를 감추려 애쓴다기보다는 사실 그대로 털어놓기가 힘겹다는 듯한 기색이었다.

"지금 이 자리에서 뭔가를 감추려 들거나 조금이라도 거짓을 고하거든 내일 아침 뜨는 해는 구경도 못 하게 될 거다. 그날 후작 부인의 상태가 정확히 어떠했고 여기엔 왜 갑자기 방문한 건지 아는 그대로 말해봐."

"어, 어느 안전이라고 거짓을 고하겠습니까. 쇤네는 그저…… 그날 아가씨의 상태가 상당히 말이 아니었기에……."

"말이 아니었다라?"

노라의 목소리는 차분하기 짝이 없었으나 뭐라 표현하기 어려운 위압

감이 실려 있었다.

하녀장은 잠시 초조 불안한 눈길로 두 기사를 번갈아 살피나 싶더니, 잠시 후 비장하다 못해 결연해 보이기까지 하는 눈빛을 보이며 말을 이었다.

"쇤네 따위가 높으신 분들의 자세한 사정까지 어찌 알겠습니까만, 그날 새벽 갑작스레 방문하신 아가씨께선 잔뜩 겁에 질리신 것처럼 보였습니다. 그리고 울고 계셨습니다."

"울고 있었다고……?"

"예. 자다 깨서 나오신 마님한테 다짜고짜 매달리며 돌아가기 싫다고 애원하시더군요. 한바탕 야단이 났는데 대체 무슨 일을 당하신 건지, 반쯤 제정신이 아닌 것처럼 보일 지경이었습니다. 아가씨께서 그러시는 모습은 생전 본 적이 없었기에 다들 우왕좌왕했지요. 혼례일이 정해졌을 때도 그 정도는 아니었는데……."

"……."

"그, 자세한 내막은 듣지 못했으나 그때 마님께서 제정신이냐, 당장 돌아가라는 식으로 화를 내셨던 걸로 기억합니다. 시간도 시간인 데다 여차여차해서 저희가 완전히 탈진한 아가씨를 모시고 옷을 벗겨 드린 다음 뜨거운 욕조 안에 넣었습니다만……."

제레미는 꼼짝도 하지 않고 앉아 하녀장의 입만 노려보고 있었다. 거의 숨도 내쉬지 않았다. 그에 비해 한결 침착한 분위기를 유지 중인 노라가 다시 느릿하게 물었다.

"그랬는데?"

"……송구합니다. 어찌 받아들이실지……."

"있는 그대로 받아들일 테니 계속 말해. 상처라도 입으셨던 건가?"

이 말에 암갈색 눈동자가 어떻게 알았냐는 듯 커다랗게 벌어졌다.

"예. 그게…… 대체 어쩌다 그리되셨는진 모를 일이나, 목 언저리의 상흔은 그렇다 쳐도 종아리가 온통 피멍이 들고 터져 있었습니다. 꼭 심하게 매질을 당한 것처럼요. 명색이 후작 부인이신데 누가 그런 짓을 할 수 있었을까 저희 아랫것들끼리 상당히 놀라워했던 기억이 납니다."

"……."

"날이 밝자마자 아침 일찍 황도의 후작저로부터 사람이 왔고, 그렇게 그 일은 끝났습니다. 아가씨께선 간밤의 소란이 무색하게도 마치 아무 일도 없었다는 듯 눈 하나 깜빡 않고 인형처럼 무표정하게 안겨 나가시더군요. 그게 쇤네가 아가씨를 마지막으로 뵌 날이었습니다."

뉘엿뉘엿 기우는 해와 더불어 분홍빛 황혼에 물든 갈대밭의 풍경이 평화롭고도 따스해 보였다. 시원한 동부의 바람이 불어와 두 사람의 머리카락을 흐트러뜨렸다. 한가로이 풀을 뜯던 말들이 머리를 갸웃대며 제 주인들을 쳐다봤다.

"……결국 거짓말이 아니었네. 아까 그 여자도 그렇고 다른 사용인들도 내용에 어긋남이 없잖아."

"……."

"안 그래? 너도 그렇게 생각하는 거 아냐? 뭐라고 말 좀 해봐."

"……."

"그러니까 5년 전에 슈리가 여기로 돌아온 게 사실이라는 거잖아. 울었대잖아. 누가, 하, 누구한테 맞았대잖아. 그게 누구겠어. 그럴 수 있는 놈이 한 사람 말고 또 누가 있겠냐고. 어?"

"……."

"제기랄, 진짜 그랬다잖아!"

거의 발악에 가까운 엄청난 고함이 흔들리는 갈대밭을 타고 쩌렁쩌렁 울려 퍼졌다.

노라가 그저 멍한 눈으로 지켜보는 가운데, 제레미가 수풀이 우거진 땅바닥에 털썩 주저앉아 손으로 머리를 싸쥐었다. 수그린 어깨가 격렬하게 떨리면서 일그러진 암녹색 눈동자로부터 걷잡을 수 없는 눈물이 쏟아져 내렸다.

"전부…… 전부 사실 맞다잖아…… 혼자 벌벌 떨면서 여기까지 왔대. 울면서 돌아가기 싫다고 했대……."

"……."

"있잖아, 내 아버지는 우리한테 손댄 적 없어. 우리 중 누구도 아버지한테 그런 식으로 맞은 적 없어. 근데 그럼 그게 도대체 뭐야? 아버지는 언제나 항상 슈리 곁에 찰싹 달라붙어 있기만 했어. 어린 우리가 질투했을 정도로. 그런데…… 하, 그런데 그럼 한낱 애완동물하고 다를 게 뭐야?"

"제레미."

"우리 아버지하고 저 자작가 일가하고 다른 게 도대체 뭐지? 그녀에게 있어 다를 게 진짜 뭐야? 대체 얼마나 끔찍했으면 이제 와서 기억조차 못 해? 어쩌면 그게 다가 아닐지도 몰라. 그러면 나는, 나는 도대체……!"

노라는 아무 말도 하지 않았다. 이 상황에서 무슨 말을 할 수 있을까. 바닥에 꿇어앉아 끅끅 오열하는 친구의 어깨에 그저 말없이 손을 얹을 뿐이었다. 그러는 그의 푸른 눈 역시 복잡다단한 빛을 품고 가라앉아 있었다.

하늘은 이제 온통 보랏빛으로 물들어 있었다. 슬슬 돌아가야 할 때다.

노라는 좀처럼 울음을 그칠 줄 모르는 친구를 잠시 바라보다가, 이윽고 몸을 일으켜 언덕배기 뒤쪽에 세워놓은 마차 쪽으로 다가갔다. 덜컹, 하고 문이 세차게 열리자마자 좌석에 결박된 채 끙끙대던 자작 부인이 기겁하며 소스라쳤다. 비명을 지르려고 하는 것 같지만 재갈이 물린 상태라 끙끙 앓는 소리만 흘러나올 뿐이었다.

"정보 고마웠어. 그런데 이그회퍼 부인 씨."

"……읍, 읍읍……."

"아줌마한테 접근한 사제 얼굴도 제대로 못 본 데다, 누구인지도 정확히 모른다고 했지?"

"읍읍, 읍……!"

필사적으로 발버둥 치던 귀부인이 힘껏 머리를 위아래로 주억거렸다. 결박된 입 대신에 커다랗게 열린 눈, 누군가와 꼭 닮은 동시에 너무도 다른 풀빛 눈동자를 똑바로 응시하며 노라가 오한이 일 정도로 싸늘한 음성으로 내뱉었다.

"그럼 미안한데, 이쯤에서 죽어줘야겠어."

아슬아슬하게 저녁 식사 시간에 맞춰 귀가했다. 반나절을 우리 후작저에서 보내며 논 기색이 분명해 보이는 레트란 황자는 때마침 막 황궁으로 돌아가려는 참이었다.

"좋은 저녁입니다, 레이디 노이반슈타인!"

"아씨, 팔 저려라. 왜 이렇게 늦었어?"

대체 종일 뭘 한 건지 나란히 팔뚝을 주무르며 인사를 건네는 레트란과 엘리아스는 전생의 악연 따위 죄 개나 줘버린 듯한 진한 우애의 분위기를 풍기고 있었다. 그리고 나는 어쩐지 레트란을 향한 실낱같은 미안함을 느끼며 미소를 지었다.

"안녕하세요, 전하. 저녁 식사 같이하고 가시지 왜……."

"아니에요. 어마마마께서 기다리실 거라서, 다음에 하겠습니다. 그래도 되지요?"

그러시단 말이군요. 킁, 축농증 때문에 훌쩍이면서도 해맑게 떠드는 2황자를 보고 있자니 괜스레 마음이 무겁다. 뭐 그래도 다 지난 일이니 엘리자베트가 이 해맑은 황자에게 한발 늦은 치도곤을 내리진 않겠지?

내가 일전의 도박장 사건에 대한 전말을 털어놓았을 때 엘리자베트도 뉘른베르 공작도 한동안 아주 가관인 얼굴로 아무 소리도 내지 못했었다. 지금 황태자를 모함하려는 거냐고 발끈하지 않을까 싶었는데 너무 놀라서인지 아니면 제 친자들이 증인이라 그런지, 그저 그 도박장의 주인역을 했던 내 오라비를 찾을 수 있냐고 물었을 뿐이었다. 그리고 나는 지금 찾는 중이라고 대답했다. 사실 그대로 말이다.

내 어머니는 재판 이후 온데간데없이 사라졌고, 오빠 역시 좀처럼 흔적을 찾을 수가 없었기에 가문의 정예 기사 소수에게 두 사람의 수색을 지시해 놓은 터였다. 그 두 사람뿐만 아니라 지금쯤 뭐 하고 사는지도 모를 내 아버지 역시. 내 친정 인사들이 자꾸 이런 식으로 나를 향한 올가미가 되는 이상 찾아내서 두 번 다시 이런 일이 발생하지 않게끔 조치를 취해야 했다.

어쨌든 지금쯤 꽤 머리가 복잡할 터였다. 엘리자베트도 공작님도. 오늘 내가 털어놓은 이야기를 곱씹은 뒤 어떤 결론에 도달할지는 온전히 그들 몫이다.

그런 생각을 하며 나는 레트란 황자에게서 눈을 떼고 우리 뿔난 망아지 같은 둘째 아드님을 바라보았다.

"네 형은 어디 있니?"

별생각 없이 한 질문이었는데 아니나 다를까 엘리아스는 마치 그럴 줄 알았다는 듯 입을 댓발 내미는 것이었다.

"그걸 내가 어떻게 알아? 왜 맨날 형만 찾냐? 하, 참, 나 원 참, 기가 막혀서!"

"내가 언제? 또 질투하는 거니? 아이고, 우리 엘이 서운했구나?"

"지, 질투는 누가 질투해! 어디서 애 취급이야?!"

"애처럼 구니까 애 취급이지!"

"와! 자식 차별이다! 레트란 전하, 제가 이러고 산다고요!"

"큼, 그 사무치는 한 나도 이해해. 원래 어머니들이란 장남만 좋아하게 되어 있나 봐."

"뭐야, 그럴 거면 왜 낳았대요?"

내가 낳았냐! 고개를 절레절레 흔들며 옷을 갈아입으러 처소로 직행하는데 로베르트가 나를 찾아왔다. 우리의 충직한 집사는 어째 흔들리는 동공을 하고서 말했다.

"마님, 손님이 오셨습니다."

"이 시간에……? 이번엔 대체 또 누구야?"

"리슐리외 추기경 예하시랍니다."

페리도트 브로치를 떼던 손길이 절로 멈칫했다. 누가 제 발로 왔다고……?

"좀 괜찮냐?"

저 질문이 바닥에 주저앉아 힘겹게 거품을 뿜고 있는 말들을 향한 것인지, 아니면 별 총총한 하늘을 젖은 눈으로 올려다보며 비운의 기사의 노래 한 가락이라도 뽑아낼 것 같은 모양새를 연출 중인 친구를 향한 것인지 알 수 없는 노릇이었다. 그래서 제레미는 그냥 제멋대로 해석하기로 했다.

"아니. 너무 비참해서 땅 파고 들어가 죽고 싶은 심정이다."

"그래도 아까처럼 질질 짜진 않아서 다행이네. 거대한 사내 새끼 달래는 취미는 영 없어서."

"나도 딱히 시커먼 사내 새끼 품에 안겨서 울고픈 마음 없거든."

완벽하다고 믿어왔던 부모에게 분노와 실망을 느끼는 순간의 기분은 노라 역시 누구보다도 잘 안다 할 수 있었지만, 지금 제레미가 느끼고 있을 충격과 막막함은 함부로 재단하기 어려운 종류의 것이었다.

그래서 노라는 더는 말을 붙이지 않고 아름다운 황도의 밤하늘 쪽으로 시선을 돌렸다. 다시 입을 연 쪽은 의외로 제레미였다.

"내 누이동생이 나한테 약속하게 한 게 있어."

"뭔데?"

"슈리를 괴롭히는 사람은 다 없애 버리라고 했어. 난 그러겠다고 약속했다고. 그런데…… 그런데 그중 하나가 우리 돌아가신 아버지면 나는…… 나는 도대체 어떻게 해야 하냐?"

평소의 자신감과 쾌활함은 온데간데없이 사라지고 마치 집으로 돌아갈 길을 잃어버린 어린아이처럼 불안한 눈으로 더듬거리는 제레미는 꽤 안쓰러웠다. 그토록 사나운 열혈 기사가 어린아이처럼 주먹으로 눈을 비비는 모습이라니, 아무리 냉혈한이라도 이쯤이면 얼어붙은 마음이 녹아내려 철철 흐를 법했다. 하여 노라는 치미는 동정을 금치 못하는 표정을 하고서 친구를 바라보며 느릿하게 입을 열었다.

"너 지금 일부러 이러는 거지."

"……뭔 개소리야? 네가 지금 내 심정이 어떤지 알기나 하냐?"

"다 알진 못하더라도 어느 정도 이해는 가는데, 것보다 아무래도 네 녀석이 지금 은근슬쩍 나로 하여금 새 새끼 문제로 우리 꼰대의 도움을 청하도록 종용하는 동정심 유발 작전을 펼치는 것 같은 느낌이 들어서 말이지?"

제레미는 긍정도 부정도 하지 않았다. 그저 무슨 말인지 이해가 잘 안 간다는 듯 울먹거리는 암녹색 눈을 애처로이 부라리며 멍하니 친구를 응시할 따름이었다. 결국 노라의 입에서 통렬하게 혀 차는 소리가 흘러나왔다.

"제기랄, 알았다. 네놈이 네 아버지의 치부를 나에게 보였으니 이젠 내 차례라 이거지. 죽어도 하기 싫지만 이번 한 번만 시도해 보도록 하자."

"뭐? 하지만 네 아버지는 영 어려울 거라고 했잖아."

"별수 있냐, 어떻게든 밀어붙여 봐야지. 그놈의 목걸이는 집에 있냐?"

"아니, 지금 가지고 있어. 그럼 얼른 가자고."

기다렸다는 듯 채근하는 제레미의 행각에 노라는 그냥 아무 말도 안 하기로 마음먹었다. 대신에 잇소리 비슷한 신음을 흘리며 헥헥대는 말들 쪽으로 사납게 몸을 돌렸다. 그 뒤를 제레미가 애정에 굶주린 새끼 고양이처럼 졸졸 따라갔다.

머리가 복잡할 때는 술 생각이 간절하다. 그는 그다지 술을 즐기는 성격이 아니었지만, 이런 때만큼은 취기의 도움이 간절했다. 하지만 얄궂게도 오늘따라 술맛이 좀체 느껴지지 않았다.

"하아……."

테오발트는 술잔을 내려놓고 손을 들어 관자놀이를 지그시 눌렀다. 자조적인 미소가 입가에 떠오르면서 고운 금빛 눈매가 아래로 축 처졌다.

이럴 때만큼은 저 회랑 맞은편의 초상화 속 여인과 꼭 닮아 보였다. 만약 그가 저 초상화 속의 그의 생모를 빼다 박은 황녀로 태어났다면, 그의 아버지는 지금쯤 제국 최고의 팔불출이 되었을지도 모를 일이었다. 하나 풀이 죽거나 슬퍼할 때의 모습만이 닮은 아들로 태어났다는 얄궂은 현실은 행운이라면 행운이고 악운이라면 악운이랄 수 있겠다.

어쨌든 테오발트는 지금 누가 봐도 매우 침울하고도 처량 맞아 보이는 상태였다. 그도 그럴 것이 근래 들어 계획이 자꾸만 틀어지는 느낌이었던 것이다. 마치 누군가가 일부러 방해하는 것처럼…….

그의 멍청한 이복아우와 그 철부지 차남 패거리를 이용해서 귀족파의 입김을 꺾는 동시에 노이반슈타인 자제들과 슈리 사이를 벌려놓으려던 계획은 도박장이 하루아침에 갑작스레 증발함으로써 불발로 돌아갔다. 기껏 찾아내서 도박주 자리에 앉혀줬던 이그회퍼 소자작 역시 흔적도 없이 사라진 터였다. 밤의 매 단원들을 아무리 풀어봐도 어디로 사라졌는지 찾아낼 수가 없었다.

이번 여름 축제 동안 교단 측에서 느껴지는 심상치 않은 움직임을 알아봤던 건 정말이지 우연이었다. 이그회퍼 소자작을 추적하는 과정에서 혹시나 싶어 자작 부인의 소재지를 알아보라 명했는데, 무엇 때문인지 교단 측에서 그녀를 포섭해 간 것 같다는 보고를 듣게 되었던 것이다.

그길로 테오발트는 그간 친목을 쌓아두었던 몇몇 성직자를 찾아가 은근슬쩍 떠보았다.

평상시 무슨 생각을 하는지 좀체 알 수 없는 젊은 엘리트 추기경 침묵의 종을 제외하면, 일반적인 속세에 찌들고 찌든 성직자들로 하여금 은근슬쩍 단서를 흘리게 만드는 것은 테오발트 같은 사람에게 있어 매우 쉬운 일이었다. 그들이라 해서 뭘 자세히 알고 있는 것 같지는 않았으나 70년 만의 행사라든가, 사자니 근친상간이니 하는 단서만으로도 충분했다.

어떻게 보면 좋은 기회였다. 그로서는 교권의 일에 간섭하거나 참견할 능력은 아직 없었으나 그들이 꾸미는 일이 전적으로 자신의 이득으로 돌아오게끔 계획을 세울 수는 있었다.

모든 사람이 개 떼처럼 덤벼들며 물어뜯기 시작할 때 유일한 구원자로 등장하는 것만큼 후작 부인의 마음을 사로잡을 확실한 수단이 또 있을까?

그래서 황태자의 정인의 증표나 다름없는 목걸이를 미리 그녀에게 보내두었던 것인데…….

"……제기랄."

그닥지 않은 욕설이 불쑥 튀어나왔다. 이번 사태로 인해 득을 본 건 그가 아니라 다름 아닌 그의 사촌 아우였다. 그래, 어릴 때부터 멍청하게 그에게 당하기만 했던 그 사촌 아우, 뉘른베르크 공자 말이다. 그 녀석이 거기서 후작 부인의 명예의 기사를 자처하리라곤 정말이지 상상도 못 했었다. 누가 상상이나 했을까?

설마, 역시 그 녀석도……?

눈가를 찡그리는 아름다운 청년의 입에서 신음이 절로 흘러나왔다.

"……진짜 그 애비들에 그 아들들인가."

그건 상당히 자조적인 한탄이었다.

어쨌든 그가 멍청한 이복아우에게 요즘은 도박 안 하냐고 슬쩍 떠보았을 때, 레트란은 그저 눈을 굴려 대면서 이제 질렸다고 말했었다. 과연 그만두게 된 계기가 순전히 그것뿐일까? 하필이면 비슷한 순간에 이그회퍼 소자작이 증발해 버린 것이 정말 우연일까?

설상가상으로 요즘 들어 레트란은 전에 없이 노라를 따르는 것 같은 묘한 기색을 내비쳤다. 만약 그 도박장 문제에도 노라가 관여한 것이었다면…… 그렇다면 이그회퍼 소자작 역시 그쪽에서 처리한 것일까.

거기까지 생각을 마친 테오발트는 곧장 몸을 일으키고 그대로 회랑을 빠져나갔다. 더는 시간 낭비할 틈이 없었다. 속히 수습을 해둬야 했다. 저쪽에서 먼저 움직이기 전에 앞서서 손을 써두는 편이 편할 것이다. 무리에서 떨어져 나간 지 오래인 늑대 새끼 하나가 이런 식으로 거슬리는 건 더는 내버려 둘 수 없는 일이다.

뉘른베르 공작저는 테오발트에게 있어 유년기의 추억이 어린 장소였다. 고풍스럽고 거대한 저택 이곳저곳마다 세 살 어린 사촌 동생과 함께 알짱대던 어린 시절의 흔적이 깃들어 있었다. 그때의 테오발트는 지금에 비하면 매우 작고 어렸었고, 노라는 더 어렸었다.

처음 사촌 동생을 보았던 때가 기억이 났다. 지금보다 훨씬 젊었던 공작 부인이 갓 세 살 된 공자를 안고 황후 궁을 방문했던 때의 모습이. 그때만 해도 테오발트는 사촌 동생을 향해 호기심 외의 별다른 감정은 들지 않았었다.

무언가 불쾌한 감정을 느끼기 시작했던 건 좀 더 뒤에, 어느 날 저녁이 공작저에 방문했을 때, 존경하는 숙부님을 따라 이곳에 들렀던 그날 파란 눈을 반짝이며 뛰어나오던 어린 소년을 보았을 때였다. 그 작은 소년을 한 팔로 번쩍 안아 들고 세상없이 환하게 웃던 공작은 덤으로.

불쾌한 장면이었다. 그러한 애틋한 부자간의 모습은 그로서는 상상조차 해보지 못한 것이었으니까. 아마 그때부터…….

"아, 오랜만에 방문해 주셨군요, 전하. 식사는 하셨습니까?"

다소 늦은 시간에 갑작스레 방문했음에도 불구하고 평소처럼 흔쾌히 반겨주는 공작의 모습에 테오발트는 미소를 지으며 잡념을 떨치려 애썼다. 어쨌든 그때의 그 불쾌한 풍경을 다시 볼 일은 없을 테니까.

곧장 황태자를 응접실로 안내한 공작이 느긋하게 소파에 걸터앉은 자세로 파이프를 재는 동안 테오발트는 시종이 내온 차를 천천히 한 모금 들이켰다. 뒤늦은 취기가 가볍게 치고 올라오면서 나른하고도 유쾌한 감각이 온몸에 퍼져갔다.

"늦은 시간에 찾아와서 송구합니다."

"그건 아무래도 상관없습니다만 무슨 일이라도 있으신 겁니까? 안색이 나빠 보이십니다."

테오발트는 말없이 미소를 짓고는 잠시 고개를 수그리며 월계수가 그려진 찻잔을 가만히 응시했다. 이 다소 처량 맞아 보이는 모습에 공작의 푸른 눈이 의아하게 깜박였음은 당연지사였다.

"전하? 무슨 고민이라도 있으십니까?"

"……그게, 어찌 들리실지 모르겠으나 실은 제가 좀 심각한 고민에 빠져 있어서 말입니다. 숙부님께 도움을 좀 청할 수 있을까 하는 마음에 이리……."

"말씀해 보십시오. 대체 무슨 일입니까?"

강철의 대공작은 평소처럼 나긋한 어조로 채근하고 있었으며 따라서 테오발트는 자연스레 내리깐 시선을 서서히 들어 올리고는 한껏 머뭇거리는 투로 입을 열었다.

"제가…… 어리석게도 선의로 시작한 일이 불운한 방향으로 틀어진 것 같습니다."

"선의로 시작한 일이요?"

"예, 그것이 실은 제가……."

"각하!"

"좋은 밤입니다!"

부드럽게 이어지던 테오발트의 말이 뚝 끊긴 것은 그때였다. 정확히 말하면 이 저택 집사의 음성이 다급히 울려 퍼지나 싶더니 이어 어디선가 많이 들어본 음성 하나가 우렁차게 울린 것이다.

뜻밖에 대화를 방해받은 두 사람이 의아해서 고개를 드는 바로 그 순간에 응접실 문이 열리더니 대체 어째서 거기서 나오는지 알 도리가 없는 훤칠한 금발의 기사 하나와 이 집안의 후계자 되는 흑발의 기사 하나가 성큼성큼 들어섰다.

"공작님, 늦은 시간에 죄송합니다만……."

실로 정중하게 인사를 건네던 제레미의 얼굴이 곧장 순식간에 얼어붙게 되었음은 두말할 것도 없었다. 그것은 입을 딱 다문 채 묵묵히 따라 들어서던 노라 역시 마찬가지였다. 아니, 그쪽이 훨씬 더 살벌하게 얼어붙었다.

잠시 정적이 흘렀다. 응접실 의자에 앉은 한 청년과 마주 보고 선 두 청년이 뜻 모를 눈싸움을 시전하는 가운데, 중년의 공작은 조용히 파이프를 내려놓고는 팔짱을 꼈다.

어디까지나 심증뿐인 만큼 내가 오해하고 있을지도 모른다는 생각을 안 해본 것은 아니다. 어쨌든 과거에는 그놈의 침묵의 시선은 내게 딱히 해를 끼친 사람은 아니었으니까.

그러나 이미 과거와는 너무 달라진 판인데다 이리 제 발로 찾아온 것 자체가 뭔가 꿍꿍이가 있다는 증거 아니겠나?

내가 그런 생각을 곱씹으며 무표정한 얼굴을 유지하는 동안 아닌 때 불쑥 방문한 리슐리외 추기경은 마찬가지로 조용히 앉아서 손 앞의 찻잔은 건드리지도 않은 채 검은 눈을 아래로 내리깔고 있었다. 이마로 흘러내린 밝은 다갈색 머리카락이 새까만 성복에 푹 파묻힌 까마귀 같은 자태와 극심한 대조를 이뤘다.

"예하께서 언젠가 제게 백조의 홀에 얽힌 일화를 언급하셨지요."

제 발로 찾아온 주제에 좀체 입을 열지 않는 모습이 답답하여 결국 먼저 목소리를 내자, 아니나 다를까 곧장 칠흑 같은 시선이 내 얼굴을 정면으로 응시했다. 실소가 새어 나왔다.

"그것이 경고였는지 뭐였는지는 몰라도 예하의 능력에 대해서만큼은 경의를 표해야겠군요. 그러한 같잖은 농간질로 교단으로 하여금 70년 만에 신성 재판을 열게 만든 것 말입니다. 한 가지는 꼭 여쭤보고 싶습니다만 대체 예하께선 저의 어떤 부분이 그리 못마땅하신 겁니까? 그렇게까지 하셔서 얻으시고자 하는 바가 뭐였습니까? 그리함으로써 새로운 패권이나 노이반슈타인의 자산을 노리셨던 거라면 안타깝게도 정반대의 결과를 얻게 되셨군요. 아무리 이 나라의 근간에 뿌리 깊은 교권이 존재한다 한들……."

"그쪽에서 교권에 흘러 들어가는 자금줄 일부를 끊어버린다 한들 나는 아무런 상관 없습니다. 어차피 그런 자산들로 더러운 향락이나 일삼는 치들이니 차라리 잘되었다고 하겠습니다."

허어? 이건 좀 의외의 발언이라고 해야겠다. 성직자가 저런 식의 동족상잔 발언을 하는 건 좀체 드문 일인데.

"그런 치들 틈에서 권력을 다지고 계시는 분께서 하실 말씀은 아닌 것 같습니다만. 개중 예하만큼은 예외라는 겁니까?"

"나는 성부와 성모 앞에 단 한 점의 부끄러움도 없는 사람입니다."

느릿하게 힘주어 대꾸한 추기경이 어째 이글거리는 것 같은 눈으로 나를 쏘아보았다. 주객전도라 했나? 화를 내야 하는 쪽은 나인데 어째 저쪽이 더 화가 난 것처럼 보였다.

"한 점의 부끄러움도 없다고요."

"나는 신을 섬기는 성직자로서 어떠한 교리도 맹약도 깨뜨려 본 적이 없습니다. 당신 같은 사람으로부터 어떠한 비난도 받을 이유가 없단 말입니다."

"……저 같은 사람이요?"

"당신의 어느 부분이 그리 못마땅하냐고 물었습니까? 당신의 존재 자체가 내게 있어 가혹한 심판이나 다름없습니다. 당신이라는 존재 하나 때문에 얼마나 많은 이가 죄악에 빠졌는지 알고 있습니까?"

"무슨……."

"당신을 세속에서 빼내 다른 누구도 볼 수 없게끔 만들려 했습니다. 그런데 늘 그랬듯 매번 잘도 빠져나가더군요. 의붓아들도 모자라 제국 최고의 사내들을 다 홀려놓다니, 언제까지 그런 식으로 빠져나갈 수 있을 거라 믿는지 몰라도 심판의 눈을 영원히 피해 갈 수는 없습니다."

내 턱이 반쯤 아래로 떨어져 있는 것 같은 느낌이다. 가히 상상도 못 해본 비난이라 그런지 상처를 받는다기보다는 황당하기만 할 따름이었다.

사람을 면전에 두고 저러한 폭언을 퍼부은 젊은 추기경은 이제 어둠의 구렁텅이 같은 두 눈을 활활 불태우며 나를 잡아먹을 듯 노려보고 있었다. 테이블 위에 올려둔 한 손에 파르스름한 핏줄이 올라오는 모양새가 보였다.

불현듯 헛웃음이 새어 나왔다.

"신께서 결판을 내려주신다는 명예의 결투에서 어느 쪽이 우승했는지 잊으신 모양입니다."

"악마의 농간일 따름입니다."

"그렇다면 저는 진정 악마의 하수인 거로군요. 예하께 있어선 세상 모든 사람 간의 관계가 그런 식일 뿐입니까? 극도의 죄악이나 극도의 순수 외에는 아무것도 없다고 보십니까?"

"인간은 본디 원죄를 타고난 우매한 존재입니다. 특히나 육욕에 쉬이 굴복하기 쉬운 사내들이라면, 당신 같은 악마적인 매력의 조합에는 어느 사내든 넋이 빠지지 않을 수가 없겠지요. 당신은 심지어 어떤 사람이 죄인인지도 모르고 있는 것 같습니다. 이 나라에는 악마를 위한 천국이 있으며, 거기서 악마는 지옥만큼이나 활개를 치고 다니고 있습니다. 바로 당신처럼…….”

“제가 누구의 넋을 빼놓았다는 건지는 모르겠습니다만 말씀하신 악마를 위한 천국이란 교단 자체가 아닙니까? 저 같은 하잘것없는 과부가 성직자 주제에 툭하면 정부들을 갈아치우고 사생아를 줄줄이 배출하는 치들보다 더 위험하다 보십니까? 예하께서 진정 그토록 완전무결한 분이라면 어찌 그것을 잘못되었다 비판하지 못하는지 심히 의문스럽군요.”

“당연히 잘못되었다고 여깁니다. 교권이 이 지경으로 타락해 버린 만큼 사람들은 지난날보다 더 죄악에 물들기 쉬워진 겁니다. 당신의 진정한 적은 내가 아니라 당신으로 하여금 끊임없이 죄를 저지르게 만드는 이 세속과 당신 자신입니다.”

“…….”

“어떨 때는 당신이 가여워 미칠 것 같으면서도 당신 같은 존재 때문에 지옥 같은 번뇌에 시달리는 나 자신이 가엽습니다. 당신 때문에 내 육체는 순결할지 몰라도 영혼은 더럽혀진 지 오래란 말입니다. 그러니 모두를 위해서라도 이쯤에서 전부 내려놓고 순순히 세속을 벗어나십시오. 그리하면 내가 당신을 돕겠습니다.”

……지금 내 앞에 앉아 있는 사람이 그 침묵의 종이 맞나 싶을 정도다. 좀체 두 마디 이상 말하는 법이 없는 과묵한 사람이라는 사실은 둘째 치고 그가 이토록이나 격렬하게, 끓어오르는 감정을 거칠게 쑤셔 박은 말을 쏟아낼 수 있는 성정의 소유자라고는 아무도 상상 못 했을 것이다.

내가 눈이 거의 튀어나올 지경이 되어 얼어붙어 있는 동안 젊은 성직자는 숨이 가쁜 기색도 없이 의미심장한 눈빛으로 나를 빤히 바라보고 있었다.

흑단 같은 검은 눈동자에 번득이는 분노와 번민, 그리고 무언가를 애타게 갈망하는 듯한 빛에 서서히, 아주 서서히 등골이 서늘해져 왔다. 다음 순간 얼음처럼 차가운 손이 찻잔 곁에 아무렇게나 놓아둔 내 손을 덥석 잡았고, 나는 그 손을 확 뿌리치며 몸을 일으켰다.

"예하께서 지금 무슨 생각을 하고 있는지 제가 모를 것 같습니까?"

"……."

"그게 목적이었습니까? 저를 수녀원에 가둬놓고 뭘 어쩌려는 작정이었습니까? 대체 뭘 바라고 그런 짓들을 벌였나 했더니 결국 그거였습니까? 이런 끔찍하게도 불쌍한 인간을 다 보았나. 자신이 세상 모든 사람 위에 있다고 믿는 그 알량한 오만함이라니. 그따위 수작질이 통하리라고 믿으셨다면 크나큰 오판입니다. 전 당신 같은 인간의 소유가 되느니 차라리 지옥불에 타 죽을 테니까요!"

경멸은 한껏 담은 어조로 쏘아붙이자 젊은 추기경은 몸을 크게 움찔하나 싶더니 이내 냉정하고도 으스스한 표정을 되찾았다.

"당신을 노리는 사람은 한둘이 아닙니다. 교권을 적으로 돌린 이상 당신이 가진 모든 것을 빼앗기는 건 시간문제입니다."

"누가 빼앗기는 쪽이 될지는 두고 봐야겠지요. 노이반슈타인과 뉘른베르를 밟고 가는 건 결코 쉽지 않을 텐데요. 신의 종들이고 자시고 한 번만 더 내 아이들을 상처 입힌다면 그땐 내전이라도 불사할 테니 많이 노력하셔야 할 겁니다."

부러 '내 아이들'에 힘을 주며 내뱉는데 그의 입가가 가소롭다는 듯 일그러졌다.

"진심으로 자제들에게 극심한 모성이라도 느낀다는 듯한 주장이군요."

"예하 같은 분이 어찌 생각하든 그다지 개의치 않습니다."

"당신 같은 여자가……."

"뭐야, 이거?!"

리슐리외 추기경이 다음으로 하려던 말이 무엇이든 간에, 그것은 불쑥 응접실 문을 확 박차고 들어서며 곧장 불같이 노한 포효를 내뿜는 시뻘건 사자 덕에 그대로 끊겨 버렸다.

우리의 엘리아스는 내가 미처 저지할 틈도 없이 마치 이 순간만을 기다려 왔다는 듯 추기경을 향해 실로 거침없는 선전포고를 퍼붓기 시작했다.

"여기가 어느 안전이라고 찾아와?! 그 썩어빠진 망상만 들어찬 대가리로 또 무슨 개수작 부리려고 기어 들어오냐?! 이제 와서 아무리 질질 짜도 늦었어, 이제부터 성전이다! 이 우매한 변태들아!"

"엘……."

"우리가 우리 어머니라는데 니들이 뭐라고 지랄이야?! 우리 엄마란 말이야! 부모 관심도 못 받고 자란 게 분명한 찌질이 놈들이 질투 나면 질투 난다고 솔직하게 털어놓을 것이지 어디서 수줍음 떠는 작부들처럼 개수작질 부리고 있어?! 우리 엄마는 누가 뭐래도 우리 엄마라고, 이 성모상 붙들고 낑낑대다 복상사할 새끼들아!"

"히익……!"

"허억……!"

휑하니 열어젖힌 문 앞에 몰려온 기사들이 일제히 기겁하며 성호를 긋는 모양새가 눈에 들어왔다. 저 무지막지하다 못해 기발하기까지 한 폭언에 리슐리외조차 반쯤 넋이 나가 버린 듯한 얼굴이 되어서 엘리아스를 멍하니 노려보고만 있었다.

일순 넋이 빠져 버린 건 나 역시 마찬가지였으나 이내 빠르게 정신을 차리고는 이 자리에서 침묵의 종을 영영 침묵하게 만들어 버릴 기세인 둘째 아드님의 팔을 붙들었다.

"엘리아스, 괜찮아. 열 낼 거 없어. 어차피 지금 막 내보내려는 참이었으니까."

엘리아스는 여전히 흉포하게 씩씩거렸으나 '올 땐 마음대로였으나 갈 때는 아니다' 식으로 대꾸하는 대신 놀랍게도 더는 아무 말도 하지 않았다. 나는 이제 어딘가 간청하는 듯한 눈빛을 하고서 나를 돌아보는 둘째 아드님의 어깨에 손을 올리고는 힘주어 미소를 지어 보였다.

"엘리. 괜찮아."

그래, 괜찮다. 다 괜찮다. 엘리아스가 방금 말했듯이 우리는 누가 뭐래도 한 가족이니까, 누가 뭐래도 나는 이 애들의 어머니니까 말이다.

나 혼자 그리 다짐하는 것과 아이들이 그리 믿는 것에는 크나큰 차이가 있었기에, 상황이 상황임에도 불구하고 심장을 간질이는 듯한 안도감이 피어올랐다. 우리는 우리를 지키기 위해서 뭐든지 할 것이었다. 그것이 설령 교권과의 전쟁이더라도.

"난 여기서 나가겠어."

으르렁대듯 씹어뱉고는 홱, 하고 곧장 몸을 돌리는 노라의 팔을 제레미가 빠르게 붙들고 늘어졌다.

"아, 야야, 네가 그렇게 가버리면 안 되지! 우린 전우잖아!"

"전우고 자시고 이 상황에서 뭘 더 어쩌라고!"

"어쩌긴 어째! 기사답게 진실을 밝혀야지! 용기를 내, 넌 할 수 있어!"

"닥쳐, 이 광견병 걸린 고양이 새끼야!"

두 기사가 저런 식으로 드잡이질을 벌이는 사이 테오발트가 마침내 입을 열었다. 은발의 황태자는 나긋나긋하고도 정감 있어 뵈는 어조로 말했다.

"여전히 사이좋아 보이네. 종제님은 내가 그다지 반갑지 않은 모양이지만……."

애타게 매달리는 친우를 뿌리치며 곧장 방 밖으로 뛰쳐나갈 기세였던 노라가 곧장 테오발트를 잡아먹을 듯 쏘아보게 되었음은 두말할 것도 없었다. 여차하면 이 자리에서 곧장 폭력 행사라도 불사할 아슬아슬한 기세였다.

거의 비슷한 표정으로 황태자를 돌아본 제레미가 다급히 저지하는 듯한 몸짓으로 노라의 어깨를 붙들었다. 그러고는 지극히 날 선 음성으로 이죽거리기 시작했다.

"전하께서 어인 일로 여기 계시는지 모르겠지만 안 그래도 여쭙고 싶은 것이 상당히 많던 참에 잘되었습니다. 대체 무슨 생각으로 남의 모친에게 그러한 오해의 여지가 다분한 선물을 보내신 겁니까? 역시 그 빌어먹을 신성 재판 건도 전하께서 관여하신 겁니까?"

이 냉혹한 고발에 테오발트는 은빛 눈썹을 고아하게 추켜세웠다.

"내가 무슨 수로…… 아니, 그보다 선물이라니?"

"이거 말입니다, 이거! 전하께서 보내신 거잖습니까!"

암녹색 눈을 화르륵 불태운 제레미가 실로 울화통이 터진다는 기세로 안주머니에 넣어둔 목걸이를 탁자 위에 던지듯 내려놓았다. 두꺼운 열두 개의 다이아몬드와 조그맣게 달린 독수리 장식이 잘그락 소리를 내며 반짝거렸다.

테오발트는 잠시 그 호화로운 목걸이에 시선을 주더니만, 이윽고 어깨를 으쓱하며 금색 눈을 곤혹스럽게 찡그렸다.

"어째서 내가 보낸 거라고 확신하지?"

"그럼 이걸 황제 폐하께서 보내셨겠습니까?! 독수리 장식은 황족들만이 가능한……."

"그야 모를 일이지. 그리고 황자는 나 말고도 또 있잖아. 근래 들어 네 아우와 제법 가까워진 것 같던데."

"이제는 하다 하다 아우에게 떠넘기시려는 겁니까? 왜, 도박장도 실은 전부 레트란 전하께서 꾸민 자작극이라고 말해보시지요!"

"도박장?"

"예, 이그회퍼 소자작 기억하십니까? 제 외숙 말입니다. 대체 무슨 심보로 그 작자에게 떡하니 도박장을 차려준 것도 모자라 제 아우와 전하의 아우까지 거기에 들이미신 것인지 심히 궁금합니다만-"

"무슨 오해를 하고 있는 건진 잘 모르겠지만 아무튼 나는 그저 약간 도움을 준 것뿐이었는데. 레트란이 도박에 취미를 들인 것 같길래 걱정돼서 미행해 보던 중에 알게 된 사람일 뿐이라고. 노이반슈타인 부인의 오라비라는데 내가 어떻게 그냥 외면해? 네가 날 어떻게 생각하든 나는 여전히 너를 어릴 적의-"

"무슨 소리이십니까, 그 작자 말로는 전하께서 친히 접근해서 도박장을 차려줬다던데. 그럼-"

"그 사람이 뭐라고 말했는지는 몰라도 난 그저 안타까운 마음에 약간의 도움을 준 것뿐이었다고. 안 그래도 갑자기 사라져서 걱정되던 참인데 설마 너희가 그랬던 거냐? 그럼 지금 소자작은 어디 있어? 설마 안 좋은 짓 한 건 아니지?"

제레미는 잠시 말을 멈추고는 멍하다 못해 얼이 빠져 버린 눈으로 테오발트를 뚫어져라 노려보기 시작했다. 그도 그럴 것이 제레미는 여태껏 이런 식의 뭐라 표현하기도 어려운 교묘한 화술을 대면한 경험이 전무했던 것이다. 분명 상대의 잘못이 명백한 상황임에도 불구하고 이쪽이 나쁜 놈이 된 것 같은 기분, 그 자신마저 묘하게 휩쓸리는 듯한 기분이랄까.

그리고 그건 몹시 불쾌하고도 더러운 기분이었다. 상대가 황태자만 아니었다면 이쯤에서 진작 주둥이를 귀밑까지 찢어주고도 남았을 거다.

한편 저러한 화술에 상당히 여러 번 당한 전례가 있는 노라는 비교적 침착한 표정을 되찾고 있었다. 노라는 푸른 눈을 싸늘하게 굳힌 채 냉기가 뚝뚝 흐르는 투로 거침없이 으르렁거렸다.

"도나우강 속에 있습니다. 만약 그자가 아직까지 숨이 붙어 있다면 자기는 왜 이리 멍청할까 하는 자아 성찰에 사로잡혀 있겠지요."

"뭐야? 아니, 그럼 혹시 자작 부인한테 손댄 것도 너희냐?"

"자작 부인의 소재를 전하께서 왜 궁금해하십니까?"

"재판이 끝나고 아무래도 심상치 않아서 대체 누구한테 포섭당한 건지 대질해 보려고 했어. 그런데 흔적도 없이 증발했더라고? 말해봐, 너희가 설마 진짜 그쪽까지 죽인 거라면……."

"안 죽였습니다만? 죽이려고 했는데 저 덜떨어진 사자 새끼가 기사도 운운하면서 못 죽이게 했거든요? 그것도 꼴에 레이디라고 쳐줄 수 있는지 모르겠지만. 아무튼 애초부터 레트란 전하에게 그 도박장을 소개시켜 준 자가 바로 전하라던데……."

"잘못하다 걸려서 형 핑계를 대려면 얼마든지 댈 수 있겠지. 내가 뭣하러 하나뿐인 아우에게 그런 위험한 짓을 종용하겠어? 대체 너희가 왜 그렇게까지 나를 못마땅히 여기는지 제발 이유나 좀 알 길이 있으면 좋겠는데. 그것보다 그럼 자작 부인은 도대체 어떻게 한 거야? 정말 안 죽인 거 맞아?"

"왜 그리 못마땅히 여기는지 궁금하시다면서 정작 제 말은 믿지 못하시는군요?"

"그런 게 아니라 너는, 솔직히 결투 심판 때도 그렇고……."

"아니, 그 얘기가 여기서 왜 나옵니까? 이 친구가 그 결투에서 그렇게 살육쇼 벌인 건 당연히 그놈들더러 똑똑히 보라고 경고하는 차원에서 그런 거 아닙니까! 이 녀석이 안 그랬으면 제가 그랬을 거라고요!"

"그만들 하게!"

이 불꽃 튀기는 설전을 아주 가관인 표정을 하고서 지켜보던 공작이 마침내 더는 못 들어주겠다는 듯 벼락같이 불호령을 내렸다. 일순 정적이 찾아왔다. 제국의 미래나 다름없는 세 청년 사이로 살기가 이글거리는 침묵이 감도는 가운데, 중년의 공작은 손을 들어 관자놀이를 누르며 탄식을 내뱉었다.

"다들 그렇게 한꺼번에 떠들면 대체 뭐가 어떻게 돌아가는 건지 내가 어찌 알아듣겠나! 제레미 경!"

"예?"

"그 목걸이는 도대체 어디서 났나?"

"……제 어머니가 가지고 계셨습니다. 돌려주려고 하셨는데 아무래도 제가 돌려 드리는 게 나을 것 같아 챙겨 나온 겁니다."

비교적 겸손해진 태도로 대답하는 제레미와는 달리 노라는 싸늘한 냉기를 풀풀 뿜으며 제 아버지 쪽을 아예 외면하고 있었다. 그리고 테오발트는 금빛 눈을 커다랗게 치켜뜨며 존경하는 숙부님을 마주 보았다.

"숙부님, 이게 다 대체 무슨 상황인지 모르겠으나 저로서는 처음 보는 물건입니다."

"정말로 전하와 아무런 관련도 없는 물건입니까?"

"예, 저는 정말이지……."

"한데 그렇다면 전하, 신성 재판의 막바지 때 대체 무엇에 관해 증언하려 하셨던 겁니까?"

공작이 실로 차분하기 짝이 없는 음성으로 다소 뜬금없다시피 던진 저 질문에, 제레미의 얼굴에는 일순 감탄이 스쳐 지나갔으며 노라는 조금 놀란 듯한 표정이 되어서 제 아버지를 노려보기 시작했다. 그리고 테오발트는 눈을 깜박였다.

"저는 단지…… 어릴 때부터 노이반슈타인 자제들과 친밀했던 만큼 당연히 말도 안 되는 고발이라 증언하려 했던 겁니다."

"전하와 제레미 경의 관계가 틀어진 지 오래라는 사실을 모두가 다 알고 있는데도 말입니까?"

"가망이 별로 없을지언정 한번 시도나 해보자 싶었습니다. 일단 그 재판 자체가 부조리하고도 부당한 것이라 생각되었으니까요."

"그러셨으면 차라리 처음부터 재판에 참석하시는 편이 낫지 않았겠습니까?"

"물론 그야 그렇습니다만……."

"좋습니다, 전하. 일단 전하도 레트란 전하도 이 목걸이와 진정 아무런 관련이 없다면 누가 감히 황실의 상징을 멋대로 이용했는지 조사에 들어가야겠습니다. 여차하면 또 다른 골치 아픈 스캔들을 불러일으킬 수 있으니 말입니다. 노이반슈타인과 뉘른베르크는 현재 동맹 상태인 만큼 그러한 헛수작은 더는 내버려 둘 수 없지요."

흔쾌히 머리를 끄덕이며 호사스러운 목걸이를 낚아채 드는 공작의 모습은 뭐라 형언하기 어려운 기묘한 위화감을 풍기고 있었다. 따라서 노라는 극심한 꺼림칙함을 담은 눈빛으로 제 부친을 노려보게 되었다. 저 인간이 대체 왜 저러지? 이번엔 또 무슨 꿍꿍이람?

당황한 건 테오발트 역시 마찬가지였다. 노라와는 반대의 의미로 당황했다 볼 수 있었지만, 어쨌든 당황했다는 점에선 사이 나쁜 종제와 같았다.

"숙부님, 제 생각엔……."

"그리고 전하, 그 도박장 문제 말입니다. 전하께서 어떤 의도로 이그회퍼 소자작에게 도움을 주셨는지는 알 수 없으나 도박장을 운영하는 것 자체가 엄연한 불법입니다. 하물며 전하께선 일개 귀족 영식이 아닌 이 나라의 황태자이십니다. 어째서 다른 방식을 고려해 보지 않으신 겁니까?"

테오발트의 고아한 얼굴에 일순 당혹감이 떠올랐으나 곧 빠르게 사라졌다. 은발의 황태자는 능숙하게 표정을 갈무리하며 눈을 내리깔았다.

"제 불찰이라는 거 알고 있습니다. 순간의 동정심 때문에…… 약간의 자금적인 도움은 무방하지 않을까 생각했었습니다."

"그래서 그러한 불법적인 일로 국고에 손을 대셨단 말씀이십니까?"

"……송구합니다. 이런 식으로 오해가 빚어질 거라고는 생각 못 했습니다."

"오해요?"

"예, 결과적으로 제 아우나 제레미 경의 아우가 함께 그곳에 드나들게 되리라곤 상상도 못 했었거든요. 결국 소자작에게 불운을 끼치게 된 점도 미안하게 생각합니다. 제 알량한 선의가 이런 결과를 불러오게 될 줄은 몰랐습니다. 후작 부인께서 아시면 어찌 반응하실는지, 정말 그렇게 살해당할 줄이라고는……. 아, 물론 제레미 경 입장에선 아우가 도박 놀음에 빠져든 판이니 화가 날 만도 합니다만 그렇다 해도 어찌 그리 무참하게……."

눈꼬리를 사르륵 접으며 회한에 젖은 표정을 지어 보이는 테오발트의 모습은 퍽 선량하고도 침울해 보였다. 진심으로 좋은 의도에서 시작한 일이 잘못 꼬인 것에 속상해하는 것 같았다. 따라서 제레미는 다시금 상대가 황태자만 아니었다면 주둥이를 귀밑까지 찢어주고도 남았을 거라고 주장하는, 속이 터져 죽겠다는 얼굴이 되어가고 있었으며, 노라는 넌더리가 난다는 조소를 띄워 보이고 있었다.

그에 반해 강철의 대공작은 차분하다 못해 부드러워 보이기까지 하는 눈빛으로 황태자를 뚫어져라 응시하다가 마침내 읊조렸다.

"지금 앉아계신 자리가 뭐라고 생각하십니까?"

"예……?"

"감히 황자 전하를 도박장에 끌어들인 소자작은 누구에게 들켰든 그 자리에서 즉결 처분 감입니다. 제레미 경도 소신의 아들도 황제 폐하의 기사로서 응당 마땅한 일을 감행한 겁니다. 제국의 태자라는 분께서 어찌 그것을 두고 살해 운운하실 수가 있습니까? 허튼 말 한마디 때문에 자칫 전하와 개인적으로 연루된 자라고 간주될 수 있다는 사실 모르시겠습니까?"

"아니, 저는……."

"이 일을 황제 폐하께서 아신다면 어찌 반응하실 것 같습니까? 레트란 전하께서 하필이면 그 도박장에 드나들었다는 사실이 우연이든 아니든 그것이 중요한 게 아닙니다. 태자 전하께서 어떤 식으로든 관여하셨다는 사실 자체가 문제란 말입니다. 동정심 때문에 그리하셨다고요? 한낱 감성적인 이유 따위로 장차 황좌에 앉으실 분께서 불법적인 사업을 후원하시다니, 안 그래도 황권이 불안정하기 짝이 없는 시국에 대체 무슨 생각으로 그런 실망스러운 일을 벌이신 겁니까?"

지금 공작은 어느 쪽을 편드는 식으로 말하는 것이 아니었다. 양측의 동기나 이유가 뭐가 됐든 사건의 결과만 놓고서 지극히 현실적이며 냉정한 일침을 가하는 중이었다. 그러니 뭐라 따질 수도 없었다. 반박의 여지가 아예 없는 것이다.

제레미는 노라를 돌아보며 눈을 크게 깜박이는 시늉을 해 보였다. 그러거나 말거나 노라는 아까보다 더하게 꺼림칙하다 못해 괴상망측하기까지 한 눈빛이 되어서 제 아버지를 열렬히 쏘아보기만 하고 있었다.

역시 이상하다. 뭔가가 이상해도 심히 이상하다. 저 인간이 틀림없이 또 다른 꿍꿍이가 있는 것이 틀림없다. 그러지 않고서야…….

테오발트로 말할 것 같으면 필사적으로 마른침을 삼키고 있었다. 공작의 이러한 냉엄한 모습을 처음 대면하는 것이라는 사실은 둘째 치고, 이 문제에 대한 불꽃이 자기에게 돌아올 줄은 생각지 못했던 것이다.

그가 아는 숙부라면 자신이 순전한 선의로 실수했다는 식의 변명을 너그러이 납득해 주는 편이 맞았다. 이런 식으로 거리감 있으며 논리적인 태도로 파고들어 오는 것이 아니라. 더군다나 실망이라니, 그런 단어를 듣게 되리라곤 상상치도 못했다.

황태자의 금빛 눈동자가 지진이라도 일어난 듯 흔들리는 동안, 공작은 피로에 전 한숨을 내쉬더니 멍하니 굳어 있는 기사들 쪽을 바라보았다.

"이그회펴 자작 부인은 어찌 되었나?"

제레미와 노라는 잠시 시선을 교환했다. 노라 쪽은 영 입을 열 만한 상태가 아니었기에 제레미가 대답했다.

"밖에 있습니다."

"뭐?"

"큼, 그게 그러니까 명색이 기사인데 레이디를 죽이는 건 영 기사도에 어긋나는 짓이나 어떤 식으로든 슈…… 제 어머니와 다시 마주치게 만들기 싫어서 말입니다. 어찌 처분할지 아직 고민 중인데 이왕 이리된 거 혹 공작님의 깊은 식견을 빌릴 수 있을는지……."

어째 아부하는 듯한 기색이 다분한 저 느물거림에 공작은 지극히 무뚝뚝하고도 사무적인 어조로 대꾸했다.

"뭔가 알아낸 건 있나?"

"아니요, 저희도 대체 누가 포섭했는지 알아보려고 고문, 아니, 심문해 보았습니다만 딱히 쓸 만한 정보는 나오지 않았습니다."

"역시 그렇군. 어찌 됐든 차후 또다시 경의 모친을 옭아맬 패가 될 가능성이 농후하니 차라리 공작령 섬으로 유배 보내는 편이 나을 것 같네. 후작령에 숨기는 것보다는 그편이 더 확실하겠지."

예상치 못하게 속전속결로 성가신 문제를 친우의 아버지에게 떠맡기게 된 제레미는 곧장 두 눈을 휘둥그레 떠 보일 수밖에 없었다.

"예? 그건 정말이지…… 과연 강철의 늑대 공작님이십니다!"

"경한테서 칭찬이나 들으려고 하는 일이 아니네."

제레미가 머쓱하게 머리를 긁적이는 가운데 공작은 다시금 황태자 쪽으로 눈길을 돌렸다.

"그리고 전하, 오해든 뭐든 노이반슈타인 측에서 목걸이의 발신자를 전하로 여기고 있는 만큼 하루빨리 이 문제에 종지부를 찍으셔야 합니다. 어차피 조사가 진행되는 대로 진범이 밝혀질 터이나 혹 짐작 가는 인물이 있다면 이 자리에서 말씀해 주십시오."
"하지만 저는……."
"전하께서도 아시다시피 독수리 장식은 철저히 황족에게만 허용된 상징입니다. 자칫하면 이 목걸이의 제작자뿐만 아니라 선물을 받은 장본인마저 모반 혐의로 엮일 수 있는 문제란 말입니다. 현시점 노이반슈타인 가문은 그러한 간계에 질리고 질린 상태인 만큼 어찌 반응할지 알 수 없는 노릇입니다. 최악의 경우 전하와 교단이 짜고 이번 사태를 꾸민 거라는 오해를 할 수도 있습니다. 이미 한 번 수세에 몰렸다 빠져나온 사자의 코털을 자꾸 건드렸다간 무슨 사달이 날지 전하께서도 그 정도는 짐작하고 계시겠지요. 그러니 뭔가 아시는 게 있다면 나라의 평안과 황권의 안정을 위해서라도 말씀해 보십시오."
젊은 사자가 몹시 호기롭고도 의기양양한 미소를 떠올리는 사이 젊은 늑대는 이제 더 뭐라 형언하기도 어려운 무시무시한 표정이 되어가고 있었다. 여차하면 하늘 같은 아버지의 멱살을 붙들고 짤짤 흔들며 대체 무슨 꿍꿍이냐고 고래고래 고함칠 기세였다.
반대로 젊은 독수리 쪽은 사면초가에 빠졌다. 뉘른베르크 공작이 작정하고 목걸이의 출처에 대한 조사에 착수한다면 들통나는 건 그야말로 시간문제였다. 정말로 교단과 내통 중이라는 오해를 받게 될지도 몰랐다. 대체 왜 이토록 평소답지 않게 나오는 건지 알 도리가 없었으나 어떻게든 수습을 해야 했다.
"죄송…… 합니다, 숙부님. 제가 솔직하지 못했습니다."
공작은 팔짱을 끼고서 물끄러미 황태자를 바라보았다. 속내를 알 수 없는 무미건조한 푸른 시선을 느끼며 테오발트는 제 생모와 유일하게 닮아 보이는 얼굴, 예의 그 풀 죽은 얼굴을 하고서 더듬더듬 말을 이었다.

"실은…… 그 목걸이의 원래 소유주가 누구인지 알고 있습니다."

"누구입니까."

"저의…… 아우입니다."

두 기사의 얼굴에 나란히 기가 막혀 하는 빛이 떠오르게 되었음은 두말할 것도 없었다. 그에 반해 공작은 여전히 차분하기 짝이 없는 무표정을 유지하고 있었다.

"레트란 전하의 것이라고요."

"예. 어찌 들리실지 모르겠지만…… 실은 제 아우가 후작 부인에게 풋사랑을 품고 있는 것 같았습니다. 워낙 아름다운 분인 만큼 철부지 소년이 헛된 공상을 품은 거겠지요."

"……."

"갑자기 찾아와서 한다는 말이 아주 특별한 장신구를 만들고 싶다더군요. 누구에게 보낼지 뻔히 짐작이 간 저로서는 당연히 만류했습니다만, 필사적으로 애원하길래 결국 장신구 만드는 장인을 연결시켜 준 겁니다. 다소 호사스러운 장신구가 될 거라고 예상은 했었지만 거기에 독수리 장식을 달아 보낼 줄은 미처 예상치 못했습-"

"그렇다면 전하, 내일이라도 당장 레트란 전하와 함께 노이반슈타인 부인을 찾아뵈십시오."

"……예?"

"도박장 건도 목걸이 건도 전부 두 분 전하의 불찰에서 비롯된 일입니다. 레트란 전하뿐만 아니라 태자 전하 역시 일말의 책임이 있다는 점은 인지하고 계시겠지요. 그러니 속히 후작 부인을 찾아가 그간의 사태를 해명하고 차후 두 번 다시 이러한 오해를 빚는 일이 없게끔 확실히 매듭지으십시오. 아시겠습니까?"

더없이 기묘한 정적이 흘렀다. 세 청년은 이제 나란히 똑같은 표정이 되어서 멍하니 중년의 공작을 응시하고만 있었다. 그 이유가 각각 다르다는 점이 아이러니했다. 제레미는 문자 그대로 감탄을 금치 못하고 있었고, 노라는 완전히 얼이 빠져 버린 상태였으며, 테오발트는 진정한 진퇴양난에 빠져든 상태였다.

엄밀히 따지자면 뉘른베르 공작은 황태자보다 아래인 신분이다. 테오발트가 저 지시를 곧이곧대로 따를 의무는 없다. 하지만 그러지 않는다면 오늘 이 자리에서 털어놓은 소리가 거짓이라는 사실을 인정하는 셈이었다. 진정 한 치의 거짓도 없었다면 참으로 명쾌하고도 공평한 해결책이겠지만 그게 아닌 이상 이보다 더 위험한 함정이 따로 없는 것이다.

"그럼 그리하시는 걸로 알고 있겠습니다, 전하. 시간이 많이 늦었으니 이만 황궁으로 돌아가셔야 할 것 같습니다."

"저어, 숙부님……."

"마차를 준비시키라 이르겠습니다. 루시안!"

실로 깔끔하기 짝이 없는 축객령이었다. 분명 함정에 빠진 느낌인데 도무지 벗어날 방도가 보이지 않아 좌불안석이었다. 하여 테오발트는 꺼림칙한 여운을 뒤로하고서 마지못해 떠날 수밖에 없었다.

황태자가 정신적으로 땀을 줄줄 흘리며 떠난 뒤, 남은 세 사람 사이에는 잠시 오묘한 정적이 감돌았다. 공작이 생각에 잠긴 얼굴을 하고서 파이프를 재는 동안 제레미는 금방이라도 폭발할 기세인 노라의 어깨에 슬그머니 손을 올리고 있었다. 다음 순간, 노라가 더는 못 견디겠다는 기세로 입을 옮과 동시에 공작이 재차 입을 열었다.

"제레미 경. 보아하니 경과 내 아들이 독자적으로 모든 일을 처리한 것 같군."

“음, 그렇다기보다는…….”

“아무래도 상관없네만 경의 모친에게 소자작에 대한 일을 사실 그대로 털어놓는 편이 나을 거네. 어쨌든 그분의 혈육인 만큼 당연히 알 권리가 있지 않은가.”

제레미는 머리를 가로저었다.

“옳은 일침이시긴 합니다만…….”

“내가 아는 경의 모친이라면 경이 황제 폐하의 이름으로 외숙을 처단했다 한들 그걸로 경을 탓하진 않을 텐데. 영원한 비밀이란 없는 법이네. 하물며 가까운 관계일수록 서로 감추기만 하는 건 독이 될 뿐이야.”

“아버지, 그래서 어쩔 작정이십니까? 만약 황태자가 아버지의 지시를 따르지 않는다면 그땐 어쩌실 겁니까?”

그 자리에 못 박힌 듯 서서 공작을 노려보고만 있던 노라가 실로 도전적으로 던진 저 빈정거림에, 공작은 머리를 약간 기울이며 아들의 살기등등한 얼굴을 부드럽게 마주 보았다.

“글쎄, 어찌하면 좋겠느냐?”

나지막이 반문하는 공작의 음성에는 아무런 신랄함도 없었다. 씁쓸함이라면 모를까. 되레 진심으로 의견을 묻는 듯한 투였다. 마침내 노라는 더는 이 적응 안 되는 분위기를 견디지 못하고 그대로 폭풍처럼 방을 나가 버렸다. 제레미는 당황했다.

“아, 저…….”

“놔두게. 그보다 경도 이만 귀가해야 할 터인데. 경의 어머니께서 걱정하고 계실 거 아닌가.”

그건 그랬다. 하지만 젊은 사자는 곧장 적절한 감사 인사를 건네고 늑대 굴을 떠나는 대신에 뭔가 더 할 말이 있는 양 머뭇거리고 있었다. 하여 공작은 파이프를 입에서 떼며 의아하게 눈가를 찡그리게 되었다.

"내게 뭔가 더 할 말이 있는가, 제레미 경?"

"그것이…… 공작님, 어찌 들릴지 모르겠으나 제가 공작님께 따로이 여쭙고 싶은 것이 있어서 말입니다."

"……."

"공작님께서는 제 아버지의 생전 어릴 적부터 어울린 친우라 들었습니다. 하여…… 이그회퍼 자작 부인이 재판 때 했던 증언 말입니다."

공작은 조용히 앉아서 가늠하기 어려운 눈으로 옛 친우의 아들을 골똘히 응시했다. 기억하는 친우의 젊은 시절과 그대로 빼다 박은 청년을 말이다.

"공작님께서는…… 공작님께서 아시는 제 아버지는 정확히 어떤 분이셨습니까?"

어차피 그 증언이 진실이라는 것을 알고 온 후다. 그럼에도 제레미는 이리 묻지 않을 수 없었다. 진실이라는 걸 알면서도 이리 절박한 심정이 드는 스스로를 이해할 수 없는 한편으로는 차라리 이렇게 쐐기를 박고 싶다는 아이러니한 기분이었다.

잠시 침묵이 흘렀다. 청년의 암녹색 눈동자에 교차하는 절망과 혼란의 빛을 마주한 공작은 낮게 새어 나오는 신음을 삼켜야 했다.

이런 질문에는 도대체 뭐라고 대답해 줘야 하는가? 그는 친우의 아들 앞에서 죽은 친우를 모욕하고픈 마음은 조금도 없었다. 하지만 이미 뭔가를 확신하고 온 것이 분명한 가엾은 젊은이를 어설픈 선의의 거짓말로 기만하고픈 마음 역시 눈곱만큼도 없었다.

자신들의 죄가 어떤 식으로 자식들을 짓누르게 될지 그중 누가 상상이나 했었을까? 아주 먼 옛날 이야기였다, 아버지들의 이야기는. 그리고 그들은, 그들 모두는 끝도 없이 제자리걸음만 반복했다. 얼어붙은 과거의 기억에 붙들려서 다른 이들은 돌아볼 줄 모르고 옛 추억만으로 살아가고 있었던 것이다.

미처 인지하지 못한 그 시간 동안 얼마나 많은 마음이 산산조각이 났을까.

불현듯 숨이 턱 막혀오는 느낌에 공작은 눈을 힘주어 깜박였다. 죽은 친우의 죄, 현재 황좌에 앉아 있는 친우의 죄, 나아가 그 자신의 죄까지 모두 얽혀 견고하게 얽힌 쇠사슬처럼 가슴을 옭아매는 듯한 느낌이 일었다.

'요헤너스, 막시밀리안. 우리는 도대체 우리 아이들에게 무슨 짓을 저지르고 만 거냐…….'

"……경은 경의 부친과 다른 사람이네."

그게 공작이 할 수 있는 말의 다였다. 금발의 기사는 더는 아무런 질문도 하지 않고 정중히 인사를 건네고는 그 자리를 떴다.

"……난 순무 싫다니까! 초식동물들이나 먹는 거잖아!"

"허어, 레이첼 넌 네가 진짜 암사자라도 되는 줄 아냐?"

"작은오빠 같은 개망나니 망아지가 되느니 차라리 진짜 맹수로 살고 말 거거든?"

"이게 누구더러 망아지래?! 나도 사자거든?! 이거나 먹어라, 꼬맹아!"

야참으로 충치를 방지하며 건강에 좋기까지 한 순무 샐러드를 내놓으라 한 것이 실수였던가? 내가 서류를 들여다보고 있는 동안 옹기종기 모여 앉아 순무가 어쩌고 초식동물이 어쩌고 하던 아이들이 어쩌다가 서로를 향해 잘게 썬 순무를 집어 던지기 시작한 건지 잘 모르겠다.

어쨌든 엘리아스가 레이첼을 향해 기세등등하게 집어 던진 비교적 굵다란 순무 조각은 휭하니 공중을 가로지르며 저 너머로 날아갔고, 하필이면 그때 막 안으로 들어서던 제레미를 정통으로 맞출…… 뻔했다가 제레미의 손아귀에 덥석 붙들렸다.

"뭐냐, 이건?"

때아니게 야참으로 얻어맞을 뻔한 제레미는 몹시 기분이 안 좋아 보였다. 저런 식의 환영 인사를 반길 사람은 아무도 없겠지만.

아무튼 간에 한 손으로 순무 조각을 바스러뜨리며 무시무시하게 이글거리는 눈으로 동생들을 쏘아보는 제레미의 악귀 같은 형상에, 엘리아스도 쌍둥이도 후다닥 자리에서 일어나 빠른 도주를 감행하게 되었음은 두말할 것도 없었다. 쯧쯧.

"늦었네. 어디 다녀왔니?"

"그냥 좀…… 왜 다들 안 자고 있어?"

"내일 의회에 가야 하거든. 네 동생들은 잠 안 온다고 야참 타령하다가 결국 이렇게 됐네. 넌 어때? 배고프진 않아?"

웃으면서 묻자 제레미가 내 얼굴을 말끄러미 응시하나 싶더니 이윽고 천천히 다가와 좀 전에 엘리아스가 앉아 있던 자리에 앉았다. 정확히는 테이블 중앙에 앉은 내 바로 왼편 자리에 앉았다. 그러면서 다짜고짜 이렇게 말하는 것이었다.

"……있잖아, 슈리. 내가 자백할 게 있어."

자백? 나는 곧장 손에 들린 서류를 내려놓고는 눈을 크게 떠 보였다. 반면에 제레미는 내 시선을 피하듯 눈을 아래로 내리깐 채였다. 호흡을 연거푸 고르며 주먹을 쥐었다 폈다 하는 모양새가 영 심상치가 않아 보였다. 문득 걱정이 와락 일었다. 뭐지? 설마 다이아몬드 목걸이 건으로 또 테오발트랑 주먹다짐이라도 한 건가?

"제레미? 왜 그래? 무슨 일이야?"

"……그게, 이걸 어떻게 털어놓으면 좋을지 모르겠는데……."

"대체 뭔데 그래?"

"그…… 있지, 내가…… 네 오빠를 죽였어."

잠시 침묵이 있었다. 내가 방금 들은 말의 의미를 가늠하려고 애쓰는 동안 제레미는 이제 내리깐 시선을 들어서 내 표정을 살피고 있었다. 내 오빠가 죽었다고? 우리 제레미가 내 오빠를 죽였다고……?

"엘리아스랑 레트란 황자가 드나들던 도박장이…… 그 인간 소유더라고. 얘기하자면 복잡한데 아무튼 살려둬 봤자 좋을 게 없다고 판단해서……."

"……."

"멋대로 저질러서 미안해. 단지 네가 어떤 식으로든 신경 쓰게 되는 걸 바라지 않았어. 그래서 그냥 우리끼리 처리하고 도나우강에 버린 건데…… 그, 정말 미안해. 네가 두 번 다시 날 보기 싫다고 한다 해도, 할 말이 없어."

"……."

"뭐라고 말 좀 해봐, 슈리. 제발 아무 말이라도 좀 해봐."

나는 머리를 약간 흔들며 벌어진 턱을 다물었다. 불안감으로 세차게 흔들리는 암녹색 눈, 마치 고문을 받고 있는 듯한 그 눈빛을 마주하니 충격이 차츰차츰 물러가기 시작했다. 내가 아는 제레미는 이런 식으로 자책하거나 눈치를 살피며 어쩔 줄 몰라 하는 녀석이 아니었다. 세상에,

세상에, 신이시여!

"맙소사, 제레미 너…… 괜찮니?"

"……어?"

"아니, 그러니까, 물론 너는 실전 경험도 있는 기사인 데다 누굴 죽여 본 경험이 처음은 아니겠지만…… 세상에, 이게 대체 무슨 일이야. 어쩐지 수색에 진전이 없다 싶더라."

내가 손으로 머리를 짚으며 횡설수설하는 동안 제레미는 어째 멍해 보이는 얼굴로 나를 바라보고 있었다.

"수색……?"

"응? 아, 재판 건도 그렇고 아무래도 이대로 내 친정 인사들을 내버려 두면 또 무슨 일이 생길지 모르니…… 어쨌든 너랑 노라가 처리했다 이 거지? 후, 이게 대체 무슨 난리야!"

"미안해, 난 정말로……."

"아냐, 아냐. 애초부터 내 원래 가족이 어떤 사람들인지 너한테 언질도 주지 않았던 내 잘못이야. 언젠가 이런 일이 생길지도 모른다는 생각을 진작에 했어야 했어. 거기다 노라까지 끌어들이게 되다니……!"

남들은 뭐라 생각할지 몰라도 나는 내 오빠가 죽었다는 사실에 일말의 연민도 슬픔도 일지 않았다. 냉혹하게 보일지도 모르겠지만 이 예기치 못한 전말에 되레 안심되기마저 했다. 단지 그 피가 내가 가장 소중히 여기는 이들의 손에 묻었다는 사실에 속이 복잡할 따름이었다.

"화내지 않는 거야……? 그러니까 내가 네 혈육을 멋대로……."

"화가 왜 안 나니? 당연히 나지! 그 도박장에서 무슨 일이 있었는지는 나도 알아. 네 동생이 전부 불었으니까. 결국 너희 손에 피를 묻히도록 자초한 내 멍청한 오빠한테도 화가 나고, 나 자신에게도 화가 나. 어떤 식으로든 그 문제에 관여한 것이 분명한 황태자한테도, 그리고 제 자식들이 평소에 뭘 하고 싸돌아다니는지도 모르는 그 모든 부모한테도. 이래서야 우리가 너희한테 뭐가 잘못됐니 마니 할 수 있겠니?"

나는 탄식을 삼키며 몸을 일으켰다. 그러고는 좀체 어울리지 않는, 혼란스러움과 무기력함이 뒤숭숭하게 섞인 눈을 하고 있는 나의 자랑스러운 장남에게 다가가 양팔로 그의 머리를 꼭 끌어안으며 토닥여 주었다. 그의 몸이 크게 움찔했다.

"슈리……?"

"네가 날 위해서 그랬다는 거 알아. 그러니 하등 자책할 필요 없어. 넌 어디까지나 가족을 위해서 해야 할 일을 한 것뿐이니까."

그렇고말고. 자책할 사람들은 따로 있다. 이게 다 바로 발밑에서 무슨 일이 일어나는지도 몰랐던 어른들 탓이니까! 젠장 할, 나 역시 수양이 한참 부족한 모양이다.

제레미는 잠깐 당황한 듯 몸을 뻣뻣이 굳히나 싶더니, 이윽고 머뭇머뭇 팔을 들어 내 몸에 마주 얹었다. 따스한 온기였다. 정작 나와 같은 피를 가졌던 사람들은 한 번도 주지 않았던 온기와 안정감. 그렇게 서로의 온기를 느끼며 우리는 처음으로 그놈의 빌어먹을 신성 재판에 대한 소감을 나누었다.

"나는…… 우리를 잃게 될까 봐 두려웠어."

"나도 그랬어."

"슈리, 혹시나 싶어 말하는 건데…… 만약 네 어머니라는 사람이 했던 말의 일부분이라도 진실이라면, 만약 내 아버지가 단 한 번이라도 너한테 뭔가 잘못한 게 있다면 나는……."

나는 머리를 가로젓고는 손을 들어 아름답게 굽슬거리는 금빛 머리카락을 쓸어 넘겨주었다. 내가 전생 현생을 다 통틀어서 유일하게, 한 점의 후회도 없는 것이 있다면 바로 이 녀석을 이만큼 키워냈다는 사실일 터다.

"낳아준 부모가 더없이 완벽한 인간이길 바라는 마음은 누구나 당연한 거야. 제레미, 그걸로 너 자신을 탓할 필요 없어. 설령 네 아버지가 내게 있어 나쁜 사람이었다 쳐도 그건 우리 두 사람의 문제지. 너희와 나의 문제가 아니라."

대개 나 같은 젊디젊은 나이의 과부 귀부인이라면 이러한 날 좋은 가을날 오전이면 다른 마음 맞는 귀부인들과 함께 한가로이 티타임을 즐기거나 한창 사춘기에 접어들 나이의 어여쁜 딸내미와 함께 최신 유행의 드레스를 보러 가거나 할 것이다. 낫살깨나 먹은 시커먼 사내놈들이 점잔 빼고 앉아서 불꽃 튀기는 눈싸움을 시전 중인 의회장에 앉아 있는 것이 아니라.

어쨌든 신성 재판 이후 첫 의회인 만큼 분위기가 살벌하지 않으면 되레 이상할 터였다. 나를 포함한 각 가문의 여섯 수장과 일곱 추기경 모두 각자의 복잡한 이해관계에 얽힌 채 오늘날 이 시점 이토록 날을 세우고 있는 것이다. 설상가상으로 방금 막 폭탄 발언이 대두된 상황이었다.

"……이 시점에 뜬금없이 세제 변경이라니 그 무슨 말도 안 되는 발언이십니까?"

"말씀드린 그대롭니다. 노이반슈타인 소유 15개 길드 및 금광의 수입세와 재산세, 십일조를 5할 아래로 축소하기로 결정을 내렸습니다. 따라서 여러분도 그에 따라 맞추시거나, 노이반슈타인이 발을 뺀 만큼의 여분까지 부담하시면 됩니다."

본디 노이반슈타인 가문은 대대로 수도에서 누구보다 더 높은 이율의 세금을 내왔다. 납세 가능한 수입을 최대한 축소하는 경우는 상당했으나 지금의 나처럼 대놓고 세금을 줄이겠다고 선포하는 경우는 유례없는 일이었다.

"아니, 부인. 그런 문제를 어찌 의회와 토론도 없이 독자적으로 진행하신단 말씀입니까?"

"의회원들과 토론 없이 독자적으로 일을 진행하는 경우는 바로 얼마 전에 선례가 있었던 것 같습니다만, 하인리히 공작님."

냉소적인 어조로 받아치자 아니나 다를까 추기경 하나가 곧장 몸을 벌떡 일으켰다.

"레이디 노이반슈타인, 방금 하신 발언은 무슨 뜻입니까?"

"문자 그대로의 뜻입니다. 교단 측에서 언제 중대한 국가적 문제를 두고 의회원들과 한 번이라도 논의한 적이 있습니까?"

"교황 성하께서 숙고 중이신 문제를 어찌 감히 의회에 먼저 알릴 수 있단 말입니까!"

"황제 폐하께서 숙고 중이신 문제는 반나절도 채 안 되어 알려지지 않습니까? 쿠라킨 예하께선 황제 폐하의 충신이십니까, 아니면 오로지 교황 성하만 주군으로 모시는 겁니까?"

"말씀이 지나치십니다, 부인!"

"아니, 노이반슈타인 부인 말씀이 옳습니다. 예하들께서 어째서 신성재판에 대한 문제를 의회에 미리 일러두지 않았던 것인지에 대한 상세한 설명이 우선적인 것 같습니다."

"뭐요? 아무리 의회라 한들 어찌 감히 성하의 결정에 간섭한단 말입니까? 그러는 바이에른 백작이야말로 그리 불만스러웠으면 재판 당일 때 왜 입 꾹 다물고 계셨습니까?!"

"내 가문의 안위만 생각해 몸 사렸던 점에는 노이반슈타인 부인에게 더없이 면목 없는 일이나 정당한 증거도 증인도 없이 앞다투어 달려든 예하들보다는 낫다고 생각합니다만. 교황청의 결정에 대해, 그것도 대귀족 가문의 수장을 심판대에 올리는 문제에 대해 의회원 전원이 토론할 수 없다면 예하들께서 이 자리에 앉아계신 것에 대체 무슨 의미가 있습니까?"

"지금 말 다 했소이까?!"

"다들 좀 점잖게 굴지 못하겠습니까!"

의회장께서 의사봉을 힘껏 내려치며 내린 불호령에, 불꽃 튀기는 눈싸움을 벌이며 으르렁대던 추기경들과 가문 수장들 모두 일순 입을 다물고는 동시다발적으로 의회장석에 앉은 이를 쳐다보았다. 재판 사태로 인해 얼떨결에 나와 동맹지간이 되어버린 뉘른베르크 공작님 말이다.

"뉘른베르크 공작, 노이반슈타인 부인의 주장이 말이나 되는 주장이라고 생각하십니까? 무어라 말씀 좀 해보시지요!"

하인리히 공작이 부글거리는 음성으로 외친 저 일갈에 강철의 공작님은 잠시 잠깐의 망설임도 없이 대꾸했다. 즉 이렇게 말했다.

"의회원 가문들 전원이 노이반슈타인 가문을 따라 세율을 맞춘다면 하등 문제 될 것 없지 않습니까. 눈치 보이시는 분들은 본래의 세율보다 약간 더 내시면 되실 일이지요."

"뭐요? 아니, 하지만……."

"참고로 뉘른베르크 가문은 노이반슈타인 가문의 동맹으로서 세제 변경에 동참할 예정입니다. 판단은 각자 알아서들 하시길."

……아무래도 다들 제 입 크기를 자랑하려고 마음먹은 게 아닐까 싶은 장면이 펼쳐지게 되었음은 두말할 것도 없었다. 그도 그럴 것이 뉘른베르 공작님이 이런 식으로 노골적인 편 가르기를 시전하며 신랄하게 빈정거리는 경우는 극히 드물었던 것이다. 아무리 우리가 결속 상태에 접어들었다 한들 이 정도로 확실한 태도를 취하실 줄은 몰랐기에 새삼 고마웠다.

"아니, 뉘른베르 공작, 의회장으로서 어찌 의회의 분열을 조장하신단 말입니까? 아무리 동맹의 연을 맺었다 한들……."

"하인리히 공작께선 그간 노이반슈타인 측에 하나뿐인 여식을 들이밀려 안달을 하셨던 모양인데, 사돈지간의 연을 맺고 싶었거들랑 문제의 재판 때 손 놓고 한가로이 구경하는 것보다 많은 노력이 필요하지 않았겠습니까?"

"뭐요?! 지금 말 다 했소이까?!

"다 했다면 어쩔 겁니까?"

하인리히 공작은 곧장 재떨이라도 집어 던질 흉포한 기세를 하고서 뉘른베르 공작을 향해 눈을 부라렸으나, 이내 금세 눈을 내리깔고 말았다. 눈싸움도 상대를 가려가며 해야 하는 법이다.

뉘른베르 공작가와 하인리히 공작가는 같은 공작위일지언정 위세와 입지 면에서는 차이가 컸다. 뉘른베르가 대대로 황실의 인척이었다는 이점은 둘째 치고 가주로서의 개인적인 능력 역시 차원이 달라도 한참 달랐다.

뼛속까지 권모술수의 달인이자 상대가 누가 됐든 눈 하나 깜짝하지 않는 강철의 공작님과 달리 하인리히 공작은 차라리 차남으로 태어났더라면 그 자신에게도 남들에게도 훨씬 좋았을 인물이었다. 신성 재판 때 그가 보였던 옹졸한 태도에 대한 내 개인적인 앙금은 접어두고도 말이다.

어쨌든 다들 반응을 보아하니 내가 이리 나오리라고는 예상치 못했던 모양이었다. 그런 사건을 겪고도 적당히 구슬리면 아무 일 없었다는 듯 넘어갈 거라고 생각한 걸까.

불꽃 튀기는 설전 한가운데서 홀로 고고히 침묵을 유지하던 이의 낮은 음성이 불쑥 울린 것은 그때였다.

"수입세와 재산세는 양보한다 쳐도 십일조 및 기타 교세에 한해서는 타협이 불가합니다. 십일조는 충성스런 제국민이자 신앙인으로서 마땅히 납부해야 하는 신앙의 증거, 특히나 윤리적 물의를 일으킨 바 있는 분이라면……."

"방금 뭐라 하셨습니까?"

내가 자리에서 몸을 벌떡 일으키는 바람에 모든 시선이 내게로 쏠렸다. 정확히는 살기등등한 기세를 하고 있는 나와, 담담히 말을 잇던 참인 리슐리외 추기경에게 번갈아 꽂혔다.

바로 전날 있었던 그의 방문에 대해 내가 이 자리에서 떠들어보았자 아무도 믿지 않을 거라는 확신 탓일까, 리슐리외는 예의 그 음침하고도 가라앉은 표정을 유지하며 따라 몸을 일으켰다.

"딱히 누군가를 지칭하는 발언은 아니었습니다만. 단지……."

나는 걸음을 옮겨 그의 앞으로 다가갔다. 거의 으르렁대는 듯한 음성이 내 잇새로 흘러나왔다.

"리슐리외 예하. 진정한 신앙인이라면 신께서 승자를 정하신다는 명예의 결투 결과에 대해 한 점의 의심도 품지 말아야 하는 법이라고 배우지 않으셨습니까? 아니면 악마의 농간이라도 들어갔다고 주장하고 싶으신 겁니까?"

"나는……."

"여기 누구 또 결투 재판 결과에 대해 의혹을 품으신 분 있습니까?"

뭐라 표현하기도 어려운 긴장감이 어린 침묵이 흘렀다. 드물게 폭발 일보 직전으로 활활 타오르고 있는 내 모습은 둘째 치더라도 결투 우승자의 부친이 눈 시퍼렇게 뜨고 지켜보는 와중에 누가 그렇다고 어설픈 의혹을 제기할 수 있을까. 나는 보란 듯이 하, 하고 조소를 내뱉은 뒤 리슐리외의 굳은 얼굴을 똑바로 마주 보았다.

"대귀족 가문의 가주이자 의회 일원임에도 불구하고 아무런 경고도 받지 못한 채 모욕을 당할 대로 당한 저로서는 예하들께서 점잔 빼고 앉아 있는 이 의회에 계속해서 참석해야 할 이유를 도저히 찾을 수가 없군요. 만일 여러분 중 단 한 명이라도 재판의 결과에 대해 의심을 품는다면 나는 그런 자와 함께 국가의 대소사를 논의할 마음이 없습니다. 아시겠습니까? 이따위 애들 재롱 잔치만도 못한 모임에 더는 참가할 이유가 없단 말입니다."

"부인께서 멋대로 의회를 탈퇴할 권한은……."

"탈퇴가 아니라 연속 불참입니다. 황제 폐하께서 친히 부르시지 않는 이상 두 번 다시 이따위 모임에 오라 가라 하지 마십시오."

살기등등하게 쐐기를 박은 뒤 몸을 홱 돌려 걸음을 옮겼다. 알 수 없는 눈빛으로 장내를 지켜보고 있던 뉘른베르 공작 역시 몸을 일으켜 나를 따라 의회장을 나섰다. 눈치를 살피던 다른 가문 수장들 역시 마찬가지였다. 심지어 하인리히 공작마저 늦게나마 미적미적 따라 나왔다.

"레이디 노이반슈타인. 잠시만……."

바벤베르크 궁을 빠져나와 곧장 마차가 있는 쪽으로 빠른 걸음을 옮기는데 뷔른베르크 공작님이 나를 붙들었다. 어딘가 심상치 않아 뵈는 표정이었다.

"공작님?"

"부인, 혹 황궁에서 연통 날아온 거 없습니까?"

"연통이라 하시면……?"

"가령 누군가가 방문할 거라는 연통 말입니다."

"글쎄요, 오늘 아침 확인해 봤을 때 황궁에서 날아온 서신은 없었습니다만. 왜 그러시나요?"

의아한 기분에 머리를 갸웃하며 묻자 공작님은 잠시 손으로 턱을 매만지며 흐음 하는 소리를 내었다. 마치 그럴 줄 알았다는 듯한 오묘한 반응이었는데, 그러는 동시에 푸른 눈이 서늘하게 가라앉는 모양새가 심상치가 않았다.

"공작님? 무슨 일인가요?"

"……그게, 부인. 부인께 날아온 그 다이아몬드 목걸이 말입니다."

"예? 아니, 그걸 공작님께서 어찌……."

"실은 간밤에 제레미 경이 찾아왔었습니다. 하필이면 같은 시간에 태자 전하께서 저희 집에 계셨고 말입니다."

뭐가 어쩌고 어쨌다고? 공작님이 내게 털어놓은 이야기는 대강 이러했다. 제레미와 노라가 그 목걸이 건으로 테오발트와 교단이 엮인 거 아닌가 하는 생각에 공작님에게 자문을 구하러 찾아왔는데 하필 그때 마침 테오발트가 있었다는 거였다.

그리고 테오발트는 그 목걸이의 발신자가 레트란이라 주장했다는 거였다. 그래서 공작님이 테오발트로 하여금 레트란과 함께 나를 찾아가

해명하게끔 종용했다는 것인데…….

어이구, 이놈들아! 나는 잠시 공작님의 눈을 빤히 올려다보다가, 이내 우리가 같은 생각을 하고 있다는 사실을 알아차렸다.

"레트란 전하께서 제게 그렇고 그런 마음을 품었다고는 도저히 보이지 않던데요. 하물며 그런 선물을……."

"저 역시 레트란 전하가 그리하셨다고 생각되지 않습니다. 다만 그럴 일은 없겠지만, 혹 두 분 황자께서 진정 부인을 찾아뵌다면 정확히 어떤 이야기가 오갔는지 제게도 알려주시겠습니까?"

"그리하겠습니다. 한데 도박장 건에 대해서는 태자 전하께서 뭐라고 하셨습니까?"

"……그게, 참, 부인께서 앞서 일러주신 사실과는 완전히 반대로 말씀하시더군요. 하도 어이없는 변명이라 제대로 기억도 안 납니다."

낮은 음성으로 뇌까리듯 대답하는 공작님의 표정은 복잡하기 짝이 없었다. 화가 난 것 같기도 하고 회한에 젖은 것 같기도 한 뒤죽박죽한 표정이랄까. 그러면서 신음 비슷하게 들리는 탄식을 내뱉었다.

"왜 그런 거짓말을……."

일전에 노라가 지나가듯 언급했던 말이 떠올랐다. 공작님이 제일 싫어하는 것이 무엇인지에 대해서 말이다.

어쩌면 이번 일 하나로 지난 세월 쌓여온 모든 신뢰가 단박에 무너질 수도 있는 판이었다. 만일 이 공작님이 그간 어떤 이유로 그랬던 간에 제대로 보지 못했던 부분을 간파해 내기 시작했다면, 지난 세월 단 한 번이라도 느꼈을 위화감을 제대로 인지하기 시작한 거라면 앞으로 무슨 결과가 벌어질지 모를 일이었다.

테오발트는 알고나 있을까? 자신이 어떻게 제 살을 깎아먹고 있는지.

노라를 잃은 것 하나만으로도 황태자에게 있어 크나큰 장기적인 손실이었다. 심지어 제레미까지 잃은 지 오래다. 그 와중에 공작님마저 등을 돌리게 된다면…….

분명 공작님과 노라 사이가 이 지경이 된 데에는 테오발트가 크게 한몫했다. 일전에 들은 파이프 건만 봐도 대강 파악이 갔다. 그 책임이 전적으로 공작님 본인에게 달려 있다 한들, 그간 아껴왔던 조카에게 어떻게 농락당해 왔는지 깨닫게 된다면 그 여파에 의한 폭풍은 결코 가볍지 않을 것이었다.

"제가 어찌하면 좋겠습니까?"

불현듯 내게 저리 묻는 공작님의 눈빛은 참담하기 짝이 없었다. 다소 뜬금없는 질문이었으나 나는 저 짧은 문장 안에 담긴 의미를 파악하고는 최대한 성의 있게, 진심을 담아 대답했다.

"저로서는 자세한 내막을 알지 못하지만…… 아무리 어려워도 포기하지 마세요. 아드님이라면 몰라도 공작님께서는 포기하실 자격 없습니다."

여름 축제 이후 초가을의 첫 국가적 행사로는 엘리자베트 황후의 생일 연회가 있다. 매년 있어왔던 행사지만 올해는 특히 신성 재판 이후 첫 공식 행사인 만큼 다들 한껏 긴장한 분위기가 만연했다.

물론 그런 분위기와 아무런 상관이 없어 뵈는 엘리자베트는 생일 선물로 뭐가 좋겠냐는 내 문의에 마음에도 없는 선물 따위 필요없으니 참석이나 제대로 하라는 식의 답변을 보내왔다. ……정말로 빈손으로 간다면 단단히 토라질 게 분명하면서 말이다.

어쨌든 다른 복잡한 문제는 잠시 접어두고, 내게 있어 이러한 공식 행사의 묘미 중 하나는 바로 레이첼에게 맞춰줄 드레스와 구두를 고민하는 것이었다. 큼큼, 우리 딸내미야 뭐든 잘 어울리는 아이이긴 하지만, 마치 인형 놀이 하는 듯한 기분이란 말이지…….

"마님."

신발 수집가인 딸내미를 위해 유리 구두 디자인 도면을 들여다보고 있는데 기사단장 알베른과 집사 로베르트가 나를 찾아왔다. 이 두 사람이 동시에 나를 찾아오는 건 좀체 드문 일이었기에 나는 곧장 이리 묻게 되었다.

"마침내 내 아버지를 찾아내기라도 한 건가?"

"비슷합니다."

"비슷하다니?"

"그것이 마님, 지금……."

로베르트가 뭐라 말하려는 것을 알베른이 빠르게 끼어들며 앞장서서 설명했다.

"지시하신 대로 수색한 결과 루이빌 지역의 밀주업 길드에 억류되어 있다는 정보가 입수되어 곧장 발 빠른 소수 정예 기사들을 그쪽으로 보냈습니다만, 어찌 된 셈인지 그쪽에서 한발 앞서 빠져나온 모양입니다. 재추적한 결과 황도로 올라오고 있는 것이 분명하여 곧장 잡아, 아니, 모셔 오려던 중에……."

"제 발로 찾아온 겁니다. 예, 마님. 지금 문밖에 자신이 이그회퍼 자작이라고 주장하는 인간이 당도해 있습니다. 물론 진정 본인인지 아닌지는 모를 일입니다."

"마님, 어떤 식으로든 간에 밀주업 길드와 엮였을 정도라면 이미 귀족으로서 갈 데까지 갔다고 볼 수 있습니다. 문밖의 인간이 자작님 본인이 맞든 아니든 마님께서 굳이 대면하실 필요는 없다고 생각합니다."

일리 있는 조언이긴 했다. 수년간 감감무소식이던 내 도박광 아버지가 결국은 그 지경까지 다다랐다니. 뭐 예상 못 한 바는 아니었다만 새삼 어째서 내 친정 식구들은 다 그 모양인가 하는 자괴감이 일었다.

어쨌든 두 번 다시 볼 일이 없게끔 조치를 취하려는 이상 확실히 해둬야 했다. 그렇게 결론을 내린 나는 디자인북을 내려놓고 몸을 일으켰다.

"일단 확인은 해봐야겠지. 어디 있다고?"

"검술에 달리기가 왜 필요합니까?"

"체력은 모든 무술의 가장 기본적인 토대입니다. 전하께서는 워낙 체력이 약하시니 첫날부터 검을 휘두르셨다가는……."

"하지만 저는 활은 그럭저럭 잘 쏘니까 완력은 괜찮은 편 아닌가요? 어, 일단 가장 간단한 수련이라도……."

"활을 쏘는 것과 검을 잡는 것은 전적으로 차원이 다릅니다. 당장 검을 잡고 싶어 하는 마음은 이해가 갑니다만 지금 전하의 상태로 무작정 검을 휘둘렀다가는 며칠 내리 끙끙 앓으실 겁니다."

"어, 그치만……."

"그만 칭얼대시고 뛰십시오. 다섯 바퀴입니다."

이 가차 없는 명령 아닌 명령에 열다섯 살 황자는 더는 불평할 엄두를 내지 못하고 잘 닦인 근위대용 연무장을 내달리기 시작했다. 그 아련한 모습을 팔짱을 끼고서 제법 진지하게 지켜보던 제레미가 마침내 킥킥 웃음소리를 냈다.

"아, 어렸을 때 생각나네. 처음 검술 배울 때 참 지랄 맞게도 달려댔지. 황자 전하의 스승이 된 기분이 어떠냐?"

"스승은 누구 마음대로 스승이냐. 성가시게. 난 그냥 약간의 도움만 주려는 거거든."

"뭐 어쨌든 의외로 꽤 고분고분하시네. 내 아우 놈도 좀 저렇게 귀엽게 굴면 좋을 텐데."

"너희 집 시뻘건 망아지 새끼가 고분고분해지다면 그건 그것대로 보기 좀 괴로울 것 같다."

"하긴 그렇구나. 아, 근데, 너 침묵의 종이라고 알지?"

제레미의 이 다소 뜬금없는 화제 전환에 노라는 이제 고작 두 바퀴 달린 주제에 헥헥거리고 있는 레트란을 물끄러미 지켜보다 말고 곧장 눈가를 찡그리게 되었다.

"모르는 사람도 있냐? 근데 그건 왜?"

"뭐 자세히 아는 거 있어? 그 인간에 대해서."

"글쎄, 널리 알려진 그대로 입에 자물쇠가 달렸다는 거, 그리고 젊은 나이에 교황의 총애를 한 몸에 받는 엘리트 추기경이라는 것 정도. 왜 그래? 그자가 그 촌극 재판 주도자이기라도 하냐?"

"그건 아직까지 알 수 없는 노릇이긴 한데 우리 슈리를 찾아왔다는 꼬라지를 보아하니 충분히 수상쩍어서."

"뭐? 언제?"

"우리가 황태자랑 사자대면하던 때에. 무슨 소리를 지껄이고 간 건지 슈리가 자세한 내용은 말 안 했는데, 낌새를 보아하니 그쪽이 배후인 건 확실한 것 같아. 이유는 모르겠다만."

이유라……. 노라는 잠시 턱을 매만지며 생각에 잠겼다. 불현듯 어떤 기억 하나가 빠르게 뇌리를 스치고 갔다. 건국기념 축일 연회 때의 기억, 연회장에서 슈리에게 무어라 길게 말을 건네던 젊은 추기경의 모습 말이다.

한편 제레미는 그런 친구의 침묵을 오해한 모양이었다. 젊은 사자는 슬슬 눈치를 보는 표정으로 친구에게 다가가 얼굴을 살피고는 은근한 목소리로 중얼거렸다.

"아니, 그냥 네놈이라면 뭔가 더 아는 게 있지 않을까 싶어 물어본 거야. 굳이 또 내키지도 않는데 네 아버지한테 말 걸 필요는 없어. 뭐 의외로 융통성이 있는 분 같기는 했다만……."

"닥쳐, 이 새끼야! 안 그래도 뭔 꿍꿍이인지 수상쩍어 미칠 지경이거든?!"

"아, 깜짝아. 뭐? 수상쩍다니?"

"갑자기 안 하던 짓거리를 해대니까 수상쩍지 그럼! 새 새끼한테 한 것만 봐도 그렇고 뭔 약이라도 처먹은 건지 아니면 벌써 노망이라도 온 건지 의심스러워 미칠 지경이라고! 제기랄, 오늘 아침에는 나한테 아침 인사를 다 건네지 뭐냐! 나 원 참, 기가 막혀서! 대체 뭔 꿍꿍이야?!"

일반적으로 아버지가 아들에게 아침 인사를 건네는 것을 노망의 징조라든가 무슨 간계쯤으로 여기기엔 심히 무리가 있다. 하지만 제레미는 그 점을 지적하는 대신에 쓸데없는 화제를 언급한 것을 사과하려고 했다. 하려고만 했다 이 얘기다.

"그런 의미에서 나, 오늘 너희 집에서 신세 좀 져야겠다."

한참 그렇게 푸른 눈을 이글이글 불태우며 이를 빠드득 갈던 노라가 그야말로 뜬금없이 내뱉은 저 선포에, 제레미는 당연히 곧장 표정을 일그러뜨리게 되었다.

"뭐? 야, 우리 집이 무슨 대피소냐? 어차피 너희 집에서도 굳이 너희 아버지와 마주칠-"

"너희 집이 아직까지 너희 집일 수 있는 이유가 뭐라고 생각하냐?"

"뭐……?"

"짐승 소굴 같은 네놈 집을 그나마 훈훈하게 유지시켜 주는 존재 되시는 아리따운 레이디께서 지금 그 자리에 온전히 계실 수 있는 데는 내 공이 크다고 볼 수 있지. 그런데 그런 나더러 너 혼자 즐겁게 돌아가서 누나랑 단둘이 시시덕거리는 꼴을 그냥 내버려 두란 말이냐? 안 될 말이지, 절대 아니 될 말이라고. 내 눈에 흙이 들어가도 그 꼴은 두고 못 봐."

제레미는 잠시 멍하다 못해 얼이 빠져 버린 눈으로 노라를 빤히 노려보기만 했다.

이 새끼가 방금 뭐라고 지껄인 것인가.

신성 재판 이래 두 사람 사이에서 이 문제가 다시 대두된 건 지금이 처음이라고 할 수 있었다. 워낙 신경 쓸 문제들이 많았기에 양측 모두 암암리에 휴전 아닌 휴전을 선포한 거나 다름없는 상태였다 이거다. 그런데…….

"노라, 헥, 노라 형……! 헥헥……! 저, 다섯 바퀴, 다……!"

때마침 숨이 다 넘어가기 일보 직전이 된 레트란이 저리 애절하게 외치며 동그란 눈을 반짝반짝 빛내면서 다가오지 않았더라면 두 기사는 해가 저물도록 침묵의 눈싸움을 이어가고 있었을 것이다.

노라가 사촌 동생을 향해 지극히 자애로운 미소를 지어 보이는 동안 제레미는 레트란을 향해 겨우 몇 마디 인사를 건네고는 몸을 돌려 폭풍처럼 그곳을 빠져나왔다.

저 늑대 새끼가 무슨 시커먼 꿍꿍이를 품고 있는지 몰라도 일단 가서 아무것도 모른 채 순진하게 눈 깜빡이고 있을 새엄마 곁에 딱 달라붙어 있어야 하리라.

그렇게 다짐하며 서둘러 발걸음을 재촉하던 제레미는 머지않아 전혀 반갑지 않은 인물에 의해 발목이 잡히고 말았다. 정확히 말하면 멀찍이 피해 가려고 했으나 상대측에서, 그것도 어쨌든 신분으로 따지면 한참 우위인 상대가 먼저 손을 흔들어 보이며 뻔뻔하게 아는 체를 하는데 어찌 그냥 외면해 버릴 수가 있겠는가?

"여기서 마주치게 될 줄은 몰랐네."

"……그러게 말입니다. 그보다 전하께선 언제쯤 아우분과 함께 제 어머니를 방문하실 예정이십니까? 오늘이라도 속히 하셔야 할 텐데요."

제레미가 팔짱을 끼고서 지극히 신랄하게 던진 저 이죽거림에, 테오발트는 일순 멈칫하나 싶더니 재차 유려한 미소를 지어 보였다. 그리고 제레미는 상대가 황태자만 아니었다면 저 미소를 귀밑까지 찢어주고도 남았을 거라는 생각을 하기 시작했다.

"글쎄, 그것보다 이거 재미있지 않아?"

"전하의 낯짝은 제게 있어 그다지 유쾌한 감상을 불러일으키지 않습니다만."

"……넌 아무래도 누가 진짜 네 적인지 제대로 인지하지 못하고 있는 것 같네."

"그건 또 무슨 말장난이십니까?"

금발 기사의 얼굴에 피어오른 짜증의 기색을 느낀 건지 어쩐 건지, 은발의 황태자는 미소를 약간 누그러뜨리나 싶더니 조금 진지한 눈빛을 지어 보였다.

“우리 아바마마나 숙부님께서 왜 그토록 네 의붓어머니에게 상냥하신지 알고 있니?”

“……뭐요?”

“하기야, 네 친구도 그렇고 역시 부전자전이라는 말이 괜히 생긴 게 아닌 것 같더라고.”

“대체 지금 무슨 소리를…….”

“제레미, 내가 우리 모두의 부모님들에 얽힌 재미있는 사실 한 가지 알려줄까?”

제레미는 이제 거의 살기를 뿜으며 눈앞의 황태자를 노려보았다. 그에 반해 테오발트는 여전히 여유만만한 표정이었다.

“……그다지 알고 싶지 않습니다만.”

“틀림없이 궁금할 텐데. 너 말이야, 네 아버지가 네 의붓어머니와 결혼한 이유가 뭔지는 알고 있어?”

“…….”

“내가 흥미로운 거 하나 보여줄까?”

분홍빛 황혼에 물든 노이반슈타인 후작저는 사자 굴이라는 거창한 칭호보다는 동화 속에 나오는 작은 성채처럼 보였다. 이토록 웅장하고 화려한 동시에 따스한 느낌마저 주는 집은 찾아보기 드물었다. 그 자신의 집까지 포함해서 말이다.

그런 씁쓸한 감상을 물리치며 마차에서 내리던 노라는 거대한 후작저 대문 앞에 있는 뭔가 거슬리는 구석 한 가지를 발견하게 되었다.

사자 굴 입구를 지키는 기사들이 그를 향해 영 못마땅해하는 눈빛을 보내는 건 새삼스런 일이 아니었다. 하지만 지금 이 순간 노이반슈타인의 발톱들은 늑대 공자를 향해 예의 그 적대적인 시선은커녕 되레 반쯤 반기는 듯하는 눈빛을 지어 보이고 있었다. 어쩌면 명예의 결투 건이 이 집 사용인들의 여론 변화에 크게 한몫했는지도 모르겠다.

어쨌든 노라는 이 좀처럼 접하기 드문 반가운 기색들에 따사로운 미소로 화답하는 대신 대문 곁 담벼락에 기대어 주저앉아 있는 노숙자 꼴의 중년 남자 쪽으로 말끄러미 시선을 주었다. 이 집 기사들이 웬 부랑자가 문 앞에서 굴러다니도록 내버려 둘 리는 없고, 대체 누구길래 다들 엄중한 감시의 시선만 빛내며 이리 지켜보고만 있는가?

"뭐야, 이거?"

노라가 나지막이 중얼거린 저 소리에, 초저녁부터 술독에 빠지기라도 한 건지 역한 술 냄새를 풀풀 풍기며 꾸벅꾸벅 졸고 있던 노숙자가 눈을 번쩍 떴다. 묘하게 낯이 익어 뵈는 중년의 남자는 잠시 눈을 크게 깜박이며 자신을 내려다보는 청년을 올려다보나 싶더니 다음 순간 몸을 발딱 일으켰다.

"너냐?!"

"뭐?"

"네, 네놈이 맞구나! 그 시퍼런 눈을 보아하니 틀림없어! 네 이놈! 네놈이 내 집을 들쑤시고 갔지! 내 아내는 어디다 뒀느냐?! 내 아들은 어디 있어?!"

기사들이 빠르게 움직여 남자를 붙들려 했으나 노라는 손을 들어 그들을 저지했다. 어디서 봤나 했더니 이제야 이해가 갔다. 그때 그 비렁뱅이 소자작과 묘하게 닮아 있었던 것이다.

"이그회퍼 자작이로군."

"그, 그걸 이제야 알았느냐?! 네놈 대체 누구의 사주를 받은 거냐?! 내 딸년이 시킨 거냐?! 이, 이 기생오라비같이 생긴 놈이……."

이그회퍼 자작은 술에 너무 취해서인지 아니면 진심으로 격분한 건지 마구잡이로 소리치며 상대와 자신의 덩치 차이는 고려도 하지 않고 덤벼들어 왔다. 따라서 노라는 훅 끼치는 악취에 절로 인상을 찌푸리며 몸을 뒤로 빼다 말고 자연스레 다리를 들어 정신 나간 자작을 걷어차게 되었다.

"어어억!"

그다지 세게 걷어찬 건 아니었다. 그 점에는 목격자 기사들 역시 동의했다. 다만 자작이 지나치리만치 취해 있었다는 점, 그리고 뒤로 세차게 비틀거리며 쓰러진 자작이 하필이면 화려한 철제 장식 문에 정통으로 머리를 박아버렸다는 점이 문제라면 문제였다.

쿵, 하고 장엄한 소음이 울리나 싶더니 이어 비명을 지르는 자작의 정수리에서부터 피가 철철 흘러내리기 시작했다. 그와 동시에 앞뜰과 바로 이어지는 계단 위에서 이 집의 기사단장과 가주가 모습을 드러냈다.

"이게 무슨…… 꺄아악! 아, 아버지?!"

노라가 일순 당황해서 어쩔 줄 모르고 굳어 있는 사이 슈리가 짧은 비명을 내지르며 황급히 계단을 달려 내려왔다. 머리에서 피를 철철 흘리며 쓰러진 부친을 바라보는 그녀의 환한 눈망울에 경악이 서렸다.

"누, 누나, 이게 그러니까……."

"다들 뭐 하고 있어?! 안으로 옮겨! 빨리!"

황태자궁의 회랑은 여느 귀족가의 회랑과 딱히 크게 다른 점은 없었다. 굳이 꼽자면 벽감과 액자의 화려함, 그리고 액자 안 인물들의 신분 정도랄까.

어쨌든 이 많은 역대 황족의 초상화를 전부 살펴볼 필요는 없었다. 시선을 잡아끄는 건 오로지 단 하나, 이 많은 화려한 초상화 중에서도 유독 독보적인 존재감을 자랑하는 어떤 여인의 것뿐이었으니 말이다.

초상화 속의 미소 짓고 있는 여인에게 시선을 꽂은 바로 그 순간 제레미의 머릿속에 떠오른 생각은 어째서 자기 의붓어머니의 초상화가 여기 있냐는 거였다. 그다음으로는 자신이 뭔가 착각했다는 깨달음이 밀려왔다.

초상화 속의 여인은 현시점 그의 집에 있을 누군가와 꼭 닮았으나 분명한 차이점이 있었다.

보랏빛이 도는 은색 머리칼, 레몬색 눈동자, 뺨의 부푼 정도, 무엇보다 미소 짓는 표정 자체가 달랐다. 그의 의붓어머니는 이런 식으로 처연하게 웃는 사람이 아니었다.

"이게……."

"고(故) 루도비카 황후. 내 생모 되시는 분이지."

술잔을 들고 다가온 테오발트가 그의 곁에 서서 나란히 초상화를 올려다보았다. 샹들리에 조명 탓일까, 부드럽게 휘어진 금빛 눈동자가 순간적으로 초상화 속 여인의 레몬색 눈동자와 꼭 비슷해 보였다.

"내 지엄하신 아바마마와 네 절친한 친우의 아버지, 그리고 네 돌아가신 아버지까지 푹 빠지셨던 분이지. 아마 현재진행형일걸?"

제레미는 그저 완연히 넋이 나가 버린 표정으로 초상화를 뚫어져라 노려보고만 있었다. 암녹색 눈동자가 완전히 멍했다.

"많이 놀랍지? 이해해. 나도 처음엔 엄청 놀랐으니까. 돌아가신 네 부친께서 어째서 네 의붓어머니와 재혼하셨는지 이해가 가고도 남지."

"……."

"내 현 어마마마로 말하자면 당연히 이분에게 극심한 증오를 품고 계시고. 숙모님께선…… 뭐 비슷하겠지. 아무튼 그러는 게 무리도 아니다만, 이분께서도 나름 피해자셨는데 그렇게 미움받는 게 가끔은 안타까워."

"……피해자요?"

금발의 기사가 마침내 겨우 읊조리듯 뱉은 저 물음에 황태자는 기다렸다는 듯 머리를 끄덕여 보였다.

"아쉬울 것 하나 없는 제국 최고의 세 사내께서 동시에 한 여인을 원하게 되었는데 그 과정이 얼마나 속 시끄러웠겠냐? 결국 승자는 내 아바마마가 되셨지만, 내 생각인데 아무래도 내 생모께서 진심으로 원했던 분은 아바마마가 아닌 것 같거든. 네 아버지일 수도 있고, 숙부님일 수도 있고……."

말꼬리를 길게 늘인 테오발트는 고개를 돌려서 제레미의 얼굴을 똑바로 바라보았다.

"우리끼리만 있으니까 솔직하게 말하는 거지만, 우리, 진짜 부전자전 같지 않냐? 가끔은 숙명이라는 게 진짜 있나 싶을 정도다."

"……."

"네 친우가 이 사실에 대해 얼마나 알고 있는지는 나도 몰라. 아마 숙부님도 이번만큼은 본인의 아들이 이기길 바라시겠지. 어쩌면 부자가 동시에 같은 걸 바라고 있을지도 모르고. 솔직히 말해서, 너무 닮았잖아."

제레미는 천천히, 아주 천천히 시선을 돌렸다.

느린 불꽃이 일렁이기 시작하는 시선의 끝에는 테오발트의 유려한 미소가 있었다.

“그게…… 무슨 말씀이십니까, 도대체?”

“글쎄, 그냥 모든 가능성을 고려해 보는 거지. 아마 아바마마께서도 숙부님 눈치만 아니었으면 진작에 네 의붓어머니를 정부로라도 삼으려 안달을 했을걸?”

“……”

“그런 점에 있어 나는 설령 네가 진짜로 네 의붓어머니에게 그렇고 그런 마음을 품고 있다 한들 불순하게 보지 않아. 차라리 네 쪽이 순수한 편이니까. 나는 뭐, 굳이 내 마음이 순수하다고 말하지는 않겠지만 나이 들어서 주책이나 부리는 누구들이랑은 다르지.”

“……황제 폐하도 공작님도 제 어머니를 그렇고 그런 식으로 여긴다고는 도저히 보이지 않습니다만.”

“정말 그렇게 생각해? 이걸 보고서도? 네 아버지의 경우만 봐도 답은 뻔하지 않아?”

“……”

“만일 이번 신성 재판 때 일이 잘못됐더라면 네 의붓어머니가 누구 손에 넘어가 버렸을지 모를 일이지. 실은 그 순간에 하필이면 노라가 기다렸다는 듯 나선 것도 좀 이상했어. 모든 조건이 너무 딱 맞아떨어졌잖아. 꼭 짜고 치기라도 하는 것처럼.”

“……”

“내가 어떤 식으로든 교단 일에 간섭하기는 불가능하다는 사실 너도 잘 알 거야. 나는 단지 네가 괜찮다면…… 그냥 좋은 라이벌이 되고 싶은데. 우린 어릴 때부터 아주 가까웠잖아.”

제레미는 한동안 묵묵히 눈앞의 황태자를 응시하고만 있었다. 그랬다가, 불쑥 한 손을 들어 테오발트의 목덜미를 틀어쥐고 벽 쪽으로 거세게 밀쳤다.

정확히 표현하자면 반쯤 내던졌다. 두터운 다마스크 모직 벽이라 소리는 그다지 크지 않았지만 충격만큼은 확실했다.

문자 그대로 반쯤 집어 던져져 벽에 처박힌 테오발트가 간신히 두 발로 바로 섰다. 제레미는 상대로 하여금 정신을 차릴 틈도 주지 않고 전진해서 두 눈을 활활 불태우며 실로 소름 끼치는 미소를 지어 보였다.

“전하. 어디서 무슨 헛소리를 듣고 오셨는지 모르겠으나 제 어머니는 제 어머니입니다. 아무리 전하라 해도 저와 제 어머니를 두고 어설프게 혓바닥을 놀린다면 제가 무슨 미친 짓을 저지를지 저 자신도 장담할 수가 없습니다.”

“나, 나는…….”

“이따위 이간질이 제게 통할 거라 생각하셨다면 큰 오산이십니다. 그놈의 부전자전은 오로지 전하와 도무지 전하에겐 관심조차 없는 황제 폐하에게만 적용되는 것 같으니 말입니다. 여태껏 전하의 안배를 그토록 봐준 공작님을 이제 와서 이리 같잖은 수작으로 모욕할 만큼 절박하신 모양입니다만, 안타깝게도 저는 바보일지언정 사람 보는 눈은 있습니다.”

제레미의 목소리는 낮디낮았으나 그 안에 도사린 이글거리는 살기는 가히 압도적이었다.

여차하면 진정 이 자리에서 황태자의 몸을 머리에서부터 발끝까지 쪼개놓을 듯한 무시무시한 기세였다. 하여 테오발트는 목덜미를 타고 주르륵 흐르는 식은땀을 느끼며 마른침을 꿀꺽 삼켰다.

“나는 그저…….”

"그리고 전하께서 단단히 착각하시는 게 있는데, 전하의 생모 되시는 분과 제 어머니는 별로 닮지도 않았습니다. 어디다 대고 감히 비교를 하십니까. 한 번만 더 제 어머니에게 허튼 수작질을 부린다면 그때는 그 잘난 부리를 영원히 찢어드리겠습니다. 아시겠습니까? 이건 경고가 아니라 협박입니다."

테오발트는 아무래도 그 자리에서 얼어붙어 버린 듯 아무런 소리도 내지 못했다. 마음만 먹는다면 당장 문밖의 근위병들을 불러올 수도 있었다. 하지만 눈앞의 기사는 여차하면 근위병들까지 갈가리 찢어발겨 주고도 남을 섬뜩한 살기를 거침없이 뿜어내고 있었다.

분노한 맹수 그 자체, 눈빛만으로도 온몸의 힘이 풀리게 만드는 맹수 그 자체였다.

테오발트가 간신히 머리를 위아래로 끄덕여 보이는 시늉을 하자마자 제레미는 그길로 몸을 홱 돌리고 그 지긋지긋한 장소에서 벗어났다. 그러지 않는다면 3년 전에 미처 다 못다 한 일, 황태자의 이빨을 죄다 털어주는 짓거리를 감행하게 될지도 몰라서였다.

분노와 슬픔이 거칠게 휘몰아쳐 와 마음이 산산조각 나다 못해 폐허가 된 기분이었다.

그가 아는 그의 친구라면 이 사실을 아직 모르고 있는 것이 분명했다. 만약 알게 된다면 어찌 반응할 것인가.

테오발트가 지껄인 소리가 마냥 헛소리라고만은 할 수 없었다. 부전자전이라던가. 하지만 제레미는 그러한 피상적인 표현에 극심한 거부감을 느꼈다.

슈리는 죽은 전 황후가 아니었다. 그들이 그들의 아버지가 아닌 것처럼, 다들 하나같이 다른 존재들이었다.

그래야만 했다.

그가 죄책감과 회한에 시달려 어찌할 줄을 몰라 할 때, 슈리는 그를 안아주며 괜찮다고 말했었다. 그의 아버지의 죄가 그의 어깨를 무겁게 짓누르고 있을 때, 슈리는 어쨌든 너와는 상관없는 일이라며 되레 그를 위로해 주었다.

어떤 일이 있어도, 무슨 일이 벌어져도 그를 감싸 안는 그녀를 위해서라도 그는 영원히 가족으로 남아야 했다. 설령 그녀라는 존재가 그로 하여금 영영 다른 사람을 갈구하지 못하게 만들어 버렸다 한들, 그들 사이의 연결 고리가 영원히 끊어지지 않는 이상 그는 그걸로 만족하기로 결심했다.

그녀는 앞으로 누구를 만나든 무조건 사랑받으며 빛나고 행복해야만 했다.

그러니 그는 지금의 자리에 머물면서 그렇게 되도록 만들 것이었다.

"아버지, 아버지?!"

"네가…… 네가…… 내가 너를……!"

내 아버지가 마지막으로 하려던 말이 무엇이었든 간에 그것은 끝까지 이어지지 못했다.

의원이 당도했을 때는 이미 늦어도 한참 늦은 뒤였다. 날카롭게 솟은 철제문 조형물에 부딪힌 아버지의 머리에는 톱니 자국 같은 구멍들이 파여 있었다.

그렇게 그는 침대 시트를 온통 피로 흠뻑 적셔놓으며 너무도 간단하게 세상을 떠나 버렸다. 튀어나올 듯 부릅뜬 눈과 혈관이 울긋불긋 터진 얼굴이 생전의 어느 모습보다 더 끔찍하게 보였다. 내 양팔 역시 온통 피범벅이었다.

내가 뭐라고 말하며 사용인들과 의원을 전부 내보냈는지는 기억나지 않는다.

어쨌든 나는 반쯤 넋이 나가 버린 멍한 상태로 내 아버지의 시체 곁에 주저앉아 있었다.

내 오빠도 죽고, 내 아버지도 죽었다. 내 어머니 역시 생사를 알 수가 없는 상황이었다. 한때나마 내 가장 가까운 혈육이었던 자들은 나에게 접근하려 시도한 대가로 죄 참담한 결말을 맞았다. 그리고 그들은 이미 내 가족이 아닌 지 오래였다.

그래도 가족이라는 말 따위가 얼마나 편협한 헛소리인지 깨달은 지 오래다. 그들의 비극에 대해 어떠한 연민도 슬픔도 느껴지지 않는다…… 그런데도 왜 내 눈에선 눈물이 흐르고 있는 걸까?

단 한 번도 진정한 가족이었던 적이 없는 사람들, 남보다도 못한 사람들이었음에도 불구하고 왜 이토록 얼떨떨하고 멍한 감각이 나를 사로잡고 있는 걸까?

피비린내가 코를 찔러왔다. 불현듯 시간을 거슬러 돌아온 이래 벌어졌던 모든 일이 한꺼번에 휘몰아치며 눈앞을 스치고 지나갔다.

그 모든 변화와 그 모든 희극과 비극이 번갈아 떠오르면서 숨이 떨려왔다.

그 모든 일을 겪고도 나는 여전히 살아남았다. 그리고 진정 내 곁에 유일하게 남은 가족은 요헨이 남겨준 아이들뿐이었다. 그런데, 그런데도…….

"……누나!"

노라의 다급한 목소리가 흐릿한 감각을 찢고 들어왔다. 황급히 뛰어 들어온 흑발의 청년이 내 아버지의 피로 범벅이 된 나를 붙들고 얼굴을 샅샅이 살피기 시작했다.

"누나…… 하아, 죄송해요. 다 제 잘못이에요. 일부러 그런 게, 아니, 그건 아무래도 상관없는 문제겠죠. 제가 누나의 아버지를 죽였다는 사실은 변하지 않을 테니까. 누나의 오빠도 마찬가지로……."

"……."

"제가, 제가 멋대로 누나의 혈육들을 죽였어요. 제멋대로 누나의 오라비와 아버지를 죽이고, 누나의 어머니도 멀리 보내 버렸어요. 무슨 수로 누나한테 용서를 빌어야 할지 모르겠지만 저는……."

"……아니야."

"네?"

나는 천천히, 천천히 머리를 가로저으며 세차게 일렁이는 푸른 눈을 물끄러미 올려다보았다. 메마르고 깔쭉깔쭉한 목소리가 내 벌린 입 사이에서 흘러나왔다.

"……차라리 이렇게 되길 바랐는지도 몰라…… 그러니까 내가 죽인 거나 다름없어. 단지……."

"……."

"나한테 왜 그랬는지 마지막으로 물어보고 싶었는데…… 그러지 못해서 아쉬울 뿐이야."

왜 나를 사랑해 주지 않았는지, 왜 당신들 자식인 나를 사랑하지 않았는지. 물어봤자 어떤 대답을 듣게 될 것인지 뻔히 알면서도.

어쩌면 아직까지도 내 심연 깊숙한 곳에 도사리고 있는 두려움은 영

영 사라지지 않을지도 모른다. 언제 버림받을지도 모른다는 두려움 말이다.

나를 낳은 부모부터가 나를 버렸기에, 언제나 모든 사람한테서 버림받을지 모른다는 두려움에 떨고 있었다. 남편으로부터, 아이들로부터…….

그리고 내겐 이리 돌아오기 전에 아이들로부터 버림받았던 기억이 남아 있었다.

그래, 그 기억이 가장 강렬했다. 아무리 생각하지 않으려 해도 무의식중에 불쑥불쑥 떠오르는 그 기억 때문에 아직까지 밤마다 과거의 꿈을 헤매고 있는 것인지도 몰랐다.

어쩌면 나는 남들이 생각하는 것만큼 모성적인 사람은 아닐지도 몰랐다.

내가 아이들을 위해 해온 모든 것, 다시 돌아온 이래 그토록 애정을 퍼부었던 이유 역시 순전히 이기적인 두려움 탓일지도 몰랐다. 아이들마저 없으면 나는 아무것도 아니게 되어버리니까. 어디에도 돌아갈 곳이 없으니까 말이다.

내 남편은 다정한 사람이었지만, 그가 나를 아꼈던 이유는 순전히 내가 그의 첫사랑과 닮아서였다.

내가 누군가의 애틋한 첫사랑을 닮은 여인, 혹은 사랑 넘치는 계모가 아니라 그저 나 자신만이 되어버린다면 그 누구도 나를 돌아보지 않을지도 모른다는 두려움이 항상 자리하고 있었다.

그 두려움이 그나마 상쇄되었던 건 아이러니하게도 신성 재판 당일이었던 것 같다. 지금 내 앞에 있는 남자가 나의 명예의 기사로 나섰던 순간 말이다. 나와 아무런 상관도 없으면서 기꺼이 나를 위해 목숨을 걸었던 사람, 나 때문에 오늘날 이 순간까지 손에 피를 묻히게 된 사람 덕분에.

노라가 양손으로 내 얼굴을 붙든 자세 그대로 잠시 가만히 내 눈을 들여다보나 싶더니, 이내 근처의 의자에 걸터앉고는 내 몸을 안아 들어 제 무릎 위에 올렸다. 그러고는 한 팔로 내 상체를 받쳐 안은 채 손수건으로 내 몸에 얼룩진 혈흔을 닦기 시작했다. 나는 저항하지 않고 가만히 있었다.

"……이젠 너한테 미안하다는 말조차 못 하겠어."

"미안해요……?"

"나 때문에 네 손이 피범벅이 되었는걸."

"전 누나의 기사입니다. 제가 자처한 거라고요."

나직하게 대꾸하는 그의 손길은 부드러웠다. 마치 깨지기 쉬운 유리그릇을 다루는 것처럼 조심스럽고 섬세했다. 그 다정함에 일순 목이 메었다.

"……계속 이렇게 내 곁에 있으면 앞으로 수도 없이 비슷한 일이 생길지도 몰라."

"생기라지요. 누구든 또 오라고 해요. 황실이든, 교단이든…… 전부 먼지가 돼버린다 해도 상관없으니까."

"그럼 나는? 나는 너한테 뭘 해주면 되니……?"

"누나는 그냥 이대로 있어주시면 돼요. 이대로…… 안전하게, 아름답게, 그리고-"

그의 손길이 잠시 멈칫했다. 내게로 숙인 짙푸른 눈동자에 불현듯 처음 보는 난폭하고도 어두운 갈망의 빛이 번득였다.

다음 순간, 검은 머리칼이 시야를 뒤덮나 싶더니 뜨거운 숨결이 귓가에 훅 와 닿았다.

"……저를 바라보면서."

Chapter 10

개혁의 바람

황후 궁에서 2황자의 훌쩍대는 울음소리가 들려오는 건 그다지 드문 일이 아니다. 말썽꾸러기 2황자가 엄격한 엘리자베트 황후로부터 크게 야단을 듣는 건 옛적부터 자주 발생하는 일이었다. 따라서 근위병들도 시녀들도 시종들도 딱히 의문스러움과는 영 거리가 먼 표정을 하고 있었다. 단지 곧 있으면 성년이 되실 황자께서 저리 유약해서야, 하는 등등의 속삭임을 주고받을 뿐이었다.

테오발트가 평소처럼 저녁 문안 인사를 올리러 황후 궁에 행차했을 때, 레트란은 이미 축객령을 당한 모양인지 그 자리에 없었다. 시녀들까지 죄 물린 채 어딘가 기묘한 표정을 하고서 티 테이블에 앉아 있는 황후만이 그를 맞아줄 뿐이었다.

"어마마마……?"

"……아, 태자."

"무슨 일이 있었던 겁니까? 듣자 하니 레트란이 또 크게 혼났다던데."

태연한 걱정스러움이 벤 테오발트의 질문에 엘리자베트는 곧장 대답하지 않았다. 대신에 더없이 모호한 빛을 담은 푸른 눈으로 자신의 의붓아들을 탐색하듯 빤히 응시할 뿐이었다. 테오발트는 그 생소한 눈빛을 그저 담담한 미소로 받아치며 그녀의 앞에 마주 앉았다.

"무슨 근심이라도 있으신 모양입니다."

"……근심은요. 낮에 공작으로부터 속 시끄러운 소리를 들어서 화가 좀 난 것뿐입니다."

먹음직스럽게 놓인 마들렌 접시에 손을 태연히 뻗던 테오발트가 일순 멈칫했다. 찰나의 순간에 불과했지만.

금빛 눈동자가 더없이 천연덕스러운 미소를 머금은 채 의붓어미의 푸른 눈을 담담히 마주했다.

"대체 무슨 말씀을 들으셨기에."

"……듣자 하니 레트란이 얼마 전까지 고약한 취미를 들였다던데. 태자가 공작에게 그 일에 대한 자세한 사정을 털어놓았다면서요? 이 어미에게도 미리 좀 일러주지 그랬습니까. 얼마나 놀랐는데요."

"송구합니다. 저 역시 어쩌다 보니 휘말리게 된 판이라…… 어마마마께 어찌 말씀드려야 하나 고민하던 참이었습니다. 제 불찰입니다."

"태자가 송구할 건 또 뭐가 있습니까. 어쨌든 얼굴도 봤으니 이만 가서 쉬시지요. 밤바람도 차니 일찍 잠자리에 들어야겠습니다."

나직하게 말을 잇는 황후의 음성은 아무 감정도 없이 무미건조했다. 단, 서늘한 막을 뒤집어쓴 푸른 눈에는 좀처럼 알아차리기 어려운 동요랄까, 의미심장한 기시감 비슷한 빛이 깜박거리고 있었다.

그것을 미처 알아차리지 못한 테오발트가 정중히 인사를 올린 뒤 자리를 뜨는 가운데, 엘리자베트는 그 자리에 굳어버린 듯 앉아서 황후 궁을 나서는 황태자의 뒷모습을 물끄러미 응시하고 있었다.

그녀의 얼굴에 서린 표정은 뭔가 새로운 것을 깨달았다는 표정이라기보다는 아주 오래전부터 수면 아래서 꿈틀거리고 있던 어떤 위화감, 기시감과 의혹을 이제야 제대로 들여다보고 있는 자의 것에 가까웠다.

"이거 진짜 나 주는 거야?"

……누가 보면 내가 그간 한 번도 레이첼한테 신발 선물을 안 한 줄 알겠다. 어쨌든 기대 이상의 반응인 것만큼은 확실했다. 에메랄드빛 눈을 커다랗게 치켜뜬 채 턱을 거의 바닥까지 떨어뜨리고 있는 레이첼의 얼굴을 감상하고 있자니 더없이 짜릿했다.

"그럼 우리 집에서 이걸 신을 수 있는 사람이 너 말고 누가 있겠니?"

"와…… 이, 이거 진짜 유리로 만들어진 거야?"

"조심해라, 사랑스러운 누이여. 여차하면 네 몸무게를 감당하지 못하고 박살…… 끄악!"

여동생 기분 잡치는 데에 남다른 일가견이 있는 엘리아스가 나한테 얻어맞은 등짝을 문지르는 사이 레이첼은 다이아몬드와 유리로 특수 제작한 화려한 구두를 집어 들고 양 뺨에 갖다 대면서 좋다고 꺅꺅대기 시작했다.

"고마워, 엄마! 진짜진짜 사랑해! 앞으로 맨날맨날 이것만 신을 거야!"

"우리한테는 뭐 없어, 엄마?"

"호박 마차라도 불러주련?"

"이건 자식 차별이야! 편애라고!"

"맞아, 맞아, 편애야!"

엘리아스와 레온까지 입을 댓 발 내밀며 저리 투덜거리는 동안 마침내 흥분을 좀 가라앉히고 진정하는 듯하던 레이첼이 불쑥 아쉬움 깃든 탄식을 내뱉었다.

"연회에 알리 왕자님도 왔으면 좋았을 텐데. 그치?"

"엑, 너 그 잡초 머리 왕자랑 아직도 연락하냐?"

"하면 안 돼? 외교적 우애도 다지고, 가문 기상도 살리고, 우리끼리 친목도 도모하고, 뭐가 불만인데? 나더러 사파비에 한번 놀러 오라고 친절히 초대까지 하셨거든?"

"그 더운 동네에 갔다간 네 코르셋이 전부 녹아내리고 말 텐데."

"뭔 상관이래!"

음, 좀처럼 제 쌍둥이 누이에게 시비를 거는 법이 없는 레온이 저리 삐딱하게 나오는 모양새가 아무래도 질투를 느끼는 것 같다. 하여간 애들이란. 아니, 그런데 그것보다…….

"유리 구두하고 그냥 구두의 차이점이 대체 뭐냐?"

"재질의 차이?"

……저 녀석은 대체 왜 자기 집 놔두고 우리 집에서 어슬렁거리고 있는 걸까?

지난 며칠간 '그 일'에 대해 생각하지 않으려 애를 쓰고 있는 나와 지극히 상반되는 모습, 즉 평소와 같은 뻔뻔한 모습으로 찾아와 우리 제레미와 시시덕거리는 노라의 행각을 어찌 받아들이면 좋을지 모르겠다.

아니, 받아들이는 건 둘째 치고 어색해 죽겠단 말이다! 저 녀석은 어색하지도 않은 걸까? 나만 혼자 끙끙대고 있는 거냐고? 사람 속 시끄럽게 만들어놓고 저러한 태평하기 짝이 없는 태도는 너무 뻔뻔하지 않은가?
이래서야 뭔가 나 혼자 별것도 아니었던 일로 괜히 과민 반응 중인 것처럼 느껴지지 않나. 나 원 참, 기가 막혀서! 아무래도 한마디 해줘야 할 것 같다.

"테이블에 다리 올려놓지 말라고 몇 번을 말하니?"

내가 탄식하듯 읊조린 저 일침에, 속없이 낄낄대며 제 친구와 시시덕거리던 제레미가 움찔하며 조심스레 긴 다리를 내려놓았다. 그에 반해 매우 본받을 만한 자세로 앉아 있던 노라 역시 움찔하나 싶더니 조심스레 미소를 지어 보였다. 즉 친구를 향해 비웃음을 날렸다.

"예법 교육 다시 수강시켜 주랴?"

"닥쳐라, 이 똥강아지야. 남의 집 커피나 축내고 있는 주제에. 너희 어머니는 너 안 찾으시냐?"

"난 원래 내놓은 자식이라서."

"아, 맞다. 미안."

쟤들은 어째서 매번 대화가 저 지경일꼬. 내가 한숨을 감추지 못하는 사이 우리의 엘리아스는 내 한숨을 제멋대로 곡해한 모양이었다. 그는 내 표정을 한 번, 그리고 제 지긋지긋한 형과 그 친구의 뻔뻔한 꼴을 번갈아 보나 싶더니 이어 의기양양한 낯짝이 되어 다음과 같이 포효를 내질렀다.

"너희 집에나 가라, 이 시커먼 놈아! 지금이 때가 어느 땐데 여기가 어느 안전이라고 어슬렁거리고 있냐?!"

"그게 너희 보호자를 안전하게 이 집안에 되돌려 준 기사한테 하는 감사 인사냐?"

노라의 저 지극하게 태평하기 짝이 없는 반문에 엘리아스는 일순 할 말을 잃은 듯 입을 뻐끔거렸으나 금방 기세를 회복했다. 늘 그랬듯이.

"그건 그거고, 이건 이거지! 그리고 네놈이 아니었어도 우리가 알아서 했을 거거든?!"

"누가? 네가? 아니면 너희 어벙한 기사들이?"

"야! 누가 어벙하다는 거야?! 우리 가문 기사들이 얼마나……."

"이러다가 조만간 노이반슈타인 자제들은 은혜도 모르는 살쾡이 새끼들이라는 제보가 나돌겠군그래. 하아, 이래서 남 좋은 일 해줘 봤자 호구만 된다는 격언이 있는 모양이다."

"뭐, 뭔 은혜……."

"하나 본래 호구란 호랑이의 아가리라는 심오한 의미를 가지고 있다는 사실을 민폐덩어리인 너희는 영 모르는 모양인데, 무슨 명분으로 나의 방문을 저지하겠다는 건지 어디 한번 그럴싸한 논리를 대보시지."

엘리아스는 이제 거의 거품을 물기 일보 직전이었다. 뭔가 말을 많이 하고 싶은데 뭐라고 시작해야 할지 모르는 딜레마에 빠진 모습이다. 한편 어처구니가 없는 건 제레미 역시 마찬가지인 모양이었다.

"이 똥강아지 자식이 지금 누구더러 민폐덩어리라는 거냐?"

"어디 보자, 일단 내가 관여한 일만 해도……."

"자자, 너희 모두 얼른 올라가서 채비해! 제레미 너도! 이러다 다들 늦겠다! 빨리빨리 움직이지 못해?!"

내가 황급히 손뼉을 치며 외침과 동시에 붉으락푸르락해서 어쩔 줄 모르던 엘리아스도, 멍하게 눈치를 살피고 있던 쌍둥이도 서둘러 위층으로 향했다. 영 떨떠름한 표정으로 제 친구를 노려보고 있던 제레미 역시 내 매서운 눈빛에 순순히 양손을 들어 보이며 자리를 떴다.

잠시 침묵이 흘렀다. 여전히 유유자적한 태도로 남의 집 커피를 축내고 있는 공자를 향해 내가 조심스레 말을 걸기 전까지는 그랬다 이 얘기다.

"저어, 노라?"

"예?"

푸른 눈을 순진하게 깜박이며 쳐다보는 모양새가 영 적응이 되지 않았다. 이 녀석은 대체 무슨 생각인 걸까?

"그, 너도 집에 돌아가서 연회에 참석할 준비를 해야 하지 않겠니? 너도 알다시피 오늘은 네 고모님의……."

"전 채비 다 마치고 왔는데요. 보시다시피."

보란 듯이 양팔을 느긋하게 들어 올려 보이는 노라는 확실히 머리부터 발끝까지 쫙 빼입은 상태이긴 했다. 흑표범 같은 몸을 감싼 짙푸른 연미복이 퍽 잘 어울린…… 아니, 이게 아니지 참.

"그치만 네가 너네 가족이 아닌 우리랑 같이 가면 너희 어머니께서 서운해하시지 않을까?"

"전 원래 내놓은 자식이라 괜찮습니다."

"……그래도 요즘 거의 집에 안 들어가는 것 같던데. 물론 우리 집은 너야 언제나 환영이지만 너희 부모님께서……."

"제집에서도 그다지 자주 마주치는 편은 아닙니다."

"하지만 오늘 같은 날은……."

"존귀하신 제 고모님의 생일 축하 연회날인 만큼 누나는 특별히 더 아리땁게 치장하시겠지요. 그리고 저는 누나의 기사로서 침 질질 흘려대는 짐승들로부터 누나를 보호할 의무가 있고요."

……이 녀석이 지금 도대체 뭐라고 하는 거야?

"무, 물론 너는 누가 뭐래도 내 기사이긴 하지만……."

"누나도 인정하시고 저 자신 스스로도 인정하는 사실이죠. 그런데 그런 저더러 누나네 민폐덩어리 사자 새끼들끼리 곱게 단장한 누나 곁에 찰싹 들러붙어서 희희낙락하는 동안 혼자 삭막하기 짝이 없는 늑대들과 씨름이나 하고 있으라니요. 그럴 순 없는 일입니다. 그런 부조리한 처사는 절대 감내하지 못하겠단 말입니다."

이 상황에서 한 가지 확실한 게 있다면 내 턱이 참으로 바보같이 벌어져 있을 거라는 사실뿐이리라. 지금 내 눈앞에 있는 녀석이 그 노라 맞나?

내가 바보 같은 모양새로 얼음이 되어 있는 동안 노라는 무슨 생각을 한 건지 커피 잔을 내려놓고는 몸을 일으켰다. 그러더니만 난데없이 한숨을 내쉬며 고개를 비스듬히 내리는 것이었다. 그 바람에 얼굴 사이의 거리가 확 가까워졌다. 맥박이 빠르게 뛰기 시작했다. 나는 애써 그의 짙푸른 시선을 외면하며 입술을 달싹였다.

"나는……."

"하지만 영 불편해하시는 것 같으니 그냥 순순히 감내해야겠습니다."

"어……?"

"어쨌든 적어도 지금은 저를 보고 계시는군요."

순간 귓가가 화르륵 달아올랐다. 하나 내가 '그럼 내가 너 말고 천장 보면서 말하겠니' 따위의 실속 없는 반박을 내놓기도 전에 노라는 내 뺨에 짧고도 가볍게 입을 맞추더니만 그대로 몸을 돌려 나가 버렸다.

신성 재판 이후의 첫 공식 행사인 엘리자베트 황후의 생일 축하 연회.

재판의 전말은 둘째 치고 오늘의 주인공 되시는 황후의 친정이 뉘른베르 공작가인 만큼 이쪽 입장을 좀 더 공공연히 드러낼 수 있는 기회라면 기회였다.

어쨌든 무도회장에 모인 귀족들 모두 머릿속에서 그놈의 재판 사건을 지워 버린 것처럼 태연스레 행동하고 있었다. 그건 나 역시 마찬가지였지만.

"멋진 드레스네요, 레이디 노이반슈타인."

"감사합니다, 레이디 바이에른. 참, 아드님께서 이번에 약혼하셨다지요?"

"아유, 말도 마세요. 그 과정에서 얼마나 골치가 아팠는지……."

신성 재판 덕에 한 가지 확실해진 게 있다면, 그건 내가 이번 생애에선 귀부인들과의 연대를 제대로 구축하는 데 성공했다는 점이리라. 거기엔 나와 엘리자베트 황후의 악우 아닌 악우 같은 관계가 크게 기여했지만, 어쨌든 그녀들 대부분은 내게 동정적인 여론이었고 나 역시 그녀들과 그녀들의 남편들을 별개로 두고 대했다. 어쨌든 내게 문제가 되는 건 대개 남편들 쪽이었으니까.

"크흐어엄, 레이디 노이반슈타인. 이리 뵈니 좋소이다. 지난번에 미처 말씀 못 드렸으나 의회 문제와 우리 자녀들 문제는 별개로 치는 것이……."

가령 연회가 시작된 지 얼마나 됐다고 벌써부터 꼴불견으로 취해서 나로서는 일언반구도 하지 않은 우리 자녀들 간의 혼담을 들먹이는 이 하인리히 공작처럼 말이다.

"많이 취하신 것 같군요."

"아아, 취하다마다요. 부인께서 어려울 때 제대로 나서 드리지 못한 점에 이제야 깊은 수치와 부끄러움을 느끼는 통에…….”

“큼, 큼. 실례합니다, 레이디 노이반슈타인. 이이가 많이 취했군요. 로쉬포드, 좀…….”

만일 하인리히 공작이 여인이었다면, 황후마마의 생일 연회인 이 자리에 자식뻘의 젊디젊은 정부를 동반하고 있다는 사실은 꽤 무례하게 여겨졌을 터였다. 어쨌든 보아하니 공작의 정부는 제 애인이 다른 젊은 여인 누구와도 함께 있지 못하도록 눈에 불을 켜고 경계하는 것 같았고, 덕분에 나는 그의 술주정을 더 상대하는 고역을 면할 수 있었다.

“오하라! 어디 있느냐?! 여기 노이반슈타인 부인께서 계시니 어서 인사를…….”

나는 하인리히 공녀가 내게 오기 전에 잽싸게 물러나 오늘의 주인공이 있는 쪽으로 도망쳤다. 하인리히 공작은 그러고도 한참을 더 알아먹을 수 없는 소리를 고래고래 외치며 다른 이들의 눈총을 사더니만 종국에는 정부의 가슴에 얼굴을 묻은 채 꺼이꺼이 통곡하기에 이르렀다. 그 추태를 그냥 무시하기로 마음먹은 듯 외면하고만 있던 다른 사람들이 마침내 나서서 좀 점잖게 굴지 못하겠냐고 호통을 칠 때까지 그랬다 이 얘기다.

“누가 보면 내 생일이 아니라 그대의 생일인 줄 알겠군. 애인이라도 생겼는가?”

“과찬의 말씀이십니다. 황후마마께서도 과연 오늘의 주인공다워 보이십니다.”

“흥, 대체 이걸 어디다 쓰라고 선물이라고 가져온 겐가? 뭐 워낙 둔감해서 여태까지도 눈치 못 챈 모양이네만 나 차 별로 안 좋아하네.”

오늘의 주인공 되시는 엘리자베트의 심기가 영 불편해 보였다. 저러한 가시 돋친 말투야 하루 이틀도 아니니 새삼 놀라울 것도 없지만, 오늘따라 유독 심기가 불편해 보이는 건 기분 탓일까?

"요즘 잠을 잘 못 주무신다 들었습니다."

"흥, 까짓 차 따위가 숙면에 도움이 되면 얼마나 된다고."

"개인적인 경험으로는 꽤 괜찮습니다만. 그보다 뭣 때문에 이 좋은 날 이토록 속 시끄러워 보이는 낯빛이십니까?"

"호오, 지금 날 걱정하는 겐가? 고양이가 쥐를 걱정해 주는 꼴이로군."

"동병상련이라고 해야겠죠. 황자 전하들 문제입니까?"

엘리자베트는 대답하는 대신에 검붉은 속눈썹을 내리깔 뿐이었다. 차양처럼 늘어진 속눈썹 아래 자리한 푸른 눈에 미미한 그늘이 깜박거렸다.

내가 일전에 그 도박장 사건에 대해 언급한 이래 황자들에 대한 화제를 끄집어낸 건 처음 있는 일이었다. 좌우지간 지금 엘리자베트가 정확히 무슨 생각을 하고 있는지 알 수는 없어도 꽤 복잡해 보인다는 것만큼은 확실했다.

"……참, 것보다 그대가 부친상을 당했다고 하던데. 늦게나마 조의를 표하는 바네."

"감사합니다."

내 아버지가 고주망태 상태로 나를 찾아왔다가 대문 앞에서 발을 잘못 디딘 바람에 안타깝게 운명을 달리해 버렸다는 이야기는 공공연해져 있었다. 실상이 어찌 됐든 다들 그렇게 알고 있다 이 얘기다. 그리고 나는 부러 성대하게 장례를 치름으로써 나의 슬픔을 확실하게 공표한 터였다. 진짜 내막을 아는 사람이라곤 오직…….

나는 엘리자베트로부터 시선을 돌리고 그녀 곁에 조용히 서 있는 뉘른베르 공작 부인을 바라보았다. 눈이 마주치자 그녀가 옅은 미소를 지었다.

"부친상도 그렇고…… 여러모로 힘든 일을 많이 겪으셨네요."

"염려해 주셔서 감사합니다. 저어…… 일전에 걱정 끼쳐 드렸던 것에 제대로 사과도 못 드렸던 것 같군요."

"걱정이요?"

"공자 일 말이에요. 그, 저도 거기서 공자께서 제 기사로 나서주실 거라곤 생각지 못했기에……."

"부인께서 제게 사과하실 것이 뭐가 있나요. 전부 그 아이의 선택인걸요. 저야말로 그 아이가 툭하면 후작저에 신세를 지는 것 같아 미안할 따름입니다."

부드럽게 대꾸한 그녀가 물빛 눈을 휘며 초연하게 느껴지는 웃음을 지었다. 안도감이 이는 한편으론 부질없는 의문들이 한꺼번에 피어올랐다.

"저어, 레이디 뉘른베르."

"예……?"

"큼, 제가 오늘의 주인공 되시는 분으로부터 미처 몰랐던 이야기를 듣게 되어서 말입니다만…… 혹 부인께서 예전에 제게 공자에 대해 그런 부탁을 하셨던 이유가…… 역시 그런 이유에서였나요?"

일부러 애매하게 던졌음에도 불구하고 하이데는 곧장 내가 말하고자 하는 바를 이해한 모양이었다. 물빛 시선이 일순 움찔하나 싶더니 이내 바닥 쪽으로 떨구어졌다.

"……부인께서 그리 생각하신다 해도…… 무어라 변명할 말이 없군요. 불쾌하게 느껴지셨다면 송구합-"

"아니요, 이제 와서 딱히 불쾌하게 느껴질 것도 없습니다. 그저 뭐랄까, 신기하게 느껴지던 참에 문득 그런 것 아니었을까 하고……."

찝찝한 느낌이 아예 안 이는 건 아니었다. 남편의 첫사랑과 그토록 닮은 나라면 그 남편과 그토록 닮은 아들의 마음을 순순히 열 수 있을 거라고 생각했던 걸까? 부전자전 취향 뭐 그런 거……? 하지만 나는 나고 노라는 노라인데…….

"저어, 그보다 어떤 분이셨습니까? 제가 닮았다는 전 황후께선."

이 자리에서 우리 세 여인의 남편들의 첫사랑에 대해 이야기하는 건 다소 괴상하게 보일 수 있겠으나 이 공작 부인께서 예전에 왜 그토록 나만 보면 슬픈 눈빛이었는지, 왜 3년 전 그때 뜬금없이 내게 노라를 부탁한 것이었는지에 대해 대강이나마 이해가 간 지금 새삼 고인에 대한 궁금증이 치밀어 올랐다. 대체 어떤 분이었기에 제국 최고의 세 사내의 마음을 그토록이나 사로잡으셨던 걸까.

"다정하고 쾌활한 분이셨습니다. 제 어릴 적 친구이기도 한 만큼……."

공작 부인께서 다소 씁쓸한 어조로 꺼낸 저 말에, 혼자 뚱한 얼굴을 하고서 우리의 대화를 듣는 둥 마는 둥 하던 엘리자베트의 눈꼬리가 대번에 위로 치켜 올라갔다.

"치인구? 그런 걸 친구라고 부르나?! 하이데 그대는 예전이나 지금이나 답답하기 짝이 없구먼! 다 그대에게 뽑아 먹을 게 있으니 붙어 있던 거 아닌가!"

"아닙니다, 마마. 루도비카는, 아니, 전 황후께서는 정말로……."

"아니, 노이반슈타인 부인, 내 말 좀 들어보게. 한낱 남작가 영애 따위가 백작가 영애 곁에 딱 달라붙어서 똑같은 신분이라도 되는 양 거들먹거리는 게 말이나 된다고 생각하는가?"

"잊고 계신 것 같은데 황후마마, 저 역시 한낱 자작가 출신입니다만…….”

“그거랑 이거랑 다르지 않은가! 그대 역시 좀 시건방지기는 하지만 자존감이 높은 것과 주제 모르고 나대는 것에는 큰 차이가 있단 말이네!”

“지극히 옳은 말씀입니다만 뉘른베르크 부인과 어릴 적부터 친하셨던 만큼 다 이유가 있지 않았겠습니까?”

“이유는 무슨! 그게 다 하이데가 병약하고 내성적이라 외로워하는 틈을 노린 게지!”

하이데는 그저 이 반응이 지극히 익숙하다는 듯 달관한 미소로 응대할 따름이었고, 따라서 엘리자베트는 더더욱 분이 치솟는다는 듯 푸른 눈을 맹렬히 번득였다.

“하여간 내 동생 놈도 눈이 삐었던 게지, 어디 그런 볼 것도 없는 계집한테 넋이 쏙 빠져서…….”

“어음, 또 잊고 계신 거 같은데 마마, 그분의 얼굴이 제 얼굴이라는…….”

“어디다 대고 비교를 하는 겐가! 좀 많이 닮았다 해도 그대가 백배 천배는 더 나으니 걱정일랑 말게!”

칭찬으로 들어야 하나. 나는 괜한 화제를 꺼냈다 싶어 머리를 긁적이며 뭔가 다른 주제를 생각해 내려 애쓰기 시작했다. 마음만 그렇게 먹었다 이 얘기다.

“감축드립니다, 고모님.”

어이쿠야, 호랑이도 제 말(?) 하면 온다던가. 내가 순간 당황하여 괜스레 발끝을 쳐다보는 사이 하이데는 미소를 머금은 채 아들을 바라보았으며 엘리자베트는 한숨 비슷한 소리를 내더니만 하나뿐인 조카를 향해 머리를 끄덕여 보였다.

"그것참, 진심 어린 인사로군. 살다 살다 우리 조카님께서 제 발로 내게 와 인사하다니. 얼마 만인지 모를 일이네."

"의외로 꽤 많습니다. 기억 못 하시는 모양이지만."

"하여간 시건방진 건 여전하구먼. 날고 기는 내 동생도 자식 교육에 한해서만큼은 영 그르친 모양이야."

"원래부터 내놓은 자식이라서요. 고모님께서도 아시다시피."

다혈질 성질머리가 노이반슈타인 혈통 특색이라면 뉘른베르 혈통 특색은 비아냥대기라고 해야 할까? 공작 부인께서 짧은 한숨을 내쉬는 모습이 영 안쓰럽게 느껴진다. 아니, 그보다 저 둘이 왜 갑자기 사이좋게 이죽대다 말고 동시에 나를 쳐다보는 건지 모르겠다. 아무래도 내가 뭐라고 한마디 끼어들길 바라는 것 같은데, 평소라면 몰라도 지금의 나는 어색하기 짝이 없는 기분이란 말이다……!

"레이디 노이반슈타인. 제가 한 곡 청해도 되겠습니까?"

자괴감 속에서 허우적대고 있는 내 기분과는 별개로, 노라는 대체 무슨 생각인 건지 태연자약하기 짝이 없는 태도로 내게 손을 내밀어 보였다. 따라서 나는 차마 거절하지 못하고 그 손을 맞잡았다. 내가 자기를 버리고 갔다고 엘리자베트가 노려보는 꼴이 뒤통수에 훤히 느껴졌으나 어쩔 도리가 없었다. 홀로 그녀의 성질을 받아줘야 할 하이데에겐 약간 미안해지는군. 하나 기사의 춤을 거절하는 건 레이디의 도리가 아니라고 했다!

그렇게 어쩌다가 보니 노라와 함께 무도회 중앙의 춤 대열에 합류하게 된 나는 뭇 영애의 시기 어린 시선들을 한 몸에 느끼며 실없이 헛기침을 했다.

"큼, 그러고 보니 너랑 추는 건 처음인 것 같네."

아무래도 나 혼자 느끼고 있는 것만 같은 어색함을 무마하기 위해 장난스레 던진 말이었는데 노라는 마냥 장난스레 웃으며 대꾸했다.

"저도 누구한테 춤 신청한 거 처음입니다."

영광이 따로 없군. 그보다 내 보라색 드레스가 괜스레 투박하게 느껴졌다. 좀 더 화사하게 입고 올 걸 그랬나. ……아니야, 내가 대체 언제부터 노라의 눈을 의식했다고!

음악은 어느새 느릿한 반주에서 빠른 왈츠곡으로 바뀌어 있었다. 내 허리를 붙든 손에 힘이 바짝 실리는 게 느껴졌다. 왜 갑자기 등골이 찌릿거리는 느낌이 이는 걸까?

"큼, 뭐 네 첫 춤 신청은 저기 있는 네 또래 영애들에게 쓰는 편이 훨씬 나았겠지."

"누가 그래요? 그편이 훨씬 낫다고?"

"누가 말하진 않았어도 뻔한 거 아니니."

"누나도 제 또래이신데요. 가끔 본인 나이를 잊으시는 모양입니다."

……나이야 그렇다 쳐도 나는 남편과 사별한 경험이 있는 과부 아닌가. 갓 사교계에 데뷔한 풋풋한 영애들과는 차원이 달라도 한참 다른데.

나보다 배경 좋고 아름다운 영애들, 내가 줄 수 있는 것보다 더 많은 것을 줄 수 있는 영애들이 차고 넘쳤다. 그런데 이 녀석은 그 하고많은 여인 중에서 왜 하필 나를 붙든 채 두 눈에 이런 의미심장한 표정을 담고 있는 걸까? 무언가를 간절히 갈구하는 듯한 표정, 내가 뭘 잘 몰랐다면 갈망이라고 불렀을 표정을…….

호흡이 빨라지면서 심장이 거칠게 뛰기 시작했다. 그날의 기억을 머릿속에서 지워 버리려고 애쓰던 게 영 부질없는 짓이었던 것 같다.

그날, 이 녀석이 내 아버지의 피로 피범벅이 된 나를 제 무릎 위에 앉히고 지어 보였던 눈빛과 귀에 대고 속삭였던 말이 한꺼번에 떠오르면서 자꾸만 초조한 동시에 갈증이 일었다. 그때의 난 반쯤 제정신이 아니었다. 하지만 지금은 매우 명료한 상태다. 그런데 왜…… 왜 자꾸 노라 앞에만 서면 내가 내가 아닌 것처럼 느껴지지……?

"괜찮아요?"

어이쿠, 이런 망신이 다 있나. 나름 춤에 자신 있다고 자부했는데, 나도 모르게 발을 헛디디다 노라 발등을 찍을 뻔했다. 크흑, 이런 노련하지 못한 모습은 내가 아니라고!

다행히 타이밍 좋게도 짝, 하는 손뼉 소리가 울림과 함께 그가 내 허리를 잡고 허공에 번쩍 들었다가 내려놓았다. 다시 빙그르르 한 바퀴 돌고 손을 맞대며 마주 보는데 기분 탓일까, 파란 눈동자에 장난기가 한가득 어린 것처럼 보였다.

"누나도 실수라는 걸 다 하시네요."

내 얼굴이 바짝 익은 고구마처럼 푹 빨개지는 꼴이 눈에 보이는 것 같다. 이놈의 자식이 어디서 어른을 놀려!

그때였다.

"파트너 교환이군요."

아닌 때 들려온 낯익디 낯익은목소리에, 노라의 얼굴에 떠올랐던 미소가 언제 그랬냐는 듯 흔적도 없이 증발해 버린 건 당연한 수순이었다. 그리고 나는 갑작스레 짜증 비슷한 아쉬움을 느끼는 자신을 발견하고 있었다. 뭐가 아쉬운 건지는 나도 잘 모르겠지만, 아무튼 이 상황에서 황태자의 등장이라니 심히 곤혹스럽지 아니한가?

"태자 전하?"

"부인께선 오늘도 아름다우시군요. 파트너 교환 차례인데 저와도 한 곡 하시겠습니까?"

굳이 이 자리에서 마다하여 결례를 무릅쓸 필요는 없다. 하나 내가 무어라 대답하기도 전에 노라가 맞잡은 내 손을 제 쪽으로 바짝 끌어당기면서 냉기가 뚝뚝 흐르는 음성으로 내뱉었다.

"다른 데 가서 알아보십시오."

이 무례하고도 매몰차기 짝이 없는 응대에, 테오발트는 금빛 눈을 크게 떠 보이더니만 이내 예의 그 특유의 사람 좋아 뵈는 미소로 화답했다.

"나도 노이반슈타인 부인이랑 한 곡 추고 싶은걸."

"그러기 전에 전하께서 해야 하실 일이 따로 있지 않았습니까? 레트란 전하와 함께 말입니다."

음. 그 문제에 대해 말하자면, 공작님께서 내게 언질을 준 지 며칠이나 흘렀음에도 불구하고 테오발트는 오늘날 이 순간까지 머리털 하나 비치지 않은 상태였다. 그런데…….

"내가 내 아우랑? 글쎄, 무슨 말을 하는 건지 모르겠지만 아무튼 나도 부인께 따로 드릴 말씀이 있어서 말이지."

"또 무슨 음흉한 꿍꿍이인지 몰라도 다른 데 가서 알아보시는 편이 이로울 겁니다."

"음흉하다고? 내가? 그러는 너야말로 노이반슈타인 부인을 잡아먹을 것처럼 쳐다보던데?"

유유자적 대꾸한 테오발트가 퍽 의미심장한 얼굴로 나를 쳐다보았고, 따라서 나는 심히 곤혹스러운 기분에 사로잡혀 버렸다. 평소 같으면 무슨 말을 하는지 들어보자는 심산으로 태연히 따라나섰겠지만, 지금은 도저히 그러고 싶지 않았다. 그리하면 왠지 내가 노라를 배신하는 듯한 느낌이랄까…….

"여, 여기 계셨군, 우리 아리따운 어머니! 세상에서 제일 잘생긴 아들내미와 한 곡 어떻습니까?"

오오, 과연 세상에서 제일 듬직한 우리 큰아들내미다! 타이밍 좋게 등장해서 내 반대편 손을 홱 낚아채 이끄는 제레미 덕에 천연덕스레 웃고 있던 테오발트도, 그런 테오발트를 찢어발길 듯 노려보고 있던 노라도 순식간에 닭 쫓던 그것 비스무리한 떨떠름한 표정이 되어 우리를 쳐다보기만 하게 되었다. 훗, 이래서 자식은 못 이긴다는 말이 있는 법이지.

"너도 춤을 다 추고 웬일이래? 예전엔 질색하더니."

"우리의 자애로운 보호자께서 곤경에 처하셨는데 그깟 춤 한 곡 추는 것쯤이야."

어이구, 그러셔요. 하여간 착한 녀석이라니까. 아무튼 오늘 최초로 노라와 춤춘 것도 모자라 최초로 제레미와도 추는 기록을 달성하게 된 것 같다.

춤이라면 질색하는 것과 별개로 제레미는 그럭저럭 잘 추었고 나 역시 아까보단 한결 편한 기분으로 선율에 몸을 맡겼다. 이것도 나쁘지 않은데?

"뭐야, 춤이라면 질색하던 양반이 대체 뭔 꿍꿍이야? 나랑도 춰! 아, 슈리이, 나랑도 추자고!"

한 곡이 끝나고, 목이 말라져 음료수를 마시러 가는데 어느새 우리를 봤는지 엘리아스가 빠르게 따라붙으며 외치기 시작했다. 하여 나는 더없이 미안해하는 미소를 지어 보였다.

"이따가. 지금은 목말라 죽겠어."

"와, 자식 편애하냐!"

저 녀석은 그놈의 자식 편애 운운이 전매특허인 모양이다. 레트란과 친해진 이후로 더 심해진 것 같은데. 어쨌든 갈증도 났고 머리도 복잡했기에 나는 과일주 잔을 들고서 한적한 발코니 쪽으로 발걸음을 옮겼다. 그런 내 뒤를 제레미가 졸졸 쫓아 나왔다.

시원한 초가을의 바람이 불고 있었다. 아래 보이는 뜰은 어느덧 황금색으로 물들었고, 귀가 아래로 축 처진 경비견들이 꼬리를 살랑이며 오늘 같은 날에도 의무를 다하는 중인 근위병들 사이를 오가고 있었다.

"또 무슨 생각이 그렇게 많아?"

하여간 의외로 눈치 하나는 빠른 녀석이라니까. 내가 바보같이 헛웃음을 흘려 보이자 제레미는 난간에 한 팔을 걸치면서 따라 미소를 지었다. 그러고는 난데없이 날카로워진 눈으로 내 얼굴을 골똘히 들여다보는 것이었다.

"무슨 고민 있어?"

"내가 고민 있어 보이니?"

"글쎄, 복잡해 보인달까. 그때 그 추기경 때문에 그래? 다행히 오늘은 안 보이던데."

나는 머리를 흔들어 보였다. 리슐리외 추기경에 대한 문제는 언제나 고민스러우나 지금 내 표정이 복잡해 보이는 이유는 그것 때문이 아닐 터였다.

"제레미…… 있잖니, 넌 만약에 내가 누구를 만나기 시작하면 어떨 거 같아? 그러니까 혹시라도 만약에."

나도 모르게 조심스레 묻자마자 아니나 다를까, 녀석의 금빛 눈썹이 대번에 위로 치켜 올라가는 것이었다. 어이쿠야, 역시 이건…….

"갑자기 왜 그런 말을 해? 신성 재판 때문에 신경 쓰여서 그래?"

"아냐, 그런 건 아니고 그냥 사람 일은 모르는 거잖아. 그냥 네가 아주 예전에 나한테 재혼해도 상관없다고 했던 말이 갑자기 떠올라서……."

시선을 피하며 부러 가벼운 투로 대꾸하자 제레미는 나를 잠시 말끄러미 응시하나 싶더니, 이어 씩 짓궂은 웃음을 지어 보였다.

"뭐 네가 마음만 먹는다면 못 만날 사람이 없겠지. 어쩌면 내가 결혼하는 것보다 네가 재혼하는 편이 더 빠를지도 모르겠다."

"설마. 난 진지하게 재혼 생각해 본 적 없어."

"네가 좀 전에 말했듯이 사람 일은 모르는 거 아냐? 왜, 맘에 드는 놈이라도 생겼어?"

날 떠보는 걸까? 의외로 태평하기 짝이 없는 반응이라 새삼 신기한 기분이었다. 과거에 내가 계약 고용한 애인들을 끌고 왔을 때와 비교하면 정말로 태평하기 짝이 없다 해야겠다. 물론 그거랑 이거랑 차원이 다르긴 하지만. 나는 마른침을 삼키고는 머리를 가로저어 보였다.

"그런 건 아닌데…… 만약에 혹시 내가 누구랑 만나게 된다 해도 이 사람만큼은 절대 안 된다, 뭐 그런 거 있니?"

대체 내가 왜 제레미를 두고 이런 질문을 해대고 있는 건지 나 자신도 모를 일이었다. 상식적으로 제 의붓어머니가 아무리 남편상 치른 지 꽤 되었다 한들 다른 남자와 만나려 든다면 흔쾌히 응할 사람이 어디 있겠느냔 말이다. 하물며…….

내리깔았던 눈을 슬며시 들자 거기에는 어째 장난스럽게 빛나고 있는 에메랄드색 시선이 내 얼굴을 훑고 있었다.

"뭐 상대가 유부남만 아니라면……."

"그건 당연히 말도 안 되는 소리고!"

아이고, 역시 이 녀석한테서 진지한 반응을 기대한 내가 잘못이렷다.

대체 나를 뭐로 보고!

"알았어, 미안. 네가 하도 심각해 보여서 농담한 거야."

"그렇게 심각한 것도 아니었거든?"

실은 매우 심각하긴 했지만, 어쨌든 남의 속도 모르고 킬킬 느물대는 꼴이 영 얄미워서 부러 눈을 흘기는 시늉을 하는데 그가 돌연 웃음을 거두며 장갑 낀 손으로 내 손을 맞잡았다. 그러고는 한결 진지해진 어조로 덧붙였다.

"다 죽어가는 노인네가 됐든 갓 성년식 치른 풋내기가 됐든 네가 좋다면 되는 거겠지. 단……."

"단?"

"단 그 운 좋은 놈이 누구든 간에 그놈은 무조건 너를 사랑하고 철저히 받들어 모셔야 할 거야."

"……."

"그 무엇보다도 너의 행복을 우선으로 삼고 철저히 충성해야겠지. 그러지 않는다면 제국 최강 기사인 이 듬직한 큰아들이 가만두지 않을 테니까."

그건 장난스러울지언정 참 근사하고도 따스한 발언이었다. 내 쪽으로 몸을 가까이 기울인 암녹색 눈동자에 짐짓 진지한 미소가 번졌다. 나 역시 맞잡은 손의 온기를 느끼며 마주 미소를 지어 보였다.

"크흠, 레이디 노이반슈타인?"

이 훈훈한 순간을 방해하는 이는 누구인가. 우리는 손을 맞잡은 채 동시에 고개를 돌렸다. 거기에는 평소와 다름없는 우아하고도 점잖은 모습의 뉘른베르크 공작님이 어딘가 복잡해 보이는 미소를 머금은 채 서 있었다.

"모자간의 다정한 시간을 방해해서 죄송합니다만…… 황제 폐하께서 찾으십니다."

"폐하께서요?"

"예. 부인께 긴히 하실 말씀이 있답니다."

무도회장으로부터 그다지 멀리 떨어져 있지 않은 독수리 홀에는 총 다섯 인물이 모여 있었다. 나와 제레미, 뉘른베르 공작님, 황제와 황태자까지 한자리에 모여 있는 판이니 분위기가 영 좋다고 할 수 없는 건 당연지사다.

하지만 가장 당혹스러운 건 다름 아닌 지엄하신 황제께서 내게 뜬금없이 던진 제안이었다.

"다시 말해서 이건 황명이 아니라 청일세. 부인과, 부인의 여식이 사파비국의 사절로 가주었으면 하는데……."

그 많은 외교부 인재 중에 하필이면 나로도 모자라서 레이첼까지 은근슬쩍 끼워 넣는 이 행태를 어찌 받아들여야 할까? 우리 레이첼과 알리 왕자 사이에 오가는 교감을 황제 측에서 의식하고 있다고 생각할 수밖에 없었다. 딱히 감출 일은 아니었지만.

하지만 아무리 그렇다 해도 고작 어린아이들인 데다 왜 하필이면 나를 점찍은 거지?

과거의 기억을 더듬어보면 올해의 건국기념제 이후 한참 뒤에야 사파비국과 우리나라 사이에 냉전의 불씨가 움텄었다. 수교 단절을 걱정할 시기가 한참 이르다 이 소리다.

그런데 이미 많은 것이 과거와 달라진 지금, 아무래도 사파비 측에서 내가 기억하는 수순보다 빠르게 움직이기 시작한 모양이었다. 무엇 때문일까? 알리 왕자가 여기 머무는 동안 목도하고 간 것들 때문일까? 그럴지도 몰랐다.

본디 사파비 왕국이 우리나라와 냉전 상태에 돌입한 것은 다름 아닌 종교적 이유에서였다.

우리 제국에 중심을 둔 교황청에 대한 충정과 신앙을 사파비 역시 다른 동맹국들과 마찬가지로 지난 수백 년간 충실히 따라왔다. 한데 어느 순간부터 갑자기 교권에 대한 근본적 회의주의 운동과 속된 말로 이단들을 받아들이나 싶더니, 종국에는 교단의 부패를 고발하는 반박문을 발표하며 교황청과의 단절을 선포해 버린 것이 냉전 돌입의 결정적 원인이었다. 내가 기억하기로는 그랬다.

이번에 알리 왕자는 고국으로 돌아가기 전에 나를 둘러싼 신성 재판이라는 촌극을 두 눈으로 목격했다. 두 나라끼리의 냉전 원인이 다분히 종교적인 문제였던 만큼 그 경험이 무언가에 박차를 가했을지도 몰랐다.

그래서 황제가 나를 택한 것일까. 그 많고 많은 사람 중에 그 촌극의 중심에 있던 나, 그리고 알리 왕자와 아직까지 연락을 주고받는 레이첼이라면 사파비국에서 시작되는 중인 저항의 불씨를 잠재우도록 설득할 수 있으리라 생각한 모양이다. 저항의 불씨라…….

"사파비 왕실은 현재 외경들로 골머리를 썩이고 있네. 부인과 부인의 여식이라면, 노쇠한 바예지트 국왕의 뒤를 이을 젊은 왕자가 자칫 허튼 농간에 마음이 흔들리는 것을 방지할 수 있을 것이라 생각되어 이리 청하게 된 걸세."

불현듯 어떤 생각 하나가 나를 치고 지나갔다. 지금 황제가 내게 요구하고 있는 청과는 극점에 서 있는 생각, 지극히 위험하기 짝이 없는 생각이었다.

"……안 됩니다!"

깜짝이야. 나와 딱 마찬가지로 황당함을 금치 못하던 제레미가 다짜고짜 드높이 외치는 바람에 다들 동시에 움찔하며 우리의 젊은 사자를 쳐다보게 되었다.

잠시 정적이 있었다. 제레미가 제 목소리에 제가 놀랐다고 주장하는 표정으로 눈을 깜박거리는데 지엄하신 황제께선 이제 한 손으로 근엄하게 턱수염을 쓰다듬으며 으스스하게 채근하기 시작했다.

"안 된다니? 무엇이 안 된다는 건가, 제레미 경?"

"그게, 제 어머니는…… 아무튼 안 됩니다! 그 멀고도 험한 타지에 어찌 어머니와 누이동생을 동시에 보낼 수 있겠느냔 말입니다! 천륜도 못 갈라놓는다는 가족 간의 연을……."

"천륜이고 자시고 누가 연을 갈라놓는다던가? 나아가 짐은 경의 모친에게 물었지 경에게 물은 것이 아닐세."

"하오나 폐하……!"

"아바마마, 그렇다면 소자도 같이 가도록 허락해 주십시오. 이 기회에 외교 경험을 쌓아보고 싶습니다."

혼자 미묘한 미소를 머금은 채 뭔가를 생각하는 듯하던 테오발트가 불쑥 내뱉은 저 발언에 장내가 순식간에 얼어붙었음은 두말할 것도 없었다.

내가 한 손으로 제레미의 부들거리는 손목을 꾹 붙들며 조마조마한 심정으로 지켜보는 가운데, 황제는 흐음 하는 소리를 내면서 뉘른베르 공작 쪽으로 시선을 돌렸다. 어찌 생각하느냐는 무언의 질문이 깃든 시선이었다. 그리고 강철의 공작님은 잠시 잠깐의 망설임도 없이 곧장 대답했다.

"태자 전하께서 동행하시는 건 그다지 좋은 생각이 아닌 것 같습니다. 아시다시피 이번 사절은 비공식적이며 우호적인 느낌으로 성사되어야 합니다. 황태자의 동반은 자칫 이쪽에서 압박부터 가하는 것으로 여겨질 우려가 있습니다."

"일리 있는 말이로군."

"그렇다면 폐하, 소신이 동행하게끔 허락해 주십……."

"그건 안 돼!"

제레미의 비장한 간청을 단숨에 끊어버린 이는 다름 아닌 나였다. 나는 눈을 휘둥그레 뜨고 나를 응시하는 제레미를 바라보며 힘주어 말했다.

"너는 내가 없는 동안 집안을 책임지고 있어야지."

"아니, 하지만……."

"너 아니면 내가 누굴 믿고 맡기고 가겠니?"

이에 제레미는 즉시 몹시 감격한 얼굴이 되었으나, 금방 정신을 차리고는 잽싸게 기가 막힌다고 주장하는 표정으로 변색했다.

"차라리 레이첼한테 맡기면 되지! 나 아니면 누가 널 지켜!"

"레이첼은 나랑 같이 가야 한다니까."

"너도 레이첼도 없으면 우리끼리 뭘 어쩌라고! 상상만 해도 끔찍……."

"든든한 사나이들끼리 가문을 잘 지키고 있어야지. 네 동생들만 두고 갔다간 무슨 사고가 날 줄 아니?"

"하, 하지만 내가 장남이잖아! 그러니까 나는 장남으로서 널 지켜야 할 막중한 의무가……."

"네가 장남이자 후계자니까 내가 없는 동안 모든 걸 책임지고 있어야 할 거 아니야! 자, 이 대화는 여기서 끝이야! 폐하, 소녀 황명을 받들겠습니다."

황제의 만면에 참으로 흡족한 미소가 떠오르게 되었음은 당연한 수순이었다. 테오발트나 제레미는 그러지 못했지만.

"누나가 어딜 간다고……?"

이런 문제를 두고 쉬이 포기한다면 그건 제레미가 아닐 터다. 하여 제레미는 어전을 빠져나오자마자 하나뿐인 절친을 붙들고 방금 전 들은 끔찍한 소식을 통보해 버린 터였다. 그 비보를 접한 친우의 반응은 정확히 그의 예상대로였다.

"그래서 넌 그냥 멍청하게 듣고만 있었냐?"

"내가 뭘 어쩔 수가 있었겠냐, 슈리가 황명을 따르겠다는데! 아무튼 큰일이다, 이대로 내버려 둘 순 없다고! 너도 알다시피……."

제레미는 잠시 말꼬리를 흐리며 주위를 살피기 시작했다. 그 조심스러운 동작에 노라 역시 마찬가지로 조심스러운 몸짓으로 턱을 매만지며 신음에 가까운 탄식을 흘렸다.

"누나가 잘 때…… 그거, 아직 차도가 없는 거지?"

"그래. 아무리 레이첼이 붙어 있을 거라지만 그래도 혹시 모르는 거 아니냐. 가는 길에 무슨 사고라도 생기면, 아니면 거기 가서 그걸 들킨다면, 생각해 봐! 낯선 외국 한복판에서 자기가 몽유병에 걸렸다는 사실이 밝혀지면 틀림없이 수치스러워 죽으려 할 거라고! 절대 이대로 내버려 둘 순 없다고!"

"제기랄, 이 난관을 타개할 방법은 딱 한 가지밖에 없군."

노라가 짓씹듯이 으르렁거린 저 비장한 발언에 제레미는 초조한 심정이 되어 친구의 얼굴을 살피기 시작했다.

"방법이 있긴 있다는 거냐?"

"현시점에서 외교 부문에 한해 황제 폐하를 대신할 권한을 가진 인재는 단 하나밖에 없다."

"그게 누군데? 설마 황태자는 아니지?"

이에 노라는 매우 한심해하는 눈빛으로 제레미를 노려보기 시작했고, 따라서 제레미는 되지도 않는 소리를 한 것에 사과해야만 했다.

"우리 꼰대."

친구 아버지에게 도움을 요청하러 가는 건 영 내키지 않는 짓이다. 하물며 친구와 영 사이좋지 못한 분이라면.

친구와 함께 영 사이좋지 못한 아버지에게 도움을 요청하러 가는 건 더더욱 내키지 않는 짓이다. 하물며 상대가 얼굴 마주하는 것조차 싫은 아버지라면.

그럼에도 혈기왕성한 두 젊은 기사는 오늘날 이 시점 저러한 내키지 않는 기분을 감수하고서 강철의 대공작과 대면하는 짓을 감행하고 있었다. 이걸로 꼭 두 번째다. 그리고 그 두 건 모두 오직 한 여인의 안위와 관련되어 있었다.

뉘른베르 공작은 자신에게 좀처럼 먼저 말을 거는 법이 없는 아들과, 그 아들의 능글맞은 친우가 다짜고짜 자신을 찾아와 그다지 올바르지 못한 태도로 비장히 노려보기 시작했음에도 불구하고 별로 놀란 것 같지 않았다. 되레 이럴 줄 알았다는 듯한 기색으로 팔짱을 껴 보이며 두 기사를 마주 볼 뿐이었다.

"그래서 할 말이 뭐라고?"

먼저 입을 연 쪽은 노라였다. 노라는 이글거리는 짙푸른 눈으로 제 부친을 단단히 쏘아보며 거의 으르렁거림 비슷한 소리로 내뱉었다.

"노이반슈타인 부인의 사절단에 저도 동행하고 싶습니다. 아니, 동행해야겠습니다."

"그것 때문에 내게 온 것이냐?"

"저도 딱히 아버지께 도움 청하고 싶지 않았습니다만. 다른 방법이 있었다면 무슨 수를 써서라도 그리했을 겁니다."

노라의 목소리는 얼음 같다 못해 냉기가 뚝뚝 흘러넘쳤다. 아버지의 도움을 부탁하는 아들다운 태도와는 심히 동떨어져 있었다. 그럼에도 지난 몇 년의 세월 이래 처음으로 부탁하고 있는 것이었다. 눈 마주치는 것조차 기피하던 세월 이래 처음으로.

하나뿐인 아들이 어째서 이런 부탁을 하는 것인지 공작은 그 이유를 아주 훤히 뚫어 볼 수 있었다. 그 간절한 심정 역시 아주 잘 이해할 수 있었다. 자신 역시 그 옛날 한때 그랬으니까…….

그리고 그것과는 별개로, 공작은 참으로 오랜만에 제 발로 와서 부탁을 하는 아들에게 또 한 번 실망을 안겨주고 싶지 않았다.

"그래. 함께 가거라."

너무도 쉽게 허락이 떨어져서일까? 여차하면 하늘 같은 아버지의 멱살을 붙들고 짤짤 흔들어댈 기세를 하고 있던 노라는 안도라기보다는 황당함에 가까운 표정이 되어 그 자리에서 굳어버렸다. 그에 반해 한층 밝아진 얼굴이 된 제레미가 빠르게 다음 타자로 나섰다.

"그렇다면 공작님, 저 역시……."

"아니 될 말이네, 제레미 경. 경은 경의 모친의 말대로 가문을 지키고 있어야지. 절대 허가할 수 없는 일이네."

"아니, 하지만 공작님……."

"제국의 가장 뛰어난 기사 두 명을 모두 내보낼 수 없다는 건 둘째 치고 시국이 시국이니만큼 경은 절대 후작저를 비워선 안 되네. 이건 동맹 가문의 가주로서 하는 말이네. 경까지 자리를 비운다면 후작저는 대체 누가 돌본단 말인가? 경의 코흘리개 철부지 아우들 이름은 꺼내지도 말게."

지극히 일리 있는 말이었다. 현 시국에서 차기 가주인 제레미까지 후작저를 비울 순 없다는 사실은 누가 봐도 명백했다. 그럼에도 제레미는 제법 형편없기 짝이 없는 이유까지 들먹이며 물고 늘어지는 자신을 발견하고 있었다. 그도 그럴 것이 이거야말로 늑대한테 양을 맡겨 버리게 된 꼴이 아닌가!

"그렇지만 공작님, 만일 제 어머니에게 무슨 변이라도 생긴다면 그때야말로 노이반슈타인 가문은 진정 끝일 겁니다. 진정한 파국이란 말입니다!"

"파국은 웬 파국인가. 황당한 소리 좀 하지 말게. 말이 씨가 된다는 소리도 모르는가?

"하지만 공작님……."

"경의 기특한 마음은 이해하나 진정 가족을 위한다면 뒤에 남아 가문을 돌보고 있어야 하네. 경이 있고 없고에 얼마나 큰 차이가 있는지 모를 리가 없을 터인데."

"하, 하지만 제 어머니와 누이란 말입니다! 어머니를 외간 사내에게 떠맡기고 혼자 맘 편히 집에 붙어 있으라는 건 지극히 비인간적이며 부조리하기 짝이 없는 처사 아닙니까! 모름지기 어머니는 아들이……."

"그게 바로 외간 사내의 특권이라는 것이네."

제레미는 턱을 반쯤 떨어뜨리고는 얼이 빠져 버린 눈으로 공작을 쏘아보기 시작했다. 넋이 나간 건 노라 역시 마찬가지인 듯했다.

이유야 좀 다르겠지만, 어쨌든 두 사이좋은 청년이 나란히 입을 벌린 채 멍한 시선을 보내는 가운데, 중년의 공작은 물 흐르듯 유려한 미소를 지어 보이며 마지막으로 쐐기를 박았다.

"자, 두 사람 모두 각자 맡은 자리에서 소신을 다하도록."

다소 뜬금없고도 무배려적이기까지 한 슈리의 사파비국행에 이미 좌절을 넘어 해탈의 경지에 다다른 제레미를 제외한 나머지 노이반슈타인 사나이들은 그럭저럭 평이한 반응을 보였다. 레온은 졸도하기 일보 직전의 얼굴이 되어버렸으며 엘리아스는 그 자리에서 튀어 나가 자기도 가겠다며 슈리를 붙들고 늘어지기 시작했다. 당연히 기각당했지만.

"어떻게 이런 말도 안 되는 부조리한 일이 일어나도록 내버려 둘 수가 있어! 어떻게 우리만 버리고 가! 그것도 저 시커먼 늑대 같은 놈이랑 같이!"

"레이첼 네가 뭐라고 말 좀 해봐! 나 혼자 저 상식적인 면모라곤 눈곱만큼도 없는 두 짐승하고 뭘 어쩌라고!"

그러나 남매 중 유일하게 그들의 보호자와 동행하게 된 레이첼은 들뜨다 못해 심히 즐거워 보이는 미소를 지어 보이며 새침하게 대꾸할 때름이었다.

“레온 너는 내가 없는 동안 유일한 두뇌파로서 뇌까지 근육덩어리인 오빠들을 보조해 줘야 하지 않겠니? 그리고 작은오빠가 따라갔다간 양국 간에 심각한 외교적 문제가 초래되는 건 불 보듯 뻔한 일이잖아.”

“하긴 그건 그렇구나.”

“야!”

빠르게 납득하며 머리를 끄덕여 보이는 레온의 머리통에 엘리아스의 딱밤 세례가 쏟아지기 시작했음은 당연한 수순이었다.

엘리아스는 그러면서 자신이 얼마나 뛰어난 문무를 동시에 겸비한 사내인지에 대해 열띤 설교를 늘어놓으며 자신이 마음만 먹으면 강철의 대공작 따위 상상도 못할 야비한 외교술을 펼칠 수 있다고 주장했다. 당연히 아무도 듣는 시늉조차 하지 않았다.

“외간 사내의 특권이라…….”

동생들이 저런 식의 개성 어린 반응을 표출하는 동안 제레미는 어딘가 씁쓸한 동시에 넋이 나가 보이는, 해괴망측하기 짝이 없는 멍한 눈빛으로 저 말만 계속해서 되뇔 뿐이었다. 하여 노라는 친우의 상태를 몹시 우려하는 표정이 되어 부드럽게 질문했다.

“부럽냐?”

“……대체 네놈이 언제부터 네 아버지랑 그렇게 죽이 잘 맞았는지 의문스러울 따름이다.”

“죽이 맞는 게 아니라 논리적으로 반박하기 어려운 옳은 말이라 동의했을 뿐이다. 그리고 황태자 녀석이 가는 것보다야 내가 같이 가는 편이 백배는 더 나을 텐데?”

그건 그랬다. 그럼에도 제레미는 그놈의 외간 사내의 특권이란 것 때문에 생애 두 번째로 뼈아픈 열패감을 맛보고 있는 자신을 발견하고 있었다. 한 번은 당연히 지난번 신성 재판 때다. 정확히 말하자면 명예의 결투 때.

“제기랄, 아들로서 어머니를 지키지 못한다면 제국 최고의 기사라는 칭호 따위가 다 무슨 소용이냐?”

“너라고 해도 모든 걸 다 할 수 없다는 좋은 반증이지. 그리고 너도 나로서는 절대 할 수 없는 일을 맡게 됐잖냐.”

“그게 뭔데?”

“능력자 어머니가 안 계시는 동안 아무 사고 안 치고 얌전히 집 지키고 있는 거.”

그다지 위안이 되는 말은 아니었다. 위안을 주려고 하는 말 같지도 않았지만. 어쨌든 제레미는 마지막으로 땅이 꺼져라 한숨을 뱉은 뒤 순식간에 무시무시하게 변모한 눈빛으로 친구를 노려보기 시작했다.

“그래, 그나마 네놈이라 다행이겠지. 하지만 말이야, 만약에 슈리한테 무슨 일이 생긴다면 그땐 내 친히 네 녀석의 뼈와 살을 분리시켜 줄 거라는 거 명심해라.”

“그냥 순순히 부럽다고 인정하는 건 어떠냐?”

“이 재수 없는 새끼가……! 후우, 모쪼록 잘 부탁할 수밖에 없겠네. 그리고 너도 알다시피 혹시라도 거기서…….”

“야, 이 시커먼 자식아! 만약 우리 슈리 머리카락 한 올이라도 상했다간 가문 대 가문으로 내전 터질 줄 알아라!”

엘리아스의 호기로운 경고는 그다지 타이밍이 좋지 못했다. 안 그래도 속 시끄러운 상태인 데다 말이 끊겨 버린 제레미는 물론이요, 퍽 진지한 표정으로 귀를 기울이고 있던 노라 역시 동시에 짜증기 가득한 얼굴이 되어 엘리아스를 노려보기 시작한 것이다.

따라서 엘리아스는 자신이 언제 하늘 같은 형과 그 형 친우의 대화를 방해했냐는 듯 조용히 꼬리를 말고 재차 레온에게 헤드락을 걸기 시작했다. 그러한 둘째 오라비의 안쓰러운 모양새를 연민, 아니, 한심해하는 눈길로 주시하던 레이첼이 곧 제레미를 돌아보며 위로하듯 팔을 툭툭 쳤다.

"우리가 없는 동안 뭔 사고 나지 않을까 걱정이지만, 큰오빠가 알아서 잘하고 있으리라고 믿어."

"그것참 눈물겨운 신뢰로구나, 사랑하는 누이야."

"엄마가 잘 때 그건…… 우리가 어떻게든 알아서 잘 대처할 테니까 엄마 보고 싶다고 엉엉 울고나 있지 말라고. 선물 사 올게."

진짜 엉엉 울고 있을지도 모르겠군. 제레미는 쓴웃음을 삼키며 머리를 주억거렸다. 이미 마음을 다잡기로 결심한 판이다. 하루라도 빨리 익숙해지는 편이 스스로에게도 모두에게도 좋을 것이다. 거기다 이렇게 되어 버렸으니 몽유병 문제는 그다지 크게 걱정하지 않아도 될지 몰랐다.

레이첼도 노라도 그 사실에 대해 알고 있으니 어련히 알아서 대처하리라는 가벼운 생각에서가 아니라, 여태껏 묘하게 그의 신경을 건드려 온 사실 하나가 심연의 수면 한복판에 완전히 떠올랐기 때문이다. 여태 단 한 번도 진지하게 생각해 보지 않으려 애썼던 사실 하나가.

저 재수 없기 짝이 없는 늑대 녀석이 툭하면 제집 놔두고 후작저에 기어 들어와 신세를 질 때마다 평온한 밤이었다는 사실.

물론 슈리의 몽유병 증상이 매일 밤 일어나는 것이 아닌 것만큼 순전히 우연에 불과할 수도 있었다. 그건 좀 더 지켜봐야 알 수 있을 터다.

어쨌든 지금은 슈리의 부재 동안 해야 할 일들에 대해 집중해야 했다.

그래, 그녀가 그만큼 그를 믿고 있으니까 말이다.

여차여차 내 생애 첫 외교 임무, 사파비행 사절단은 엘리자베트의 생일 연회 이후 닷새 만에 출발하게 되었다.

다소 풀이 죽어 보이는 아들내미들과는 달리, 나와 함께 가게 된 딸내미는 흥분을 감추지 못하며 자기가 가진 최고로 좋은 드레스와 구두를 고르느라 날밤을 새웠다. 그래서 나는 그녀에게 사파비에 가면 사파비 복식을 하게 될 거라는 말을 차마 하지 못했다.

소규모의 사절단인 만큼 수행원의 수는 많지는 않았지만 최정예 호위기사들로 구성되어 있었다. 우리 가문 소속 기사 세 명과 황도경비대 출신 호위 기사 다섯 명, 그리고 호위대장 조지프 경. 예정 기간이 그다지 길진 않았지만 애들만 두고 가는 건 처음 있는 일이었기에 걱정이 들 수밖에 없었다.

“알았지? 서류들은 그동안 봐온 대로 적당히 처리하고, 애매한 거 있으면 로베르트랑 알베른 경하고 의논해서 결정하든가 아니면 그냥 놔둬. 무슨 일 생기면 뉘른베르 공작님한테 상담하고, 물론 네가 혼자서 잘할 거라고 생각하지만 아, 그리고…….”

“마스터키랑 인장은 자나 깨나 항상 곁에 두고, 레온이 채소 남기지 못하게 하고, 엘리아스가 엉뚱한 짓 못 하게 하고, 테이블에 다리 올리지 말고, 술 많이 마시지 말고, 싸우지 말고, 또 뭐 다른 위험한 짓들 하지 말라는 거지? 벌써 몇 번째인지 모르겠다. 한 번만 더 하면 귀에 가시가 돋을 거라고요, 경애하는 어머니.”

"내가 그렇게 많이 말했니?"

진저리 치는 시늉을 해 보이던 제레미가 어깨를 으쓱하며 레온을 쳐다보았다. 시종일관 입을 댓 발 내밀고 있던 우리의 꼬마 지식인께서는 잠시 잠깐의 망설임도 없이 받아쳤다.

"정확히 아홉 번째였어. 그리고 난 채소 먹기 싫어."

내가 머쓱해하는 가운데 제레미가 씩 웃더니 몸을 숙이며 내 뺨에 입을 맞추었다.

"뱃멀미 조심해."

"……너희도 조심히 잘 지내고 있어야 돼. 알았지?"

"또, 또."

"알았어. 미안."

휴, 역시 잔소리는 이쯤에서 그만해야겠다. 믿고 맡기고 가기로 결심한 마당에 자꾸 한 소리 또 해대는 건 그만큼 불안하다는 방증 아닌가. 암, 그렇고말고. 제국 최강 기사인 우리 제레미와 천재 활잡이 엘리아스, 거기다 꼬마 지식인 레온이 있는데 뭐가 걱정이겠어! 내가 우리 아들내미들 아니면 누굴 믿으리!

거기다 더욱 현실적이며 곤란한 문제는 정작 따로 있었다.

"잘 갔다 와, 엄마, 레이첼! 내 선물 사 와!"

"내 성인식 전까진 꼭 돌아와야 한다! 예정 기간보다 하루라도 늦게 오면 사파비국과 전쟁을 선포할 줄 알…… 악, 왜 때려?!"

"내가 휴가 즐기는 동안 새 새끼랑 씨름이나 하고 있어라, 멍청한 살쾡아!"

"바닷바람에 취해서 파도 속으로 뛰어들지나 마라, 똥강아지 자식아!"

제레미와 사이좋게 악담을 덕담 나누듯 나누어대는 노라의 옆모습을 곁눈질하며 나는 치미는 한숨을 삼켰다. 대체 왜 하필이면 노라가 우리랑 동행하는 거냐고!

이해가 아주 안 가는 건 아니다. 어쩌면 뉘른베르 공작님이 이 기회에 하나뿐인 아들로 하여금 외교 경험을 쌓도록 취한 조치일 수도 있다. 거기다 어쨌든 노라는 황실의 인척인 셈이니까 외교 사절단에 끼어도 전혀 이상할 것은 없다. 결론인즉슨 이 조합에 불편함을 느끼고 있는 건 오로지 나뿐이라는 것인데…….

"휘우, 역시 저 쓸모없는 세 얼간이는 이러한 고지능적인 외교적 능력이 요구되는 자리에선 빠져 있게 된다니까……."

"그런 의미에서 영애께서 평소에 고생이 많으시겠습니다."

"아유, 말도 마요. 그보다 우리 둔탱이 큰오빠랑 공자님이 친구인 게 더 신기한걸요."

……역시 어색한 건 나뿐인 모양이다. 그보다 레이첼과 노라가 언제부터 저렇게 죽이 잘 맞았던 건지 모를 일이다. 둘 다 왜 저렇게 의기양양한 거지? 뭐가 그렇게 뿌듯한 거야?

여차여차 상당히 귀 아픈 인사와 장난스런 야유 등등을 뒤로하고 이 기묘한 조합의 사절단은 사파비로 출발했다. 내 생애 첫 외국 방문, 첫 항해였다.

"엄마, 엄마 괜찮아?"

"……괘, 괜찮아. 그저 잠깐 멀미가 난 것뿐이란다."

"그런 게 아닌 것 같은데?"

뜨거운 섬나라 사파비까지 다다르는 여행길은 대략 닷새. 한나절 동안 마차를 타고 간 뒤 키로프 항구에 도착해 거기서 배를 타고 갈 예정이었다.

그런데 순조롭게 출발한 지 고작 반나절도 되지 않은 시간, 우리가 탄 마차가 비텔스바흐를 등지고 산맥을 지나기 시작할 때쯤 생각지도 못한 난관에 봉착하게 되었다.

"엄마?"

레이첼이 내 손을 걱정스럽게 잡아 쥐는 것이 느껴졌다. 내가 대체 어디가 잘못된 건지 모르겠다. 분명 예전에 애들하고 다 같이 가족 여행을 갔을 적에는 이러지 않았었는데, 지금은 왜 이러는 걸까? 애들이 없어서? 하지만 레이첼이 있는데?

아무리 괜찮다고 스스로를 다독여 봐도 자꾸만 심장이 쿵쿵 뛰며 머릿속이 하얗게 변해가는 것을 막을 도리가 없었다.

당장에라도 마차를 돌려, 아니, 마차에서 뛰어내리고 싶은 충동이 시시각각 고개를 쳐들었다. 정확히는 이유를 알 길이 없는 공황에 사로잡혀 버렸다고 해야겠다.

그랬다. 왜 하필이면 지금 이 순간인지 모르겠지만, 내가 전생에 죽음을 맞이했던 순간이 자꾸만 떠오르며 나의 평탄한 사절길을 방해하고 있었다. 내가 죽음을 맞이했던 산길을 지나쳐서 그런 거라기에는 몇 년 전 여행길에선 아무렇지도 않았던 전례가 있다. 내가 대체 왜 이러지?

"멈춰! 마차를 멈춰요!"

아무래도 안 되겠다고 생각한 모양인지 레이첼이 크게 외쳤고, 잠시 후 마차가 멈춰 서나 싶더니 문이 열리고는 호위대장 조지프 경의 근엄한 얼굴이 나타났다.

“레이디 노이반슈타인? 괜찮으십니까?”
“괜찮…… 아요. 잠시 멀미가 나서 그런 겁니다.”
“그럼 잠시 쉬었다 출발하겠습니다. 그, 잠깐 바람을 쐬시는 편이 좋을 것 같습니다만. 안색이 창백하십니다.”
나는 비틀거리며 마차에서 내려서 근처에 보이는 나무를 붙들고 심호흡을 하기 시작했다. 후아후아, 진정하자, 진정. 괜찮아. 지금은 그때가 아니야. 어차피 그때가 되려면 아직 한참 멀었잖아…….
하지만 이미 너무 많은 것이 달라졌는데.
시선을 돌려 인원들을 살펴보기 시작했다. 우리의 호위 기사는 총 아홉 명이다. 우리 가문 기사들을 비롯해 전부 날고 긴다는 최정예 기사들…….
그때 그 산적들이 나타난다면 이쪽이 이길 가능성이 얼마나 될까? 호위 기사들이 너무 적은 거 같다. 어쩌면 우리 가문 기사들을 더 데려와야 했을지도 모르겠다. 만약 산적들의 습격이라도 받는다면 우리는, 레이첼은…….
“레이디 노이반슈타인?”
“마님?”
심장이 아까보다 더 빠르게 뛰기 시작했다. 기사들이 걱정스러운 눈길로 나를 힐긋거리며 수군거리는 소리가 들려왔다. 그 와중에 내 한쪽 손은 가슴에 단 페리도트 브로치를 끊임없이 만지작거리고 있었다. 반쯤 무의식적으로 하는 행동이었다.
……가만, 그러고 보니 그때 내가 죽을 때 이 브로치를 차고 있지 않았던가?
대체 이 갑작스럽고도 곤혹스러운 공황의 원인은 뭐란 말인가. 나는 그때처럼 혼자 떠나는 게 아니다. 사파비국으로 외교 담화를 하러 가는 길이며 레이첼도 함께 있다. 그런데 대체 왜 이토록 불안한 걸까? 예지 비슷한 것일까? 곧 무슨 일이 생기고 말 거라는?

아니면 아이들 모두 같이 있는 게 아니라서 이러는 걸까? 하지만 그게 대체 무슨 상관이 있다고? 물론 저 중 하나가 제레미만큼 뛰어난 기사라면 훨씬 안심될 터이지만, 그렇다고 해서…….

우리 가문 기사는 총 세 명, 황제가 붙여준 호위단 인원은 총 여섯 명. 만약 저 호위 기사들이 그냥 호위 기사들이 아니라면? 그때 그 산적들이 그냥 산적들이 아니었다면? 대체 왜 갑자기 이런 망상들이 한꺼번에 떠오르는 거지? 나는 대체 누구를 믿어야 하지……?

"레이디 노이반슈타인?"

바로 곁에서 불쑥 들려온 낯익디낯익은 음성에 나는 화들짝 고개를 쳐들었다.

아…… 반쯤 잊고 있었다. 노라는 이동이 갑자기 멈춘 바람에 무슨 일인지 확인하려고 제 마차에서 내린 모양이었다. 나무를 붙들고 서서 헐떡이는 내 모습이 영 심상치 않게 보인 모양인지 짙푸른 눈에 걱정스러운 빛이 깜박거렸다.

"괜찮으십니까?"

머리를 끄덕여 보였다고 생각한다. 내 의도는 그랬다 이 얘기다.

"어…… 별거 아니야. 그러니까……."

붙들고 있던 나무에서 손을 떼고 바로 서려는데 무릎이 휘청했다. 빠르게 내 허리를 낚아채는 손길이 느껴졌다. 그와 동시에 미친 듯이 빠르게 고동치던 가슴이 천천히, 아주 천천히 가라앉았다.

"무슨 일이에요?"

무슨 일이냐고? 나는 눈을 깜박이며 주위를 둘러보았다. 우리는 계곡이 보이는 산길 부근에 멈춰 선 채였다. 내가 죽은 지점과는 한참 떨어져 있는 장소. 그 사실을 상기해서일까, 머릿속을 꽉 잠식하던 공황이 서서히 빠져나가기 시작했다.

"난 그러니까…… 걱정이 돼서…… 그러니까 만약에 누가 습격이라도……."

그냥 멀미가 좀 났다고 말하려고 하는데 어째 혀가 제멋대로 굴러갔다. 왜 그냥 안심시켜 주는 말이 나오지 않는 걸까? 왜 이런 바보 같은 말들이 멋대로 흘러나오는 거지?

한 팔로 나를 부축하며 내 얼굴을 뚫어져라 내려다보던 노라가 이내 무슨 생각을 한 건지 우리 마차 쪽으로 몸을 돌렸다.

"아무래도 제가 합승하는 편이 나을 것 같습니다."

"뭐? 아, 하지만……."

"자자, 다시 출발 준비! 다들 제자리로 돌아갑시다!"

어정쩡하게 서서 걱정 어린 시선들을 교환하던 기사들이 빠르게 원위치로 향했다. 나로 말할 것 같으면 그대로 노라에게 이끌려 다시 마차에 탑승했다. 녀석의 힘이 어찌나 센지 저항할 틈도 없었다. 노라는 무슨 종이 인형을 다루듯 가볍게 나를 마차 안에 도로 앉히고는 자신 역시 우리 맞은편 자리에 앉았다.

"엄마, 진짜 괜찮은 거 맞아? 갑자기 무서워져서 그래?"

끙, 과연 우리 똑쟁이 딸내미다. 아무렇게나 던졌을 게 분명한 추측이 정확히 내 정곡을 찌르는 걸 보아하니 말이다.

"무섭긴 내가 왜 무서워하겠니?"

"둘째 오빠가 그러는데 산속에는 산적들이 산대. 공자님은 산적 만난

적 있어요?"

"도적단이야 상대한 적 있습니다만. 만난다면 꽤 볼만한 쇼가 되겠지요. 개인적으로 지루하던 차에 좀 나타나 줬으면 좋겠습니다."

팔짱을 끼고 앉아 가만히 나를 응시하던 노라가 농담조로 내뱉은 대답이었다. 이에 레이첼이 쿡쿡 웃기 시작했다.

"뭐 공자님이야 우리 큰오빠만큼 세니까, 산적들이 불쌍해지겠네요."

"음, 영애께서 제대로 기억하시는지 모르겠지만 검술 대회에서 제가 거의 이겼……."

"어쨌든 비겼잖아요. 그러니까 둘이 비슷비슷한 거죠."

"뭐 그렇다고 칩시다."

나는 양손을 모으고 앉아서 두 눈을 지그시 감았다. 공황이 찾아왔던 것만큼이나 갑작스럽게, 묘한 안도감이 마법의 망토처럼 어깨에 둘러지는 듯한 느낌이 일었다.

기이하기 짝이 없는 현상이었다. 아까까지만 해도 온갖 별생각이 다 떠오르더니만 이제는 그게 전부 바보같이 느껴지기만 하는 것이다. 저 밖의 아무것도 모르는 기사들에게 의구심을 품었던 것이 미안해지는 건 덤이었다.

"엄마, 저 사람 진짜 괜찮은 걸까?"

"글쎄, 꽤 안쓰러워 보이는구나."

"왜들 저렇게 허우대만 멀쩡한 건지 이해가 안 가네."

사파비까지 가는 항해길은 대략 나흘이다. 내 우려와는 달리 첫 항해였음에도 불구하고 나나 레이첼은 뱃멀미라는 난관에 시달리지 않았다. 적어도 아직까지는 말이다. 대신에 우리의 호위대장 조지프 경이 뱃멀미에 시달렸는데, 한눈에 봐도 실전 경험에 잔뼈가 굵은 중년의 기사께서는 아래로 내려가서 좀 쉬라는 내 제안에 한시도 긴장을 놓을 순 없다고 응대하셨다. 그러곤 십 분 간격으로 갑판 난간을 부여잡고 구역질을 해댐으로써 휘하 기사들에게 즐거움을 선사하고 계셨다.

"토리오 경, 젤다 경, 괜찮으신가요?"

"와하핫, 당연히 괜찮고말고요. 걱정해 주셔서 감사…… 우우욱!"

물론 조지프 경 한 사람만 뱃멀미에 시달리는 것은 아니었다. 반나절쯤 지나자 상관의 고통을 몹시 흐뭇하게 지켜보던 호위 기사 대다수가 비슷한 창백한 안색을 하고서 난간에 매달리기 시작했다. 개중에 우리 가문 기사들이 섞여 있는 건 그냥 못 본 체하기로 마음먹었다.

나 원 참, 평소에 무서울 것 하나 없을 것 같은 최정예 기사들이 배 위에선 영 쪽을 못 쓰는 모습이라니. 우리의 레이첼이 고개를 설레설레 저으며 한숨을 포옥 내쉴 정도였다.

"오빠들도 배 타면 저럴까?"

"모르겠구나. 강한 것하고 뱃멀미는 특별히 상관관계가 없다고 하니까."

"그치만 큰오빠만큼 센 저 오빠는 아무렇지도 않잖아?"

과연 맞는 말이었다. 땅 위에선 날고 기는 기사들 태반이 바다 한복판에서 영 힘을 못 쓰는 동안 우리의 뉘른베르크 공자, 나의 명예의 기사께선 갑판 한쪽에 사과 궤짝을 엎어놓고 걸터앉아 바닷바람을 맞으며 검을 손질하고 있었다. 그러면서 간간이 태연하게 럼주 잔을 홀짝이는 모습에 감탄이 다 나올 지경이다.

"공자께서는 이번이 첫 경험이 아니신가 봐요."

"첫 경험 맞습니다, 영애. 제 아버지라면 많겠지만."

"그런데도 아무렇지도 않으시네요."

"영애께서도 아무렇지도 않으신데요."

"전 워낙 강한 레이디라서요."

레이첼이 우쭐한 듯 코끝을 쳐들며 말하자 노라는 손을 잠시 멈추더니만 이내 피식하고 웃었다.

"과연 맞는 말입니다."

"그런데 공자께선 공작님이 시켜서 따라오신 건가요? 아니면 순전히 우리 오빠 친구라서 따라오신 건가요?"

"그게 왜 궁금하십니까?"

"공자님이 의리의 사내가 맞는지 확인하고 싶어서요."

의리의 사내라. 레이첼은 일전의 신성 재판에서 결정적으로 나를 구해준 이가 누구인지 까먹은 걸까? 내가 조마조마한 심정으로 지켜보는 가운데, 노라는 말없이 검날을 깨끗이 닦는 일에 집중하는 듯싶더니 이윽고 간단하게 대꾸했다.

"둘 다 아닙니다."

"뭐어예요, 그게!"

"굳이 말씀드리자면 제가 자처한 건 맞습니다."

놀리는 투로 덧붙인 그가 문득 내 쪽으로 시선을 돌리면서 짧게 미소를 지었다. 어이쿠야! 불현듯 양 뺨이 화르륵 달아오르는 느낌이었다. 아예 예상하지 못했다고 한다면 거짓말이리라. 그렇다고 확신이 있던 건 아니었다.

그런데 실낱같은 예감이 확신이 되어버린 순간, 가슴 한구석에 퍼져가는 이 희미한 간질거림은 무엇이란 말인가? 내가 대체 어디가 잘못된 거지?

나는 레이첼이 선실 쪽으로 쪼르르 올라가는 것을 확인한 뒤 다소 멋없이 걸어가 노라 곁에 다가가 섰다. 사방이 온통 붉었고, 저만치 보이는 수평선에서는 해가 떨어지고 있었다. 난간 아래로는 붉게 물든 수면 위에 삐죽이 솟은 상어들의 지느러미들이 보였고 머리 위에선 갈매기들이 우는 소리가 들려왔다. 확실히 바다 한복판에서 맞이하는 황혼은 꿈처럼 몽환적인 데가 있다고 해야겠다. 저절로 탄성이 새어 나왔다.

"아름다워……."

"아름답네요."

제레미랑 애들도 같이 봤으면 좋았을 텐데……. 아쉬움을 삼키며 고개를 옆으로 돌리자 검을 발치에 내려놓은 채 내 옆얼굴을 빤히 응시하고 있는 청년이 보였다. 주홍빛 석양에 물든 탓인지 푸른 눈동자가 보라색으로 빛나고 있었고, 서늘한 바닷바람이 그의 이마 위에 흐트러진 검은 머리칼을 가볍게 흩날리고 있었다.

잠시 침묵이 흘렀다. 내가 말을 쥐어 짜내기 위해 머릿속을 뒤적거리는 사이 그가 먼저 입을 열었다.

"이젠 괜찮으신 모양입니다."

"어…… 걱정시켜서 미안하구나. 황도를 떠나는 게 너무 오래간만이라 긴장했던 모양이야."

"그 산길에 무슨 안 좋은 추억이라도 있었던 겁니까?"

순간 딸꾹질이 튀어나올 뻔했다. 나는 빠르게 머리를 가로저으며 애써 미소를 지어 보였다.

"아니야, 당연히 아니지. 그냥 너무 긴장해서…… 그러니까 황제 폐하의 명을 받들어 남의 나라에 퍼져가는 이단 운동을 저지하러 가는 길이잖니."

"그 얘기는 저도 아버지한테 대강 듣긴 했습니다만, 왜 받아들이신 겁니까?"

"응?"

"왜 폐하의 청을 순순히 받아들이셨냐고요. 다른 사람을 대신 보냈어도 됐을 일인데."

날 떠보는 걸까? 상대가 다른 사람이었다면 그냥 적당한 애국심과 신앙을 가장한 이유를 댔을 것이다. 하지만 여기 있는 건 노라다. 그리고 이 임무를 받아들인 이유에 대해 설명하자면, 아직 나 자신조차 명확히 단정 지을 수가 없었다.

"글쎄…… 순전히 호기심 탓이라고 해야 할까."

"호기심이요?"

"비슷한 거. 이건 나중에 말하는 편이 나을 것 같구나. 그보다 네 얘기가 궁금한데, 요즘 집 분위기는 좀 어떠니?"

눈을 가늘게 뜨고 나를 바라보던 노라가 이내 어깨를 으쓱하며 시선을 수평선 쪽으로 돌렸다.

"……그게 말이지요, 누나. 제 아버지가 아무래도 일찍이 노망이 든 모양입니다."

"노망이 들어?"

"예. 아무리 봐도 상태가 좀 이상하다고요."

"어디가 어떻게 이상하신데?"

"아니, 생전 안 그러던 양반이 뜬금없이 아침 인사를 다 하질 않나, 제가 누구랑 어울리는지 맘에 드는 영애는 없는지 하루가 어땠는지 별 시답잖은 시시콜콜한 질문을 해대질 않나, 하루는 다짜고짜 황태자가 왜 싫으냐고 묻질 않나, 도무지 적응 안 돼서 미칠 지경이라고요. 어머니만 아니었다면 진작에 가출하고도 남았을 겁니다. 나 원 참, 대체 무슨 꿍꿍이인지!"

쯧쯧. 아무래도 우리의 강철의 공작님은 한동안 아주 많이 고생하셔야 할 것 같다. 그러게 왜 이런 잘난 아들을 못 믿고 그리 박대하셨담. 죄 자업자득이지.

"그래서 맘에 드는 영애는 있는 거니?"

나는 묻자마자 손으로 내 입을 틀어막고 싶은 충동에 사로잡혀 버렸다. 이런 덜떨어진 질문이 다 있나! 아무래도 내가 미친 모양이다. 아니면 바닷바람에 단단히 취했거나!

"……캬악!"

일순 기가 다 막힌다는 눈빛으로 나를 노려보던 노라가 다음으로 하려던 말이 무엇이든 간에, 그것은 선체가 갑자기 덜컹하고 크게 흔들리는 바람에 다행스럽게도 막혀 버렸다. 정확히 말하면 내가 균형을 잃고 멋없게 확 넘어지는 바람에 저지당했다.

"괜찮아요?"

"어, 고맙……."

고맙다고 하려는데 목소리가 절로 흐려졌다. 가만, 이 자세 묘하게 익숙한데?

노라가 빠르게 나를 붙든 덕에 내가 갑판 바닥과 격하게 포옹하는 일은 일어나지 않았다. 대신에 나는 그의 널찍한 무릎 위에 널브러지다시피 하고 있었다. 바로 코앞에 내 얼굴을 걱정스레 살피고 있는 푸른 시선이 있었다. 지나칠 정도로 가까이……. 순간 숨이 턱 막혔다.

"하마터면 해초와 부딪힐 뻔했습니다. 다들 괜찮으십니까?"

선장의 목소리가 울림과 동시에 나는 후다닥 몸을 일으켰다. 얼굴에 불이라도 붙은 것 같다는 건 딱 이럴 때 쓰는 표현이렷다. 내가 황급히 딸내미가 있는 선실로 뛰어 들어가다시피 하는 동안 조지프 경의 용맹무비한 고함이 선체를 쩌렁쩌렁 울렸다.

"껄껄걸, 제국의 충직한 기사로서 이 정도 난관은…… 우, 우에에에엑!"

해초를 만날 뻔한 것을 제외하고 우리 사절단은 무탈히 예정대로 사파비의 수도 보스포루스에 도착했다(뱃멀미에 시달리던 분들은 다행히 이틀째부터는 적응이 됐는지 멀쩡해졌다). 독특한 양식의 건물들과 야자수가 가득한 이국의 풍경을 한눈에 바라보고 있자니 열기로 이글거리는 날씨조차 아무렇지도 않게 느껴졌다.

항구까지 우리를 마중 나온 영접단을 따라 곧장 입성한 사파비의 왕궁은 특이하게도 해협이 내려다보이는 언덕 바로 위에 자리하고 있었다. 우리 제국의 황궁만큼 크진 않았으나 독보적인 화려함을 뽐내는 데에선 결코 뒤처지지 않았다.

황금 종탑을 뽐내는 왕실 성당 건물과 분홍빛 대리석으로 지어진 별궁들의 풍경에 감탄하며 본궁에 입장하자 사방이 온통 정교하고도 화려한 거울로 장식된 홀이 나타났다. 그리고…….

"사파비에 오신 것을 환영합니다. 이 반가움을 어찌 표해야 할지 모르겠군요."

눈이 부실 정도로 호화로운 거울 홀에는 다름 아닌 알리 파샤 왕자가 우리를 마중하러 나와 있었다. ……엄밀히 따지자면 레이첼을 마중하러 나온 것 같았지만. 아무튼 여기까지 오는 길 내내 낯선 땅의 이국적인 풍경에 그저 입을 벌리고만 있던 레이첼이 즉시 활짝 웃으며 더없이 우아하게 제국식 인사를 선보였음은 두말할 것도 없었다.

"이리 환대해 주시니 영광스러워 몸 둘 바를 모르겠습니다, 왕자님. 키가 더 커지신 것 같아요."

"영광은 제가 영광이죠. 영애께선 더더욱 아름다워지셨군요."

알리 왕자는 그러고도 한참을 더 반짝이는 눈으로 레이첼과 그윽한 시선 교환을 감행하더니만 곧 정신을 차린 듯 우리 쪽으로 몸을 돌렸다.

"레이디 노이반슈타인. 사자들의 어머니께서 이 초라한 땅을 방문해 주시다니 영광일 따름입니다."

"다시 만나 뵙게 되어 영광입니다, 저하."

"어라, 이분은 뉘른베르크 공자 아니십니까? 과연 명예의 기사다운 행보시군요. 그때 그 결투는 아직도 간간이 생각날 정도입니다."

뉘른베르크 공자라는 소리에 우리의 호위 기사들과 다소 호기로운 눈싸움을 시전 중이던 근위병들의 시선이 일제히 번득이며 내 곁에 서 있는 흑발의 기사에게 향했다. 호기심 반, 호승심 반이 섞인 눈빛이라고 해야 할까? 하기야 무려 교황청을 상대로 꽤 시끄러운 명예 결투가 벌어졌던 판이니 그 소문이 바다 건너 이웃 나라에까지 퍼지는 것도 이상한 일은 아니었다.

"자자, 그럼 따라오시지요. 아바마마께서 기다리고 계십니다."

사파비국의 현 군주 바예지트 파샤는 벌써 60을 바라보는 고령으로 단단한 고목을 연상시키는 사내였다. 당연히 자식도 여럿 두었으나 알리 왕자 위의 다섯 형제 중 네 명은 5년 전 벌어진 왕자들의 난에서 모조리 죽은 데다 남은 한 명은 연단술에 미쳐 출가한 뒤였다. 즉, 마땅한 후계자라곤 알리 왕자밖에 남지 않았다 이거다.

"전혀 뜻밖의 귀빈들이구려."

사파비궁의 어전, 아니, 알현실이라고 해야 할까? 레이첼이 우리를 위해 마련된 객실에서 쉬고 있는 동안 바예지트와 알리 왕자, 그리고 나와 노라가 모여 앉은 이 방은 알현실이라기보다는 화려한 응접실에 더 가까워 보였다. 황금 잎사귀가 주렁주렁 달린 천장 아래 화려한 소파가 둥그렇게 자리하고 있었고 우리는 거기에 앉아 대추야자차를 들고 있었다.

시종일관 웃는 낯을 유지하고 있는 알리 왕자와 달리 바예지트 국왕은 종잡기 어려운 무표정이었는데, 그러면서 나무옹이 같은 날카로운 담황색 눈으로 나와 노라를 끊임없이 번갈아 보았다.

나로 말할 것 같으면 그의 발치에 놓인 화려한 쿠션 위에서 졸고 있는 금빛 고양이에게 시선을 고정하고 있었다. 왠지 우리 제레미를 떠올리게 만드는 녀석이었던 것이다.

"뉘른베르 공자라고 했소이까? 부친과 꼭 닮으셨군. 그 능구렁이 같은 공작은 요즘 어찌 지내시오?"

"염려해 주신 덕에 건강히 잘 지내십니다."

"딱히 염려하진 않았소이다. 그보다 막시밀리안 황제께서 어째서 소문의 두 사람을 사절로 보냈는지 그 의도가 의문스럽소만."

"소문의 두 사람이라 하시면……?"

"여기 계시는 노이반슈타인 후작 부인께서 그 신성 재판의 주인공 아니시오? 공자는 이 부인의 명예의 기사였고. 몰랐던 모양인데 두 사람 모두 유명 인사라오. 어쨌든 부인을 이리 실물로 접하고 보니 왜 그 사달이 벌어졌는지 알 것 같구려."

"그 재판은 순전히 교단 측의 촌극이었습니다. 그 사실은 별로 유명하지 않은 모양입니다?"

나는 하마터면 찻물에 사레가 들릴 뻔했다. 더운 날씨임에도 불구하고 공기가 순식간에 얼어붙은 것 같았다. 하나 정작 저러한 빈정거림을 내뱉은 장본인인 노라는 태연하기 짝이 없는 무표정을 유지하며 바예지트 국왕의 날카로운 시선을 담담히 받아칠 뿐이었다. 잠깐의 침묵 끝에 바예지트가 다시 입을 열었다.

"난 그저 부인의 미모에 찬사를 표한 것뿐이오. 부인께서 불쾌하셨다면 사과하리다."

"괜찮습니다. 전하께선 제국에 방문하신 적이 있습니까?"

"하도 오래전이라 기억이 가물가물하오. 그것보다 이거 참 희한하군."

"희한하다니요?"

내가 의아하게 바라보는 가운데, 바예지트는 예의 그 찌르는 듯한 시선으로 우리를 한참이나 노려보더니만 대뜸 서늘하게 변모한 음성으로 내뱉었다.

"막시밀리안 황제가 왜 하필 부인을 사절로 보냈는지 우리가 모를 거라고 생각하오?"

황도에 자리한 명문 귀족가의 자제라면, 친어머니가 됐든 의붓어머니가 됐든 모친이라는 존재가 부재중이라 해서 딱히 일상생활에 큰 변화를 느끼지 않는 법이다.

특히 한창 피가 끓어오를 나이의 영식들이라면 아무도 자신을 저지할

이가 없는 상황을 최대한 만끽하려 애쓸 것이다. 가령 지인이란 지인들은 죄 불러다 몇 날 며칠이고 풍기 문란한 파티를 연다든가, 그간 마음에 안 들었던 중요한 사용인들을 내쫓아 버린다든가, 저택 내부 인테리어를 제 입맛에 맞는 대로 싹 갈아엎어 버리든가 하는 식으로 말이다.

참 좋은 날씨였다. 가을이 만연한 오후, 맑은 햇살의 꿀빛 베일이 적빛 건물들을 부드럽게 덮는 시각이었다.

발랄한 영애들이 한창 피가 끓어오르는 영식들과 함께 사냥과 피크닉을 즐기기 딱 좋은 이런 오후에 저택에 틀어박혀 바다 건너 외국에 있는 의붓어머니를 애타게 그리워하는 청년은 꽤 별종 취급을 받을 것이다. 특히나 그가 온 사교계로부터 상당히 선망 어린 관심을 받고 있는 기사라면.

설상가상으로 현재 그의 집 별관 응접실에 앉아 있는 상대는 어느 아리따운 영애도, 동경에 가득 찬 눈을 한 또래 청년도 아니었다. 웬만한 영식들이라면 이름만 들어도 지레 긴장하며 정신적으로 목덜미의 땀을 훔쳐낼 귀족 사회의 거물, 강철의 대공작 되시는 중년의 사내였다.

그랬다. 현재 제레미는 이 날 좋은 오후에 얄미운 친우의 아버지와 나란히 마주 보고 앉은 채 머릿속으로는 집 떠난 보호자를 생각하는 자신을 발견하고 있었다. 독특하다면 독특하달 수 있겠다.

"사파비에서 정확히 무슨 일이 일어나고 있는 건지 궁금하다고? 고작 그런 이유 때문에 나더러 와달라 부탁한 건가?"

"아니, 그렇게 말씀하시면 제가 무슨 시건방진……."

"시건방진 것 맞네. 그리고 경의 의문에 답하자면, 국가 기밀이네. 정 궁금하면 어머니께 직접 여쭤보게나."

"호오라, 그리 말씀하시는 것을 보아하니 진짜 기밀은 아닌 것 같군요."

파이프에 불을 붙이던 공작의 손길이 멈칫했다. 푸른 눈매가 서서히 일그러져 가는 모습에 제레미는 잽싸게 말을 이었다.

"공작님께 이리 방문을 간청한 것은 단순히 그것 때문만이 아닙니다."

"……제레미 경. 도대체 뭣 때문에 내 시간을 이리 잡아먹고 있는지 허심탄회하게 말해보게."

대체 슈리는 그동안 이 깐깐한 인간을 어떻게 그렇게 손쉽게 상대했던 거래. 치솟는 한탄을 삼키며 제레미는 순순히 머리를 끄덕여 보였다.

"공작님께서 먼저 하시지요."

"그건 또 무슨 뜬구름 잡는 소리인가?"

"제게 묻고 싶은 것이 많지 않으십니까? 제가 바보이긴 합니다만 그렇게까지 눈치가 없진 않습니다만."

"지금 대체 무슨……."

"아드님에 대해서라든가, 피 안 섞인 조카분에 대해서라든가. 꽤 복잡해 보이시던데요, 최근 들어."

잠시 정적이 흘렀다. 제레미가 암녹색 눈을 순진하게 깜박여 보이는 동안 강철의 공작은 피어오르는 파이프 연기 너머로 푸른 눈을 서늘하게 빛내고 있었다.

"남의 가정사에 관심이 많군."

"제 가정사와 깊이 연관되어 있기도 하니까요."

"지금 나랑 스무고개 놀이 하나?"

"큼, 실은 말입니다, 제가 일전에 태자 전하 덕에 좀 소름 끼치는 사실을 알게 되어버려서 말이지요. 뭐 세상에 닮은 사람이 한둘이겠냐마는 제 아버지를 비롯해서 아버지의 생전 가장 절친하셨던 분들의 애달픈 첫사랑 이야기까지 들려주시지 뭡니까. 그다지 달콤한 진실은 아니더군요."

다시 한번 정적이 흘렀으나 제레미의 짐작과 달리 뉘른베르 공작은 화를 내지 않았다. 대신에 차분하게 파이프에서 입을 떼며 이리 말할 뿐이었다.

"뭐라고 하시던가?"

"예?"

"전하께서 경에게 루도비카 황후마마의 초상화를 보여주면서 뭐라고 하시던가?"

"어라, 그걸 어찌 짐작하셨…… 큼, 부전자전이라든가 뭐라든가. 그다지 솔깃한 말은 아니었습니다. 제 눈에는 제 어머니가 백배는 더 나았거든요. 거기다 공작님과 황제 폐하께서 제 어머니를 눈독 들이니 어쩌니 하던데, 그게 말이나 되는 소립니까? 하하핫……."

"그게 마음에 걸렸던 모양이군. 내 아들도 아나?"

공작이 예상외로 상당히 차분하고도 매끄럽게 나오는 바람에 제레미는 이쯤에서 한결 겸손해진, 정확히 말해선 보다 덜 능글맞은 어조가 되었다.

"아드님한테는 말 안 했습니다. 그리고 별로 마음에 걸리진 않았습니다. 제 아버지가 슈리…… 제 어머니와 결혼하신 이유가 첫사랑 문제 때문이라는 건 진작부터 알고 있었지만, 아무튼 공작님이든 황제 폐하든 그 정도로, 뭐랄까, 주책맞은 분들이라고 생각되진 않더군요. 친우라고 해서 꼭 성격이 비슷하란 법은 없잖습니까. 가령 제 기사도 그 자체인 모범적인 성정과 노라의 들개 같은 성정을 비교하면 답이 나오지요."

공작은 옛 친우의 아들에 의해 제 아들의 성정이 격하되는 중임에도 불구하고 격노하는 대신 보다 어른스러운 태도를 취하기로 마음먹었다.

"경, 경이 뭘 걱정하는지 이해하네만 내게 있어 옛 추억은 옛 추억일 뿐이네."

"무례하게 들렸다면 죄송합니다. 단지 좀 이해가 안 가는 부분이 있어서 말입니다."

"뭐가 이해가 안 가던가?"

"진정 옛 추억일 뿐이라면 말이지요……. 여태껏 진짜 조카인 레트란 전하 대신 피 한 방울 안 섞인 태자 전하의 안배를 그토록 봐주셨던 이유가 궁금합니다. 그저 충심 때문입니까, 아니면 옛 추억 때문입니까?"

이번에야말로 푸른 눈동자가 매섭게 얼어붙었다. 웬만한 사람이라면 오금이 다 저리고도 남았을 풍경이었으나 제레미는 여전히 장난기 가득한 웃음을 만면에 유지하고 있었다. 이쯤이면 청출어람이라고 해줄 만하겠다.

"……내 첫사랑 이야기가 나온 김에 말인데. 경의 첫사랑은 어찌 되어 가는가?"

조금의 기만도 용납하지 않는 섬뜩한 어조였다. 제레미는 일순 상대의 칼날 같은 시선을 멍하게 마주 보았다가, 곧 눈을 내리깔았다.

"현시점에서 제가 진정으로 바라는 건, 그녀가 누구든 좋은 놈을 만나서 사랑받고 행복하게 잘 사는 것뿐입니다. 그녀는 그럴 자격이 있거든요. 아시다시피."

"……제레미 경. 내게 진정으로 하고 싶은 말이 도대체 뭔가."

"죄송합니다. 공작님께서 마음만 먹으면 한낱 애송이에 불과한 저따위 박살 내는 건 순식간이라는 사실 인지하고 있습니다."

"경을 박살 내려 들었다간 경의 모친께서 나를 박살 내겠지. 그보다 이쯤에서 좀 솔직해지지 그러나. 경도, 내 아들도, 태자 전하도 애송이인 건 매한가지니까 말일세."

그제야 제레미는 이죽거리는 미소를 지우고는 진지하고도 진솔한 표정을 지어 보였다.

"무례를 용서하십시오. 아무리 애송이라 한들 제 기사도가 사활이 걸린 이러한 시국이다 보니 날을 세울 수밖에 없더군요."

"기사들이 기사도를 제대로 지켰다면 기사도 자체가 생겨나지 않았겠지. 현 시국이 대체 어떤 시국으로 보이기에 그리 불만이 많나?"

"기사도에서 첫 번째로 중요시되는 건 바로 애국심과 황제에 대한 충성심입니다. 한데 제가 앞으로 몸 바쳐 싸워야 하는 이 나라의 미래가 자꾸만 저로 하여금 기사도를 버리게끔 종용하고 있단 말입니다."

"이 나라의 미래가……."

"예. 저는 지금의 황태자 전하가 다스리는 나라에 충성할 자신이 없습니다. 아니, 그런 놈이 황좌에 앉는 꼴을 두고 볼 수가 없습니다. 마음 같아선 그놈이고 교황청이고 수백 번을 갈아 마셔도 시원치 않단 말입니다."

상대가 다른 사람이었다면 즉시 날벼락이 떨어졌을 파급적인 발언이었다. 다분히 패기적이다 못해 저돌적이기까지 했다. 없는 자리에선 나라님도 욕한다고 하지만, 이 자리에 있는 두 사람 중 하나는 황실의 인척이요, 하나는 대대로 황실에 충성해 온 가문의 차기 가주였다.

살얼음판 같은 침묵이 얼마나 흘렀을까, 중년의 공작은 한참을 알 수 없는 표정으로 금발의 청년을 응시하더니 이내 무서울 정도의 판단력으로 상황을 정리(?)했다.

"왜 내게 이런 속내를 드러내는 건지 저의가 궁금하군."

"저는 제 가족들을 사랑합니다."

"뜬구름 잡는 데 취미 들었나?"

"저는 꼬마 지식인 레온도 사랑하고, 똑 부러지고 열정적인 레이첼도 사랑하고, 사고뭉치 개망나니 엘리아스도 사랑하고…… 우리에게 과분해 마지않는 의붓어머니는 세상 무엇보다도 사랑합니다."

"……."

"그런 제 가족을 갈라놓으려 애쓰는 놈들이 누가 됐든 계속해서 제국의 패권을 거머쥐는 꼴을 어떻게 두고 볼 수가 있겠습니까?"

"가족을 건드린 것에 대한 보복심이라는 건가?"

"단순히 그것 때문만은 아니라는 거 아시지 않습니까? 황태자 같은 분이 황좌에 앉는다면 뉘른베르크 공작가의 가정불화를 야기하는 수준 정도였던 협잡질이 나라 전체를 아우르는 스케일이 될 테니까요."

이쯤이면 도를 넘다 못해 모욕에 가깝다 할 수 있는 발언이었다. 상대의 면전에 대고 가정사를 함부로 들먹이는 건 비슷한 수준의 귀족들끼리라 한들 쉬이 용납되기 어려운 짓이다. 그럼에도 골수를 들쑤시는 일침이기도 했다. 여기서 분노하거나 꾸짖어보았자 제 허물을 덮기 위해 급급한 그저 그런 사람 중 하나로 비칠 것이 뻔했다. 하여 공작은 그저 느릿하게 내뱉었다.

"자네 의외로 눈치가 좋군."

"뭐 이쯤이면 공작님께서도 제대로 판단하게 되셨을 거라 생각했습니다. 아니, 공작님 같은 분이 진작에 알아차리지 못했던 게 되레 이상하지요."

제레미가 우스갯소리로 던진 말이 가시가 되어 알브레히트의 심장을 찔러왔다. 그 말 그대로였다. 다이아몬드 목걸이 사건, 도박장 사건, 그 전에는 또 얼마나 무수한 일들이 물밑에서 벌어지고 있었을지 알브레히트는 가히 짐작조차 할 수 없었다.

지난 십수 년간 그저 외면해 왔던 위화감에 제대로 눈을 뜨게 된 건 최근에 불과했다. 그도 그의 누이도 같은 번민에 시달리고 있다는 건 단순한 우연이 아닐 터였다.

더군다나 그 도박장 사건의 전말에 대해 그들 남매에게 귀띔해 준 이는 다름 아닌 슈리 폰 노이반슈타인 후작 부인이었다. 요헤너스가 남긴 네 아이를 모두 따스히 끌어안고 이토록 밝게 키워낸 그녀가 어떤 불순한 의도를 품고 일부러 테오발트를 음해하려 든 것이라고는 도저히 생각할 수 없었다.

무엇보다 그녀는 그에게 그 크로키북을 전해주었지 않았던가…….

"공작님? 괜찮으십니까?"

알브레히트는 눈을 깜박이며 눈앞의 청년을 물끄러미 바라보았다. 그러고는 거기 있는 암녹색 눈동자에 더없이 맑은 빛이 서린 모습을 보고 미소를 지었다.

"확실히…… 내 아들이 나보다 안목은 뛰어난 것 같군."

"아, 정확히 짚자면 제 안목이 뛰어난 거겠지요."

"한데 제레미 경."

"예?"

"지금 저 창밖에 매달려 있는 거 경의 아우들 맞나?"

제레미가 창가 쪽으로 고개를 홱 돌림과 동시에 우지끈, 하고 뭔가가 부러지는 소리가 울리더니 이어 쿵 하는 충격음이 뒤따라 장렬하게 울렸다.

"끄아아악! 비켜! 내 위에서 비키라고!"

"내, 내 팔! 나 팔 부러진 것 같아! 아아악! 슈리! 엄마! 아버지! 내 님이여!"

"황제 폐하를 탓할 순 없는 일입니다. 교황청에서 닦달해 댔을 거라는 건 불 보듯 뻔한 일이니까요."

"물론 이쪽에서도 저희의 방문 이유를 짐작하고 계셨을 거라 생각했습니다."

"예. 다만 노이반슈타인 부인께서 몸소 오신 건 솔직히 좀 놀랐다고 해야겠습니다."

대화를 하는 건 나와 알리 왕자뿐이었다. 바예지트는 아들에게 완전히 맡겨 버릴 작정인지 아까부터 고목처럼 꼼짝도 하지 않고 앉아 우리를 노려보고만 있었고 노라 역시 평소의 까불거리는 모습은 온데간데없이 사라진 채 무심한 듯 기품 있게 앉아 있기만 했다. 그러다 보니 자연스레 나와 어린 왕자 둘이 그럭저럭 평온한 담화를 이어가게 되었다.

"부인의 심정을 제가 어찌 알겠습니까만 온전히 제 시선에서 봤을 때 부인께선 교단에 어떤 앙금을 품어도 이상하지 않습니다. 한데 그런 분께서 교황청의 이득을 위해 여기까지 오는 수고를 감행하시다니, 이거야 원 제대로 한 방 먹은 것 같은 기분이군요."

"어째서 제가 교황청의 이득을 위해 여기까지 왔다고 생각하십니까?"

"그게 아니라고 말씀하시는 겁니까?"

"글쎄요, 개인적으로는 저하께서 천 년이 넘는 세월 동안 여러 나라의 신앙 근간이 된 교단을 어찌 바라보고 계시는지 궁금하군요. 정확히 무얼 바라시는 건지 알고 싶달까요."

구슬리려는 의도로 꺼낸 말이 아니라 진심이었다. 착실한 제국민이자 신앙인이라면 이단적 사상에는 관심도 가지지 않는 것이 응당 옳았으나, 나는 어느 쪽에도 해당한다고 볼 수 없지 않은가. 알리 왕자는 잠시 내 말을 가늠하는 듯 손으로 입가를 매만지더니 문득 내 곁에 앉아 있는 기사 쪽으로 시선을 돌렸다.

“뉘른베르크 공자. 경께서는 다른 모든 제국민과 마찬가지로 모태에서부터 신앙인이었겠지요?”

이 질문에 노라는 어느샌가 이쪽으로 다가와 그의 무릎 위로 슬금슬금 기어오르고 있는 고양이를 한 손으로 쭈욱 밀쳐내며 대꾸했다.

“아뢰옵기 송구하오나 저는 종교적 양식과는 상당히 거리가 먼 인간입니다.”

“꽤 솔직하신 대답이신데요. 그래도 우리 모두가 아는 신을 믿으실 거 아닙니까?”

“성부고 성모고 그다지 신뢰가 가는 대상은 아니더군요.”

담담한 어조였으나 그 음성에는 서늘한 신랄함이 깃들어 있었다. 내가 빤히 쳐다보는 것을 느꼈는지 그가 눈을 돌려 나를 바라보고는 슬쩍 미소를 지어 보였다. 내가 잘 아는 미소, 아무렇지도 않다고 말하는 그 미소였다.

“뭐 잘 어울리시긴 합니다. 그렇다면 노이반슈타인 부인께서는 어떠십니까?”

“아, 저는…… 글쎄요. 종종 제가 아는 신은 세간에 알려진 것과 많이 다른 것 같다는 생각이 들긴 합니다.”

종종이 아니라 항상이지만. 상식적으로 사람을 한 번 죽였다가 과거로 되살려 놓는 신이 있다고 한다면 누가 믿겠는가? 문제는 그 산증인이 바로 나라는 거다.

알리 왕자는 이제 내 쪽으로 슬금슬금 다가오고 있는 고양이를 한 손으로 집어 들고 제 어깨에 얹으며 머리를 끄덕여 보였다.

"두 분 모두 진솔하게 답해주셔서 감사합니다."

"천만의 말씀을. 이런 자리에서 굳이 뻔한 치레로 서로 마음 상하고 싶지 않을 뿐입니다."

"이쪽 역시 마찬가지입니다. 어쨌든 지금은 피곤하실 터이니 일단 처소로 가셔서 쉬시는 편이 나을 것 같습니다. 내일 점심 만찬 때 계속하기로 하지…… 어어, 레이첼!"

'레이첼'이라는 소리에 내가 우리 딸내미가 왔나 보려 문가를 돌아보게 되었음은 자연스러운 일이었다. 하나 거기에는 아까처럼 시종 두 명만 서 있을 뿐이었다.

찰나의 순간 후에야 나는 알리 왕자가 외친 호칭이 다름 아닌 방금 막 그의 어깨에서 뛰어내린 고양이를 가리키고 있다는, 다소 민망하기 짝이 없는 사실을 깨닫게 되었다.

잠시 정적이 있었다. 나와 노라가 똑같이 넋 나간 눈초리로 말끄러미 바라보는 가운데, 사파비의 왕자님은 좀 전까지의 여유와 품위는 온데간데없이 사라진 채 앳된 얼굴을 새빨갛게 물들이며 어버버거리기 시작했다.

"아니, 부인, 그것이, 부디 오해하지 마시길 바라는……."

"……."

씨알도 안 먹힐 소리 하고 있다. 아무래도 저 왕자님 우리 딸내미한테 제대로 반한 게 맞는 모양이다. 그렇다고 고양이한테 이름까지 붙였으리라곤 상상도 못 했지만.

"제 여식 앞에 그 고양이는 안 데려오는 편이 나을 것 같습니다."

"예? 어째서입니까?"

"……제 여식이 강아지한테 저하의 존함을 붙였다고 생각해 보시지요. 기분이 어떠실 것 같습니까?"

"어…… 전 기분 좋을 것 같습…… 니다만?"

"……."

처음 와보는 타지의 저녁은 길기만 하다. 시차 탓일지도 모르지만, 어쨌든 객실로 돌아와 목욕하고 집에 부칠 편지 쓰는 일을 다 마치기까지 정신이 말똥말똥했다.

"뭐 해, 엄마? 오빠들한테 편지 써?"

"응. 너도 뭐 하고 싶은 말 있니?"

"그런 게 있을 리가…… 아, 레온한테 내 책들 건들지 말라고 좀 적어줘."

나와는 달리 여독이 꽤 쌓인 모양인지 레이첼은 그러고 금방 침대에 파고 들어가 잠들어 버렸다. 무슨 좋은 꿈이라도 꾸는 건지, 잠든 얼굴이 별이 총총 빛나는 것처럼 해사하고도 들뜬 것처럼 보였다. 흠, 이게 바로 첫사랑의 마력인가?

나는 다 쓴 편지를 바지런히 접고는 몸을 일으켰다. 머리가 다소 복잡하기도 했고 또 바람도 쐬고 싶었기에 객실을 나와 곧장 보이는 테라스로 다가갔다.

"히야아아압!"

"으아아아압!"

열대 지방의 해는 길다. 제국이었으면 벌써 어두워졌을 시간인데 이제야 빨갛게 황혼이 저물기 시작했다. 야자수와 자스민이 가득한 이국적인 뜰 한복판에서는 우리의 호위 기사들과 이곳의 근위병들이 물 만난 물고기 같은 작태로 신나게 자웅을 겨루는 중이었다.

"이게 바로 제국의 기상이다, 섬나라 물개 자식아!"

"호오, 대륙 땅개 주제에 그럭저럭 제법이로구나!"

제레미가 같이 왔다면 틀림없이 저기 껴 있었으리라. 방해하고픈 마음은 없었기에 그저 조용히 구경만 하려는 찰나였다. 호기롭게 대도를 휘두르던 근위병 중 하나가 이쪽을 올려다봐 버렸고, 그분이 낸 핫 하는 괴상망측한 감탄사 덕에 다들 일제히 나라는 방해꾼을 발견하게 되었다.

하여 나는 허둥지둥 머리 위쪽을 향해 예를 갖추는 다소 괴상한 기행을 펼치는 분들을 향해 어설프게 웃으며 잽싸게 물러났다. 아니, 물러나려고 했다.

"뭐 하세요?"

"아, 노라……. 그냥 바람 좀 쐬려고 나왔어. 너도 저 아래에 있을 줄 알았는데 의외네?"

노라는 막 목욕을 마친 모양인지 검은 머리에 물기를 촉촉이 머금은 채 편안한 로브를 걸치고 있었다. 아래 보이는 뜰에 모인 한 무리의 열혈 검잡이들 쪽으로 흘긋 시선을 던진 그가 곧장 어깨를 으쓱해 보였다.

"그랬다가 무슨 성가신 일에 휘말릴 줄 알고요."

"하긴 너랑 붙어 보고 싶어 하는 사람이 한둘이 아니겠지."

잠시 침묵이 흘렀다. 소금기 섞인 바닷바람이 불어와 우리의 축축한 머리카락을 흩날렸고, 바로 아래에서 울리는 검 부딪히는 소리와 저만치서 들려오는 해협의 파도 소리가 한데 뒤섞여 더없이 이국적인 앙상

블을 자아냈다.

"……네 생각은 어떠니? 그러니까 알리 왕자께서 하신 말씀 말이야."

나도 모르게 불쑥 튀어나온 질문이었다. 난간에 한 팔을 걸치고 서서 이국의 해협을 응시하던 노라가 푸른 눈을 나른하게 깜빡거린다.

"딱히 생각하고 말고 할 것도 없죠. 그보다 누나 생각이 궁금한데요."

"내 생각?"

"제가 보기엔 누나에게 폐하의 요구에 맞추려는 의도는 전혀 없는 것 같더군요."

……과연 맞는 말이었다. 상대가 노라가 아니었다면 좀 더 은밀하게 행동했을 터였으나, 그 많은 사람 중 하필이면 노라만 함께 왔다는 사실이 내 본심에 불꽃을 피워 올린 터였다.

전생에서라면 이런 발칙한 생각은 꿈도 꾸지 못했을 터였지만, 지금은 상황이 꽤 달랐다. 현시점 우리나라의 정국은 폭풍 전야 비슷한 상태라 볼 수 있었다. 신성 재판을 기준으로, 정확히 짚자면 명예 결투 사건 이후로 모든 권력 구조가 예측 불가하게 뒤틀려 버렸다고 해야 할까.

만일 그때 나섰던 게 뉘른베르크 공자인 노라가 아니었다면 상황이 좀 달랐을지도 몰랐다.

뉘른베르크 공작가는 제국의 으뜸가는 세도 가문이자 현 공작의 누이 엘리자베트를 황후로 두고 있는 외척 세력이다. 그런 뉘른베르크 가문이 그간 의회와 황실 사이에서 교묘한 중재자 역할을 도맡아왔다면, 신성 재판 사건 이후로는 의회의 한 축인 교권과 대립각을 세우게 되어버린 것이다. 우리 노이반슈타인 가문과 함께 말이다. 여타 가문들이 갈팡질팡하는 것도 무리가 아니었다.

아무리 날 못마땅히 여기는 자가 많다고 한들 나는 명목상 엄연히 노이반슈타인 가문의 가주이자 귀족이었다. 누가 봐도 공정성이라곤 눈곱만큼도 없었던 신성 재판, 귀족 누구든 그 심판대에 설 수 있다는 사실이 명백해져 버린 상황이다. 여기서 교권 편에 선다면 귀족으로서 체면과 긍지가 말이 아니게 될뿐더러 양대 대가문을 적으로 삼게 된다.

하나 그렇다고 해서 교권과 대립각을 세우기도 뭣한 곤혹스러운 상황인 것이다. 만일 이런 시기에 교내 분열을 일으킬 수 있다면…….

"그래 보였니?"

내 속내를 읽었는지 그가 미소를 지었다. 머리가 젖어 있어서 그런가, 어쩐지 야릇하게 느껴지는 미소였다.

"그건 저를 믿는다는 뜻인가요?"

"……그렇게 웃으면서 그런 질문 하지 말아줄래?"

"예?"

"아, 아냐. 아무튼 내가…… 여기서 시작되고 있는 걸 우리나라에도 가져가고 싶다고 한다면 뭐라고 말할 거니?"

다시금 침묵이 내려앉았다. 잠시 알 수 없는 표정으로 내 눈을 뚫어져라 응시하던 그가 마침내 입을 열기까지가 까마득하게 긴 시간처럼 느껴졌다.

"누나라면 못 할 것도 없겠지요."

1년 내내 더운 나라라 그런지 이곳의 드레스는 기본적으로 양팔과 어깨, 등의 절반까지 완전히 드러나는 홀터넥 스타일이었다. 교황청을 바로 코앞에 둔 우리나라에서라면 파격적이다 할 디자인이랄까. 어쨌든 목덜미를 완전히 감싸는 두터운 홀터 덕에 나는 실로 오랜만에 머리를 틀어 올릴 수 있게 되었다.

"와, 엄마 꼭 다른 사람 같아!"

머리 모양 하나만으로 인상이 확 달라 보인다고 했나? 시원한 하늘색 홀터 드레스를 입고 머리카락을 돌돌 말아 풍성하게 틀어 올린 내 모습은 내가 보기에도 꽤 낯설게 느껴졌다. 평소보다 더 성숙해 보인다고 해야 할까. 크흑, 어떤 망둥이 같은 녀석이 내 뒷덜미에 상처만 내지 않았어도…….

"고맙구나. 너도 아주 예쁜걸, 레이첼."

누가 우월한 혈통 아니랄까 봐, 레이첼은 또래에 비해 키가 크고 조숙한 편이었다. 그런 그녀에게 싱그러운 녹색 드레스를 입히고 곱슬곱슬한 금빛 머리를 촘촘히 땋아 올려놓으니 사교계에 데뷔시켜도 모자람이 없어 보였다. 아아, 세월이여! 우리 막내가 벌써 이렇게 크다니, 아무리 처음 겪는 게 아니라 한들 영 익숙해지지 않는구나…….

"……그런데 그거 그 유리 구두 아니니?"

"응. 이 옷에도 어울리지 않아? 여기 나라 영애들은 이런 구두 같은 거 없겠지? 듣자 하니 발가락 드러나는 이상한 신발들 신는다던데."

어울리기야 한다만 저 호사스런 구두를 대체 언제 챙겨 왔는지 모를 일이었다. 물론 내가 준 선물인 만큼 흐뭇하기야 하지만, 벌써 수십 번째 계속해서 거울 앞에서 서성거리고 있는 것도 그렇고 이 나라 여인들에게 제국의 패션을 뽐내려 한다기보다는 뭔가 다른 이유가 있는 것 같은데.

"왕자 저하께서 감탄하시겠구나."

"진짜? 진짜 그럴까?"

장난스레 슬쩍 던지자 기다렸다는 듯 양 뺨을 발그레 물들이며 호들갑을 떠는 모양새가 정확히 예상대로였다. 그 왕자님이라면 레이첼이 나막신만 신고 있어도 예뻐서 어쩔 줄 몰라 할 것 같지만, 어쨌든 누가 봐도 서로에게 끌리는 것이 분명한 소년 소녀라니 참 풋풋하기 그지없다. 나로서는 겪어보지 못한 그 나이다운 상황이라 그런지 걱정스럽기보다는 흐뭇하기만 한 기분이랄까.

"당연히 그러시겠지. 자자, 이러다 만찬에 늦겠다. 어서 가자."

붉은 마 제복을 입은 시종들이 안내하는 대로 따라가 화려한 복도와 계단들을 지나고 나니 만찬이 열리는 아르슬란 홀의 입구에 당도했다. 파샤 왕조의 상징인 순록 박제상이 좌우로 웅장하게 서서 입장객을 굽어보는 입구에는 전형적인 사파비 복식을 한 두 사내가 사이좋게 시시덕거리고 있었다.

"어라, 오셨……."

뭐가 그리 웃긴지 키득거리다 말고 우리 쪽을 돌아보던 알리 왕자가 말꼬리를 흐리며 멍한 눈으로 레이첼을 뚫어져라 응시하기 시작했다. 마찬가지로 이쪽으로 고개를 돌리던 노라 역시 일순 멈칫하더니만 예의 그 짙푸른 시선으로 나를 빤히 바라보았다.

잠시 정적이 있었다. 레이첼이 상대 못지않게 숨이 멎는 것 같다고 주장하는 표정을 하고서 연듯빛 머리칼의 왕자를 열렬히 마주 보는 동안 나는 나대로 기묘한 감각에 휩쓸리는 자신을 발견하고 있었다.

열대 지방의 복식이 노라 저 녀석한테 이리 잘 어울릴 거라곤 생각지 못했다. 전체적으로 딱 달라붙는 얇은 마 재질의 의상이 잘 짜인 몸을 한층 부각시키며 평소보다 더한 야성미를 발생시키고 있었고, 설상가상으로 소매가 없는 화려한 조끼 덕에 근육질의 팔이 고스란히 드러났다.

상대적으로 선이 가는 알리 왕자와 나란히 서 있으니 더더욱 위험해 보인…… 이런, 내가 대체 무슨 생각을!

우리 중 누가 먼저 헛기침을 했고 누가 먼저 어서 들어가자고 제의했는지는 잘 기억나지 않지만, 어쨌든 잠시 후 정신을 차려보니 우리 사절단은 온갖 이국적인 열대 과일과 먹음직스런 만찬이 가득한 테이블과 마주하고 있었다.

상석에 앉은 바예지트 국왕을 선두로 맞은편엔 사파비국의 핵심 공신들이 주르륵 앉아 있었으며 홀 중앙에선 속이 비치는 얇은 옷을 입은 무희들이 악사들의 연주에 맞춰 화려한 춤을 선보였다. 엘리아스가 같이 왔다면 틀림없이 몹시 좋아했을 광경이었다.

만찬이 진행되는 내내 바예지트 국왕은 우리 쪽에 한마디도 걸지 않았고 공신들 역시 주도면밀한 시선을 던질 뿐 먼저 나서서 말을 걸지 않았다. 따라서 이 외교 만찬의 주도권은 완전히 알리 왕자에게 맡겨져 있는 것처럼 보였다.

"작은오빠가 봤으면 좋다고 헤벌레했겠네."

"그러게 말이구나. 지금쯤 뭘 하고 있을지 걱정이네."

"보나마나 또 어느 집 영애랑 밀애 중이든가 엉뚱한 짓 해서 큰오빠한테 처맞는 중이겠지."

음, 우리 엘리아스가 어쩌다 하나밖에 없는 누이동생에게 이리 한심한 오빠로 각인되었을꼬. 자업자득이긴 하다만…….

나는 매운 향신료를 잔뜩 넣은 고기 요리를 포크로 찌르다 말고 시선을 슬쩍 돌려 노라 쪽을 바라보았다. 아리따운 무희들이 자기 쪽을 힐끔힐끔 살피고 있다는 사실을 아는지 모르는지, 우리의 공자님은 그저 말린 코코넛 통 안에 든 코코넛주를 끊임없이 홀짝이며 간간이 내 쪽으로 눈길을 던지고 있었다. 우리의 눈이 마주치자 그가 미소를 지었다.

"돌아갈 때 몇 벌 더 챙겨 가시는 거 어때요?"

"……아하하. 이런 옷을 거기서 입었다간 야단이 날 거야."

"누나라면 새 유행으로 만들 수 있을 텐데요. 그보다 머리 올리신 건 처음 보는……."

"근데 공자님, 왜 우리 엄마를 누나라고 불러요?"

사파비 특유의 매운 음식들이 입맛에 잘 맞는지 즐겁게 식사에 집중하는 듯하던 레이첼이 불쑥 던진 저 질문에 나는 일순 당황했다. 하나 노라는 잠시 잠깐의 망설임도 없이 태연자약하게 대꾸할 따름이었다.

"누나뻘인 분이니까요."

"하지만 친구의 어머니를 누나라고 부르면 이상하잖아요."

"그러는 영애의 오라비들께선 어머니 이름 막 부르잖습니까. 그리고 저는 영애의 오라비와 친해지기 전부터 누나와 먼저 알았습니다. 즉 그 느림보 친구가 우리 사이에 끼어든 거나 다름없지요."

"뭐? 진짜야, 엄마? 엄마가 큰오빠보다 먼저 저 공자님이랑 친해졌어?"

"……본인이 그렇게 말씀하신다면야 틀림없는 사실이지."

"진짜? 어떻게 만났어?"

이런 질문에는 어떻게 대답해 줘야 하는가. 어설프게 미소 짓는 내 머릿속에 그간 잊고 지냈던 우리의 첫 만남이 떠올랐다. 3년 전 그 골목에서의 기묘했던 조우가, 나를 붙들고 협박하던 내 오빠에게 날려 차기를 시전하며 화려하게 등장하던 소년이 말이다. 그때만 해도 몰랐지…….

"음식이 입맛에 맞으신 것 같아 다행입니다."

때마침 알리 왕자가 말을 건 것이 다행이라고 해야겠다. 에메랄드빛 눈을 반짝이며 열렬히 내 입을 응시하던 레이첼의 관심이 곧장 그쪽으로 기울었으니까.

“전부 하나같이 독특하면서 맛있어요. 제국에서도 매일 맛볼 수 있으면 좋으련만.”

“영애께서 원하신다면 여기서 매일…… 큼큼, 무, 물론 제국의 요리도 훌륭하겠지만 사파비의 음식이 그리우실 때마다 언제든 방문해 주십시오. 영애라면 언제든 환영입니다.”

“어머, 정말요?”

“당연하지요. 전 예의상 허튼소리나 하는 그렇고 그런 사내가 아닙니다.”

그래요, 왕자님. 누가 봐도 그냥 하는 소리가 아닌 것만은 확실하군요.

그때 발밑을 돌아다니는 북슬북슬한 털 뭉치 같은 것의 존재가 거슬리기 시작했다. 우리 딸내미의 이름을 딴 그 생명체인가? 노라가 인상을 찡그리는 모습을 보아하니 맞는 모양이다.

“이게 왜 자꾸 남의 다리에 들러붙는 건지…….”

“네가 좋은 모양인데? 뭔가 네 친구이자 내 큰아들내미 같지 않니?”

“확실히 사람 성가시게 만드는 면에선 비슷하군요.”

웃음이 나왔다. 제레미가 들었으면 곧장 ‘내가 뭐가 성가셔, 이 똥강아지야!’ 하고 버럭했을 거다.

그 녀석은 지금쯤 뭐 하고 있을까? 야단스럽게 굴고픈 마음은 조금도 없다만 잘 지내고 있는지 걱정스러운걸.

내가 그렇게 집에 두고 온 세 아들내미 생각을 하고 있는 사이 레이첼과 풋풋하기 짝이 없는 대화를 이어가던 알리 왕자가 불쑥 노라 쪽으로 몸을 돌리며 씩 웃었다.

“그 술이 입에 맞으시나 봅니다.”

"이건 무슨 술입니까?"

"아아, 이건 코코넛주라는 겁니다. 이 지역에선 흔한 술이지요."

"……."

"큼, 나름 우리나라 3대 명물입니다."

"나머지 두 개는 뭡니까?"

"코끼리 전차라든가 파인애플 섬유를 예를 들 수도 있지만, 현시점에선 뭐니 뭐니 해도 부패한 종교에 대한 개혁 정신이라고 봐야겠지요."

"저하께서는 교단의 부패 때문에 개혁이 필요하다 여기시는 겁니까."

"물론, 자칭 성직자들이라는 이들이 얼마나 부패했는지는 공자께서도 잘 아시리라 생각……."

"제국의 간섭으로부터 완전히 분리된 왕권 강화는 부수적인 이득이겠군요."

……이럴 때는 노라가 왜 뉘른베르 공작님의 아들인지 알 것 같군. 하필이면 그때 짜고 맞추기라도 한 것처럼 현란한 음악 소리가 뚝 멈추었다. 무희들과 악단이 조용히 물러나는 가운데 알리 왕자는 여전히 미소 띤 얼굴로 노라를 빤히 응시하더니 한참 후에 이렇게 말했다.

"그리 보이셨습니까?"

"교권으로부터의 독립은 제국으로부터의 독립을 의미하기도 하지요. 그 둘을 떼어놓기란 불가능하니 말입니다."

"자기 나라가 부강해지는 것을 꿈꾸는 건 누구나 마찬가지일 거라 생각합니다. 그리고 애국심을 별개로 놓자면, 지난 수백 년의 세월 동안 교권이 신앙의 이름으로 얼마나 무고한 생명들을 죽여왔는지 모르지 않으시겠지요. 정말이지 그들에게 그럴 권한이 어디 있단 말입니까? 그들이 진정 신의 대리자라고 생각하십니까? 예전부터 품어왔던 의구심이긴 합니다만, 솔직히 말씀드리자면 지난번 제 눈으로 목도한 신성 재판 때문에 더더욱 그런 마음을 굳히게 됐습니다. 대체 누가 누굴 심판하려 드는 건지 우습기만 하더군요."

다소 격앙된 어조로 말을 이은 왕자가 눈을 내리깔며 내 쪽을 곁눈질했다. 역시 신성 재판 건 때문에 앞당겨진 게 맞는 모양이었다. 그게 전부는 아니겠지만.

어쨌든 노라가 좀 전에 내뱉은 일침은 내가 추측했던 바와 정확히 맞아떨어지고 있었다.

차후 제국과 냉전까지 불사하며 완전히 스스로를 교권으로부터 분리시킬 사파비에서 일어나는 개혁의 바람은 단순히 종교적 가치관이나 신앙의 문제라기보다는 보다 치밀한 정치적 이유가 섞여 있을 터였다.

교단의 부패, 성직 매매와 세속 권력, 수도원과 성직자들의 타락 등에 대해 비판하는 목소리를 내는 이는 어김없이 이단으로 낙인찍혀 탄압당하는 것이 현실인 만큼 치를 떠는 이는 많다.

하나 선조 때부터 나라의 근간이 되어온 교권과 완전히 척을 지려면 그에 상응하는 이득과 목적이 맞물려야 할 터였다. 즉, 강한 해군력이 밑받침되는 섬나라에서 자주적 통치를 계획하는 젊디젊은 왕자라면 이만큼 명분 좋은 모험이 없을 것이다.

다소 뜬금없는 화제의 전환을 눈을 빛내며 귀 기울여 듣고 있던 레이첼이 당시의 기억을 떠올린 모양인지 한 맺힌 코웃음 소리를 냈다.

"맞는 말씀이에요. 자기들 사생활이나 제대로 관리할 것이지, 그런 작자들이 신의 종이라니 웃기지도 않는다고요."

"그때 영애와 가족분들이 얼마나 마음고생이 심하셨을지 저로서는 짐작도 할 수 없습니다. 영애께 그러한 부당한 고통을 준 집단이 계속해서 횡포를 휘두르도록 내버려 두지 않을 작정입니다."

……정정한다. 단순히 신성 재판 자체 때문이 아니라 레이첼 때문에 앞당겨진 것 같다. 과연 우리 딸내미는 경국지색일세. 두 풋풋한 남녀는 그러고도 한참을 더 애틋하기 짝이 없는 시선을 주고받다가 뒤늦게 정신을 차리고는 어색하게 헛기침을 시작했다.

그런 둘의 모양새를 나와 거의 비슷한 가관인 눈빛으로 지켜보던 노라가 별 모양으로 썰린 정체 모를 과일을 집어 들고 한입 베어 물며 넌지시 질문했다.

"그렇다면 저하, 그 분야에 대해 권위적인 분들을 보호하고 계시겠지요?"

"물론 그렇습니다."

"저희가 만나 뵐 수 있을…… 쿨럭!"

느긋하게 말을 잇던 노라가 갑작스레 한 손을 가슴 부근에 얹으며 기침을 하기 시작했을 때만 해도 나는 그저 그가 사레가 들린 줄로만 알았다. 나뿐만 아니라 다들 마찬가지였을 것이다.

"공자? 괜찮으십……."

"괜찮…… 쿨럭! 쿨럭, 쿨럭, 켁……!"

하지만 그건 사레 따위가 아니었다. 좀처럼 멈출 기미는커녕 점차 거칠어져 가는 기침 소리에 서서히 심상치 않은 기색을 감지하는 찰나, 알리 왕자가 창백하게 질린 낯빛으로 몸을 벌떡 일으켰고, 동시에 레이첼이 비명을 내질렀다.

"꺄아악!"

와장창!

산뜻한 분위기였던 만찬회장이 혼돈의 도가니로 변모하는 건 삽시간이었다. 모든 일이 그야말로 순식간에 벌어졌다. 정신을 차려보니 나는 바닥에 쓰러져 괴롭게 각혈을 하고 있는 노라 곁에 무릎을 꿇고 앉아 있었다. 그의 입에서 왈칵 쏟아져 나온 피가 내 하늘색 치맛단을 물들이며 검붉은 얼룩을 만들어냈다.

"노라, 노라?!"

"누, 커헉……! 쿨럭쿨럭!"

"의관! 속히 의관을 데려오라!"

알리 왕자가 고함치는 소리가 아득히 멀게 느껴졌다. 일순 주위의 모든 것이 비현실적이고도 무감각하게 느껴졌다. 선명한 거라곤 코를 찌르는 짙은 피비린내와 내 품에 안긴 청년의 고통에 겨운 몸부림뿐이었다. 그러고는 곧장 공포가 엄습해 왔다.

누군가가 제국 황제의 조카이자 대귀족 가문의 후계자를 상대로 독살을 기도했다. 궁전이 문자 그대로 발칵 뒤집혔음은 당연한 수순이었다.

만찬 시중을 들던 시종들을 비롯해 궁중 요리사들까지 일제히 체포되었으며 무희들과 악단들 역시 마찬가지였다. 근위병들은 근위병들대로 분주히 뛰어다녔고 의관들은 바삐 오가며 채혈하랴 해독제를 판별하랴 정신이 없었다.

만찬에 참석했던 인원은 총 스무 명가량이었다. 만일 술병이나 요리 자체에 독이 타져 있던 거라면 노라 혼자만 음독하게 된 사실이 말이 되지 않았다. 더군다나 알리 왕자 역시 우리와 같은 테이블에 앉아 같은 술병에 담긴 술을 마시고 같은 접시에 담긴 과일을 먹지 않았던가.

"대체 어떻게 되어가고 있는 거예요?!"

"송구합니다만 정확히 어떤 독인지 아직 알 수가 없기에 아무 해독제나 쓰기에는 심히 조심스러운 상황입니다. 이러한 증상은 저희로서도 정말이지 처음 보는 것이라…….”

이런 증상을 처음 보는 것이라고? 나는 내 몸에서 피가 모조리 빠져나가는 기분을 느끼며 침상 곁에 바짝 달라붙었다.

노라는 의식을 반쯤 잃은 채로 식은땀 범벅이 되어 몇 분 간격으로 끊임없이 각혈하고 있었고 따라서 시트도 이불도 온통 피범벅이었다. 끔찍한 모습이었다. 팔을 뻗어 그의 손을 잡으니 세상에, 얼음장이 따로 없었다.

“어떻게든 좀 해봐라! 그대들이 그러고도 왕국 최고의 의관들이라 할 수 있더냐!”

초조 불안하게 서성이던 알리 왕자 역시 울화통이 터진 듯 고함을 쳐댔다. 만일 그가 지금 철저히 보여주기식 연극을 펼치는 거라면 꽤 가상한 연기라 할 수 있겠다.

하지만 아무리 사파비 왕실이 제국과 교황청으로부터의 완전 독립을 꿈꾸고 있다 한들 이런 식으로 황실의 인척을 암살하는 무모한 시도를 감행할 이유는 없었다. 그렇게 해서 득이 될 거라곤 아무것도 없었으니까.

이 끔찍한 상황에서 의논할 게 뭐가 그리 많은지, 도무지 쓸모라곤 없어 보이는 의관 중 가장 나이 어려 뵈는 의관 하나가 잘라내 벗긴 상의에 낭자한 피를 살피다 말고 황급히 이쪽으로 다가왔다.

“확인할 것이 있습니다. 다들 잠시 환자를 붙들어주시겠습니까?”

다들 빠르게 움직였다. 무시무시하게 굳은 얼굴로 침실을 엄호하던 호위 기사 두 명이 나서서 노라를 침대 한가운데에 단단히 고정시킨 가운데, 젊은 의관이 식은땀과 피로 범벅이 된 청년의 복부 부근을 손으로 더듬나 싶더니 이내 갈비뼈 아래 한 지점을 지그시 내리누르기 시작했다. 그러자마자 곧장 끔찍한 비명이 터져 나오며 기사 하나가 뒤로 나가떨어졌다!

"환자를 제자리에 붙드십시오! 잠깐이면 됩니다!"

상처 입은 맹수처럼 미친 듯이 몸부림쳐 대는 노라를 꼼짝 못 하게 붙드는 데 근위병 세 명과 알리 왕자까지 합세해야 했다. 대체 얼마나 고통스럽기에 저렇게까지 반응하는 것일까. 그의 비명을 듣는 건 고문 그 자체였다.

손을 들어 귀를 틀어막는 내 눈에 눈물이 차올랐다. 가슴이 산산조각 나다 못해 폐허가 되는 듯했다. 그가 겪고 있는 괴로움의 반만이라도 내가 가져갈 수 있다면 심장이라도 내줄 수 있는 심정이었다. 노라가 여기 온 건 나 때문이다. 그러니 노라가 저런 고통을 겪고 있는 것 역시 나 때문이었다. 늘 그랬듯 전부 나 때문이었다…….

짧고도 긴 악몽 같은 시간 끝에 노라는 마침내 각혈을 멈추고 죽은 듯이 잠들어 있었다. 이불 밑에 팔을 넣고 손을 잡아보니 아까에 비해 한결 온기가 돌았다. 숨소리도 얕지만 고른 편이었다.

알리 왕자의 말에 따르면, 만찬회장을 이 잡듯이 감식한 결과 노라가 앉은 지정석의 팔걸이 끝에서 같은 성분의 독이 검출되었다고 했다. 자리에 앉아 식사를 하다 보면 자연스레 팔걸이에 손대게 되는 법이니, 노라는 의식하지 못하는 사이에 손에 독을 묻힌 채로 식사를 하다가 변을 당한 것이었다. 음식이나 잔에 몰래 섞는 것보다 훨씬 간편하고 교묘한 수법이었다.

"공자님께 사용된 독은 저희 왕국에선 좀체 찾아볼 수 없는 종류의 독이었습니다. 다른 분들이 쩔쩔맸던 것도 무리가 아니지요. 다행히 저는 어린 시절 한때 제국에서 유학한 적이 있는지라……."

다른 사람들은 전부 물러간 침소 안에는 나와 알리 왕자, 그리고 아까 그 젊은 의관만이 남아 있었다. 숯과 케일을 혼합한 기묘한 처방제로 노라의 생명을 살린 분인 만큼 응당 신뢰를 보여야 마땅했으나 그에 반문하는 내 목소리에는 바짝 날이 서 있었다.

"그래서 우리 측 인물이 벌인 짓이라고 주장하는 건가요?"

"천만의 말씀입니다. 그런 의미가 아니라 그저 있는 사실 그대로 아뢸 뿐입니다. 그리고 제국에만 있는 독이라 해도 웬만한 사람이 알 수 있는 종류가 아니라서요."

"그게 무슨 뜻이냐?"

"제국의 수도원에 기거하던 시절에 우연히 접하게 된 겁니다, 저하. 그때 운 좋게 수도원장님 몰래 고서를 뒤지다가…… 큼, 혹 칸타렐라에 대해 들어보신 적 있으십니까?"

알리 왕자가 머리를 가로저으며 나를 쳐다봤다. 나 역시 머리를 가로저어 보일 따름이었다.

"그게 독의 이름인가요?"

"예. 다행이라 하긴 뭣하지만 공자님의 증상과 정확히 일치하더군요. 어찌 생각하실지 몰라도 제가 구시대 자료에 관심이 많았던지라……."

"그래서 그 신데렐라인지가 도대체 뭐라고?"

"칸타렐라입니다. 에, 좀 희한하긴 합니다. 제가 기억하는 내용대로라면 옛날에도 흔히 알려져 있던 극약이 아니었으니 말입니다. 본디 고위 성직자들 사이에서 암암리에 돌던 무색무취의 독이라 합니다."

"성직자들 사이에서?"

이번에야말로 나도 알리 왕자도 눈이 휘둥그레졌다.

"고위 성직자들이 대체 무슨 용도로……."

"그것이, 의외로 꽤 자주 쓰였다고 합니다. 가령 교황 선출을 앞두고 목이 탄 추기경들이 정적을 제거하는 용도라든가, 기껏 지원해 줬는데 은혜도 모르고 제멋대로 구는 교황을 암살하는 용도로 말입니다. 혹은 반대로 교황이 마음에 안 드는 추기경이나 황족을 제거하는 용도로도 쓰였겠지요."

"맙소사, 하여간 성직자들이란 예나 지금이나 탐욕스럽기론 으뜸이로군."

"지극히 맞는 말씀입니다. 해독제가 고작 숯이라는 사실이 밝혀진 것도 한참 나중 일이라 아마 꽤 많은 분이 당했을 겁니다. 어쨌든 현대에 와서 그걸 사용하는 이가 있으리라곤 전혀 생각지 못했기에 꽤 의외였습니다."

젊은 의관마저 교권을 능멸(?)하는 데 있어 전혀 거리낌이 없는 것을 보아하니 이 나라에서 개혁의 불꽃은 타오르기 시작한 지 오래인 모양이다.

하지만 지금의 나는 그 사실에 신경 쓸 여력이 전혀 없었는데, 불현듯 떠오른 어떤 의혹 하나가 내 등골에 차가운 전율을 흘려보내기 시작했기 때문이다.

혀를 끌끌 차며 성직자들의 폐단을 욕하던 알리 왕자가 이내 내 쪽을 돌아보며 조심스러운 어조로 말문을 돌렸다.

"부인, 혹 짐작 가는 배후가 있으신지……."

지금 내 머릿속에 떠오른 인물이 정확히 누구인지 안다면 아무리 개혁적인 왕자라 해도 놀랄 것이다. 하나 조금 전 저 의관이 일러준 충격적인 정보와 모든 정황이 지독하게 맞아떨어지고 있었다. 리슐리외 추기경 정도의 위치에 있는 사람이라면 칸타렐라에 대해 능히 알고도 남을 것이었으니까.

하지만 왜……? 도대체 왜 하필이면 노라를 노린 거지? 단지 나를 곤경에 빠뜨리기 위해서라면 지나치게 무모한 수였다. 교권에 반항하는 조짐을 보이는 사파비 왕실을 함정에 빠뜨리려 했다 해도 마찬가지였다. 아니면…….

문득 일전에 나를 찾아왔던 추기경이 떠오르면서 팔뚝에 소름이 돋았다. 정확히는 그때 그가 내게 내비쳤던 본심이 떠오르면서. 그때의 조우에도 불구하고 모르겠다고 한다면 나는 눈 뜬 장님이리라.

아무리 다른 구실을 찾으려 애써봐도 온몸의 감각이 단 하나의 이유만 외치고 있었다. 그는 노라가 거슬렸던 것이다.

"부인?"

"……일단은 저하, 방금 저 의관님이 하신 말씀이 사실이라는 전제하에 그러한 끔찍한 독을 소유한 채 이 궁전을 돌아다니고 있는 작자가 누구인지 한시라도 빨리 알아내는 것이 우선인 것 같습니다."

혹시나 싶어 조지프 경에게 확인하긴 했지만, 우리 측 호위 기사 중 누군가가 만찬이 열리기 전 연회장에 몰래 접근할 수 있었을 가능성은 아예 없었다. 차라리 이곳 근위병들 쪽이 더 가능성이 높으리라. 리슐리외 추기경이 배후에 있다는 전제를 세운다면 그것도 말이 안 되지만 말이다.

"왕실이 나서서 교권에 대립각을 세우기 시작한 시기인 만큼 암암리에 불만을 품고 있는 자들이 전혀 없다고 할 순 없으시겠지요. 비단 신앙적인 이유에서뿐만 아니라 그에 따른 왕권 강화를 달갑게 여기지 않는 이들이요. 분명 교황청과 꾸준히 내통하고 있는 자가 있을 겁니다.

연회에 참석한 귀족 중에서 짐작 가시는 인물 없습니까?"

짐짓 신중한 표정으로 귀를 기울이고 있던 젊은 왕자의 맑은 담황색 눈동자가 순식간에 매섭게 얼어붙었다. 가히 놀라울 정도의 변색이었다. 여태껏 봐온 장난스럽고도 풋풋한 모습은 온데간데없이 사라진 채 반동분자에게 진노한 차기 군주로 탈바꿈한 것이다.

"……단순히 아랫것들만 족칠 문제가 아니로군요."

그 말 그대로였다.

의관의 말에 따르면 일단 위기는 넘겼단다. 그럼에도 나는 노라가 다시 눈을 뜨기 전까지 곁을 떠날 수가 없었다.

궁중 수신용 비둘기를 빌려 집에 편지를 부친 것을 제외하고 나는 꼬박 이틀 내내 의식 잃은 청년의 침대맡에 붙어 있었다. 그러는 동안 수사는 계속해서 진행되고 있었으며 레이첼은 왔다 갔다 하면서 알리 왕자로부터 들은 말들을 전해주었다.

"있잖아, 왕자님은 자기 숙부가 가장 수상하다고 생각하시나 봐."

"……본인이 그렇게 생각하신다면 그럴 만한 이유가 있겠지."

"왕자님 말로는 교황청의 누군가가 배후에 있는 게 분명하다는데. 진짜 그럴까?"

"일단 정황상 그럴 가능성이 충분하니까……."

"성직자들은 왜 다 그 모양이야? 교황이고 뭐고 차라리 전부 없어져 버렸으면 좋겠어. 그럼 세상이 좀 더 평화로워질 텐데."

한숨을 푹 내쉬며 내 곁에 다가온 레이첼이 죽은 듯 잠들어 있는 청년의 얼굴을 골똘히 내려다보았다.

"……난 뭔가 이런 사람이라면 독약 같은 것도 안 통할 거라고 생각했어."

"그랬어?"

"응. 뭔가 그런 거에도 끄떡 안 할 거 같았달까."

속삭이는 투로 중얼거린 레이첼이 한쪽 뺨에 손을 얹으며 내 표정을 살피기 시작했다.

워낙 강한 천성을 타고난 탓일까, 눈앞에서 사람이 피를 토하는 모습을 목도했음에도 불구하고 그녀는 다행히 딱히 겁먹거나 충격받은 기색은 없어 보였다. 단지 내가 알 수 없는 어떤 생각으로 인해 고민에 빠진 것처럼 보였다.

"언제 그랬냐는 듯 깨어나겠지?"

"……그러겠지. 그럴 거야."

"엄마를 행복하게 해줄 수 있을 것 같은 사람이 죽어버리면 곤란하잖아."

나는 하마터면 목을 축이다 말고 그대로 물을 뿜어버릴 뻔했다. 문자 그대로 얼음이 되어버린 나와는 달리, 레이첼은 자신이 한 말의 의미를 제대로 이해하고나 있는지 의심스러울 정도로 태연하게 말문을 돌렸다.

"있지, 왕자님은 교단과 아예 연을 끊을 작정이라는데, 그렇게 되면 우리나라랑 관계는 어떻게 되는 거야? 사이 나빠지려나? 그럼 다시 여기 오지도 못하겠지? 그러면 슬플 것 같은데."

"……네가 원한다면 언제든 여기 또 놀러 올 수 있게 될 거야."

"정말? 정말 그렇게 될까?"

"그럼. 반드시 그렇게 될 거니까 아무 걱정 하지 말렴."

확신을 담아 대답하자 레이첼은 활짝 미소를 짓더니 내 뺨에 입을 맞추고는 방을 나갔다.

식사 시간이었다. 내가 여기서 움직이지 않고 있는 대신 그녀가 착실히 사절 노릇, 즉 왕자와 단둘이 식사하는 역할을 즐겁게 수행하고 있었다.

딸내미를 위해서라도 마음속에 품은 계획을 과감히 진행시켜야 할 것 같다. 물론 그 이유 하나뿐만이 아니지만…….

나는 아랫입술을 깨물며 침대 위로 눈길을 돌렸다. 열대야로 인해 사방이 후끈후끈했음에도 불구하고 노라는 두꺼운 이불 더미 아래에 창백한 모습으로 누워 있었다. 조심스레 손을 뻗어 식은땀이 맺힌 이마 위로 흐트러진 검은 머리카락을 넘겨주었다.

이러고 있으니 평소보다 더 어리게 보였다. 문득 내가 기억하는 그의 소년 시절 모습이 떠오를 만큼……. 이젠 까마득한 옛날처럼 느껴지는 시절이었다.

만일 노라가 이대로 영영 눈을 뜨지 않는다면, 이대로 영영 가버린다면 어떻게 될까. 나는 어떻게 될까. 아마 나는 평생 나 자신을 용서하지 못할 것이다. 그가 이렇게 된 건 온전히 내 탓이나 다름없었으니까.

나는 이불 밑에 손을 넣어 그의 축 늘어진 손을 잡았다. 그러고 고개를 푹 수그린 내 입에서 낮디낮은 탄식이 흘러나왔다.

"……일어나, 노라. 너는 내 기사랬잖아. 기사님이 쓰러져 있으면 어떻게 해……."

처음부터 그랬다. 그 골목에서 처음 만났을 때부터 지금까지, 노라는 내 기사가 되어주었다. 그럼에도 나는 그 모든 친절에 하나도 제대로 보답하지 못했다.

그에게 있어 나란 사람은 대체 어떤 존재였을까. 그에게 보답할 기회가 오기나 할까? 그가 깨어나기나 할까?

이쯤이면 아무리 봐도 신이 나를 어지간히도 미워한다는 생각이 들 수밖에 없었다. 아니면 내 아버지가 죽었을 때 조금의 슬픔도 느끼지 않은 것에 대한 벌인가?

죽었다가 살아 돌아온 이래 내가 걸어온 길은 온통 피로 젖어 있었고, 거기에 노라의 피가 더해지지 않으란 법은 없었다. 신이 이토록 나를 미워한다면 대체 왜 나를 연옥에 처넣는 대신 과거로 돌려보낸 걸까.

나는 왜 너와 만났을까…….

"넌 나와 만나서 다행이라고 생각하니……?"

탄식처럼 중얼거린 물음에 돌아오는 대답은 없었다. 당연히.

그대로 깜빡 잠이 든 모양이었다. 움찔하는 느낌에 설핏 눈을 떠보니 사방이 온통 어둑어둑했다. 반쯤 열어놓은 창밖으로 쏟아질 듯 무수히 박힌 별들이 총총 빛나는 이국의 밤하늘이 보였다.

나는 부스스 고개를 들었다가, 손에 잡힌 무언가 차가운 느낌에 일순 멈칫했다. 그랬다가 이내 그것이 노라의 손이라는 사실을 깨닫고는 심장이 철렁하는 감각에 사로잡혔다. 분명 아까까지만 해도 미미하게나마 온기가 돌고 있었는데, 지금은 얼음장처럼 차갑기 그지없는 것이다.

손이 절로 바들바들 떨리기 시작했다. 나는 황급히 침대 위로 상체를 기울이고 그의 얼굴을 살펴보았다. 아무런 소리도 들려오지 않았고, 차양처럼 긴 속눈썹이 드리운 눈꺼풀은 미동도 하지 않았다.

공포의 감각이 온몸을 마비시키는 듯했다. 숨을 쉬고 있는 게 맞기나 한 걸까? 설마 내가 잠든 사이에 영영 가버린 거라면, 그러면 나는 어떡하라고……!

"노라, 노라……?"

울먹이며 불러봐도 돌아오는 반응은 없었다. 당연히. 급기야 나는 이불을 확 젖히고 그의 근육 덮인 가슴 부근에 귀를 바짝 가져다 붙였다. 제발, 신이시여 제발, 제발 심장 소리가 들리게 해주세요……! 저한테 이러실 수는 없어요……! 노라한테도요!

뭔가가 내 머리를 매만지는 듯한 느낌이 불쑥 와 닿은 것은 그때였다. 동시에 쿵, 쿵 하고 생명력이 고동치는 소리가 몸을 마비시키는 취기처럼 덮쳐왔다. 누구의 심장 소리일지 모를 일이었다.

천천히, 아주 천천히 고개를 들었다…… 그러고는 어둠 속에서 서늘하게 빛나는 푸른 눈동자와 마주했다.

"노라…… 세상에, 너……! 너 괜찮니?!"

"……노라가 누군데요?"

나는 일순 얼어붙어서 그의 얼굴을 망연히 응시했다가, 이내 푸른 눈동자 속에 깜박거리는 장난기를 깨닫고는 뺨을 화르륵 붉혔다. 아니, 이 노무 자식이?!

"죽다 살아나서 기껏 한다는 소리가 고작 그거야아?!"

"아야야야! 잠깐, 잠깐 저 아직 환자……."

"난 네가 죽는 줄 알았다고……! 네가 죽어버리는 줄 알고 얼마나…… 얼마나……!"

목소리가 갈라지나 싶더니 불현듯 웃음이 터져 나왔다. 웃음과 울음이 동시에 터져 나와 버렸다. 노라는 그런 내 우스운 꼬락서니를 눈을 크게 뜨고 바라보다가, 이내 손을 뻗어 눈물 흥건한 내 뺨에 조심스레 얹었다.

"좀 봐주시길. 이래 봬도 나름 최선을 다해 돌아온 거라고요. 하마터면 조상님 따라 강 건너……."

"아니야, 그런 게 아니라…… 하아, 노라…… 어쩌면 난 진짜 마녀일지도 모르겠어."

"왜요? 죽은 사람도 깨어나게 만드는 능력자라서?"

오래전부터 알아왔던 놀리는 목소리에 다시금 웃음이 터져 나왔다. 나는 손등으로 눈물을 훔치며 도리질을 했다.

"그냥…… 여태까지 일어난 모든 일도 그렇고, 신은 나를 어지간히 미워하시는 모양이야. 그러지 않고서야 네가 내 옆에 있다는 이유 하나만으로 자꾸 괴롭힐 리가 없으니……."

"누가 저를 괴롭힌다고요?"

"이번에 네가 나를 따라오지 않았더라면 넌 이런 일을 겪지도 않았을 거야. 나 때문에 네 목숨이 위험해질 뻔했던 게 이번이 처음도 아니잖니. 내 곁에 있어봤자 좋을 일 하나도 없는데, 차라리 나 혼자 어디로 영영 사라져 버리는 편이 모두에게 좋을지도 모를 일인데……. 어떨 땐 그 누구한테도 사랑받을 자격이 없다는 생각마저 드는걸. 솔직히 네가 나한테 왜 그렇게 잘해주는지도 모르겠어. 나한테 그럴 만한 가치가 있기나 하니?"

하마터면 그를 영영 잃을 뻔했다는 사실 때문일까, 여태껏 제대로 인지하지 못하고 있던 속내가 봇물 터지듯 술술 쏟아져 나왔다. 나 자신조차 한 번도 제대로 들여다보지 않았던 생각들이.

되돌아오지 않았다면 좋았을지도 모른다고, 그렇게 혼자 죽어버리고 다시는 되돌아오지 않았다면 차라리 더 나았을지도 모른다고…….

노라는 상체를 반쯤 일으켜 앉은 채 물끄러미 내 얼굴을 응시하고 있었다. 나는 고개를 떨어뜨리고 시큰거리는 눈을 힘주어 깜박거렸다.

"여태까지 그리 생각하셨던 거예요……? 그럴 자격이 없다고?"

"모르겠어……. 남편이 죽은 뒤부터 애들 생각만 하면서 살아왔는데, 만일 이 모든 게 나로 하여금 주제넘은 욕심 부리지 말라는 신의 뜻이라면……."

"누나의 남편분은, 고인에게 실례될 말이긴 하지만 딸뻘의 소녀를 후처로 들여놓고 삐뚤어진 자존감을 쑤셔 넣은 사람입니다. 덕분에 누나는 아이로 남아 있을 기회를 영원히 잃어버렸고요."

"……뭐?"

그의 목소리에 실린 냉소적인 분노에 눈이 절로 휘둥그레졌다. 누가 내 면전에 대고 요헨에 대해 저런 식으로 말하는 건 처음 있는 일이었다. 기이하게도 화가 난다기보다는 당혹감이 앞섰다.

"삐뚤어진 자존감이라니……."

"딸뻘의 소녀로 하여금 가문의 이름과 동생뻘의 의붓 아이들을 위한 일 아니면 아무것도 생각 못 하게 만든 거 말입니다. 그 녀석들을 향한 누나의 애정을 모욕할 마음은 추호도 없지만 조금 전에 말씀하셨듯 다른 데로 눈을 돌리면 어떤 대가를 치르게 될까 봐 두려운 거 아닙니까? 자신만을 위한 뭔가를 바라는 것 자체가 두려운 거 아니냐고요."

"나는……."

"아니라면 왜 자꾸 제가 운이 나빴던 걸로 스스로를 탓하시죠?"

폐부를 찌르듯 날카로운 말이었다. 그런 게 아니라고 말하려는데 혀가 입천장에 달라붙어 버린 듯했다.

노라는 어둡게 일렁이는 시선으로 나를 한참 바라보더니 이윽고 한숨을 내쉬며 손을 들어 짙은 머리칼을 쓸어 넘겼다. 그러고는 한결 부드러워진 음성으로 말했다.

"제가 이때까지 누나를 위해 한 모든 행동은 전부 제가 좋아서, 제가 원해서 한 겁니다. 다시 그 순간들로 돌아간다 해도 똑같은 선택을 할 거고, 이대로 죽어도 한 점의 후회도 없다고 자신할 수 있어요. 다만 그게 누나로 하여금 스스로를 불길하게 느끼게 만들었다면 정말 미안하고…….”

별빛이 깃든 적막한 침소의 어슴푸레함 속에서 그의 눈이 내 눈을 내려다보았다. 조금 전까지와는 전혀 다르게 어딘가 슬퍼 보이는 눈빛, 고문을 받고 있는 듯한 고통스러운 눈빛이었다.

“……그렇다고 해서 누나한테 그럴 가치가 있느냐는 질문 같은 건 하지 말아요. 제게 있어 누나의 가치를 잰다는 것 자체가 불가능한 일이니까.”

“…….”

“왜 잘해주는지 모르겠다니…… 어떻게 그런 말을 해요. 내겐 처음 만났을 때부터 지금까지 숨 쉬는 것보다 더 당연하고 자연스러운 게 누나를 사랑하는 거였는데……. 내 인생의 유일한 행운이 바로 누나를 만난 거였는데……. 세상 전체를 줘도 거기에 누나가 없으면 아무 소용 없는 걸요.”

우리의 시선이 얽혀드는 바로 그 순간에 무언가 작은 것이 내 안에서 부서져 녹아내리는 것이 느껴졌다. 술에 취한 것처럼 피가 빠르게 돌면서, 불현듯 시야를 뒤덮은 장막이 확 쳐지는 것처럼 깨달음이 밀려왔다.

다시 돌아온 이래 가장 큰 변화를 꼽으라면 그건 바로 노라의 존재였다.

내 남편이 내게 남겨준 것도, 어떤 이해관계나 다른 누군가를 통해서 얻게 된 것도 아닌, 처음 만난 순간부터 지금까지 유일하게 나를 누군가의 대체로 보거나 어떤 틀에 가두지 않고 그저 나 자신으로만 봐줬던 존재. 그 모든 사람 중 어쩌면 유일하게, 온전하게 나만의 것이라고 부를 수 있는 존재. 세상 전체가 내게 돌을 던져도 끝까지 내 곁에 남아 있어줄 것 같은 사람. 살아 있는 한 결코 나를 버리지 않을 사람. 아무런 대가도 바라지 않고 그저 그 자리에 있어주기만 해도 된다고 말해준 사람. 그 누구에게도, 무엇에게도 빼앗기고 싶지 않은 유일무이한 나만의 것…….

나의 용맹한 기사님.

"나도…… 그래."

말이 멋대로 흘러나옴과 동시에 내가 진짜 원하는 게 뭔지 그제야 깨달았다. 거의 속삭임에 가까웠지만 노라에게는 들린 모양이다. 그가 미소를 짓는 것이 보였다. 그러곤 갑자기 모든 것이 뿌옇게 보였다. 나는 눈물을 줄줄 흘리는 동시에 활짝 웃으며 말했다.

"나도…… 나도 너 없이는 안 될 것 같아."

Chapter 11

도화선

우아한 백조 문양이 새겨진 문 너머로부터 들려오는 소리가 제법 요란했다. 뭔가가 깨지는 듯한 요란한 소음과 더불어 히스테릭하게 악쓰는 소리, 그리고 비명이 한데 뒤섞인, 옅은 비가 부슬부슬 내리는 나른한 오후와는 어울리지 않는 소란이었다. 나아가 이곳에서 좀체 듣기 드문 소음이기도 했다. 하여 뉘른베르 공작은 뻣뻣한 자세로 서 있는 근위병들에게 눈짓을 해 보인 뒤 문을 밀치고 안으로 들어섰다.

"이게 대체 무슨 일……."

짜악!

날카로운 파공음이 울림과 동시에 시녀들의 짧은 비명이 울렸다. 정작 다짜고짜 따귀를 얻어맞은 장본인인 알브레히트는 되레 아무 소리도 내지 않았다. 그는 잠시 어이가 없다는 듯 눈을 몇 번 깜박이다가, 이윽고 신랄함이 깃든 조롱조로 입을 열었다.

"황후 궁의 새로운 오후 예법입니까?"

"나가!"

"마음은 그러고 싶은데 머리는 누님께 체통을 지키라 말하라 하는군요. 이게 대체 무슨 짓입니까?"

"나가라고! 이게 다 너 때문이야! 너 때문에, 네 빌어먹을 충고 때문에 이 사달이 난 거라고!"

대체 무슨 일 때문에 이 사달을 벌이고 있는지, 체통이고 법도고 죄 벗어던진 모양새로 식식대며 악을 쓰는 황후의 발치에는 산산조각 난 찻잔과 접시들의 파편이 어지러이 흩어져 있었다. 아무래도 티 테이블을 테이블보째 엎어버린 모양이었다. 실로 여러모로 평소답지 않은 모습이다.

"정신 차리지 못하겠습니까? 제가 누님께 드린 충고가 어디 한두 개도 아니고 다짜고짜 이리……."

"그러니까 너 때문이라고! 너 때문에 내가…… 내가……."

급기야 엘리자베트는 손으로 머리를 싸쥐며 벽에 기대어 스르르 주저앉더니 끅끅 흐느낌을 토해내기 시작했다.

황후의 위엄 따윈 전혀 없어 뵈는 그 꼴을 잠시 넌지시 노려보던 알브레히트는 이내 숨죽인 채 눈치를 보고 있는 시녀들에게 전부 물러가라는 눈짓을 해 보였다.

등 뒤로 육중한 문이 닫히는 투박한 소리가 울린 뒤에야 그는 천천히 바닥에 주저앉아 울고 있는 누이 곁으로 다가갔다. 그러고는 한숨 비슷한 소리로 내뱉었다.

"대체 왜 이러는 거야?"

"너 때문이라고!"

"그러니까 도대체 뭐가?"

한참 검붉은 정수리를 수그린 채 어깨를 들썩이던 엘리자베트가 마침내 고개를 들었을 때 알브레히트는 러그 위에 흩어진 사기 파편을 발로 대충 슥슥 밀어낸 뒤 그녀 옆에 주저앉아 있었다. 그들 둘 다 어렸을 때 종종 그러했듯이 말이다.

"……네가 그때 그랬잖아. 내가 결혼할 때 나한테 그랬잖아. 최선을 다해서 황태자를 감싸 안으라고. 그러는 시늉이라도 하라고. 그 말 때문에 내가, 내가 내 아들을 그 빌어먹을 루도비카의 아들 때문에……!"

"난 누나한테 그런 대외적인 이미지를 만들라고만 했지, 그러느라고 누나 친아들을 외면하라고 충고하진 않았는데."

"외면하긴 누가 외면해! 내가 우리 레트란을 어떻게 낳았는데!"

"……."

"내가 이가 갈리는 게 뭔지 알아? 난 내 아들을 마음껏 안아주지도 못했어. 그만큼 신경 써주지도 못해서 늘 가슴 아프고 미안했다고! 내가 루도비카의 아들한테 기울였던 관심 반만이라도 내 아들한테 기울였다면……! 우리 레트란은 지금쯤 저런 존재감도 없는 골칫덩이로 낙인찍히지 않았을 거란 말이야……."

앙칼진 음성이 갈라지나 싶더니 다시금 눈물이 뚝뚝 떨어졌다. 알브레히트는 말없이 웃옷 주머니에서 손수건을 꺼내 누이에게 건네었다. 엘리자베트는 그 손수건으로 눈물을 훔치고 코를 풀면서 코맹맹이 목소리로 중얼거렸다.

"진작부터 알았어야 했는데, 진작부터 눈치챘어야 했는데……. 그 어린 것이 무슨 잘못이 있냐고 순진하게 생각했던 내가 바보 멍청이였지. 종종 느꼈던 위화감도 단지 내가 그 아이 어미한테 품은 원망 때문이라고 여겼는데, 그것 때문에 내가 얼마나 반성을 많이 했는데…… 난 역시 어미 자격이 없는 여자인 모양이야. 우리 레트란이 속으로 날 얼마나 원망하고 있을까?"

"위화감이라니?"

"넌 말해도 이해 못 할 거야. 어미랑 아비는 다른 법이니까."

"……렇지 않아."

"뭐?"

"……그렇지 않다고."

나직하게 읊조린 알브레히트가 양손으로 머리를 감싸며 고개를 떨어뜨렸다.

"그건 그냥…… 부모라면 당연히 느껴야 하는 거였어. 당연히 눈치챘어야 하는 거였다고……. 누나, 나도 아비 자격이 영 없는 놈 같아."

엘리자베트는 잠시 멍한 눈으로 동생의 수그린 머리를 응시했다가, 코를 훌쩍이며 한결 가라앉은 투로 말을 이었다.

"알브, 우리 레트란이 원래는 얼마나 온순한 아기였는지 기억해? 거의 울지도 않았잖아. 그랬던 애가 자라면서 사소한 일에도 신경질적이고 과민하게 변했다고 다들 알고 있지. 나도 그런 줄로만 알았어. 어쩌면 축농증 때문일지도 모른다고."

"……."

"이제 와서 곰곰이 되짚어보면 레트란이 그런 애로 낙인찍히기까지 벌어진 모든 크고 작은 소란마다 테오발트가 항상 같이 있었어. 언제나 항상 어린 의붓동생의 성질을 받아줬다고 내가 얼마나 기특해했는데……. 다른 일들도 마찬가지야. 레트란이 뭔가 속을 썩일 때마다 테오발트가 관련되지 않았던 적이 없어. 그 도박장 사건하고 꼭 마찬가지로 말이지."

"……그랬구나."

"뭔가가 이상하다는 기분이 아예 안 들었던 아니었어. 하지만 그럴 때마다 내가 천하의 못된 의붓어미인 것 같아져서 곧장 떨쳐냈지. 좋은 계모라면 아이의 친모에 대한 감정과 관계없이 애정으로만 아이를 대해 줘야 하는 법이니까. ……그런데 그게 좀 지나쳤던 모양이야. 나쁜 의붓어미가 되기 싫은 마음이 내 눈을 가리고 나로 하여금 나쁜 친어미가 되도록 만들어 버렸으니."

"……."

"너는 어때? 혹 너도 나와 비슷한 실수를 저지른 거니? 그런 거야?"

알브레히트는 아무런 대답도 하지 않았다. 엘리자베트는 시선을 돌려 그들 주변에 어지러이 흩어진 찻잔과 그릇 파편들을 응시하면서 쓰라린 탄식이 섞인 한숨을 내뱉었다.

"……내 조카가 어렸을 때만 해도 얼마나 귀여웠는지 기억하고 있어."

"……."

"그 애가 처음으로 네 손을 잡고 공식 연회에 나타났을 때가 아직도 생생한걸. 그때 애가 아마 여섯 살 정도였나, 사람들이 말을 걸 때마다 수줍게 웃으면서 네 뒤로 쏙 숨곤 했지. 넌 그런 네 아들을 보면서 씩 하고 웃어줬고 말이야. 그랬던 너네 관계가 어쩌다 지금 같은 지경이 되었는지도 참 궁금한데."

"……나도 모르겠어. 다만 한 가지 확실한 건 내가 누나보다 훨씬 더 최악이라는 거겠지."

자조적으로 대꾸한 알브레히트가 한쪽 팔을 움직여 누이의 어깨를 감싸 안았다. 그러고는 좀체 어울리지 않는 자조적인 어조로 읊조렸다.

"누나도 나도 삐뚤어지게 자란 어떤 녀석 하나를 탓해봤자 자가당착

일 뿐이지. 탓해야 할 대상은 우리 자신뿐이겠지. 둘 다 완벽하게 부모 실격이니까."

"……그래, 과연 우리는 한 핏줄이구나. 누가 같은 배에서 나온 거 아니랄까 봐 남매가 아주 사이좋게 얼간이네."

"어쩌면 가족 내력일지도 모르겠네."

"알브, 나 어쩌지? 머리로는 네 말이 옳다는 거 알고 있는데 마음으로는 그게 안 돼. 우리 레트란이 그동안 얼마나 서러웠을지 생각하면 가슴이 찢어지는 기분이야. 전부 내 잘못이라는 거 알면서도 테오발트가 미워서 죽을 것 같다고. 내가 그 앨 어떻게 대했는데, 그런 식으로 날 농락해 왔다는 배신감이 자꾸만……."

연신 흐느끼는 엘리자베트의 속삭임에 알브레히트는 아무런 대꾸도 할 수 없었다. 어쩌면 그 자신 역시 비슷한 심정이었기에 그런 것일지도 몰랐다.

머리로야 알고 있다. 책임은 전부 온전히 자신들의 몫이라는 것을. 하지만 죄책감과 회한과 배신감으로 뒤죽박죽 들끓는 마음을 달랠 길이 없었다.

"누나…… 우리가 어렸을 때 기억나? 그땐 귀족 사회 전체가 요즘보다 훨씬 더 고지식하고 변태적인 교육 분위기였잖아."

"기억하고말고. 어떻게 잊을 수 있겠니."

넌더리가 난다는 투로 코웃음을 쳐 보이던 황후가 문득 싱긋 웃으며 눈물 고인 눈으로 동생의 눈을 바라보았다.

"그때만 해도 넌 참 멋진 남동생이었지. 이 말괄량이 누나가 정원을 불태워 버렸을 때 네가 대신 뒤집어썼던 일 말이야. 그러라고 부탁하지도 않았는데."

"하…… 적어도 그땐 나름 멋있는 일이라고 생각했거든. 아버지한테 혼이 나갈 정도로 얻어맞기 시작한 순간 곧장 후회가 들었지만."

"그런데 그 후에도 매번 날 감싸줬잖니. 루도비카가 나타나기 전까지만 해도 너는 항상 내 편이 되어줬었지……."

"……솔직히 말해서, 난 언젠간 내가 아버지가 된다면 절대 우리 아버지처럼 되지 않으리라고 다짐했었어. 종종 정말로 우리 아버지를 죽여버리고 싶은 충동이 들었거든. 그래서 내가 언젠가 결혼하고 아이를 낳게 된다면 결코 그런 아버지가 되지 않겠다고 다짐했었단 말이야. 그런데……."

"……."

"그런데…… 하, 그런 면에서 우리 아버지를 뛰어넘는 아버지가 되고 만 것 같은걸. 누나…… 내가 정말이지 어쩌다가 이딴 인간이 되고 만 걸까?"

아래로 떨군 푸른 눈동자에 번민과 쓰라림의 폭풍이 휘몰아쳤다. 좀처럼 보기 드문 동생의 처량 맞은 모습에 엘리자베트는 자못 조심스레 그 어깨에 손을 얹었다.

"알브…… 너 무슨 일 있었니?"

"……."

"무슨 일이야? 뭔가 심상치 않아 보이는데."

어지간한 사람이라면 눈치채지 못했을 터이나, 어릴 때부터 함께 자라 온 남매인 엘리자베트는 현재 강철의 대공작의 상태가 좀 이상하다는 사실을 뒤늦게나마 깨닫고 있었다. 단순히 비탄과 회한에 젖은 상태라는 것 때문이 아니라, 뭔가 평소답지 않게 멍하고도 붕 뜬 것 같은 기색이 있다는 걸 이제야 눈치채게 된 것이다.

"너한테 화풀이해서 미안해. 그러니까 말해봐. 대체 무슨 일이야?"

무슨 일이냐고? 알브레히트는 멍하게 눈을 들어 난파선 꼴인 방 풍경을 바라보았다. 무슨 일이 있었느냐고?

"그게…… 오늘 아침 제레미 경이 날 찾아왔더라고. 소후작 녀석 말이야."

"요헤너스하고 똑 닮은 그 녀석 말이지."

"성격은 별로 안 닮았어. 아무튼 그 녀석이 나한테 사파비에서 날아온 소식을 들려주더군."

"사파비에서? 혹 안 좋은 소식이라도……."

"내 아들이 거기서 독살을 당할 뻔했대."

엘리자베트의 푸른 눈이 경악으로 인해 대번에 휘둥그레졌음은 두말할 것도 없었다. 그에 반해 알브레히트의 푸른 눈은 여전히 멍했다. 멍하다 못해 공허했다.

"세상에…… 그래서 어떻게 됐대?!"

"다행히 위기는 넘겼대."

"대체 어떤 놈이 그런 파렴치한 짓을……! 범인은 잡았대?"

"아니…… 희한한 게, 사파비 왕실에서 연락이 온 게 아니었어. 노이반슈타인 부인이 개인적으로 보낸 서신이었는데…… 내 아들이 무슨 독을 먹고 무슨 꼴을 당할 뻔했는지에 대해 적혀 있었어."

"천하의 뉘른베르크 공작가의 유일한 후계자가 사파비에서 죽을 뻔했는데 그 국왕 놈은 대체 뭐 하는 거래? 노이반슈타인 부인이랑 그 영애는 무사한 거 맞아?"

"그런 것 같아. 그런데 누나."

"왜?"

"혹시 요즘 황태자가 교단 측 인사들하고 어울리는 듯한 낌새 있어?"

다소 뜬금없는 질문이었다. 엘리자베트는 인상을 약간 찡그리며 머리를 기울였다.

"그건 왜? 이 문제하고 교단이 대체 무슨 상관인데? 테오발트가 교단하고 손잡았다고 생각할 만한 일이 있었어?"

있기야 있었다. 그 빌어먹을 다이아몬드 목걸이 사건.

"가슴이 찢어지는 기분이라고 했지."

"뭐?"

"아까 그랬잖아. 가슴이 찢어지는 기분이라고."

여전히 멍하게 느껴지는 목소리였다. 그럼에도 거기에는 좀 전까지와 달리 섬뜩한 칼날 같은 기운이 섞여 있었다. 엘리자베트가 눈을 동그랗게 뜨고 지켜보는 가운데, 알브레히트가 고개를 천천히 돌려 누이의 눈을 완연히 마주 보았다.

"지금 내 기분이 딱 그래. 그래서 조금이라도 관련된 놈은 하나라도 그냥 내버려 두지 않을 작정이야."

"……."

"그동안 누나의 아들한테 신경 못 써줬던 거 미안해."

조금 전과 마찬가지로 뜬금없기 짝이 없는 발언이었다. 뜬금없는 동시에 어딘가 의미심장한 발언. 그 말에 담긴 의미를 완전히 이해하기까진 시간이 좀 걸렸다. 마침내 엘리자베트는 눈에 눈물을 한가득 담은 채 미소를 지었다.

"나도, 나도 미안해."

Chapter 12
개막

노라가 무사히 깨어난 덕에 궁전에 드리웠던 암울한 전운이 한층 걷혔다. 만일 그가 잘못됐을 시 어떤 파장이 일어났을지를 감안한다면 당연한 일이었다.

신앙 개혁이라는 큰 건 덕에 내부 분열과 씨름하는 것만으로도 상당히 골치 아픈 상태였다. 바예지트 국왕과 알리 왕자는 이 건을 두고 제국에 따로 사신을 보내려 했다. 하지만 내가 그들을 만류했다. 정확히는 알리 왕자와 대면해 이 모든 일을 담판 지었다.

"뉘른베르크 공자 독살 기도에 사파비 왕실은 아무 책임이 없다는 부분은 제가 책임지고 확실히 마무리 짓겠습니다. 누가 배후에 있는지 저하도 저도 이미 잘 알고 있으니까요. 대신에 이곳에 돌고 있는 '고발론' 책자 공용어본을 하나 하사해 주시겠어요?"

"그렇게까지 해주신다면 감사한 일이나 그 책자에 대해 부인께서 대체 어찌 알고 계시는 겁니까?"

미래에서 왔다고 하면 믿을까? 교단에서 파문당한 몇몇 성직자 출신 이단아가 사파비로 건너와 교권의 파렴치한 부조리에 항의하는 책자를 유통시키고 있다는 건 본디 한참 나중에야 수면에 떠오른 사실이었다. 그 사실이 알려진 직후부터 우리 제국과 사파비의 본격적인 냉전이 시작되었으며 그 책은 결코 제국 땅 안으로 들어오지 못했었다.

나는 미소를 지으며 어린 왕자의 맑은 담황색 눈동자를 들여다보았다.

"제가 제 아이들로 하여금 입에 담기도 어려운 수치를 당하게 만든 교황청을 그대로 내버려 두리라 생각하진 않으시겠지요."

"하지만 부인, 제국과 이곳은 다릅니다. 그 책자가 황도 내에 돌기 시작한다면 황실은 둘째 치고 교황청에서 가만히 있지 않을 겁니다. 설령 황제께서 황권 강화를 명목으로 암묵적 허락을 내리신다 한들 나서서 도와주시진 않을 것입니다. 자칫 끔찍한 위험에 처하실지도 모른단 말입니다."

"알고 있습니다. 하지만 제가 기대를 걸고 있는 건 같은 귀족들입니다."

"귀족들이요? 하지만 그들은……."

"제국의 귀족들은 교권과 황권 사이에 끼어 치이느라 단 한 번도 패권의 꼭대기층을 점한 적이 없습니다. 모든 패권 다툼에는 그만한 명분이 필요하다는 건 저하께서도 잘 알고 계시겠지요. 제가 보기엔 귀족들에게 있어 이보다 더 좋은 명분이 없을 것 같습니다. 나아가 황후의 친정 뉘른베르 공작가는 현재 노이반슈타인 가문과 동맹 상태입니다. 그 뉘른베르 가문의 유일한 후계자를 향한 독살 기도 배후에 누가 있는지 알게 된다면, 글쎄요, 그 공작님께서 가만히 계실 것 같지 않습니다."

노라는 그렇게 생각하지 않을지 몰라도 나는 확신할 수 있었다. 뉘른베르 공작님은 지난날에 대한 회한과 더불어 아들에 대한 말할 수 없는 미안함으로 번민 중이라 아들이 교단 측의 누군가에 의해 살해당할 뻔했다는 사실을 알게 된다면 결코 가만히 있지 않을 것이었다.

그런 의미에서 이번 사건에 사용된 독의 정체를 밝혀낼 수 있었던 건 크나큰 행운이라 할 수 있었다. 칸타렐라랬나, 진짜 배후가 리슐리외 추기경이든 다른 누가 됐든 간에 교권은 건드리지 말아야 할 것을 건드린 셈이 되었다.

황권 강화에 대해 말하자면 엄밀히 따졌을 때 그건 허울 좋은 함정에 불과했다. 건국 초창기 이후부터 이어져 내려온 제국 황제의 가장 큰 입지 중 하나가 신앙의 수호자라는 명목상의 정통성이었으니까.

아무리 항시 서로 견제하며 알력 다툼을 일으킨다 한들 둘 중 하나가 무너지면 다른 쪽 역시 약해질 것이다. 즉 제국 내에서 교권 붕괴가 일어난다면 자연스레 교황의 속권과 황권이 동시에 약해지는 결과를 야기할 것이며, 결과적으로 가장 큰 득을 보게 되는 건 대귀족들이 될 터였다.

그런 생각들을 털어놓자 알리 왕자는 자못 심각한 얼굴로 귀를 기울이더니, 이윽고 언제 그랬냐는 듯 유쾌하게 씩 웃으며 머리를 끄덕여 보였다.

"알겠습니다. 정 그리 뜻을 함께하시겠다면 이것만큼은 필히 공표하게끔 해주십시오."

"어떤 것 말입니까?"

"사파비 왕국의 파샤 왕실은 지금 이 순간부로 노이반슈타인 가문 뒤에 있을 겁니다. 만에 하나 제국 내에서 이단 박해를 명목으로 부인이나 자제분들의 머리카락 한 올이라도 건드리는 즉시 사파비의 예니체리

해군이 제국의 해변을 밟게 될 것입니다."

"가히 파격적이라 할 수 있을 만큼 든든한 뒷배로군요. 어찌 감사드려야 할지 모르겠습니다."

"천만의 말씀입니다. 따님을 만나게 해주신 것만으로도 저는…… 큼, 부인과 자제분들의 안전에 새 시대의 사활이 걸려 있는 거나 다름없지 않습니까."

과연 우리 딸내미는 경국지색이라 해야겠다. 새 시대를 열겠다는 이상과 정치적 이해관계를 떠나서 레이첼이 아니었다면 이 열정적인 왕자님이 이렇게까지 나오진 않았을 테니까. 이것이 바로 사랑의 힘일까? 그 이름 아래 행해지는 모든 일은 선악을 초월한다는?

여차여차 짧고도 길었던 체류 끝에 우리 사절단은 고국으로 돌아가는 배에 몸을 실었다. 아들내미들을 비롯해 여러 사람에게 줄 선물들 역시 한가득 실렸다.

사랑에 빠진 뜨거운 섬나라 사나이답게 알리 왕자는 선박장까지 우리를 배웅하러 나왔다. 그와 레이첼이 어찌나 오랜 시간 동안 서로 손을 맞잡은 채 아쉬운 인사말을 나누던지 보는 사람 마음이 다 안타까울 지경이었다.

출항하는 거대한 선체에 새파란 바다의 물결이 힘차게 부딪히기 시작했다. 꽥꽥 우는 갈매기들이 드높게 펼쳐진 돛 위를 맴도는 동시에 상쾌한 바닷바람이 머리카락을 흩날렸다.

난간에 매달려 멀어져 가는 선박장을 향해 마지막까지 손을 흔들어 보이는 레이첼의 모습은 어느 동화의 한 풍경이라 해도 믿을 수 있을 정도였다. 그녀는 선박장이 완전히 보이지 않게 되었을 때쯤에야 마침내 난간에서 떨어지더니 내게 달려와 나를 와락 껴안으며 내 어깨에 얼굴을 묻었다.

"……흑, 어떡해, 엄마! 나 벌써부터 왕자님이 너무너무 보고 싶어!"

"또 만날 수 있잖니. 매일매일 편지 써도 되고. 시국이 안정되는 대로 널 만나러 오실 거야."

"그럴까? 정말 그럴까? 하지만 그사이에 다른 사람을 더 좋아하게 되면 어떡해? 거기다 매일매일 그 예쁜 무희들 볼 거 아니야!"

"그 왕자님이 제대로 된 사내라면 널 두고 다른 여인한테 눈 돌릴 일은 없겠지. 그러니 불안해할 거 없어. 이렇게 예쁜 진주 목걸이도 주셨잖니."

"……있지, 엄마, 나도 사실 왕자님한테 뭐 줬어."

"뭘 줬는데?"

"엄마가 준 유리 구두 말이야. 그거 한 짝 줬어. 다음에 나 만나러 올 때 가져오라고."

……음. 왕자님이 유리 구두 한 짝을 들고 주인공을 찾아온다는 소설을 꽤 감명 깊게 읽은 모양이다. 레이첼은 그러고도 한참을 더 선물로 받은 진주 목걸이를 만지작대며 칭얼거리더니 곧 혼자 있고 싶어진 건지 선실 안으로 쪼르르 들어가 버렸다. 웃음이 나왔다. 혼자 저 목걸이를 들여다보면서 무슨 설레는 상상을 펼칠까?

나는 갑판 위를 가로질러 걸어가 조금 전까지 레이첼이 매달려 있던 난간 앞에 다가가 섰다. 점점 멀어져 가는 섬나라의 풍경을 감상하며 괜스레 손을 흔들어 보이는 찰나였다.

"저어…… 레이디 노이반슈타인?"

눈을 깜박이며 뒤를 돌아보니, 거기에는 20대 초반쯤의 호위 기사 하나가 어쩐지 어색해 뵈는 미소를 짓고서 서 있었다. 갈빛 머리와 자색 눈동자가 자못 활발하고도 호기로운 느낌을 주는 기사였다.

"토리오 경? 무슨 일인가요?

"그게, 저어……."

대체 뭣 때문에 이러는지, 젊은 기사께서는 호기로워 보이는 인상과 영 어울리지 않게 계속해서 주저주저하더니만 잠시 후 다짜고짜 얼굴을 붉히며 등 뒤로 두었던 손을 앞으로 내밀었다. 그러면서 이렇게 외치는 것이었다.

"죄, 죄송합니다만 제 마음의 편지를 받아주십시오!"

"……."

나는 입을 약간 벌린 채 눈앞에 들이밀어진 웬 러브레터 비슷해 보이는 종이를 바라보았다. 그랬다가, 겨우 말했다.

"농담……?"

"노, 농담이 아닙니다! 제가 어찌 감히 부인을 두고 장난을…… 어, 그러니까 부인께서 너무 아름다우시고 또 친절하시기에, 에, 바바반했습니다!"

뭐지, 이 상황은? 일순 멍해져 버린 내 머릿속에 불현듯 옛날 언젠가 보았던 연극 한 편이 떠올랐다. 주인공 영애의 모친이 온 동네 남자가 개 떼처럼 모여들게 하는 이상한 묘약을 먹고서 벌어지는 소동을 그렸던 코미디 연극이…….

"부, 불쾌하셨다면 죄송합니다. 하지만 더는 참을 수가 없는 마음에……."

"불쾌하지 않았습니다."

겨우 말하면서 풋풋한 청춘 기사의 빨갛게 달아오른 얼굴을 마주 보았다. 솔직히 말해서 멋진 기사의 구애를 받고 기분 나빠 할 여인이 어디 있겠는가. 단지…….

"그, 생각지도 못한 상황이라 조금 놀랐을 뿐이에요. 토리오 경 같은 분께서 어찌 저를……."

"예? 무슨 그런 서운한 말씀을…… 부, 부인께선 제국 모든 기사의 여신이십니다! 다만 어, 그, 아드님께서…… 아니, 이게 아니라, 아무튼 진심으로 부인께 반했습니다!"

"마음은 감사합니다만……."

나는 말꼬리를 흐리며 마른침을 삼켰다. 이토록 솔직하고도 수줍게 고백하는 상대를 어떻게 거절해야 도리에 맞을까?

"……미안합니다, 토리오 경. 하지만 이 연서는 받을 수가 없네요."

아니나 다를까 청춘 기사님의 눈매가 곧장 아래로 축 처졌다. 끙, 뭔가 나쁜 사람이 된 기분인데.

"역시 부인 같은 분에게 저 같은 놈이 마음에 찰 리가 없겠지요……."

"아니에요, 그런 게 아니라…… 사실 전 이미 마음에 둔 사람이 있거든요."

내가 말해놓고도 깜짝 놀랐다. 세상에, 내 입에서 이런 말이 튀어나올 줄이야! 반쯤 충동적으로 나온 말이었다. 마치 내 본심을 세상 전체에 알리지 못해 안달이라도 난 듯이…….

"예? 저, 정말입니까? 세상에, 혹 그 운 좋은 분이 누구인지 여쭤봐도……."

"한바탕 소동이 일어났다길래 뭔가 싶었더니 이거였군요."

느닷없이 들려온 바리톤의 음성 하나에 나도 토리오 경도 토끼 눈이 되어 고개를 돌렸다. 그러고는 어째 삐뚜름한 미소를 짓고서 토리오 경을 지그시 응시하고 있는 검은 머리의 공자를 보게 되었다.

"소동?"

"아, 저, 그……."

의아한 표정이 된 나와는 달리, 토리오 경은 뭐라고 우물우물 더듬거리며 나와 노라를 번갈아 보더니만 이내 후다닥 갑판 아래로 뛰어 내려가 버렸다. 하여 내 표정은 더더욱 의아해졌다.

"소동이라니? 기사들 사이에서 무슨 소동이 있었어?"

"아, 별건 아니고요. 누나한테 누가 먼저 러브레터를 갖다 주느냐를 놓고 저들끼리 치고받고 했답니다."

"뭐? 장난치는 거지?"

"아니요. 본인의 인기를 영 모르시는 모양이네요. 이거 슬슬 불안해지려고 하는데……."

장난스레 말꼬리를 늘인 그가 한 손으로 내 손을 잡으며 난간 위에 걸터앉았다. 맞잡은 손에서 전해져 오는 두근거림에 나는 뺨을 약간 붉히며 미소를 지었다.

"불안해야 할 사람은 나겠지, 네가 아니라."

"왜요?"

"너는 뭇 영애의 선망 어린 시선을 한 몸에 받는 공자님이잖니. 너랑 결혼하고 싶어서 작정한 사람이 한둘이 아닐 텐데……."

그렇고말고. 굳이 가문 이름이 아니더라도 노라는 어디 가서든 여인네들의 시선을 한 몸에 사로잡는 녀석이었다. 휴, 그가 울렸을 그 숱한 마음들이라니. 마음만 먹는다면 그 누구와도 사랑에 빠질 수 있겠지…….

내가 그러한 침울한 생각에 젖어가는 사이 노라는 눈을 크게 치켜뜬 채 내 표정을 살피는 듯했다. 그러더니만 잠시 후, 불쑥 고개를 뒤로 젖히며 냅다 웃어젖히기 시작하는 것이 아닌가?

"……푸흐하하하!"

"뭐, 뭐야? 왜 웃어?"

"아니, 누나, 푸하하하!"

"왜, 왜 웃는데?! 뭐가 웃긴데?!"

남은 나름 심각한데 혼자 폭소해 대는 꼴이 얄미워 도끼눈을 뜨고 째려보았으나 노라는 도무지 멈출 기미가 없이 계속해서 낄낄대는 것이었다. 그 꼴을 지켜보고 있자니 어처구니가 없었다. 아니, 이노무 자식이 보자 보자 하니까?

"하여튼 너도 제레미도 내가 봉이지, 아주!"

이것들은 어떻게 하루라도 날 안 놀리면 입안에 가시가 돋나! 그리 쏘아붙이며 몸을 홱 돌리는 찰나였다. 뭐가 그리 재미있는지 혼자 잘도 웃어젖히던 녀석이 대뜸 내 허리를 붙들고 확 끌어당기는 바람에 하마터면 비명을 내지를 뻔했다.

"귀여워서 그래요, 귀여워서."

하! 귀엽다고? 이래 봬도 전생에 노이반슈타인 성의 마녀 소리를 들었던 나다. 그런 나더러 귀엽다니! 나는 샐쭉하게 그를 노려보려고 했지만, 내 허리를 바짝 끌어안으며 짓궂게 미소 짓는 그의 행각에 그만 얼굴이 온통 빨개지며 실패해 버렸다.

"이, 이것 놔. 누가 보면 어쩌려고 그래?"

"보라지요. 어차피 여긴 아무도 없는데."

그건 그랬다. 현재 이쪽 갑판 위엔 우리 둘밖에 없었으니까.

"그래도 누가 혹시 나오면……."

"선박 위에서 연애 금지라는 조항이 있는 것 같진 않던데요."

"그, 그야 당연히 없겠지만, 그래도……."

"……알겠습니다. 저랑 같이 있는 모습을 보이기 두려우신가 보군요."

느릿하게 대꾸한 노라가 팔을 풀고 나를 놓아주었다. 하여 나는 어색하게 옷매무새를 가다듬으며 그를 힐끔거리기 시작했다.

나도 내가 정확히 뭘 두려워하는 건지 알 수가 없었다. 이미 마음을 정한 마당에 왜 자꾸 머뭇거리게 되는 걸까? 나는 나이만 먹었지 연애에 대해 아는 게 별로 없었고, 따라서 이런 류의 설렘에 어떻게 대처해야 하는지 알 도리가 없었다. 죽은 남편과의 결혼 생활 때를 떠올려 보아도 도움이 될 만한 게 있을 리가 없었다.

보통 우리 나이 대 청춘 남녀라면 아무도 없는 갑판 위에서 뭘 하고 놀까? 노라의 표정을 보려고 힐끔거렸으나 그는 고개를 숙인 채 자신의 손을 바라보고 있었다.

기분이 상한 걸까……? 어쩜 그런 걸지도 모르겠다. 하기야 그렇게 애틋하게 나한테 고백하고 또 나도 나 역시 그렇다는 식으로 대답했는데, 이런 식으로 매정하게 나오면 당연히 기분이 상할 것이다. 하여 나는 조마조마한 심정으로 조심스레 말을 걸었다.

"그, 있잖아."

"네……?"

"큼, 그러니까 네 말대로 여긴 아무도 우릴 보고 있지 않는 갑판 위잖아. 그래서…… 어, 음……."

껴안아도 된다고 하려고 하는데 너무 바보같이 들릴 것 같았다. 껴안아도 된다니 그게 대체 무슨 말인가! 뭔가 보다 확실한 듯하면서도 설레는 말 같은 거 없나? 그러니까 여느 평범한 연인끼리 할 만한 그런……. 아무래도 나도 조만간 레이첼이 애독하는 로맨스 소설들을 좀 봐야 할 것 같다.

내가 끙끙대는 사이 노라는 팔짱을 끼고 앉아서 나를 말끄러미 지켜보고만 있었다. 급기야 나는 되는대로 아무렇게나 내뱉었다.

"어차피 너랑 나는, 큼, 그러니까 넌 내 거니까 껴안거나 입맞추거나 해도 화 안 낼게."

잠시 정적이 있었다. 노라가 뭐라 형언하기도 어려운 눈빛으로 나를 멍하니 응시하는 가운데, 나는 그만 머리를 싸매고 싶은 충동에 빠져들었다. 세상에, 방금 내가 도대체 뭐라고 한 거야! 아무리 쑥맥이라 해도 이 정도면 너무하잖아! 내가 미쳤지, 미쳤어! 망했어, 전부 망했다고!

지극히 어색한 침묵 끝에 나의 기사께서 마침내 입을 열었다.

"싫은데요."

"……뭐?! 왜? 어째서?"

아무리 내가 생각해도 황당무계한 말이라 해도 그렇지 이런 매몰찬 반응이라니! 내 거라는 말이 거슬렸던 걸까? 아니면 내가 혼자 뭔가를 단단히 착각하고 있던 것뿐인가? 혼란으로 갈팡질팡한 내 귀에 다음으로 들려온 말은 바로 이거였다.

"그야, 껴안거나 입맞추는 것보다 더 흥미가 동하는 게 있으니까요."

"그, 그게 뭔데?"

"뭐일 거 같아요?"

팔짱을 낀 몸을 앞으로 약간 숙인 그가 입가에 야릇한 미소를 띤 채 나를 바라보았다. 그리고 내 맥박은 점점 더 빠르게 뛰기 시작했다.

"해도 돼요?"

해도 돼? 뭐를? 뭔진 모르겠으나 나는 좌우간에 머리를 끄덕여 버렸다.

잠시 짧은 침묵이 흐르는 동안 우리는 서로를 빤히 응시하고만 있었다. 거의 숨도 내쉬지 않았다. 누가 먼저 움직였는지는 모르겠다. 어쨌든 정신을 차려보니 노라의 손은 내 몸을 힘껏 움켜잡고, 그의 입술은 내 입술을 거칠게 내리누르고 있었다.

너무 갑작스러워서인지 아니면 뭐에 홀리기라도 한 건지 나는 그대로 몸을 내맡긴 채 받아들이고 있었다. 뜨겁게 짓눌리는 입술이 자연스레 열리면서 그의 혀가 내 혀에 닿자 숨이 턱 막혔다. 몸이 저 아래로 까마득하게 떨어지는 느낌, 뜨겁고도 떨리는 생소한 감각이 온몸을 마비시키는 듯했다. 그가 멈춰주길 바라는 동시에 계속해 주길 바라는 이율배반적인 감정이 빠르게 교차했다.

그리고 마침내 우리 둘 다 숨을 가쁘게 몰아쉬며 몸을 떨어뜨렸을 땐 이유를 알 길이 없는 아쉬움이 덮쳐왔다.

하필이면 이런 순간에 부질없이 옛 생각이 나는 건 어쩔 수 없는 일이었다. 요헨과의 결혼 생활 말이다.

남편의 생전 우리 사이에 오간 부부다운 행위라고는 가벼운 입맞춤뿐이었다. 이토록…… 정열적이고도 달콤하게 느껴지는 행위는 내 전생 현생 다 합쳐서 처음이었다. 얼떨떨한 동시에 뭐라 표현하기도 어려운 회한이 밀려왔다. 주책맞은 짓일지도 모르겠지만…… 세상에! 이 좋은 걸 왜 여태 몰랐을까?!

"누나?"

사실 키스라는 게 뭐가 그리 특별한가? 서로 입술을 맞부딪히고 혀를 밀어 넣는 것뿐이다. 그런 평이한 행위를 가장 특별한 마법으로 만들어

주는 비밀은 바로 여기, 내 뺨을 감싸 쥔 채 내 얼굴을 살피고 있는 녀석의 새파란 눈동자 속에 있었다. 그 눈에 비친 내 눈 속에도. 다른 누군가와 겹쳐 보는 것도, 그저 소유욕으로만 불타오르는 것도 아닌, 꿈결처럼 부드럽고 달콤한, 마법에라도 걸린 듯한 감각, 다시 태어난다 해도 다시 만나고 싶게끔 만드는 마음 말이다.

갈 때는 그토록 더디게 느껴졌는데, 돌아가는 시간은 왜 이렇게 빠르게 느껴지는 걸까. 어느덧 항해가 거의 끝나가고 있었다. 하루만 더 있으면 제국에 도착한다. 애들이 기다리고 있을 집이 그리운 한편으론 묘하게 아쉬운 기분이 일었다.

도통 잠이 오지 않았기에 나는 선실 안에서 잠든 레이첼의 곁에 램프를 켜놓고 앉아 <고발론> 책자를 들여다보기 시작했다.

친구가 적이 되면 더 무섭다고 했나? 현재 사파비에서 급속도로 유행하고 있는 이 책은 한때 성직에 종사했던 자들이 쓴 글인 만큼 교권에 대한 파격적이고도 수위 높은 비판들로 가득 차 있었다. 동의 여부를 떠나서 보는 이의 시선을 확 잡아끈다고 해야 할까.

가령 '모든 성직자는 신도들에게 성전의 내용을 설파하는 것 외 죄를 사할 어떠한 권한도 없다'고 주장하는 부분이라든가. 하나같이 구구절절 옳게 느껴지는 데다 과연 이단으로 낙인찍힐 만한 파격적인 내용이라는 점에서 상당히 마음이 끌렸다.

똑똑똑.

얼마나 그러고 있었을까, 제법 아늑하게 꾸며진 선실 문을 두드리는 소리가 울렸다. 나는 책자를 한 손에 쥔 채 일어나 문을 열었다.

"노라……?"

"잠이 좀처럼 오지 않더군요. 누나도 마찬가지인 모양인데……."

편안한 로브를 걸치고 문가에 기대선 청년이 푸른 눈을 나른하게 뜨며 미소를 지었다. 평소의 어둡고도 날 선 느낌과는 한참 동떨어진 그 모습에 일순 나도 모르게 그를 멍하니 응시하다가, 곧 정신을 차렸다.

"그게, 이걸 좀 보고 있었어. 꽤 흥미롭더라고. 너도 봤니?"

"아까 대강 들여다보긴 했는데 뭐 그럭저럭 흥미진진하더라요. 그게 이 배 위에서 가장 흥미로운 것이라고 할 순 없지만."

"그럼 뭐가 가장 흥미로운데?"

노라는 나직하게 웃는 소리를 내더니, 한 손으로 내 손을 잡고 밖으로 이끌었다. 등 뒤로 조용히 문을 닫은 뒤 우리는 손을 맞잡고 밤바다가 보이는 갑판 위로 나왔다.

바다 위에서 맞이하는 밤은 육지 위에서 보는 것보다 훨씬 더 몽환적이고 아름다운 멋이 있었다. 선체 아래 검은 물결은 잔잔했으며, 손을 뻗으면 바로 닿을 것처럼 느껴지는 군청색 하늘에는 그야말로 쏟아질 것처럼 무수한 별 사이로 유성이 긴 꼬리를 흘리며 지나가고 있었다.

절대 잊히지 않을 꿈결 같은 절경이었다. 해먹 위에서 자고 있는 선원들의 코 고는 소리조차 밤바다의 일부처럼 느껴질 정도로.

"좀 전에 나와서 멍 때리고 있다가 아무래도 혼자 보기 아깝다는 생각이 들어서."

"진짜 혼자 보기 아까운 풍경이네."

우리는 손을 맞잡은 채 나란히 난간에 기대어 섰다. 안전한 느낌, 무척이나 편안한 느낌이 들었다.

그러다가 스스로에게 깜짝 놀랐다. 배가 제국의 해변에 닿는 대로 곧장 온갖 복잡한 일과 마주해야 할 판인데 이토록 마음이 평온하다니. 어쩌면 바닷바람 때문일지도 모르겠다.

"무슨 생각 하세요?"

"……그냥. 제국에 도착하고 나면 벌어질 일들에 대한 생각."

"불안해요?"

불안하냐고? 나는 하늘로부터 시선을 내렸다. 노라는 난간 위에 한쪽 팔꿈치를 대고 그 손 위에 턱을 얹은 자세로 나를 바라보고 있었다.

"……그렇지 않다면 거짓말이겠지. 난 지금 폭탄을 하나도 아니고 두 개나 터뜨릴 작정을 하고 있는 거나 다름없으니까."

"제가 뭐 한 가지 물어봐도 될까요."

"뭔데?"

"제가 스타일 구기게 독약 먹고 죽을 뻔한 일이요. 누나가 그 일의 배후로 교단 내부의 누군가를 지목한 진짜 이유가 뭐예요? 칸타렐라라는 누구나 유추할 수 있는 이유 말고, 누나가 진짜 그렇게 확신한 이유요."

예기치 못한 순간 허를 찔린 기분에 나는 잠시 머뭇거렸다. 노라한테 말해도 될까? 리슐리외 추기경에 대한 자세한 이야기는 애들한테도 털어놓지 않았던 터였다. 굳이 감추려 했다기보다는 어떻게 말해야 할지 몰라서였다. 정말이지 현재 교단 내에서 가장 권위 있는 성직자 중 하나인 침묵의 종이 내게 그렇고 그런 마음을 품고 있다는 사실을 누구한테 쉬이 설명할 수가 있겠는가?

하물며 상대는 노라다. 차마 말할 수 없다는 생각이 이는 한편으론 그에게 전부 털어놓고 싶다는 이율배반적인 충동이 일었다. 그가 어떻게 반응할지 궁금하기도 했다. 고약한 호기심일지도 모르겠지만…….

몇 번의 망설임 끝에 나는 결국 운을 떼었다.

"그게…… 신성 재판 이후 누가 우리 집에 찾아왔었거든. 리슐리외 추기경이라고 너도 알지?"

"침묵의 종 어쩌구 하는 작자 말이죠. 그자가 누나한테 대체 뭐라고 했습니까?"

"……사실 예전부터, 오래전부터 그 사람이 날 볼 때마다 기색이 심상치 않았었단 말이야? 그렇다고 해서 딱히 말을 하는 것도 아니고 의회에서 아니면 마주칠 일도 없으니 그냥 넘겼는데……."

그런 식으로 해서 나는 어쩌다가 보니 3년 전 제레미의 재판 사건 때 언급되었던 추기경에 대한 의혹, 나아가 지난번 리슐리외가 나를 찾아와 무슨 말을 했고 어떤 행동을 했는지까지 전부 털어놓게 되었다. 죄 털어놓고 나니 속이 후련하긴 했다.

"……그래서 그자가 한 짓이 아닐까 생각하게 된 거야. 네가 내 곁에 있으니까…… 네가 내 명예의 기사니까, 그자 입장에선 교황청에 반항하는 파샤 왕실을 곤경에 처하게 만드는 동시에 눈에 거슬리는 너라는 존재를 없애는 꽤 현명한 처사라고 여겼을 것 같아서……."

"……."

"물론 남들은 내가 대단한 착각에 빠져 있다고 생각할지도 모르고, 어쩌면 정말로 전부 내 망상일지도 모르지만……."

말끝을 더듬대며 나는 그 자리에 굳은 듯 서 있는 노라의 눈을 슬며시 마주 보았다. 깊이를 알 수 없는 거센 파도가 일렁이는 시선, 밑바닥에 무슨 생각을 감추고 있는지 알 길이 없는 푸른 눈길이 내 얼굴을 빤히 들여다봤다.

무슨 생각을 하고 있을까……?

퍼뜩 불안감이 일었다. 이유를 알 길 없는 불안이 요동을 치면서 서서히 가슴을 좀먹기 시작했다.

아, 이 눈빛 전에 어디서 본 것 같은데…….

"물론 나야 당연히 그 사람한테 어떤 빌미도 준 적 없어."

"……."

"노라…… 무슨 말이라도 좀 해봐."

내 목소리에 실린 간청의 기색을 들은 걸까? 한참을 꼼짝도 하지 않고 대리석상처럼 굳어 있던 노라가 마침내 말했다. 아니, 외쳤다.

"……뭐 그딴 천하의 개자식이 다 있나!"

우당탕!

쿵!

"뭐, 뭡니까?! 무슨 일입니까?! 전 아무 짓도 하지 않았습니다요! 맹세코 얌전히 잠만 잤단 말입니다!"

우리는 잠시 멍한 얼굴로 해먹에서 굴러떨어진 가여운 선원을 바라보다가, 곧 소란을 일으킨 것에 정중히 사과했다. 아닌 때 홍두깨를 당한 선원 씨가 투덜대며 다시 해먹 위로 기어 올라가 우렁찬 코골이를 재개하자 노라가 쯧 하고 혀를 차 보였다.

"제기랄, 징그러운 망상증 환자는 새 새끼 하나뿐인 줄 알았는데……."

"새 새끼라니?"

"황태자 말입니다. 아니, 그놈들은 대체 오르지 못할 나무는 쳐다도 보지 말라는 격언도 모르나!"

"네가 그걸……."

어떻게 알았냐고 물으려다 바보 같은 질문이라 그만두었다. 그보다 새 새끼라니……! 노라는 그러고도 잠깐 더 차마 들어주기도 민망한 기상천외한 욕설을 한바탕 쏟아내나 싶더니 이윽고 나를 돌아보며 애써 진정한 듯한 투로 말했다.

"이로써 그놈의 신성 재판인지 신성 촌극인지를 주도한 작자가 정확히 누구인지도 명확해졌군요. 심증뿐이긴 하지만. 그보다 이거 좀 실망스러운데요."

"실망스러워……?"

눈을 커다랗게 떠 보이자 그가 힘차게 머리를 끄덕이며 빠드득 이 가는 소리를 냈다.

"제 독살 기도의 배후도 그렇고, 뭔가 보다 어둡고 혼돈에 가득 차 있으며 음습한 뒷세계의 세력이 있지 않을까 내심 기대했단 말입니다. 한데 고작 웬 변태 망상증 환자 추기경의 수작질이었다니. 이거야 원, 그림이 안 나오잖아요. 무용담 거리도 안 될 텐데."

아하, 그림이 안 나와서 실망스러우시다? 전혀 웃을 상황이 아니었음에도 불구하고 웃음이 터져 나왔다. 내가 웃자 노라 역시 부드럽게 킥킥 하는 웃음소리를 내더니 내 손을 잡고 손등에 입을 맞추었다.

"뭐 결과적으론 그 추기경 놈한테 고마워해야겠군요."

"뭐? 왜?"

"그놈 덕분에 제가 사경을 헤매게 되었으니까. 그리고 제가 사경을 헤맨 덕분에 누나와 진심으로 통하게 되었으니까? 자기가 무슨 짓을 저질렀는지 알면 아마 거품 물고 뒤집어질걸요?"

"흐음, 언제나 그렇듯 논리적으로 맞는 말이긴 하구나. 반박할 수가 없네."

소금기가 밴 짭짤한 밤바다의 공기 속에서 새파란 눈동자가 더할 나위 없이 다정하게 빛났다. 그가 몸을 숙여서 내 이마에 제 이마를 맞댔다. 따스한 숨결이 얼굴에 와 닿는 느낌…… 일순 뭣 때문인지 눈물이 핑 돌았다.

"노라…… 넌 내 편이지? 앞으로 무슨 일이 있어도 계속 내 편 해줄 거지?"

그건 꽤 바보 같고도 어린애 같은 질문이었다. 그럼에도 노라는 웃지 않았다. 그러마라고 곧장 대꾸하지도 않았다. 그저 손을 움직여 내 손을 따스하게 그러쥘 뿐이었다. 투박하고 굳은살 박인 거친 손이었지만 그 무엇보다도 부드럽게 느껴졌다.

기나긴 여행길 끝에 마침내 황도에 도착했을 땐 이미 한밤이었다. 황궁에 들러 보고를 하려면 어차피 다음 날로 미뤄야 할 판이었기에 우리는 곧장 집으로 향하게 되었다. 그리고…….

"아슬아슬하게 일주일이다! 내 성인식 일주일 남기고 돌아온 거라고! 내 선물은?! 세상에서 제일 잘생긴 귀한 차남 선물은 어딨어?!"

"레이첼, 엄마아아! 엄마, 엄마가 없는 동안 형들이 나만 맨날 괴롭히고 구박했어! 작은형이 맨날 나 때리고 머리 위에 사과 올려놓고 인간 과녁으로 삼았다고! 큰형은 아침마다 나한테 브로콜리 강제 급여를 했고! 대체 사람이 어떻게 그래?! 집에서 기르는 애완동물도 그렇게 안 다룬다는데! 그리고 내 행운의 빨간 깃펜이 사라졌는데 하녀들이랑 아무리 뒤집어엎어 봐도 어디 있는지 못 찾겠어!"

"야, 이 숏다리야, 내가 언제 널 인간 과녁으로 삼았냐?! 그때 쓴 건 그냥 고무 화살이라고!"

"고무 화살이든 진짜 화살이든 과녁은 과녁이지! 그게 사람으로서 아우한테 할 짓이냐고! 엄마 없는 기회를 틈타 큰형한테 고백하러 온 영애들 줄줄이 데리고…… 읍읍읍!"

아이쿠, 시끄럽다, 시끄러워. 그럼에도 실로 반갑기 그지없는 소란스러움이다. 그간 쌓인 한이 상당히 많은 모양인지 나를 보자마자 서러운 포효를 뿜어내는 레온과 자신에 대한 애정의 척도를 선물의 양으로 재는 엘리아스의 격한 반김을 받고 있자니 새삼 눈물이 찔끔 솟았다. 반면 마차에서 막 내린 레이첼은 한 손을 허리에 얹고 고개를 절레절레 흔들며 한숨을 내쉴 뿐이었다.

"하여간 다들 변한 게 없다니까."

"넌 엄마랑 같이 신나게 여행 갔다 온 주제에 내 서러움에 대해 뭘 알아! 내 천추의 한에 대해 뭘 아느냐 말이야!"

"고작 보름 정도 가지고 뭘 얼마나 대단한 변화를 바란 거냐! 그러는 레이첼 넌 여전히 짜리몽땅하구나! 와하하하!"

"그러는 작은오빠는 여전히 찌질하고 냄새나잖아!"

"뭐?! 야, 너 오라비한테 말이 너무 심한 거 아니냐?!"

확실히 우리 모두 보름 사이에 변한 건 별로 없는 것 같군. 그런데 제레미는 어디 있지? 외출하고 안 들어왔나? 의아해서 두리번거리던 것도 잠시, 머지않아 나는 안쪽에서부터 웬 시체 같은 낯짝을 하고서 기괴한 걸음걸이로 비틀거리며 걸어 나오는 한 장정을 보고는 경악하게 되었다. 신이시여, 맙소사!

"제레미……?"

"……어어? 여어, 우리 경애하는 마더 슈리이! 미안, 지금 눈알이 조금 잘 안 굴러그아아……."

보름 동안 대체 무슨 일이 벌어진 건지, 제레미는 반폐인 몰골로 나타나 초점 잃은 눈으로 어설프게 손을 흔들다 말고 무너지듯 계단 위에 털썩 주저앉았다. 나는 냅다 달려가 그를 붙들었다. 아이고, 우리 금쪽 같은 큰아들! 이게 대체 뭔 일이래!

내 기막혀하는 시선이 곧장 우리의 충직한 집사님과 기사들에게 향하게 되었음은 두말할 것도 없었다. 기사들은 어째 멋쩍은 시선을 교환했으며, 로베르트는 강력한 비탄이 실린 음성으로 곧장 보고했다.

"그것이 실은 이틀 전부터, 그러니까 마님께서 도착하시기 전에 모든 서류를 완벽하게 끝마친 모습을 보여줘야 하신다면서 부랴부랴……."

"그걸 보고만 있었어? 그냥 내가 와서 끝내면 되는데 말렸어야지!"

"저희 역시 굳이 그러실 필요 없다고 달래려 애써보았으나 큰도련님께서 기필코 듬직한 후계자의 모습을 보여주겠다며 강력한 의지를 발휘하시는 바람에……."

"푸흐하하허허허!"

마차 곁에 팔짱을 끼고 서서 우리 가족의 재회를 흥미롭게 지켜보는 듯하던 노라가 배를 잡으며 폭소를 터뜨리게 된 것은 당연지사였다.

지극히 낯익을 친우의 통렬한 비웃음 소리에 음냐음냐거리며 내 어깨에 머리를 묻고 있던 제레미가 곧장 고개를 확 쳐들었다. 술독에라도 빠진 듯 몽롱했던 암녹색 눈동자가 번쩍하고 안광을 내뿜었다.

"어라…… 이건 내 덜떨어진 친우 놈의 웃음소리 같은데에? 남의 나라 가서 독약 먹고 헤롱거리다 골로 갈 뻔한 그 덜떨어진 똥강아지?"

"어머니한테 안 혼나겠다고 벼락치기 서류 작업한 어떤 쭈구리 고양이 새끼만 하겠냐?"

"……슈리, 저 나아아쁜 새끼가 나 놀려."

한 가지 확실한 건 제레미가 이러한 비몽사몽 상태가 아니었어도 둘의 대화는 저 지경이었을 거라는 사실이리라. 나는 쓴웃음을 삼키며 노라 쪽으로 몸을 돌렸다.

“노라?”

내 팔에 머리를 묻은 채 헤롱거리는 제레미를 어째 못마땅해 보이는 눈빛으로 노려보고 있던 노라가 시선을 내게로 돌리며 미소 지었다. 나 역시 미소를 지어 보였다.

“너도 이만 집으로 가봐야지. 네 부모님께서 목 빠져라 기다리고 계실 거야.”

“그다지 상상하고픈 풍경은 아니로군요. 벌써부터 잠이 확 달아나는데요.”

나지막이 대꾸한 노라가 벗었던 모자를 머리 위에 도로 쓰며 피식 웃었다.

불현듯 그의 널찍한 어깨에 팔을 두르고 그 뺨에 입을 맞추고 싶다는 충동이 엄습해 왔다. 하지만 이 자리에서 그럴 순 없는 일이었다. 아직은…….

“그래! 훠이훠이! 똥강아지는 늑대 굴로 물럿거라! 난 우리 아리따운 어머니 품에 안겨서 잠이나 잘란다!”

잠깐 꾸벅꾸벅 조는 듯하던 제레미가 불쑥 내지른 저 우렁찬 포효에, 나른한 웃음을 흘리던 노라의 얼굴이 즉시 무시무시하게 얼어붙었다. 그리고 나는 당황해 버렸다. 이노무 자식이 왜 갑자기 안 하던 징그러운 소리를 다 하고 난리야?

딱!

“아야악! 왜 때려어?!”

"쓸데없는 소리 좀 하지 말고 일어나. 너 지금 꼴이 딱 시체야, 시체! 돌아가신 조상님이 친구 하자고 하겠다! 명색이 제국 최강 기사가 이게 대체 무슨 꼴이니? 그러게 왜 어울리지도 않는 짓을 해가지고는……."

"흐엉엉, 효도하려고 해도 돌아오는 건 뇌세포가 녹아버릴 듯한 잔소리뿐인 이 서러운 세상……."

"……알았어. 미안. 울지 마."

이틀간이나 날밤을 새워서 그런지 아니면 보름간이나 떨어져 있어서 그런지 어째 평소보다 더 능청스러워진 느낌이다. 하여간 몸만 큰 애라니까…….

"엄마, 저 책들 다 나 주려고 가져온 거 맞지? 저거 전부 내 선물 맞지?"

"하! 우리 집에서 저딴 종이 쪼가리 들여다보고 있을 놈이 솟다리 너 말고 더 있냐?"

"엄마! 작은형이 또 나 괴롭혀!"

"내가 뭘 어쨌다고?!"

"아, 진짜 다들 좀 점잖게 굴어! 공자님 보기에 창피해 죽겠네!"

"우리가 아닌 남들이 하는 말들엔 신경 쓰지 말라는 게 우리 가문 가훈 아니었냐?!"

"공자님은 남 아니거든?!"

"와! 뭐야, 레이첼 너 거기서 저 시커먼 놈이랑 의형제라도 맺었냐?!"

"의남매겠지!"

사자 새끼들의 아우성으로 온통 혼란한 가운데 나는 고개를 살짝 돌려서 마지막으로 노라를 바라보았다. 입가에 이상야릇한 미소를 띤 채 우리를 지켜보고 있던 그가 한 손을 흔들어 보이며 마차에 훌쩍 올라탔다. 나 역시 손을 흔들어 보인 뒤 아이들과 함께 안으로 들어갔다.

이른 아침부터 비가 부슬부슬 내리고 있었다. 서재 창문을 때리는 보드라운 빗방울 소리가 흥겨운 왈츠 곡처럼 느껴진다.

제레미는 근 이틀 만에 푹 잔 덕인지 간밤의 몰골이 무색하게도 말끔한 모습으로 되돌아온 채 〈고발론〉 책자를 들여다보고 있었다. 독서와는 영 거리가 먼 녀석답지 않게 자못 흥미롭다는 눈빛을 하고서 들여다보는 모양새가 신기했다. 한참 그렇게 내용을 음미하는 듯하던 제레미가 마침내 입을 열고서 기껏 한 말은 바로 이거였다.

"이거 다 외워야 하는 거 아니지?"

"……그냥 대강 파악만 해두라고 보여준 거야."

"휴우, 다행이군. 나 같은 바보로선 벌써 눈알이 빠지는 느낌이라."

"어차피 사본 찍어서 배포할 텐데 굳이 외울 필요는 없지. 그리고 네가 왜 바보니? 바보인 게 자랑도 아니고."

"그렇지만 나같이 완벽한 사나이라면 한 가지쯤은 흠이 있어야 인간적으로 보일 거 아냐?"

하여간 말은 청산유수다. 도끼눈을 뜨고 흘겨보자 녀석이 암녹색 눈을 슬그머니 내리깔며 실실 웃기 시작했다. 얼씨구?

"아무튼 이게 바로 그 뙤약볕 작열하는 섬나라에서 절찬리에 유행 중인 책이라 이거지. 뭐 확실히 우리나라에 돌면 교황청에서 거품 물고 날뛰어대긴 하겠네."

"그러겠지. 반발하는 사람도 많을 거고. 꽤 혼란스러워질 거야."

"그래도 이쪽에 아예 승산이 없는 건 아니잖아. 종교를 아예 갈아치우겠다는 것도 아니고 명목상으론 어디까지나 교단 쇄신 운동이니까. 여차하면 사파비 해군이라는 강력한 동료도 있고. 그리고 네 말이 맞아. 칸타 뭐시긴가 하는 그 극약 누가 봐도 교황청이랑 연결 지을 수밖에 없잖아. 노라가 그거 먹고 골로 갈 뻔했는데 걔 아버지가 가만히 있진 않을걸."

나는 미소를 지으며 그의 눈을 바라보았다.

"너도 그렇게 생각해?"

"내가 딴 건 몰라도 눈치 하나는 끝내주잖아. 노라가 독살당할 뻔했다는 소식 듣자마자 상태가 영 이상해지시던데. 그 칼 같은 양반께서 서신을 거꾸로 들고 읽으려 하질 않나, 가다가 문에 부딪힐 뻔하질 않나……."

"오호라, 그거 참 굉장한 모습이었겠구나."

"훗날 반드시 써먹을 데가 있을 풍경이었지. 거참, 그러게 진작에 좀 잘하시지."

맞는 말이다. 나는 비 내리는 뜰이 내다보이는 창밖으로 시선을 돌리며 짧은 탄식을 삼켰다. 그러곤 암녹색 시선이 나를 물끄러미 응시하고 있다는 사실을 깨닫고는 머리를 갸웃했다.

"왜 그렇게 봐?"

"……아냐, 그냥 갑자기 언제 어떤 운 더럽게 좋은 놈한테 널 뺏기게 될지 모른다는 생각이 들어서."

예기치 못한 순간에 정곡이 제대로 찔린 기분에 얼굴이 절로 확 달아올랐다.

"그건 또 무슨 뜬금없는 소리니?"

"그러고 보니까 레이첼 갠 웬 듣도 보도 못한 진주 목걸이 걸고 혼자 넋이 나가 있던데. 크흑, 뭔가 나의 레이디들이 언젠가 날 떠나리란 사실을 체감하게 된 기분이야."

장난스레 투덜대며 우는 시늉을 하는 그의 모습에 웃음이 나왔다. 동시에 나와 노라 사이에 대해 이 녀석에게 어떻게 하면 잘 털어놓을 수 있을까 하는 고민이 일었다. 아무리 제레미가 일전에 내게 한 말이 있다 해도 막상 쉬이 받아들이긴 어려울 터인데……. 거기다 제레미와 노라는 친구니까, 아무래도 노라랑 상의 좀 해보고 결정해야겠다. 암, 말하려면 우리 둘이 같이 말하는 게 도리에 맞을 테니까.

"널 떠나긴 왜 떠나니? 너야말로 결혼하고 나서 잔소리쟁이 계모 따위 나 몰라라 하지 마!"

"그런 섭한 말씀을. 세상에 나만 한 효자가 어디 있다고 그래! 엘리아스 그놈이라면 그럴 가능성이 농후하지만."

"맞다, 네 동생 요즘도 카사노바 놀이 하고 다니니?"

"네가 없는 사이에 나한테 고백하러 온 영애가 꽤 많았는데, 그 녀석이 중간에 전부 빼돌렸다고 하면 믿겠어?"

"하여튼 걔는 도대체 왜 그런다니?"

"제가 진짜 수사자라도 되는 줄 아는 모양이지."

우린 잠시 그렇게 신사적인 면모라곤 눈곱만큼도 없는 철딱서니 둘째를 두고 나란히 한숨을 교환하다가, 이윽고 동시에 웃으며 본론으로 돌아갔다.

"우리 가문에 속한 상인 길드들을 통해서 책자 배포를 시행하면 전국에 퍼지는 건 순식간이겠지. 그동안 귀족들을 끌어들이는 게 급선무야. 그 과정에서 어쩌면 그동안 따돌림받고 토라져 있었을 너희 방계 친척들과도 임시로 단합하게 될지도 몰라. 물론 그 사람들이 교권에 붙어버릴 가능성도 재단해 봐야 하지만…… 어떻게 생각해?"

"적의 적은 나의 친구라지. 손잡았다가 뒤통수 쳤다가 또 손잡는 게 우리 귀족 사회의 유구한 전통 아니겠어? 탐욕스럽기론 알아주는 인간들이니 모처럼 귀족들이 칼자루 쥐게 될 기회를 놓치려 들진 않을걸. 완전히 믿을 수야 없겠지만."

"귀족들이 연합해서 움직이기 시작하면 황실에서도 어떻게든 결판을 내리게 될 거야. 어떻게 될지 모르니 영지에 있는 기사들을 황도에 불러들여야겠어. 가문 외 기사들 포섭하는 건 너한테 맡길게. 너랑 네 친구는 기사들 사이에서 인망이 꽤 있잖니."

"있다니 그런 서운한 말씀을. 다들 나랑 어울리지 못해서 안달이라고? 내가 얼마나 인기가……."

"그래, 그래. 아무튼 시간 거의 다 됐네. 난 공작저에 가봐야 하는데 넌 어쩔래?"

"나도 같이 갈래. 어차피 점심때까진 한가하거든."

그렇게 우리 모자(?)는 아침 일찍부터 미리 연통을 넣어둔 뉘른베르크 공작가로 사이좋게 향했다.

"어서 오세요, 레이디 노이반슈타인. 무탈히 돌아오셔서 다행입니다."

"레이디 뉘른베르크. 잘 지내셨어요?"

새벽녘부터 부슬부슬 내리던 비는 공작저에 다다랐을 때쯤엔 세찬 장대비로 바뀌어 있었다.

내가 다정한 공작 부인과 인사를 나누며 사파비에서 가져온 선물을 건네는 동안 제레미와 노라는 서로를 보자마자 뭐라 뭐라 놀려대며 낄낄대더니 간밤에 미처 못 한 거친 해후를 나누기 시작했다. 저 두 녀석의 우정은 평생 이해 못 할 것 같다.

"우리 노라가 거기서 큰일을 당한 동안 지극정성으로 보살펴 주셨다면서요."

"아하하…… 그야 당연한 일인걸요."

"어서 들어오세요. 그이는 응접실에서 기다리고 있답니다."

우리의 친절한 공작 부인께서는, 아들이 어찌 보면 두 번씩이나 나와 엮인 일로 큰일을 치렀음에도 불구하고 그저 반가워하는 표정으로 나를 맞아주었다. 따라서 나는 몹시 고마운 마음이 들었다.

여차여차 시끄럽게 뒹굴고 있는 두 놈을 내버려 둔 채 그녀를 따라 들어가 고풍스러운 양식의 응접실에 다다른 나는 즉시 놀라고 말았다.

"공작님……?"

"……아, 레이디 노이반슈타인."

내가 나도 모르게 손을 들어 허공에 대고 휘휘 휘젓기 시작했다 한들 그걸로 내 무례를 탓할 수 있는 사람은 별로 없을 것이다. 쏟아지는 장대비 덕에 창문까지 꽉 닫아놓은 호화로운 응접실은 대여섯 명이 한자리에 모여 줄담배를 피웠다고 해도 믿을 수 있을 만큼 매캐한 파이프 연기로 꽉 차 있었던 것이다.

설상가상으로 이런 짓을 벌인 장본인인 강철의 공작께서는 그 견고한 푸른 눈에 좀체 어울리지 않는, 멍하다고까지 할 수 있는 괴상망측한 빛을 담은 채 허공을 노려보며 앉아계셨다. 내 얼빠진 표정을 본 하이데가 한숨을 내쉬었다.

"이게…… 부디 이해해 주시길. 며칠 전부터 줄곧 저 상태랍니다."

"아아……."

"전 차를 내오라 할게요. 말씀 나누고 계세요."

공작 부인께서 물러간 뒤, 나는 짐짓 평온한 표정을 유지하려 애쓰며 성큼성큼 다가가 공작님의 맞은편에 앉았다. 그리고 조심스레 말을 걸었다.

"공작님? 괜찮으세요?"

"……."

"공작님?"

"……."

"알브레히트 폰 뉘른베르크 공작님!"

강철의 공작님은 그제야 약간 움찔하나 싶더니 시선을 내 쪽으로 돌리며 물고 있던 파이프를 슬며시 내려놓았다. 그러고는 마찬가지로 도무지 평소답지 않은 멍한 음성으로 웅얼거리듯 말하는 것이었다.

"이런, 레이디 노이반슈타인……. 결례를 용서하십시오."

"딱히 결례랄 건 없습니다만 아까부터 대체 얼마나 피우신 겁니까?"

"예? 아…… 잘 모르겠군요."

"아드님과 대화는 좀 하셨습니까?"

"교권 쇄신 건에 대해서 조금 들었습니다만……."

"그거 말고요. 아드님께서 하마터면 죽을 뻔했던 일에 대해서 얘기 좀 하셨나요? 걱정이 이만저만이 아니셨을 텐데."

도리도리. 멍하니 고개를 젓는 모양새조차 영 생소하기 짝이 없다.

"마음이 너무 아프면 되레 아무것도 느껴지지 않을 때가 있답니다."

"……."

"아드님께서 무사히 돌아와서 기쁘신 것 아닌가요?"

"기쁩니다."

"그럼 왜 그렇다고 말을 못 하십니까?"

"……모르겠습니다. 전 원래 이렇게 생겨먹은 놈이라서."

도무지 어울리지 않는 소리를 웅얼거린 공작님이 탁자 위에 팔꿈치를 얹고 양손으로 머리를 싸쥐었다. 살다 살다 이 강철의 대공작께서 이런 자학적인 모습을 연출하는 꼴을 보게 될 줄이야. 어안이 벙벙한 한편으론 안쓰러운 마음이 일었다.

"공작님? 괜찮으세요?"

"……이제 와서 제가 무슨 말을 할 수 있겠습니까."

"예?"

"전 아무 자격도 없는 놈입니다. 부인의 친절한 염려를 받을 자격조차 없단 말입니다. 그러니 염려해 주지도 마십시오. 애초부터 부인이 아니었다면 지금까지도 그런 눈뜬 장님으로 남아 있었겠지요."

"예? 지금 도대체 무슨 말씀을……."

"그런 제가 무슨 자격으로 무사히 돌아와서 다행이라는 말 따위를 할 수 있겠냔 말입니다. 저는……."

거친 목소리가 갈라지나 싶더니 수그린 어깨가 미세하게 떨리기 시작했다. 곧이어 나직하게 들려오는 흐느낌 소리에 내 입이 절로 쩌억 벌어져 버렸음은 두말할 것도 없었다.

이거야말로 문자 그대로 상상도 못 해본 장면이다. 그 뉘른베르 공작이 내 앞에서 우는 모습이라니 누가 상상이나 했겠는가? 나는 잠시 그렇게 얼어붙은 채로 하얗게 변해 버린 머릿속을 헤집었으나 대체 무슨 말을 해야 할지 알 수가 없었다. 애들 달래는 거야 어느 정도 자신이 있지만 시커먼 어른을 달래본 경험은 전무하니까. 그저 머뭇머뭇 손을 들어 낮게 흐느끼고 있는 중년의 공작님의 어깨를 조심스레 토닥일 따름이었다.

얼마나 그러고 있었을까. 마침내 겨우 진정하고 눈물을 멈춘 공작님이 숨을 짧게 몰아쉬며 입을 열었다.

"부인. 제 아들한테 사용된 독이 진정 칸타렐라입니까?"

"그렇습니다만…… 다행히 그곳의 의관 한 분이 제국에서 유학한 경험이 있으셔서……."

"그렇다면 제가 부인과 뜻을 같이하는 수밖에 없겠군요."

너무도 쉬이 호응이 떨어진 바람에 솔직히 조금 놀랐다.

웬만큼 철저한 사람이라면 진짜 배후가 교단이 맞는지, 혹은 사파비에서 저들끼리 짜고 교단에 누명을 씌운 게 아닌지 등등에 대해 상세히 따지고 볼 것이었다. 하물며 그 뷔른베르 공작님이…….

내 놀란 기색을 느꼈는지 공작님이 수그린 머리를 들었다. 물기 어린 공허한 푸른 눈에 일순 씁쓸한 미소가 어렸다.

"제 아들이 그러고 싶어 하니 말입니다."

"아……."

"제 아들이 부인을 많이 좋아하는 모양입니다. 웬만해선 제게 말도 안 걸던 녀석이 사파비에 따라가게 해달라고 사정사정을 했으니까요."

정곡을 찌르는 발언에 귓가가 화끈거리기 시작했다. 하지만 공작님은 더는 그 주제를 이어가지 않고 말문을 돌렸다.

"그리고 전후 사정을 면밀히 살펴보건대 누가 단독으로 행한 일이든 아니든 교황청이 배후에 있다는 건 의심할 여지가 없더군요."

"맞는 말씀입니다만……."

"어떻게 도와드리면 되겠습니까?"

나는 알리 왕자가 내게 약조한 협약과 더불어 여태까지 생각해 둔 계획에 대해 상세히 털어놓았다. 그러는 동안 강철의 공작께선 자기가 언제 체면도 잊고 아침부터 통곡했냐는 듯 그놈의 파이프를 다시 빼금거리며 묵묵히 귀를 기울이더니 한참 만에야 다시 입을 열었다.

"의회원 귀족들부터 설득하는 것이 급선무겠군요."

"예. 실은 얼마 뒤가 우리 엘리아스의 성인식이라, 연회를 여는 겸 자리를 만들어볼 생각입니다."

"알겠습니다. 한데 황제 폐하께는 뭐라 보고드릴 생각이십니까?"

"뭐라 보고드리면 될 것 같습니까?"

막시밀리안 황제는 뉘른베르 공작의 매부인 동시에 오랜 친우이기도 하다. 그 말인즉슨 황제가 보일 반응을 공작님만큼 쉬이 추측할 수 있는 사람은 없다는 뜻이다. 한데 공작님은 내 질문에 대답하는 대신 엉뚱한 반문을 하는 것이었다.

"부인께서 보시기엔 황태자가 그 일에 얼마만큼 얽혀 있는 것 같습니까?"

이 갑작스런 질문에 나는 잠시 그를 물끄러미 바라보다가, 기침을 좀 삼키고는 마찬가지로 반문했다.

"아드님의 독살 기도에 태자 전하가 관련이 있다고 생각하시는 겁니까?"

"그러지 않을 도리가 있습니까?"

글쎄? 테오발트가 내게 은밀히 보낸 다이아몬드 목걸이와 신성 재판 때 뜬금없이 결정적인 변호인으로 나서려 했던 것, 그 두 가지를 합쳐보면 그가 어떤 식으로든 신성 재판을 짐작하고 일부러 내 구원자로 자처하려 했다고 짐작할 수 있었다.

그가 그걸 우연히 알았든 진짜로 교단과 친목을 다지고 있든 그것이 중요한 게 아니었다. 그렇게 여길 빌미를 제공했다는 것 자체가 중요했다. 내게 사심을 품은 동시에 교황청과 내통하고 있다고 여길 빌미를 제공했다는 것이. 하지만…….

"아무리 그렇다 한들 그렇게까지……."

"정정하겠습니다. 그 일에 황태자가 관련이 있든 없든 그것이 중요한 게 아닙니다. 제 아들을 건드린 무리와 손잡고 있다는 사실이 중요합니다."

느닷없이 서늘하게 변모한 음성에 숨이 다 멈췄다. 공작님의 분노는 내 예상보다 훨씬 더 큰 모양이었다.

"그렇다면 공작님께선……."

"예. 교권의 붕괴와 더불어서 황태자 교체를 감행할 예정입니다. 그런 의미에서 부인의 뜻과 제 뜻은 일맥상통하군요. 제 누님과도요."

이쯤이면 말이 채 나오지 않을 지경이다. 결국 이리되는 것인가.

죽은 루도비카 황후가 아무리 황제의 사랑을 받았다 해도 그녀의 친정은 하잘것없는 남작가에 불과했다. 그에 반해 레트란의 외가이자 엘리자베트의 친정은 다름 아닌 뉘른베르 공작가였다. 뉘른베르 공작을 선두로 한 외척 세력이 마음먹고 밀어붙인다면 황태자 교체는 충분히 성사될 가능성이 있었다. 교권 붕괴와 맞물린다면 상당한 시너지를 자아낼 것이다.

"최종적인 문제는 황제 폐하가 되겠군요."

"……폐하께서도 이쯤이면 과거의 장막에서 벗어나실 때가 됐지요. 일단 사절 건에 대한 보고는 제가 맡아서 처리할 테니 부인께선 아무 언질도 하지 마십시오."

다소 씁쓸하게 말한 공작님이 시선을 아래로 내리깔았다. 과거의 장막이라……. 나는 미소를 지으며 입을 열었다.

"한데 공작님."

"예……?"

"방금 하신 말씀들 아드님한테도 하시는 게 어떻습니까?"

그 아드님께선 마침 우리 아드님과 함께 응접실에 들어서던 참이었다. 사이좋게 성큼성큼 들어서던 두 청년의 표정이 방 안을 꽉 채우다시피 한 매캐한 연기에 즉시 불만하게 일그러져 버렸음은 당연한 수순이었다. 제레미가 손으로 입가를 틀어막으며 어리둥절한 얼굴로 나를 쳐다보는 사이 노라는 어처구니를 상실한 얼굴이 되어 제 아버지를 노려보기 시작했다.

"이게 도대체…… 아버지, 지금 뭐 하십니까? 손님 앞에서 너구리 잡으십니까?"

강철의 공작님은 아무 말도 하지 않았다. 대신에 어깨를 약간 움찔하더니만 슬그머니 고개를 돌려서 엉뚱하게 나를 쳐다보시는 것이었다. 나더러 어쩌라고요! 그토록이나 자신감 넘치는 분께서 이토록 어쩔 줄 몰라 하는 모양새라니, 오늘 참 못 볼 꼴 많이도 본다!

"아하하…… 공작님께서 스트레스가 어지간히 많이 쌓이신 모양인지 영 파이프를 놓지 않으시네."

"스트레스고 자시고 이게 웬 결례냐고요!"

"난 괜찮으니까 너무 화내지 마아."

달래는 투로 말하자 노라는 다행히 더는 소리치지 않았다. 대신에 성큼 다가와 제 아버지의 손에 다소 어정쩡하게 들려 있는 파이프를 홱 낚아챘다. 상당히 도발적으로 보일 수 있는 이 행위에 나와 제레미의 눈이 절로 휘둥그레졌으나 공작님은 떨떠름하게 눈을 깜박거릴 뿐 여전히 아무 말도 하지 않았다.

잠시 후, 파이프를 선반 위에 던지듯 내려놓고 창가로 다가가 창문을 열어젖히는 일까지 다 마친 노라가 우리를 돌아보며 한결 가라앉은 어조로 입을 열었다.

"그래서, 얘기는 어디까지 진행됐습니까?"

가히 상상도 못 한 일이 벌어진 것은 그때였다. 어째 아까와 비슷한 멍한 눈으로 제 아들이 하는 모양새를 물끄러미 지켜보던 공작님이 갑작스레 자리에서 벌떡 일어나더니, 그대로 냅다 밖으로 도망치는 것이었다! 달리진 않았으나 도망치는 것과 다를 바 없어 보였다!

남은 우리 셋 사이에 정적이 흘렀다. 뭐라 형언하기도 어려운 무거운 정적이 흐른 끝에 그나마 가장 먼저 정신을 차린 제레미가 얼빠진 목소리로 웅얼거렸다.

"설마 파이프 뺏었다고 토라지신 건 아니지……?"

우리 둘째 아드님 엘리아스의 열여섯 생일이자 성인식을 치르는 날.

제레미의 성인식 날 해주었던 것보다 조금이라도 모자라면 자식 편애 어쩌구 해대며 한 달 내내 토라져 있을 것이 분명했기에 일부러 그때보다 더 공을 들여 연회를 기획했다.

테마는 주인공께서 바라시는 대로 가장무도회였다. 마스크를 쓴다고 해봤자 알아볼 사람끼리는 다 알아보게 마련이지만, 민낯으로 맞대고 있을 때보다 훨씬 속내를 드러내기 쉽다는 면에서 내 계획과도 맞아떨어졌다.

의회원 귀족들과 여타 내로라하는 가문들의 귀족들은 물론이요, 여태껏 연을 끊고 지냈던 방계 인사 중 하나인 뮐러 백작에게도 초청장을 보냈다. 내가 돌아오자마자 자길 찾아오지도 않았다고 토라져 있을 게 분명한 엘리자베트 황후에게도 따로 간략한 사정 설명과 함께 초청장을 보냈다. 안 그러면 진짜로 토라질 테니까.

"와하하핫, 이제 이 몸은 진짜 어른이시라고! 쌍둥이 너넨 언제 자랄래, 이 땅꼬마들아!"

……저 철딱서니 없는 녀석이 벌써 성년이라니, 이미 겪어봤음에도 불구하고 영 믿기지가 않는다. 거기다 사파비에서 잔뜩 가져와 바친 선물로도 모자랐는지 성인식 선물로 이거 해달라 저거 해달라 야단야단이었다. 몸이 자라는 속도만큼 정신도 맞춰 자라준다면 얼마나 좋을까! 그래도 더는 도박질 같은 짓거리 안 하는 게 어디냐마는.

여차여차 엘리아스의 성인식 당일, 나는 손님들이 도착하기 앞서 일찍부터 평소보다 더 공들여 단장했다. 최근 유행하기 시작한 소매가 길고 치마폭이 좁은 붉은 드레스를 입고 에메랄드 귀걸이와 페리도트 목걸이를 찼다. 머리는 뜨거운 부지깽이로 말아 구불구불 흘러내리게 만들었다. 화장까지 공들여 마친 뒤 거울을 보자 오호, 꽤 근사해 보였다.

"마님, 지금 모습 누구한테 가장 먼저 보여주고 싶으시나요?"

평소라면 그냥 웃고 말았을, 입술에 침도 안 바르고 호들갑스럽게 칭찬하던 우리의 하녀장이 무심결에 던진 질문이 이상하리만치 확 와닿았다. 어쩌면 지금껏 내내 내 머릿속을 꽉 채우고 있는 누군가의 존재를 새삼 깨닫게 되어서일지도 모르겠다. 패션에 어느 정도 자신 있다고 자부하는 나였으나 오늘따라 유독 스스로의 모습이 신경 쓰이는 이유는 왜일까. 완벽하게 단장한 얼굴 위로 코럴색 오페라 마스크까지 덧대고 나니 가슴속에서 나비들이 날뛰며 날아다니는 듯한 기분이 들었다.

"어라? 누구세요? 우리 못난이 마더 슈리는 어디 갔대?"

나는 한숨을 삼키며 마스크 너머로 큰아들내미를 힘껏 노려보았다. 마스크 따위 귀찮다고 칭얼대던 것이 무색하게도 얼굴 반을 가리는 백금 마스크에 하얀 연미복을 빼입은 모습이 과연 잘나셨다. 내가 최선을 다해 공들여 단장했다면 우리 잘나신 사자 새끼들 역시 참으로 번쩍번쩍한 모습들을 연출하고 있었다.

"이제 보니까 슈리 넌 딱 가장무도회가 적성인 것 같네."

오늘의 주인공께서 제 형을 거들며 낄낄거린 소리였다. 크림색 정장에 얼굴 전체를 덮는 화려한 금색 마스크를 쓰고 우쭐대는 모양새가 겉만 보면 어른이 다 됐다.

"칭찬으로 들을게. 엘리 너도 참 멋있어 보이는구나. 성년이 된 걸 축하해."

"그렇지? 하하핫, 이 내가……."

"레온하고 레이첼도 금방이겠지. 너희 모두 날 떠날 때가 점점 가까워지는구나……."

일부러 고개를 떨구며 슬픈 목소리를 내자, 거들먹대던 엘리아스나 마냥 웃고 있던 제레미나 쌍둥이나 모두 순식간에 당황한 기색이 되어 앞다투어 외치기 시작했다.

"떠, 떠나긴 누가 떠나! 그냥 성년식 치르는 건데 왜 갑자기 슬퍼하고 그래?!"

"야! 이게 다 네놈 새끼가 평소에 품행이 단정치 못해서 그런 거잖아!"

"내, 내가 뭘?! 난 그냥……."

"난 아직 열세 살이야, 엄마! 사회적 심리학에 따르면 아직 한창 엄마가 필요할 나이라고!"

"바람난 망아지 같은 작은오빠라면 몰라도 난 엄마 안 떠나! 엄마가 날 제일 좋아한다는 거 알고 있다고!"

호호호. 꽤 만족스러운 반응이군. 맛이 어떠니, 요 녀석들아. 그러게 왜 자꾸 엄말 놀리니.

"여전히 취향 한번 촌스럽기 짝이 없군."

"이토록 누추한 곳에 몸소 행차해 주셔서 감사합니다."

"돌아오자마자 냉큼 달려와 인사하지는 못할망정 뻔뻔하게 나더러 오라 가라 하니 어쩌겠는가? 내 친히 도도하신 그대를 보러 오는 수밖에."

"원래 더 아쉬운 쪽이 지는 법이라 하였습니다. 참, 사파비에서 마마께 드리려 산호 목걸이를 공수해 왔는데 마음에 드실는지 모르겠습니다."

"그대가 고른 거라면 보나 마나 뻔하지. 어디 보게."

다행히 초청장을 보낸 대부분의 사람이 연회에 참석했고, 개중에는 엘리자베트 황후도 있었다. 화려한 깃털 마스크로 얼굴을 가린 채 조용히 입장했다 한들 그녀를 알아보기란 쉬운 일이었다. 그도 그럴 것이 특유의 검붉은 머리칼은 둘째 치고 하필이면 백조 마스크라니, 누가 황후 말고 다른 사람을 떠올릴 수 있겠는가.

아무리 서로 금방 알아봐도 상대가 누구인지 모르는 척하는 것이 가장무도회의 암묵적인 룰이라지만, 화려한 가면 아래로 운명의 짝을 찾는 풋풋한 소년소녀들, 혹은 나잇살 먹고 바람 상대를 찾는 얼간이들이 아니고서야 굳이 철저히 준수하진 않게 마련이다. 그럼에도 단지 마스크를 썼다는 사실 자체만으로 평소에는 상상도 할 수 없을 만큼 용감해

지거나 거침없어지는 사람들을 구경하는 것이 가장무도회의 묘미였다.

"여어, 오래간만입니다! 못 본 사이 폭삭 삭으셨군요?"

……물론, 그냥 평소랑 다름없이 거침없는 녀석도 있다. 가령 저 구석에 무심한 듯 쓸쓸하게 서 있는 중년의 빨간 마스크 사내에게 다가가 이죽거리는 우리 제레미라든가.

그 사내가 누구인지 나 역시 금방 알아볼 수 있었다. 제레미의 능청스럽기 짝이 없는 인사에 뭘러 백작은 일순 어깨를 움찔하나 싶더니 이윽고 지극히 못마땅해하는 투로 받아쳤다.

"그러는 네 녀석은 못 본 사이 더 시건방져졌구나."

"그 핏줄이 어디 가겠습니까. 잘 아실 만한 분이."

"검술 대회 때 좋은 경기 잘 구경했다. 과연 노이반슈타인 혈통이다."

"오호라, 그게 보이셨습니까?"

"……누굴 늙은이 취급하는 거냐!"

식식대며 으르렁거린 백작이 곧이어 헛기침을 하며 마스크 아래 시선을 내 쪽으로 돌렸다.

"……오랜만입니다."

"네, 오래간만이군요. 긴히 논할 것이 있어 이리 와주십사 연락하게 됐습니다."

"예…… 초대를 받고 솔직히 좀 놀랐습니다."

당연히 놀랐겠지. 어쨌든 왔으니 일단은 무난한 스타트라 할 수 있겠다. 그런 생각을 하며 얌전히 미소를 거두는데 곁에 다가온 누군가가 내 팔을 붙들었다.

"잘생긴 아들내미의 첫 성년의 춤을 함께하는 게 어때?"

"너의 첫 성년의 춤을 함께하고픈 사람은 꽤 많을 텐데?"

"지난번에 형이랑은 추고 나랑은 안 췄잖아! 이건 자식 편애라고!"

얼씨구, 그 말이 왜 안 나오나 했다. 어쨌든 어여쁜 차남의 성인식에서 편애하는(?) 어미로 낙인찍힐 순 없는 노릇이었기에 나는 흔쾌히 엘리아스와 함께 댄스 플로어로 향했다.

다만 첫 춤을 함께한다고 하기도 뭣한 게, 음악은 홍겹다 할 만큼 빠른 왈츠로 바뀌어 있었고 이미 몇몇 남녀가 무리 지어 춤을 추고 있었다. 한 상대와 지속적으로 추는 게 아닌 남녀 가리지 않고 짝을 맞춰 일정 간격으로 빠르게 회전하는 식이었다. 나비 여러 쌍이 한꺼번에 곡예를 펼치는 듯한 광경이었다.

"겁먹은 건 아니지?"

"내가 이래 봬도 왕년에 한가락 했단다, 아가."

"내가 애냐!"

"애처럼 구니까 애지!"

마스크를 쓰고 있어서일까, 아니면 어떻게든 날 놀려먹지 못해 안달인 엘리아스 덕분일까. 잠깐 망설였던 것이 무색하게도 어느덧 나는 홍겨운 춤 대열에 합류하여 경쾌한 곡조에 자연스레 몸을 내맡기고 있었다. 고작 마스크 하나 썼을 뿐인데 이토록 자유로워진 기분이라니, 오죽하면 엘리아스가 드물게 놀란 목소리로 이렇게 감상을 표할 정도였다.

"뭐, 뭐야, 진짜잖아?"

웃음이 터져 나왔다. 그럼 거짓말인 줄 알았더냐! 엄말 무시했다간 큰코다칠 줄 알아라! 어쨌든 실로 오랜만에 느끼는 홍겨움이었다. 이토록 아무런 시선도 개의치 않고 즐겨보는 것이 얼마 만인지 모르겠다.

어느덧 꽤 많은 사람이 속속히 다가와 무대에 합류하고 있었다. 마스크를 쓴 다양한 남녀가 너 나 할 것 없이 자유롭게 개인기를 뽐내는 홍겨움 한복판에서 나는 눈부신 가면과 화려한 드레스로 치장한 아름다운 영애들과 번갈아 손을 잡고 댄스 플로어 위를 한바탕 빙그르르 돌았다.

홍겨운 음악에 취해 잡고 있던 손을 놓고 반대편으로 빙글빙글 돌던 나를 누군가의 팔이 덥석 붙든 것은 그때였다.

"애간장을 다 태우시는군요."

가쁘게 내쉬어지던 숨이 일순 턱 막혔다. 미끈한 카키색 연미복 위에 프록코트를 걸치고 있는 사내. 화려한 샹들리에의 불빛에 물든 검은 머릿결이 반짝반짝 빛났고, 간소한 하얀 오페라 마스크 속으로 보이는 사파이어색 눈동자 역시 반짝반짝 빛나고 있었다.

"너…… 늦었어!"

"용서하시길. 어떤 레이디께서 넋을 다 빼놓는 바람에 잠깐 멍 때리고 있느라."

장난스레 대꾸한 노라가 한쪽 입꼬리를 올리며 미소를 짓는데 나야말로 넋이 빠질 것 같았다. 호흡이 가팔라지면서 맥박이 빠르게 뛰기 시작한 건 결코 격한 춤사위 탓이 아니리라.

엘리아스 쪽을 힐긋 보니, 오늘의 주인공께서는 어느덧 한 무리의 영애들에게 둘러싸여 춤을 추느라 정신이 없었다.

"그 레이디가 평소에도 네 넋을 자주 빼놓니?"

슬쩍 묻자 노라는 '흐음' 하는 소리를 내더니 잘 모르겠다고 대답했다. 나는 손을 들어 그의 어깨를 한 대 후려쳤다.

"아야야야."

"아프지도 않으면서 엄살은!"

"진짜 아픈데요. 내가 아는 그 레이디가 맞나? 아무래도 가면 아래를 확인해 봐야 할 것 같은데."

짓궂게 반짝이는 시선이 내 상기된 얼굴을 천천히 훑다가 이윽고 입술에 머물렀다. 심장이 점점 더 빠르게 뛰었다.

"처음 여기서 열린 무도회에 왔던 날이 생각나는군요."

"그러게…… 아, 그 얘기가 나와서 말인데."

"네?"

"너, 그때 제레미랑 같이 다른 남자애들하고 왜 싸웠던 거야?"

그날 벌어졌던 작은 소동에 대한 미스터리는 아직까지 풀리지 않은 채였다. 하필이면 그날부로 제레미가 홍역을 앓기 시작하면서 유야무야 넘어갔던 것도 있고 또 나 역시 반쯤 잊고 있었던 것이다.

간간이 떠올라서 제레미에게 물은 적도 있으나 제레미는 매번 대답을 회피할 뿐이었고, 그렇다고 노라에게 묻자니 그날 그가 겪었던 일을 떠올리게 만들 것 같아 좀 그랬었다. 하지만 노라가 먼저 얘기를 꺼낸 지금은 물어봐도 괜찮지 않을까……?

"아아, 그거요……. 별건 아니었는데."

"별거 아니었다면……?"

"황태자 꼴 보기 싫어서 위층에 올라가 있었는데 제레미 그 녀석이 와서 자꾸 자기 검 내놓으라고 앙탈을 부리더군요. 하여간 생각해 보면 그때부터 끈질기게 엉겨 붙는 놈이었어."

"푸훗…… 그랬는데?"

"당연히 꺼지라고 했죠. 근데 그러다가 어쩌다 보니 검술 얘기가 나와서 좀 상대해 주던 참에 웬 샌님들이 누나를 두고 헛소리 지껄이는 걸 듣게 된 겁니다."

"나에 대해? 뭐라고 했는데?"

"누나한테 들려줄 만한 말은 아니고…… 그냥 지저분한 소리였어요."

어떤 종류였을지 대강 짐작이 갔다. 허허, 그날의 미스터리가 이렇게 간단히 풀리다니……. 그럼에도 나는 묻지 않을 수가 없었다.

"그런데 넌…… 그때 왜 같이 싸웠어? 내 말은, 그땐 우린 잘 알지도 못했을뿐더러 그런 소동에 휘말리면 너한테 안 좋은 일이 일어날 거라는 거 알고 있었잖니."

그날 노라는 귀가하기 전에 우리 가족과 테오발트가 보는 앞에서 제 아버지한테 따귀를 얻어맞았다. 짐작건대 단순히 그걸로만 끝나지도 않았을 터였다.

허리를 붙든 손길에 힘이 바짝 실리더니 노라가 박자에 맞춰 나를 제 가슴 가까이 끌어당겼다. 그러고는 내 귓가에 대고 낮게 속삭였다.

"그러게요. 내가 왜 그랬을까?"

"요즘은 낫살 먹은 사내란 것들이 남의 생일 축하 자리에 와서 통곡하는 것이 새로운 유행인가?"

엘리자베트가 혀를 끌끌 차며 한 말이었다. 이에 하이데가 시누이에 비해 한결 동정이 깃든 어조로 대답했다.

"저도 잘 모르겠군요. 노이반슈타인 부인?"

"뭐 이대로라면 확실히 새로운 유행이 될지도 모르겠네요."

흥겨운 가장무도회 한복판에서 느닷없이 꺼이꺼이 통곡함으로써 사람들의 눈총을 사고 있는 이는 다름 아닌 뮐러 백작이었다. 술을 과하게 마신 탓인지 아니면 뭔가를 작정하고 연기하는 건지 마스크도 벗지 않고 흐느껴 대는 모양새가 영 가관이다. 저 능구렁이 백작께선 조카 성인식을 망치려고 작정한 걸까?

"백작님, 왜 이러십니까?"

"아, 부인, 이런 민폐를…… 꺼흐흐흑!"

"대체 무슨 일이길래 이리 우시는 건데요? 혹 제레미가 또 뭐라고 놀리기라도 했나요?"

"아닙니다. 단지 오랜만에 여기 와서 이러고 있으니…… 꺼흑흑! 죄송합니다, 갑자기 옛 생각이 나서…… 끄흐흐흑!"

낌새를 보아하니 무슨 꿍꿍이를 품고 이런 추태를 부리는 건 아닌 것 같은데. 나이 들면서 새삼 약해지기라도 한 건가?

나는 머리를 긁적이며 저만치 서 있는 제레미 쪽을 돌아보았다. 가면 때문에 볼 수는 없으나 지금 제레미와 노라의 얼굴에 떠올라 있을 표정을 한마디로 짐작하자면 '넌더리'리라.

"요즘 우리 주위 꼰대들이 점점 맛이 가고 있다고 느끼는 건 나뿐이냐?"

"이하 동문이다."

치가 떨린다는 투로 사이좋게 주고받은 두 기사가 순순히 내 무언의 신호에 따라 울부짖는 백작을 이끌고 사라진 뒤, 나는 나란히 고개를 설레설레 저어 보이고 있는 황후와 공작 부인을 마주 보았다.

"그럼 전 잠시 실례하겠습니다."

"손님을 버리고 가는 안주인이 세상에 어디 있나? 그대가 없는 동안 우린 뭐 하고 놀라고?"

"지금쯤 위층에서 연극이 시작됐을 겁니다. 감상하시면서 제게 행운을 좀 빌어주시길."

"흥. 행운은 무슨."

투덜쟁이 황후와 다정한 공작 부인께서 사이좋게 자리를 뜬 뒤, 나는 곧 있을 작당 회의에 대비하기 위한 마음가짐을 갖추려 애쓰며 샴페인을 꿀꺽꿀꺽 넘겼다. 그런 다음 잔을 내려놓고 심호흡을 좀 한 뒤 마침내 발걸음을 떼는 찰나였다.

“오랜만이네요.”

불쑥 다가와 내게 말을 건 이는 자수정이 박힌 화려한 보라색 마스크를 쓴 영애였다. 우아하게 땋아 올린 백금발과 마스크 구멍으로 보이는 보라색 눈동자 덕에 누구인지 금방 알아차릴 수 있었다.

“오랜만이네요. 잘 지냈나요?”

“그다지요.”

나는 미소를 짓다 말고 멈칫했다. 한때 내 기억 속에서 우아함의 상징과도 같았던 미소녀 공녀께선 아무래도 좀 취한 모양이었다. 안면 반을 가린 마스크 밑으로 보이는 온통 붉게 달아오른 뺨과 뾰족한 음성만 봐도 명백했다. 이것이 바로 가장무도회의 힘인가?

“좀 취한 것 같네요. 즐기는 것도 좋지만 몸을 생각해서라도 적당히…….”

“취하고말고요. 물론 부인께선 저와 달리 그럴 일 없으시겠지요.”

“그건 또 무슨 말이지요?”

“전 부인 같은 종류의 사람을 아주 잘 알고 있어요.”

홱, 하고 보라색 가면을 도전적으로 내 쪽으로 돌린 그녀가 꽤 거침없다 못해 도발적인 어투로 말을 이었다.

“부인한테 있어선 뭐든지 쉽겠죠. 춤 한 번만 춰도 모든 남자가 넋을 놓고 쳐다보니까. 곤경에 처할 때면 언제든 달려와 구해줄 기사님들이 널리고 널렸으니까 말이에요. 거기다 아버지뻘 남자의 후처로 들어가서 어마어마한 재산까지 물려받았으면 된 거 아닌가요? 꼭 그렇게까지 욕심을 더 부리셔야 해요? 왜 피도 안 섞인 자제분들의 미래까지 쥐고 흔들려는 거죠?"

"지금 도대체 뭔……."

"전 부인하고 달라요. 제가 얼마나 노력했는지 아세요? 순전히 제가 마음에 안 드시는 건가요, 아니면 아드님에 대한 통제력을 잃기 싫으신 건가요? 보나 마나 지금 앉아계신 자리를 잃기 싫으신 거겠지요. 하지만……."

좌악.

장내가 일순 쥐죽은 듯 고요해졌음은 당연지사였다. 그도 그럴 것이 가장 재미있는 건 남 싸움 구경이라고 하지 않나. 내가 팔짱을 끼면서 레이첼을 쳐다보는 가운데, 오하라는 방금 무슨 일이 일어났는지 이해하는 데 시간이 좀 걸리는 것처럼 보였다. 잠시 후, 마침내 자신의 머리 위에 끈적한 사과 주스가 한가득 들이부어졌다는 사실을 깨달은 공녀께서 온몸을 부들부들 떨기 시작했다.

"이, 이게 무슨 짓……."

"어머, 미안해요. 난 또 웬 부모 관심도 못 받고 자란 어느 덜떨어진 영애가 감히 말 섞는 것도 영광일 우리 엄마한테 뚫린 입이라고 잘도 지껄이고 있는 줄 알았네. 그랬다면 지금쯤 머리카락이 다 뜯겼겠지만."

실로 으스스하기 짝이 없는 레이첼의 이죽거림에, 오하라는 잠시 어깨를 바르르 떨더니 내 쪽으로 시선을 돌렸다. 나는 쓴웃음을 삼키며 입을 열었다.

"아버지가 자기 또래 애인과 어울리는 꼴을 두고 보는 건 쉬운 일이 아니겠지요. ……하지만 공녀."

"……."

"화가 난다면 그 두 사람에게 가서 따져야죠. 엄한 사람한테 와서 되지도 않는 응석 부려봤자 아무도 이해해 주지 않아요."

"……저, 저는……."

"그리고 공녀가 우리 아들의 취향이 아닌 걸로 나한테 와서 따지지도 말고요. 이 무슨 어울리지도 않는 천박한 짓인가요. 돌아가신 공녀의 어머니께서 보신다면 얼마나 속이 상하겠어요."

오하라는 아무 말도 하지 않았다. 대신에 어깨를 천천히 들썩이기 시작했다. 금방이라도 울음을 터뜨리기 직전의 모습이었는데, 마침 설상가상으로 무슨 일인지 확인하려 달려온 엘리아스가 주스 세례를 맞고 흠뻑 젖은 공녀의 꼴을 보고 배를 잡고 폭소해 버렸다.

"푸하하하하! 뭐야, 이거 레이첼 네 작품이냐?! 아이고, 무시무시해라!"

"……끄흑!"

울먹이며 뛰쳐나가는 오하라의 아련한 뒷모습을 바라보며 나는 재차 쓴웃음을 삼켰다.

장내는 금세 다시 떠들썩해졌다. 어차피 여긴 가장무도회 한복판이다. 무슨 사건이 벌어지든 다음 날 좀 떠들고 말 일이었다.

"파하하핫! 형이 저 꼴을 봤어야 하는데!"

"엘리아스……."

"아 왜? 웃기잖아! 푸크크큭……."

솔직히 말해서 웃기긴 했다. 이래서 엄마 사랑은 딸내미라던가? 나는 의기양양하게 웃고 있는 레이첼의 뺨을 손으로 살짝 꼬집어준 뒤 발걸음을 돌렸다.

"딱 예상했던 대로네?"

등 뒤에 들려오는 이죽거리는 목소리에 오하라는 마스크를 꼭 쥔 채 훌쩍이다 말고 고개를 들었다. 그러고는 곧장 두 눈에 힘껏 힘을 주었다.

"확인 사살이라도 하러 나온 건가요?"

"꼭 그런 건 아닌데. 그러게 왜 남의 파티에 놀러 와서 남의 엄마한테 시비를 거냐? 내 여동생이 예전만 같았어도 네 머리카락 다 뜯어놨을걸?"

그랬다면 좀 더 재미있었을 텐데, 하고 중얼거리며 엘리아스는 팔짱을 끼고 재차 낄낄 웃었다. 오하라는 그런 그의 모양새를 물끄러미 노려보다가 이내 코를 훌쩍이는 동시에 뿌드득 이를 갈았다.

"……샴페인 때문에 실수한 거거든요?"

"취중진담이라는 말 몰라?"

"그래서 어쩌자고요! 나한테 욕하고 싶으면 그냥 해요!"

"이제 보니까 욕먹는 걸 즐기는 악취미까지 있나 보네."

"누가 즐긴대요?! 난 단지 내 진심을 아무도 몰라주는 게 억울할 뿐이거든요?! 그쪽의 모친께서 조금이라도 내 마음을 이해하셨다면……."

"우리 슈리는 이토록 사랑스러운 아들내미들을 멋대로 결혼시키는 짓은 안 할 사람이지. 그리고 진심 운운하는데 그건 너도 마찬가지잖아?"

"그건 또 무슨 소리……."

"너도 우리 형 외적인 조건만 보고 좋아하는 거잖아? 네가 진심으로 우리 형을 좋아한다면 어떻게든 형의 마음부터 사로잡으려 애쓰겠지. 정략결혼 왜 안 시켜주냐고 우리 슈리한테 와서 찡찡거릴 게 아니라."

묘하게 정곡을 찌르는 발언에 오하라는 젖은 보라색 눈을 크게 치켜뜨고 자신의 짝사랑(?)의 난봉꾼 아우 놈을 노려보기 시작했다.

머리 꼭대기에서부터 줄줄 흘러내리는 주스와 눈물을 닦아내느라 마스크를 벗어 들고 있는 그녀와 달리, 엘리아스는 여전히 화려한 마스크로 안면을 덮은 채 서서 머리를 갸웃거리고 있었다. 좁은 눈구멍을 통해 보이는 에메랄드색 눈동자가 짓궂게 빛을 발하고, 높게 올려 묶은 긴 붉은 머리카락이 그의 성격을 대변하듯 경쾌하게 흔들렸다.

다음 순간, 그가 불쑥 한 손을 내미는 바람에 그녀는 저도 모르게 흠칫하며 멍하니 그 손을 바라보았다. 이윽고 예의 그 껄렁하고도 밉살스러운 목소리가 들려왔다.

"청승 떠는 거 다 끝났어? 그럼 들어가서 놀자고. 오늘은 내 성인식이란 말이야."

"……끄흑흑흑!"

북쪽 발코니에 의회원들이 속속히 모여든 가운데, 기껏 참석시킨 뮐러 백작은 아직까지도 좀처럼 뜻 모를 흐느낌을 그치지 않고 있었다. 영 마뜩잖은 모습이었으나 주책맞게 꺼이꺼이 우는 중년의 백작을 이제 와서 매몰차게 몰아내기도 그림이 좀 그랬기에 우리는 어쩔 수 없이 그가 난간에 몸을 걸친 채 흐느끼도록 내버려 두고 이야기를 진행했다.

"……안 그래도 묻고 싶은 게 상당히 많았습니다. 부인, 요즘 부인에 대해 꽤 흉흉한 소문이 들려오고 있다는 사실 인지하고 계시겠지요."

"글쎄, 저에 대한 소문이야 늘 질리도록 널렸죠. 정확히 어떤 소문 말인가요?"

"믿기 어려운 소문이오나 부인께서 사파비에 다녀오신 이후로 갑작스레 이단적 사상에 젖어가는 것 같다고……."

"허어, 과연 하인리히 공작께서는 예나 지금이나 교황청 눈치를 어지간히도 살피시나 봅니다. 가문 상징이 아까울 지경이군요."

감청색 직물 마스크로 얼굴을 반쯤 가린 뉘른베르 공작님이 냉기가 뚝뚝 흐르는 음성으로 빈정거린 말이었다. 따라서 그저 의구심과 의혹으로 가득 차 있던 분위기는 자연스레 당혹감으로 물들어갔다.

"아니…… 그럼 뉘른베르 공작께선 현재 사파비에서 벌어지고 있는 난리가 이단들의 행패가 아니라고 주장하시는 겁니까?"

"이단의 정의를 대보십시오. 어디 한번 다 같이 신학적 고찰을 해봅시다."

"무슨…… 그걸 우리가 어떻게 정의합니까? 성하께서 이단이라 하시면 이단인 줄 아는……."

"확실히 우리 가운데 귀족다운 자긍심과는 거리가 멀어질 대로 멀어진 인물이 꽤 있는 모양입니다."

"뭐요? 아니, 바이에른 백작, 백작께선 지금 도대체 누구 편입니까?"

"나의 가문 편입니다. 굳이 범위를 넓히자면 귀족들 편이지요. 우리 대귀족들의 권위가 어쩌다가 이렇게 됐는지……."

"흐음, 뭐 일리 있는 일침이긴 하군요."

"일리?! 슈바이크 후작, 그런 한가한 소리 할 때입니까? 지금 문제는 권위가 아니라 이단이잖습니까!"

"그놈의 이단 운운하는 데 취미라도 들리신 모양입니다만, 신의 대리인이라는 주제에 기회만 있으면 아비가 누군지도 모를 사생아들이나 줄줄이 싸지르는 작자들이야말로 이단 아닙니까?"

"뉘, 뉘른베르 공작!"

"……진심으로 궁금해졌는데, 원래 의회 열릴 때마다 이렇게 살벌해?"

혀를 내두르며 지켜보던 제레미가 조심스레 던진 질문에 나는 절로 새어 나오는 신음을 삼켰다.

"자주 이러진 않아…… 아마 마스크랑 술 덕분이겠지."

"저 중에 내 아버지가 없다는 사실이 새삼 다행스러운데."

딱 그와 반대 입장인 노라는 제 아버지를 아예 외면하겠다는 기세로 고개를 돌리고 서서 손을 슬쩍 올려 내 귀에 달린 귀걸이를 건드리고 있었다. 귓불을 간질이는 느낌에 내가 고개를 들자 그가 천연덕스럽게 머리를 갸웃해 보였다.

"왜요?"

"……에헴. 다들 일단 진정하시고, 근래 상인 길드 사이에서 암암리에 보급되고 있는 〈성복 속의 뱀〉 책자에 대해 알고 계십니까?"

"그게 뭡니까?"

반문한 이는 제 아버지 곁에 히죽거리며 서 있던 하텐슈타인 영윤이었다. 그리고 하텐슈타인 백작이 그 말을 받았다.

"창피한 줄 알아라, 카일! 물론 그 책자에 대해 들은 바 있습니다만, 부인. 꽤 위험한 내용을 담았다더군요. 교황 성하의 권위 자체를 완전히 부정하며 세속과 신앙을 철저히 분리해야 한다는 등의……."

"본디 교황청으로부터 파문당한 성직자들이 사파비로 망명해 쓴 책입니다. 교단의 적폐에 대해 세세히 고발하는 문서랄까요. 제목은 제가 붙인 거지만."

"예? 아니, 그럼……."

"이대로라면 순식간에 신분 고하를 막론하고 전국의 백성들에게 배포될 겁니다. 교단에서 손쓰기 시작할 땐 이미 퍼질 대로 퍼져 있겠지요."

침묵이 흘렀다. 이미 나와 같이 작당한 상태인 뉘른베르 공작님을 제외한 대귀족 가문의 가주들 전원이 얼어붙은 침묵 속에 빠져 있는 가운데 마침내 먼저 입을 연 이는 바이에른 백작이었다.

"노이반슈타인과 뉘른베르의 합작품이로군요. 물론 공자가 함께 다녀오기도 했으니…… 한데 한 가지 이해가 안 가는 점이 있습니다."

"뭡니까?"

"뉘른베르 공자가 사파비 궁성에서 체류하던 중 변을 당할 뻔했다는 소문 말입니다. 공자 본인이나 노이반슈타인 부인은 그렇다 치더라도 뉘른베르 공작께선 어떻게 아들을 해치려 한 무리의 사상을 받아들이실 수 있습니까?"

나직이 묻는 바이에른 백작의 음성은 신랄함이나 빈정거림과는 거리가 멀었다. 되레 진심으로 의아하기 짝이 없다는 투였다. 이에 노라가 차분히 말문을 연 것과 강철의 공작님이 들끓는 음성으로 씹어뱉듯 내뱉은 것은 거의 동시였다.

"그 일은-"

"내 아들의 독살을 기도한 배후가 바로 교황청이라면 믿겠소이까?"

어째 '내 아들'이라는 부분에 미묘하게 힘이 많이 들어간 것 같았는데, 정작 노라는 자기 말이 끊긴 것이 못마땅하다는 듯 짜증스레 혀를 차 보일 뿐이었다. 그리고 이번에야말로 전원이 경악했다.

"뭐요?!"

"혹 여기 누구 칸타렐라에 대해 아는 분 있습니까?"

"그게 대체 뭡니까?"

"창피한 줄 알아라, 카일! 그것에 대해 공작께서 대체 어찌 알고 계시는 겁니까?"

"그러는 하텐슈타인 백작께선 대체 어찌 알고 계시는 겁니까?"

"저야 한때 거의 추기경이 될 뻔했던 몸 아닙니까. 형님이 급사하시기 전까지…… 아니, 그보다 공자에게 사용된 독이 그럼 칸타렐라였다는 겁니까?"

"크흠, 일단 그 칸타렐라가 도대체 뭔지 설명 좀 해주시면 안 되겠습니까? 어째 따돌림당하는 기분입니다."

어리둥절해하는 바이에른 백작과 하인리히 공작, 슈바이크 후작 등을 위한 설명이 대강 끝난 뒤, 다들 잠시 침묵하며 각자의 상념에 빠져들었다. 내가 다시 말문을 열기까진 그랬다 이 얘기다.

"뉘른베르 공자를 건드릴 정도면 다른 귀족들 누구도 건드릴 수 있다는 의미라는 것 정도는 이해하시겠지요. 뭐 교단 측에서 귀족들을 얼마나 우습게 여기는지야 지난번의 신성 재판 건으로 인해 다들 잘 인지하게 되셨으리라 생각합니다만. 아니 그렇습니까?"

"큼, 부인, 그땐……."

"그때 일을 두고 여기 있는 누구에게 따지려는 것이 아닙니다, 슈바이크 후작. 이대로라면 우리 귀족들은 황권에 붙었다 교권에 붙었다 하는 박쥐 신세를 영원히 벗어나지 못하게 될 겁니다. 성직자들 배나 불리는 막대한 십일조와 교세까지 실컷 뜯기면서 언제 암살의 위협이 닥쳐올지 전전긍긍하게 되는 건 덤으로 말입니다."

"박쥐라니, 말씀이 좀 지나치신……."

"그 비유가 불편하신가요? 연보궤 안에 돈을 던져 넣을 때마다 영혼이 연옥에서 벗어날 거라는 주장보다 더요? 정말이지 어떻게 성직자들의 사치스런 향락에 보탬이나 되는 재물이 우리 영혼을 구원할 수 있단 말입니까? 속세와의 연을 끊었다고 주장한들 그들 태반이 귀족 출신이라는 사실은 변함이 없을진대, 황실이고 교단이고 우리 대귀족들 없이 할 수 있는 일이 대체 뭐가 있다고 영원한 2인자 취급을 받아야 하느냔 말입니다. 가문 문장에 번지르르한 맹수나 그려 넣으면 뭐 합니까, 아무런 실속도 없는 것을!"

거침없는 투로 읊조리자 여기저기서 헛기침 소리가 터져 나왔다. 불편함을 표출하는 행위라기보다는 내심 쓰라린 속을 내비치는, 다소 어수선한 분위기에 가까웠다. 묵묵히 반응들을 주시하는 듯하던 강철의 공작님이 다음으로 말을 받았다.

"노이반슈타인 부인께서 말씀하신 그대롭니다. 우리가 충성을 바칠 주군은 우리 대귀족들과 같은 핏줄을 공유해 온 황제 폐하 한 분이면 충분하지 않습니까. 그런 의미에서 이 시기에 〈성복 속의 뱀〉 책자를 위시한 교단 개혁은 제법 쓸 만한 카드입…… 젠장 할, 저자는 대체 여기서 뭐 하는 거랍니까? 뮐러 백작! 좀 점잖게 굴지 못하겠소이까?! 오랜만에 만났을 형수님 앞에서 이 무슨 추태요?!"

안 그래도 속에 천불이 담겨 있을 뉘른베르 공작님이 폭발하듯 불호령을 내린 바람에, 대귀족들의 음모(?)가 오가는 어둑한 발코니 한구석에서 홀로 꺼이꺼이 흐느끼던 뮐러 백작이 마침내 좀 진정하고 겨우 말을 꺼냈다.

"결례를 용서하십시오. 실은 얼마 전에 제 아들이 세상을 떠나서, 그, 오랜만에 조카들을 보니 저도 모르게 아들이 생각나는 바람에……."

뮐러 백작의 아들이 죽었다는 소리에 나도 제레미도 깜짝 놀랐다. 그간 방계 인사들과는 아예 절연하고 지냈었기에 몰랐던 것도 당연했지만. 오늘 이 자리에 백작을 초청하지 않았더라면 영영 몰랐을 터였다. 분위기를 보아하니 우리뿐만 아니라 다들 금시초문인 듯했다.

"대체 어쩌다가 그런 일이…… 왜 알리지 않으셨습니까? 장례식에라도……."

"실은 아직 장례도 치르지 않았습니다. 그러니까, 오늘 저녁까지 무의식적으로 장례를 치르지 않으면 그 얼간이 녀석이 다시 살아 돌아올 거라고 믿고 있었던 모양입니다……."

마스크를 벗어 들고 손가락으로 눈가를 문지르며 애써 말을 잇는 뮐러 백작은, 한때의 비열한 능구렁이 같았던 모습이 무색하게도 무척 안쓰러워 보였다. 뮐러 백작의 아들이면 기껏해야 제레미나 엘리아스 나이일 텐데…….

묵묵하게 백작의 모양새를 지켜보는 듯하던 노라가 안주머니에서 손수건을 꺼내 조용히 건넨 것은 그때였다. 이 간소하고도 보기 드문 친절한 행위에, 뮐러 백작은 흠칫하며 상냥한 청년을 멍하니 응시하나 싶더니만 다짜고짜 노라의 손을 붙들고 통곡하기 시작해 버렸다. 하여 노라는 몹시 당황한 기색이 되었다.

"아니, 저……."

"꺼흐흐흑! 우리 토트으!"

"저기, 이것 좀……."

턱을 반쯤 떨어뜨리고 있던 제레미가 나와 시선이 마주치자 빠르게 입을 닫았다. 그러고는 무슨 기도 같은 말을 웅얼거리며 다가가 제 숙부를 진정시키려 애쓰기 시작했으나 되레 자신마저 손이 잡혀 버렸다. 급기야 두 청년은 어쩔 도리 없이 꺼이꺼이 통곡하는 백작을 사이좋게 부축하여 밖으로 나가야 했다.

영겁 같은 세월 앞에 영원한 산은 없다고 했나? 한때 그토록이나 위풍당당하게 보였던 사람들이 하나둘씩 평범하게만 느껴지는 기분이다.

뮐러 백작이 퇴장한 뒤 남은 우리 사이에 잠시 묘한 분위기가 감돌았다. 다들 입 밖으로 소리 내어 말하진 않았으나 하나같이 비슷한 생각에 빠져든 듯했다. 하필이면 이런 시기에 뮐러 백작이 아들을 잃었다는 사실이 노라가 겪었던 사건과 맞물려 더없이 꺼림칙한 의혹을 피워 올리는 것 같달까.

어린 나이에 죽은 뮐러 영윤의 일은 더없이 애석했고 또 거기에 교단이 연루되어 있을 가능성은 도저히 없었으나 여기서 내가 굳이 이 분위기를 깨뜨릴 필요는 없었다. 어쨌든 잠깐의 침묵 끝에 하텐슈타인 백작이 먼저 입을 열었다.

“커흠, 참으로 유감스러운 일이…… 아무튼 보아하니 노이반슈타인과 뉘른베르크 가문은 이미 뜻을 함께하고 있는 것 같은데, 황후마마야 당연히 친정 가문과 뜻을 함께하실 터이나 황제 폐하께서 과연 이 일을 허락하실지 의문입니다.”

“폐하께선 허락하실 수밖에 없게 되실 겁니다.”

“하지만 만일 교황청에서 본격적으로 이단 사냥을 시작하려 든다면 폐하께서도 매우 곤란해하실…….”

“파샤 왕실이 노이반슈타인 부인과 협약을 맺었답니다. 만일 교황청에서 노이반슈타인 가문 및 그와 뜻을 같이하는 자들을 탄압하려 든다면 사파비의 예니체리 해군이 제국의 해변을 밟게 될 거라고 말입니다. 그러니 이쪽의 패는 꽤 괜찮은 편이지요.”

“점점 스케일이 예상 밖으로 커져가는 느낌이로군요. 하나 만일 황제께서 사파비와의 협약을 외부 세력과 내통하는 것으로 간주하시고 황실에 대한 모독으로 여기신다면…….”

“폐하께선 허락하실 수밖에 없을 거라 말했습니다.”

싸늘한 얼음송곳 같은 어조로 받아친 뉘른베르 공작님이 손을 들어 가면을 벗었다. 그러자마자 예의 그 타오르는 푸른 화염 같은 눈빛이 고스란히 드러났다.

"제국의 평화와 아들의 안위를 동시에 잃지 않으려면 말입니다."

"그럭저럭 첫발은 무난하게 디딘 것 같네. 다들 한동안 나름 머리 좀 굴리겠지만."

"섣불리 교황청에 쪼르르 달려가 누구누구가 이단이라고 일러바칠 수 있는 범위를 넘어섰으니까요. 두 가문뿐만 아니라 평판 더러운 외국 군대와 제 고모님까지 얽힌 문제이니 말입니다. 대귀족들 입장에선 밥그릇 늘리기에 이만큼 솔깃한 카드도 없지요."

"내가 생각해도 꽤 솔깃하긴 할 것 같네. 특히나 요새 널 아주 잘 따르는 것 같은, 인척들에게 휘둘리기 쉬워 보이는 어린 황자가 장차 황좌에 앉게 될 거라는 조건까지 맞물린다면 말이지."

슬쩍 말을 던지자 노라가 곧장 머리를 갸웃했다.

"레트란 전하요?"

우리 둘이 남들의 시선을 피해 빠져나와 나란히 서 있는 곳은 연회가 진행되고 있는 본관 1층이 한눈에 들어오는 3층 복도였다. 구불구불 이어지는 나선형 계단의 난간에 팔을 걸치고 서서 바라보는 가장무도회장은 반짝이는 유리 인형들이 모여 각자 맡은 배역을 연극하는 무대처럼 보였다.

"그게 누가 바란다고 되는 일이 아닐 텐데요."

"예전이라면 말도 안 되는 일이었겠지만 지금으로선 충분히 가능성이 있어. 특히 다른 사람도 아닌 네 아버지가 밀어붙이신다면."

"그러니까 우선적으로 제 아버지가 그럴 가능성 자체가……."

"아니야, 노라. 네 아버지께서 먼저 제안하신 거였어. 제안이라기보다는 통보에 가깝겠지."

"……대체 무슨 이유로요?"

"글쎄…… 현 황태자 되시는 분께서 널 독살하는 데 거의 성공할 뻔한 교단과 지나치게 사이가 좋아 보이는 것 같으니까?"

조심스레 말을 잇자 노라는 잠시 떨떠름한 눈빛으로 나를 물끄러미 응시하나 싶더니 이내 머리를 가로저어 보였다.

"그놈이 정말로 교단과 정을 통하는 사이이든 아니든 심증일 뿐인 정황으로 엮기엔 명분이 심히 떨어집니다."

"그야 그렇지. 네 아버지께 있어 명분이 그다지 중요하진 않은 것 같지만."

"아니요, 누나. 어떤 일이 있어도 제 아버지가 테오발트를 공격할 일은……."

"내가 보기엔, 테오발트 전하가 널 해치려 했던 무리와 손잡고 있을지도 모른다는 게 문제의 다가 아닌 것 같았거든. 뭔가 보다 개인적인 감정이 관여된 것 같달까……."

노라는 잠시 아무 말도 하지 않았다. 얼굴 반을 가린 마스크 때문에 무슨 표정을 짓고 있는지 알 수가 없었기에 조마조마했다. 내 조심스러운 시선을 느낀 모양인지 그가 마침내 다시 입을 열었다.

"대체 무슨 꿍꿍이인진 모르겠지만 그토록 돌봐줘 놓곤 이제 와서 그러는 것도 우습군요."

하. 노라 입장에서 보면 반박할 수 없는 말이긴 하다. 이제 와서 후회하거나 실수를 바로잡으려 애써봤자 이미 흘러가 버린 일들은 결코 되돌릴 수 없으니까……. 이제 와서라도 아무것도 안 하는 것보다야 낫지만 말이다.

"아무튼 영 달갑지 않은 주제는 그만두고, 그보다 아까 보니까 누나 의외로 꽤 거침없으시더군요."

"의외라니, 난 원래 거침없단다. 놀랐니?"

"놀라웠다기보다는…… 매력적이었다고 해야 할까."

오호라? 나는 난간에서 몸을 떼고 뒤로 약간 물러나며 싱긋 웃었다.

"그으래? 어떻게 매력적이었는데?"

"그걸 꼭 말로 표현해야 해요?"

"응. 뭐든지 표현하는 게 중요하잖아?"

그러니 어서 표현해 봐, 하고 장난스레 덧붙이는 찰나였다. 장갑 낀 손으로 턱을 매만지며 '흐음' 하는 소리를 내던 녀석이 불쑥 내 쪽으로 몸을 완전히 돌리는 바람에 나는 일순 움찔하고 말았다. 다음 순간, 그의 팔이 내 어깨를 살며시 감싸 안나 싶더니 불붙은 듯 뜨거운 입술이 내 입술을 부드럽게 내리눌렀다. 깃털 같은 입맞춤에 전율이 몰려왔다. 그리고 그가 언제 그랬냐는 듯 빠르게 몸을 떼고 뒤로 물러서자 아쉬움이 대신 자리를 차지했다.

"이렇게 하고 싶을 정도로요."

"……."

"표현이 좀 됐나요?"

푸른 눈을 순진하게 반짝이며 묻는 모양새가 왠지 얄밉다. 나는 제멋대로 쿵쿵 질주하기 시작하는 가슴 언저리에 손을 대고 꾹 누르며 되는 대로 더듬거렸다.

"너, 너어…… 누가 보면 어쩌려고……."

"누가 봐도 상관없는 것이 가장무도회의 묘미라지요."

"무, 물론 그야 그렇지만……."

"그렇지만?"

"……하려면 제대로 해야 할 거 아니야!"

하고, 얼떨결에 내뱉어 버린 나는 곧 쥐구멍이라도 찾고 싶은 심정이 되어버렸다. 아아니, 내가 방금 도대체 무슨 소리를! 내가 미친 게지, 미친 게야! 마스크를 쓰고 있었기에 망정이다. 안 그랬으면 지금 내 표정이 어떤 지경이 되어 있는지 빤히 보였을 테니까.

내가 이미 한 말을 주워 담지 못하고 어쩔 줄 몰라 하는 동안 노라는 그 자리에서 완전히 얼어붙어 버린 것처럼 보였다. 그의 표정 또한 볼 수 없기에 망정이었다.

잠깐의 황망한 정적 끝에 노라가 마침내 소리를 내었다. 즉, 허리를 꺾으며 폭소했다!

"……푸하하하하하!"

"우, 웃지 마! 웃지 말란 말이야!"

"푸, 누나, 푸흐, 프하하하하!"

"웃지 말라고! 나, 나 갈 거야!"

하여간 이놈은 나 없으면 심심해서 죽을 것이야! 식식대며 홱 지나쳐 가려는데 뭐가 그리 즐거운지 얄밉게 낄낄대던 놈이 잽싸게 내 손을 붙들었다. 그러고는 다른 쪽 손도 맞잡으며 여전히 웃음기가 밴 목소리로 말했다.

"그게 그러니까…… 자신이 없어서 그런 거예요……."

"자신이 없다니 뭐가?"

"……그러니까 그 이상 했다간 영 멈추기 어려워질 것 같아서. 아까부터 내내 간신히 참고 있었단 말이에요."

참고 있었다고? 나는 잠시 부루퉁한 얼굴로 그의 싱글거리는 입꼬리를 노려보다가, 이내 그 말뜻을 완벽하게 이해하고는 뺨을 확 붉히고 말았다. 뭐야, 그런 거였어?!

"실로 애간장을 다 녹이는 환상적인 춤사위였죠."

"아……."

나는 그저 얼굴을 붉힌 채 우물쭈물하다가, 불현듯 계단 쪽에서 무슨 소리가 들려온 듯해서 화들짝 고개를 돌렸다.

"누나?"

"아, 아니야. 그냥 누가 있었나 싶어서……."

"오호라, 누나네 사자 새끼들이 볼까 봐 걱정돼요?"

애들이 볼까 봐 걱정되느냐고? 당연히 걱정된다. 정확히는 애들이 내보일 반응이. 하지만 언제까지고 미룰 수는 없는 노릇이었다. 나아가 언제까지고 노라에게 이런 식의 은밀함을 강요할 순 없는 일이었다. 그가 나와의 일을 아무에게도 밝히지 않고 있는 건 순전히 내 부탁 때문이었으니까. 아무것도 거리낄 것 없는 녀석에게 뭔가 나쁜 일이라도 하는 것처럼 비밀스러움을 강요하고 있자니 괜스레 미안한 마음이 이는 것이었다.

"조만간…… 적당한 때를 정할게. 사사건건 신경 쓰지 않을 수 있게끔 말이야."

"제 걱정은 하지 마세요."

대수롭지 않다는 투로 어깨를 으쓱해 보인 노라가 내 손가락 끝에 입을 맞추고는 그 손을 제 뺨에 가져다 대었다.

"난 누나가 준비될 때까지 언제까지고 기다릴 수 있으니까."

그게 내 결심에 달린 일이 아니었다는 사실은 나조차 미처 모르고 있었다. 세상일이 언제 정확히 예측한 대로 굴러간 적이 있던가? 아무리 내가 미래에서 왔다고 한들 현재가 내 손바닥 안에 있는 건 아니었다.

3권에서 계속…